虛摹與實際

——李杜詩選讀

陳美朱 選編

成大出版社
National Cheng Kung University Press

目錄

杜甫贈別詩（13首）

戰爭詩單元

李白戰爭詩（10首）

杜甫山水詩（19首）

杜甫飲酒詩（15首）

附錄：李白詠物詩

自序

在成大中文系首次開設「李杜詩選」選修課時，我曾考慮由坊間現有的李、杜詩選本中，找到一本適合的書目作為現成教材。然而，遍尋現有書籍，或者李白與杜甫單獨成書；或者雖合為一書，但前半部李白，後半部杜甫。以此為教材，課程可能會設計成「上學期李白，下學期杜甫」的模式，李、杜兩家並沒有太多的互動與交集。實際上，李、杜原本就是唐詩的雙子星，即使不是中文系的學生，對李、杜兩家也是耳熟能詳；何況中文系學生，在歷經大二的詩選與文學史課程後，大三再選修李、杜詩，對其學習歷程究竟有何助益？又該如何設計課程才能達到學習目標？這些一直是我所思考的問題。

關於李、杜的分辨，相關的文學史概論或網路上的百科資料，簡直多如過江之鯽，歸納要點，不外乎：李白為詩仙，杜甫為詩聖；李白重先天才力，杜甫重後天學力；李白為個人主義，詩作充滿道家的浪漫色彩；杜甫為群體主義，詩作充滿儒家的寫實精神；李白的詩風為清水出芙蓉，天然去雕飾；杜甫則是沉鬱頓挫，博大精深……。更深入細密的分辨，如葛景春《李杜之變與唐代文化轉型．前言》指出李白詩以古體居多（佔72%），杜甫則以近體為主（佔71%）；在生命歷程上，李白為南風北進，由四川前往長安發展；杜甫為北風南擴，由長安流落西南巴蜀（頁15-17）。更進一步的，是六神磊磊的《翻牆讀唐詩》，將李、杜兩家放在詩歌的歷史長流中進行考察，得出以下結論：「李白就是舊世界的終點。……你如果跑回到《詩經》的古代，轉身向前望去，所能看到的最後一個人，就是李白。」「而杜甫，則是新世界的開端。莫礪鋒說過這樣一段話：『如果把中國古典詩歌比做一條源遠流長的大河的話，杜甫就像位於江河中游的巨大水閘，上游的所有涓滴都到那裡匯合，而下游的所有波瀾都從那裡瀉出。』」（頁127）透過對李、杜詩的分辨，除了能深入理解兩人詩作共同／相異的特色，應該也有助於中文系的學生，整體掌握古典詩學的古、近體發展、南北地域差異、復古與新變的相關問題，建構出更完整的詩學理論學習系統。

然而，如果依照「上學期李白，下學期杜甫」的方式安排課程，李、杜詩將被一分為二，李白歸李白，杜甫歸杜甫，兩人之間沒有交流，也就沒有辦法透過比較來達到課程的預期目標。但如果要透過「相同主題不同表現方式」來呈現李、杜詩的異同，就必須調整教材編排並重新思考課程單元，不能再是上學期李白、下學期杜甫的課程模式。在歷年累積的教學經驗並檢視逐年修正的教材單元後，最終決定由以下三方面來建構李、杜詩課程：

一、身世背景，含李、杜的自傳詩、親情詩，以及兩人交遊贈別的詩作。

二、共同主題，包含贈別、戰爭、山水、懷古、飲酒、閒適等主題。

三、各自擅長，李白的閨情詩與杜甫的詠物詩。

透過身世背景比較，可以知人論世，讓學生對李、杜的生平背景、家庭婚姻狀況、親子互動關係，有一定程度的認識。避免如清初金聖嘆般，僅以杜甫〈與李十二白同尋范十隱居〉的「憐君如弟兄」及「醉眠秋共被，攜手日同行」，便望文生義，得出杜甫「無日無夜不教俟（李白）作詩」的結論，誤認杜甫是提攜李白作詩的前輩。共同主題部分，藉由兩家主題相近的詩作，可以讓學生具體理解李白與杜甫各自的特色，也能延伸印證李白多古體，杜甫多近體；李白多復古，杜甫尚新變；李白南風北進與杜甫北風南向的趨勢。各自擅長部分，則聚焦在李白的閨情詩與杜甫的詠物詩，學生可藉以延伸探討「男子而作閨音」與「詠物寄寓情志」的書寫傳統。下學期期中考過後，學生對李、杜的生平背景與詩作特色，已經有相當程度的基礎與認識，再安排修課學生自行挑選小組成員，每組同學就李、杜相關詩話中的議題，選擇其中一則上台深入分析報告。如此一來，既能檢視學生的綜合學習成果，也能深化各個單元的議題。同學的創意性發想與深入簡出的報告設計，往往讓我有「教學相長」的回饋與欣喜。

成大中文系的「李杜詩」，屬隔年開設的選修課程。歷來我都以自製投影片方式上課，再逐年增補、刪減教材。之前曾利用課餘時間，將單元詩作與注釋整理成紙本教材，但平日總有例行的教學、研究工作，以致教材的整理進度一直處於「施工中」狀態。本年度課程結束後，我決定趁記憶猶新時打鐵趁熱，統整以下教材內容：

其一，確定單元主題與選詩內容。書中選取了「身世背景」、「共同主題」與「各自擅長」三個主題，每個主題下再細分不同的單元。各單元的分類標準，主要考量詩作的核心旨趣。如李白〈金陵酒肆留別〉，涵蓋了「飲酒」與「送別」，但考慮到本詩與李白〈少年行〉、〈白鼻騧〉等絕句的飲酒場景與氛圍相近，是以最終仍納入「飲酒」詩單元。而杜甫的〈北征〉與〈彭衙行〉，詩中雖有與兒女互動的片段，但顧及這兩首詩，畢竟是杜甫記錄自己親身經歷「維時遭艱虞」與「憶昔避賊初」的艱險時局，並非以書寫親情為重，是以選入「自傳」詩單元。此外，作為課堂教材，必須顧及有限的上課時間，某些內容較為繁複的長篇詩作，如李白長達166句之〈經亂離後天恩流夜郎憶舊遊書懷贈江夏韋太守良宰〉，以及杜甫須連章合讀始知其妙的〈秋興〉八首與〈諸將〉五首，也就不得不割愛了。

其二，補充並簡化注釋詞條。平日上課的投影片內容，為了讓教室後排同學看得清楚，必須放大字體，是以往往只錄詩作，典故或生僻字詞則以口頭講解。編寫紙本教材時，這些口頭講解的注釋內容就得補全。尤其是李、杜的長篇自傳詩，偏好連續使用典故，以傳遞難言之隱或展現不凡的學力。在注釋這些字詞時，力求扼要明晰，剔除「潤物→滋潤萬物；野徑→田野小徑」這種無關宏旨的字詞注釋，並簡化長篇累牘的典故說解。

其三，每首詩附上兩則至三則的「名家析評」。李、杜在古典詩學領域，堪稱是如長江黃河般的「大家」，而非如清澗曲流般的「名家」。歷代詩話與詩歌選本，不僅熱衷探討李、杜詩學議題，兩家也都各有全集評註本。為了讓讀者快速掌握選錄的詩作旨趣，是以每首詩後都附上兩則至三則不等的「名家析評」。如何選擇精闢或代表性的析評，是整理本書資料時最為費神之處。在眾多的析評內容中，除了剔除「無餘味」、「妙於生情」之類過於簡短、讓人摸不著頭緒的評語，也盡可能刪去無甚新意或見解相近者，保留有助於讀者理解詩作旨趣的評論。在整理與研閱資料過程中，對於《四庫全書總目》評論王琦《李太白集注》所謂：「自宋以來，注杜詩者如林，而注李詩者寥寥，僅二三本。錄而存之，亦足以資考證，是固物少見珍之義也。」（〈李太白集注提要〉）可謂深有體會。由於歷代注解杜詩者眾多，單是有清一代，便有仇兆鰲《杜詩詳註》、浦起龍《讀杜心解》與楊倫《杜詩鏡銓》三部全集評註本，其他的杜詩選評本更是不計其數。是以在處理杜詩「名家析評」時，所要煩惱的問題是「資料太多，該如何刪減」？相形之下，李白詩的全集評註資料，目前較為完備的，僅有元人蕭士贇《分類補注李太白詩》、明人朱諫《李詩選註》與清人王琦《李太白集注》，但李白的某些詩作，尤其是親情詩或是〈自代內贈〉、〈代人寄遠〉之類的閨情詩，在這三本相對完備的全集注本中，或者有選無評，或者僅作簡短的字詞注解，只能以「按語」或「附記」方式補充說明詩作特色或選錄緣由。也因此，「資料太少，該如何增補」？成了處理李詩「名家析評」時的最大困擾，也間接印證了清代四庫館臣所謂「注杜詩者如林，而注李詩者寥寥」的現象，可謂真實不虛。

其四，每單元前皆附導讀以概述重點。導讀的重點在於概述各單元主題的書寫傳統、選詩要點與李、杜各自展現的特色。以李、杜的自傳詩為例，由於李、杜多以長篇古詩及大量典故來回顧生平事蹟，根本無法在課堂時間內逐字說解；但如果不選錄這類詩作，又恐會造成李、杜「生平背景」單元詩作的空白。衡量再三後，決定透過導讀方式，歸納詩中的某些關鍵字句，引導學生理解李、杜不同人生階段的重大事跡。有意進一步閱讀詩作全貌者，則可透過導讀的重點與字詞注釋，自行消化吸收。再以山水詩為例，在概述謝靈運、謝脁所開展的山水詩傳統後，進而分別闡述李白以山水為載體，寄託其遊仙或隱逸之思，敘述視角多變；杜甫以山水記錄行旅歷程，透過單一視角，呈現出不同景點的具體樣貌。又如戰爭詩，在相同的時空背景下，李白使用傳統樂府古題，以幻境呈現戰爭場景與衍生的苦難，屬「見林」式的概括視角。杜甫則是即事命題，以實況採訪報導，見證不同百姓在戰爭時所承受的苦難，屬「見樹」式的單一視角。至於李白偏好的閨怨詩與杜甫擅長的詠物詩，則透過李白好攜妓出遊，杜甫卻未見有與妻女之外的女性有親密舉止；杜甫偏好託物寄情，李白卻偏好以蛾眉閨怨書寫感士不遇……。讀者從中當不難領略李、杜的行事作風與書寫題材差異。

關於李、杜的分辨，歷來常見者如「仙／聖」、「才力／學力」、「個人／群體」、「復古／新變」、「浪漫／寫實」……。本書選擇以「**虛摹與實際**」作為標題，詞語出自清初浦起龍《讀杜心解》，其以「虛摹多，實際少」評價李白〈蜀道難〉詩。儘管是針對單一詩作而發，但結合清初王嗣奭《杜臆》「李善用虛而杜善用實」之說，以及清人喬億《劍谿說詩》所云：「杜多切實之言，李多惝恍之詞」，可見「虛摹」、「實際」並非只限定李白單一詩作，也並非浦起龍的一家之言。以此概括李、杜各自擅長的表現手法，確實要比「詩仙／詩聖」或「才力／學力」的傳統分法，更加貼切，也更有耳目一新之感。加以本書編選之初，便著意於呈現李、杜兩家的書寫傳統與表現手法差異，故而最終以此作為本書的主標題。期許透過李、杜單元詩作的選錄與比較，讓讀者對李、杜兩大家在古典詩學長流上的地位與意義，能有清楚的認知與確切的辨析，也作為自己多年開設「李杜詩」的小小成果總結。

自傳詩單元

自傳詩
單元導讀

本單元所選錄的自傳詩，旨在呈現李、杜的身世籍貫與學習歷程、各自的理想抱負、仕宦生涯的榮耀頂點、生平遭遇的困境。由於這些詩作多為長篇古詩，不可能在課堂上逐篇逐字說解，以下遂分別由這四個部分，概述兩家自傳詩的選錄要旨。

首先，在個人的身世籍貫與學習歷程上，李白以「本家隴西人，先為漢邊將。功略蓋天地，名飛青雲上。」（〈贈張相鎬〉二首其二）自報家門，表明祖籍隴西，先祖為西漢名將李廣。然而，李廣畢竟距離唐代八百餘年，李白與李廣的家族世系聯繫已難考證，甚至連李白往上數的祖宗三代「姓李名甚」？也不易確知。唐人范傳正〈贈左拾遺翰林學士李公新墓碑〉表明李白因「絕嗣之家，難求譜牒」，僅能透過李白之子伯禽的片段記載，得知李白是「涼武昭王九代孫」，隋朝末年時，家族因故被貶逐至碎葉（今中亞之吉爾吉斯），直到中宗神龍初年才潛返中原。再由李白父親的相關記載來看：「父客，以逋其邑，遂以客為名。高臥雲林，不求祿仕。」「李客」顯得更像是一位流離者的化名而非真名。在李白晚年所寫的〈經亂離後天恩流夜郎憶舊遊書懷贈江夏韋太守良宰〉，李白更是將自己的身世寫得玄之又玄：「仙人撫我頂，結髮受長生。誤逐世間樂，頗窮理亂情。」李白成了一位下凡人間歷劫的仙人，讓賀知章所標舉的「謫仙人」之號，在詩中直接化虛為實、定型成真。至於李白的學習歷程，觀其自陳：「五歲誦六甲，十歲觀百家」（〈上安州裴長史書〉）、「十五好劍術，徧干諸侯」（〈與韓荊州書〉）、「十五觀奇書，作賦凌相如」（〈贈張相鎬〉二首其二），李白閱讀的書籍可謂五花八門，百家奇書無所不包，甚至還習得了可以「殺人紅塵中」的劍術，更為李白增添了一抹神秘玄幻色彩，讓人很難真正摸清李白的「底細」。相形之下，杜甫的家世履歷就顯得清楚具體多了。杜甫祖籍為襄陽杜氏，曾祖杜依藝由襄陽遷徙至洛陽，祖父杜審言為初唐著名詩人，父親杜閑為奉天令，舉家由洛陽移至杜陵（今西安）。由杜甫往前數的三代祖先，不僅有名有姓，連遷徙路線都一清二楚。在學習歷程上，由杜甫自言：「讀書破萬卷，下筆如有神。賦料揚雄敵，詩看子建親。」（〈奉贈韋左丞丈廿二韻〉）、「七齡思即壯，開口詠鳳凰。九齡書大字，有作成一囊。」（〈壯遊〉）、「詩是吾家事，人傳世上情」（〈宗武生日〉），完全就是個勤學苦讀，從小立志揚名詩壇，期盼能擦亮「詩人世家」招牌的好青年形象。

其次，在人生志業與理想抱負上，李白的「功成身退」與杜甫的「致君堯舜」，可謂同中有異。相同之處在於，兩人都頗為自命不凡，也都渴望建功立業。李白的「一生欲報主，百代思榮親」（〈贈張相鎬〉二首其一），杜甫的「致君堯舜上，再使風俗淳」（〈奉贈韋左丞丈廿二韻〉），可視為各自的人生理想目標。但功成之後的人生規畫，李、杜顯然有別。李白的規畫是「滅虜不言功，飄然陟蓬壺」（〈贈張相鎬〉二首其二）、「功成謝人間，從此一投釣」（〈翰林讀書言懷呈集賢諸學士〉）。亦即建功揚名後，李白打算隱居世外，遠離紅塵。但對於「窮年憂黎元，嘆息腸內熱」（〈自京赴奉先縣詠懷五百字〉）、「上感九廟焚，下憫萬民瘡」（〈壯遊〉）的杜甫來說，建功尚且不及，何談隱居？是以杜甫在詩中不斷強調「終愧巢與由」、「行歌非隱淪」，自認無法像巢父、許由般避世隱淪；內心即使欣賞高蹈五湖、不慕虛榮的范蠡（鴟夷子），但在「羣凶逆未定」的情況下，也只能「側佇英俊翔」（〈壯遊〉），「隱居避世」根本就不在杜甫優先實現的理想清單之列。由此不難理解，為何「詩仙」李白心中的偶像，是魯仲連、張良、謝安這些功成身退型的人物，而「詩聖」杜甫心心念念的政治人物典範，則是「鞠躬盡瘁，死而後已」的諸葛孔明了。

其三，李、杜自傳詩中引以為傲的人生榮耀頂點。於李白而言，任職供奉翰林，能在朝中擔任玄宗的近侍，「龍顏惠殊寵，麟閣憑天居」（〈贈張相鎬〉二首其二）、「文章獻納麒麟殿，歌舞淹留玳瑁筵」（〈流夜郎贈辛判官〉）是其生命中的高光偉岸時刻，也是實現人生理想，得以「大鵬飛兮振八裔」(〈臨路歌〉)、「大鵬一日同風起，摶搖直上九萬里」(〈上李邕〉) 的時刻。而杜甫在玄宗朝獻〈三大禮賦〉引來群臣圍觀：「曳裾置醴地，奏賦入明光。天子廢食召，群公會軒裳。」(〈壯遊〉) 以及在安史之亂時，奔赴鳳翔行在所，讓肅宗感其忠悃而授予拾遺一職：「麻鞋見天子，衣袖露兩肘。涕淚受拾遺，流離主恩厚。」(〈述懷〉) 成為杜甫晚年記憶中，不斷重複播放的黃金片段。然而，李白任職供奉翰林未及三年，就因「蹭蹬遭讒毀」(〈贈張相鎬〉二首其二)，於天寶三年 (745) 被玄宗「賜金放還」，離開朝廷。杜甫也因上書營救房琯，擔任左拾遺不過年餘，在乾元元年 (758) 就被肅宗調移為華州掾，遠離朝堂，從此踏上「飄泊西南天地間」的道路。就仕途短暫多舛而言，李、杜二人真可說是難兄難弟、不分上下了。

其四，以平生遭遇的現實困境而論，李白加入永王李璘陣營，被視為叛軍逆賊而貶謫夜郎，成為李白晚年極欲洗刷的最大污點。在〈永王東巡歌〉中，李白先是祝願永王出師成功，也以「談笑靜胡沙」的謝安自許，認為平定叛亂不過如揮水一杯般，「自笑何區區」。不料永王兵敗後，李白從而被牽連下潯陽獄中，最終被判處流放夜郎。幸逢肅宗於安史之亂平定後，大赦天下，李白才得以終結流放，歸返中原。爾後在〈經亂離後天恩流夜郎憶舊遊書懷贈江夏韋太守良宰〉長篇五古中，李白以「半夜水軍來，潯陽滿旌旃。空名適自誤，迫脅上樓船。徒賜五百金，棄之若浮煙。辭官不受賞，翻謫夜郎天。」為自己翻案、洗白，澄清其加入永王陣營，是出於「迫脅」而非「主動」。箇中真相究竟為何？成為後世學者爭論的「李白公案」之一。至於杜甫生命中的困境，似乎總擺脫不了「貧」、「苦」二字。由青年時期的「朝扣富兒門，暮隨肥馬塵。殘杯與冷炙，到處潛悲辛。」(〈奉贈韋左丞丈廿二韻〉)；中年成家後，「老妻寄異縣，十口隔風雪。誰能久不顧，庶往共飢渴。入門聞號咷，幼子餓已卒。」(〈自京赴奉先縣詠懷五百字〉) 以及晚年甫至成都時，因家徒四壁，衣食無著，以致「癡兒不知父子禮，叫怒索飯啼門東」(〈百憂集行〉)，杜甫似乎總與「貧」困緣深難解，脫離不了關係。另一方面，飄泊西南，遠離朝廷，以致「小臣議論絕，老病客殊方。鬱鬱苦不展，羽翮困低昂。」(〈壯遊〉)、「風塵荏苒音書絕，關塞蕭條行路難」(〈宿府〉)與「叢菊兩開他日淚，孤舟一繫故園心」(〈秋興〉八首其一)，也成為杜甫一生鬱結難伸的「苦」悶來源。

傳說杜甫晚年在耒陽為洪水所困，十餘日未得進食，耒陽縣令得知後，送來牛肉白酒款待，杜甫一夜食盡後暴卒。這種「吃撐而死」的不光彩死亡終局，自然會引起杜甫的粉絲反彈，紛紛出面反駁、澄清（詳細可參見潘德輿《養一齋李杜詩話》卷1）。但令人深思的是，李白浪漫的「撈月而亡」與杜甫狼狽的「吃撐而死」，即使同屬「不足為信」的野史傳說，但為何不是以杜甫「撈月」而李白「撐死」收場？似乎連李、杜的死亡傳說，也透露著「虛摹之仙」與「實際之人」的區別待遇呀！

李白自傳詩

〈上李邕[1]〉

大鵬一日同風起，摶搖直上九萬里[2]。假令風歇時下來，猶能簸卻滄溟水[3]。
世人見我恒殊調，聞余大言皆冷笑。宣父猶能畏後生，丈夫未可輕年少[4]。

1 李邕：廣陵江都（今江蘇江都）人，天寶初任北海太守，世稱李北海。李邕平素以能文養士著稱。開元年間，李邕任渝州（今重慶）刺史。本詩應是李白於開元八年（720）時，由家鄉成都前往渝州拜謁李邕，但因放言高調，為李邕冷落後所作。

2 大鵬二句：李白以大鵬自喻才幹不凡。典故出自《莊子・逍遙遊》：「鵬之徙於南冥也，水擊三千里，摶扶搖而上者九萬里。」摶，順風而上；扶搖，由下而上的旋風。

3 假令二句：李白自言即使失勢了，也還是能引領潮流。簸，本指簸箕，此處作動詞，為簸揚、激起之意。滄溟，指大海。詩中以「摶搖直上」比得志，以「風歇」代指失勢。

4 宣父二句：李白以孔子的「後生可畏」之言自勵，也提醒李邕不可因年少可欺而輕看晚輩。唐太宗貞觀十一年（637），詔尊孔子為「宣父」。《論語・子罕》有「後生可畏」之言。

名家析評

《分類補注李太白詩》：此篇似非太白之作，今釐在卷末。（卷9）

《李白詩選評》：前人有稱本詩「稚甚」、「似小兒語」而疑為偽作者。……正因為稚嫩，「初生之犢不怕虎」，正可見出少年李白之風采意氣。……李白本詩，居然以「風鵬」起，以孔子結；不僅如此，其臨終前作的〈臨路歌〉竟同樣起以「風鵬」，結以孔子。這說明，如同其他一切思想與藝術材料一樣，在李白那裡都經過了他以自我為中心的改造，而儒道雜糅，功成身退則是他的人生理想。李白這隻「風鵬」並非一味追求出世，即使在高蹈遠引時，骨子裡仍有著一份對現實人生的執著。（頁14-15）

〈南陵別兒童入京〉

白酒新熟山中歸，黃雞啄黍秋正肥。呼童烹雞酌白酒，兒女嬉笑牽人衣。高歌取醉欲自慰，起舞落日爭光輝。遊說萬乘[1]苦不早，著鞭跨馬涉遠道。會稽愚婦輕買臣[2]，余亦辭家西入秦[3]。仰天大笑出門去，我輩豈是蓬蒿人[4]！

1 萬乘：指君主。周朝制度，天子邑地千里，有車萬乘。

2 會稽句：會稽愚婦輕視貧窮時的朱買臣，出自《漢書．朱買臣傳》：「（買臣）家貧，好讀書，不治產業。常艾薪樵，賣以給食，擔束薪，行且誦讀。其妻亦負擔相隨，數止買臣毋歌謳道中，買臣愈益疾歌，妻羞之，求去。……後買臣任會稽太守，入吳界，見其故妻、妻夫治道。買臣駐車，呼令後車載其夫妻，到太守舍，置園中，給食之。居一月，妻自經死。」李白在東魯時，曾與一劉姓婦人同居，此處「會稽愚婦」疑為劉氏，並以先窮後達的朱買臣自喻。

3 秦：代指長安。

4 蓬蒿人：蓬、蒿皆為野草名，此指埋沒於草野的鄉下人。

名家析評

《李白詩選評》：評家曾論杜甫〈聞官軍收河南河北〉為老杜「生平第一快詩」，而本詩亦可稱太白第一快詩。……同是久愁而喜極，同是節奏歡快，同是用家人為陪襯，而杜詩歡快中見沉厚懇摯，太白本詩則歡快中見放浪豪俊。（頁103）

《李白評傳》：詩中先是說到「兒女嬉笑牽人衣」，可見平陽、伯禽其時年紀尚小。

後又說到「會稽愚婦輕買臣」，可見他還受到了家室中人的輕視，精神上很不愉快。李白文才蓋世，又有很高的抱負，這時在外面謀不到發展的機會，家中得不到同居婦人的尊重，一中道而訣，一像朱買臣的妻子，嫌他無能，無疑會在精神上造成折磨。這次天子下詔徵召，難怪他興高采烈，「遊說萬乘苦不早」，如今終於盼到了這一天，於是「仰天大笑出門去」，對前途充滿著希望。（頁95）

〈翰林讀書言懷呈集賢[1]諸學士〉

晨趨紫禁中，夕待金門詔[2]。觀書散遺帙[3]，探古窮至妙。片言苟會心，掩卷忽而笑。青蠅易相點，白雪難同調[4]。本是疏散人，屢貽褊促[5]誚。雲天屬[6]清朗，林壑憶遊眺。或時清風來，閒倚欄下嘯。嚴光[7]桐廬溪，謝客[8]臨海嶠[9]。功成謝人間，從此一投釣。

1 集賢：集賢院，掌刊輯古今經典，辨明邦國大典。天寶初，集賢院與翰林院同在宮禁。

2 晨趨二句：李白任職供奉翰林的日常生活，早晚都要在皇宮待詔。晨、夕為互文，指不分早晚。金門，金馬門，為才能優異者待詔之所。

3 散遺帙：解開書套。帙，音至，布製書套。

4 青蠅二句：此二句因果倒裝，因「白雪難同調」，故「青蠅易相點」。青蠅，語出《詩經・小雅・青蠅》：「營營青蠅，止於樊。愷悌君子，無信讒言。」以青蠅喻進讒小人。點，污點。

5 褊促：狹隘。

6 屬：正值，適逢。

7 嚴光：東漢人，字子陵，年少時與漢光武帝劉秀為同學，光武復漢後，子陵改名隱居，不受詔聘。

8 謝客：即謝靈運，兒時寄養人家，故小名「客兒」，後世稱為「謝客」。

9 嶠：音叫，高而尖的山峰。

名家析評

《李詩選註》：白才高意廣而行疏，故多獲罪於人，如力士貴妃之徒，皆不足於白也。讒言共興，白亦豈能自安哉？所以不久而求還山也。……夫嚴陵隱於桐江，靈運登乎海嶠，是皆能輕富貴、薄功名，逍遙以自適者也。我亦待夫功成之日，永棄人間之事，垂釣江海，飄然長往，遂吾疏散之願而已矣，又烏能久羈於金門、紫禁，自詒褊促之誚乎？（卷13）

《分類補註李太白詩》：此太白寫心之作，觀此則前〈效古〉一首，概可見矣。（卷24）

按：李白〈效古〉詩：「朝入天苑中，謁帝蓬萊宮。青山映輦道，碧樹搖煙空。謬題金閨籍，得與銀臺通。待詔奉明主，抽毫頌清風。歸時落日晚，蹀躞浮雲驄。人馬本無意，飛馳自豪雄。入門紫鴛鴦，金井雙梧桐。清歌弦古曲，美酒沽新豐。快意且為樂，列筵坐群公。光景不可留，生世如轉蓬。早達勝晚遇，羞比垂釣翁。」

〈古風〉五十九首其三十七

燕臣昔慟哭，五月飛秋霜[1]。庶女號蒼天，震風擊齊堂[2]。精誠有所感，造化為悲傷。而我竟何辜，遠身金殿傍[3]。浮雲蔽紫闥[4]，白日難回光。群沙穢明珠，眾草凌孤芳。古來共嘆息，流淚空霑裳。

1 燕臣二句：戰國時，齊人鄒衍仕宦於燕國，燕王因聽信讒言而拘禁之，鄒衍申告無方，仰天而嘆。時當五月，天為之隕霜。後以「五月飛霜」代指含冤難明。

2 庶女二句：春秋時，齊國有寡婦守節侍奉婆婆，卻被小姑誣陷殺母，負冤莫訴，遂仰天號呼。上天突然降下雷電，擊中齊景公之臺，以昭其冤。

3 遠身句：李白被玄宗賜金放還，遠離朝堂。金殿，金鑾殿，代指玄宗。

4　浮雲句：李白自言被高力士與貴妃讒毀。紫闥，皇宮后妃所居之內室，代指楊貴妃。

名家析評

《李詩選註》：賀知章薦白於玄宗，召見金鑾，賜食調羹，待詔金馬門，後以樂章（按：指〈清平調〉三首）被高力士、楊貴妃譖，遂放還山。此詩乃白被黜而自嘆之辭也。（卷1）

《李太白集注》：蕭士贇曰：「此詩其遭高力士譖於貴妃而放黜之時所作乎？」浮雲比力士，紫闥比中宮，白日比明皇。群沙眾草，以喻小人；明珠孤芳，以喻君子。（卷2）

〈扶風[1]豪士歌〉

洛陽三月[2]飛胡沙，洛陽城中人怨嗟。天津[3]流水波赤血，白骨相撐如亂麻。我亦東奔向吳國[4]，浮雲四塞道路賒[5]。東方日出啼早鴉，城門人開掃落花。梧桐楊柳拂金井，來醉扶風豪士家。扶風豪士天下奇，意氣相傾山可移。作人不倚將軍勢[6]，飲酒豈顧尚書期[7]。雕盤綺食會眾客，吳歌趙舞[8]香風吹。原嘗春陵[9]六國時，開心寫[10]意君所知。堂中各有三千士，明日報恩知是誰？撫長劍，一揚眉，清水白石[11]何離離[12]。脫吾帽，向君笑。飲君酒，為君吟。張良未逐赤松[13]去，橋邊黃石知我心。

1　扶風：長安附近郡名，今陝西省鳳翔縣一帶。

2　洛陽三月：天寶十四年（755）十二月，安祿山叛軍攻陷東都洛陽，消息傳至李白所在的江南，當為天寶十五年（756）春時。

3　天津：洛陽西南洛水上有天津橋，唐人多以之代指洛陽。

4　我亦句：李白北上宋城（今河南商丘），接妻子宗氏奔往東南吳地避難。

5 道路賒：路途遙遠。賒，遠。

6 作人句：言扶風豪士性格耿介奇邁，不倚仗權勢。將軍勢，西漢辛延年〈羽林郎〉：「昔有霍家奴，姓馮名子都，依倚將軍勢，調笑酒家胡。」此處反用典故，稱許主人不仰仗家族勢力欺人。

7 飲酒句：言扶風豪士極為好客擅飲。尚書期，據《後漢書．陳遵傳》記載，陳遵嗜酒好客，客至輒勸飲，將客人車轄投井中，使之不得早去。某刺史因此被留住，大窘，乘遵酒醉，入內室拜見遵母，說明已與尚書約定日期，急須前往，遵母遂指示後門令去。

8 吳歌趙舞：古稱吳姬善歌，趙女善舞。

9 原嘗春陵：用戰國四公子事，趙國平原君、齊國孟嘗君，楚國春申君，魏國信陵君，均以賢而豪俠著稱，門下各養士三千，士均為食客，多不露形跡，關鍵時刻則挺身報恩。

10 寫：通「洩」，傾瀉。

11 清水白石：代指自己胸襟磊落，出自古樂府〈豔歌行〉「水清石自見」句。

12 離離：清晰貌。

13 赤松：傳說中的仙人赤松子。張良佐劉邦得天下，受封留侯，卻自言「願棄人間，從赤松子遊」，選擇學道求仙。李白此處以張良自喻，反用其語，表示國難當前，應積極向黃石公學習兵法濟世，而非隨仙人赤松子遠遊。

名家析評

《詩辯坻》：〈扶風歌〉方敘東奔，忽著「東方日出」二語，奇宕入妙。此等乃真太白獨長。（卷3）

《李白詩選評》：這其實是一首醉歌，一首別有寄意的悲壯醉歌。數十年的夙志難酬，奔亡途中的萬般辛苦，一朝得遇豪俠的主人的熱情款待，有「意氣相傾」的知遇感，有久違了的美酒珍肴的侑助，積鬱便借酒意迸發而出，形成全詩豪邁的意興與奔放的快節奏，給人一種似乎是「快活」的感覺。然而仔細玩味，這快意背後又不僅有顯見的對國難的擔憂，更有著自身報國無門的悲恨悵惘。……於是我們明白了李、杜亂離詩的異同所在，在杜甫是以愁語寫悲恨，而天性開朗的李白卻總是以快語寫悲恨。這是讀李白此類詩不可不明辨的。（頁203）

〈永王東巡歌〉十一首其一

永王正月東出師，天子遙分龍虎旗[1]。樓船一舉風波靜，江漢翻為雁鶩池[2]。

1 天子句：至德元年（756），唐玄宗授永王李璘以重任，使其東巡。龍虎旗，繪有龍虎的旗幟，為天子儀仗，此借指天子授以巡行的重任。

2 江漢句：波濤洶湧的長江和漢水，因永王的樓船停留，頓時如雁鶩池一樣祥和平靜。翻為，反而成為。雁鶩池，泛指遊樂之地。

名家析評

《分類補注李太白詩》：此詠永王出師。首篇表之以「天子遙分龍虎旗」者，夫子作《春秋》書王之意也，太白忠君之心，於此可見。百世之下，未有發明之者，故書於此。（卷8）

《李詩選註》：此詩意蓋願永王出師成功，以侈封爵，因其東巡而期之如此也。（卷5）

〈永王東巡歌〉十一首其二

三川[1]北虜[2]亂如麻，四海南奔似永嘉[3]。但用東山謝安石[4]，為君談笑靜胡沙。

1 三川：指洛陽。

2 北虜：指安祿山叛軍。虜，對敵人輕蔑的稱呼。

3　永嘉：指西晉時劉曜攻陷洛陽所造成的永嘉之亂。

4　東山謝安石：李白以東晉謝安自居，希望永王能重用自己。東山，位於今浙江紹興一帶，謝安未仕時曾隱居於此。

名家析評

《甌北詩話》：青蓮本學縱橫術，以功名自許，其從璘，正欲藉以立功。故所作〈永王東巡歌〉第二首，即云：「但用東山謝安石，為君談笑靜胡沙。」已隱然以謝安自許。是時未有異志，及見所至富饒，始有窺江左意，然猶未敢顯言，青蓮固未知之。故第五首云：「諸侯不救河南地，更喜賢王遠道來。」方美其能勤王。末章云：「南風一掃胡塵靜，西入長安到日邊。」猶望其成功入京奏凱也。即所云：「雲夢開朱邸，金陵作小山。」小山、朱邸，亦是藩王之事。且〈在水軍宴與幕府諸公〉詩云：「願與四座公，靜談〈金匱篇〉。所冀旄頭滅，功成追魯連。」亦正以討賊為志也。然則謂青蓮有從亂之意，固不待辨也。（卷1）

《李白評傳》：李白腦中總是把歷史上的混亂時局與當前時局作類比。這時身處江東，自然會聯想到晉代故事。……琅琊王司馬睿割據江東，永王璘想重現東晉故事，李白則以謝安自居，也想一展平生抱負。或許在他單純的心靈中沒有什麼私心存在，但是歷史畢竟難於重現，李白卻是太昧於形勢了。（頁140）

〈永王東巡歌〉十一首其十一

試借君王[1]玉馬鞭[2]，指揮戎虜坐瓊筵[3]。南風一掃胡塵靜，西入長安到日邊[4]。

1　君王：指永王李璘。

2　玉馬鞭：代指軍事指揮權。

3　瓊筵：盛宴，此泛指室內議事地點。

4　西入句：李白自許平亂後，西歸長安，向當朝天子彙報戰況。日，代指皇帝。

名家析評

《蔡寬夫詩話》：太白之從永王璘，世頗疑之，《唐書》載其事甚略，亦不為明辨其是否。獨其詩自序云：「半夜水軍來，潯陽滿旌旃。空名適白誤，迫脅上樓船。從賜五百金，棄之若浮煙。辭官不受賞，翻謫夜郎天。」然太白豈從人為亂者哉？蓋其學本出縱橫，以氣俠自任，當中原擾攘時，欲藉之以立奇功耳。故其〈東巡歌〉有「但用東山謝安石，為君談笑靜胡沙」之句。至其卒章乃云：「南風一掃胡塵靜，西入長安到日邊」，亦可見其志矣。（第9則）

《李詩選註》：白之失於知人，昧於事幾，不能明決，為可議耳。自古詩人多闊略，言浮其實者亦多矣，豈白一人而已乎？（卷5）

〈贈張相鎬[1]〉二首其二

本家隴西人，先為漢邊將[2]。功略蓋天地，名飛青雲上。苦戰竟不侯，富年頗惆悵。世傳崆峒勇[3]，氣激金風壯。英烈遺厥孫[4]，百代神猶王。十五觀奇書，作賦凌相如。龍顏惠殊寵，麟閣憑天居[5]。晚途未云已，蹭蹬遭讒毀。想像晉末時，崩騰胡塵起。衣冠陷鋒鏑，戎虜盈朝市。石勒窺神州，劉聰劫天子[6]。撫劍夜吟嘯，雄心日千里。誓欲斬鯨鯢[7]，澄清洛陽水。六合灑霖雨[8]，萬物無凋枯。我揮一杯水，自笑何區區[9]。因人恥成事，貴欲決良圖。滅虜不言功，飄然陟蓬壺[10]。惟有安期舄[11]，留之滄海隅。

1 張鎬：安史之亂時，張鎬扈從玄宗逃往蜀地，肅宗即位後，玄宗派張鎬前去輔佐肅宗，鎬被肅宗任命為相。至德二年（757），李白因加入永王李璘陣營，永王兵敗後，李白被牽連入潯陽獄中，被營救出獄後，李白因病臥宿松山，適逢張鎬率軍東征睢陽，李白遂寫詩向張鎬表明心志。

2 本家二句：李白自言祖籍隴西，祖先是西漢名將李廣。本家，祖籍；隴西，今甘肅秦安縣一帶；漢邊將，指西漢名將李廣。

3 崆峒勇：崆峒，山名，在甘肅境內，因李廣為甘肅隴西人，李白故以崆峒山形容其勇猛。

4 厥孫：李廣的英烈流傳給後代子孫。李白自稱是李廣後代，自然也繼承了李廣的英烈之風。厥，其，此指李廣。

5 龍顏二句：指李白獲玄宗接見，擔任翰林供奉之事。麟閣，麒麟閣，此指翰林院；天居，皇帝居所。

6 石勒、劉聰：皆為五胡之亂時的胡人領袖。石勒占領北方土地，故言「窺神州」；劉聰俘虜西晉懷帝、愍帝，故言「劫天子」。此以二人代指發動安史之亂的安祿山、史思明。

7 斬鯨鯢：代指掃除盤踞各地的藩鎮勢力。鯨鯢，即鯨魚，雄曰鯨，雌曰鯢。

8 六合句：指唐軍平定戰亂，猶如天降甘霖。六合，天下；霖雨，大雨。

9 區區：微不足道。李白〈永王東巡歌〉有「但用東山謝安石，為君談笑靜胡沙」之言，自認才幹過人，平定叛亂不過如揮水一杯般的區區小事。

10 陟蓬壺：前往海外求仙。陟，至；蓬壺，傳說中的海外仙山名。

11 安期舄：李白表明自己加入永王陣營，志在滅虜，期能功成後身退，並無眷戀功名之意。舄，音細，鞋子，傳說仙人安期生登仙後，曾在世間留下一雙鞋子。

名家析評

《李詩選註》：此白敘其世系及在己出處之始終。……今者逃難而流離失所甚矣，敢以此辭陳於君之左右者，庶其知我而恤我也。（卷7）

《甌北詩話》：〈贈張相鎬〉詩云：「臥病宿松山，蒼茫空四鄰。聞君自天來，目張氣益振。」按張鎬以宰相兼河南節度使，出師河南，在至德二載（757）秋，而永王之敗，在是年之春。敗，青蓮即亡奔宿松，被繫潯陽獄，安得以詩贈鎬？豈亡奔宿松時，尚未被繫，聞鎬將至，詩干之耶？（卷1）

〈流夜郎贈辛判官〉

昔在長安醉花柳，五侯七貴[1]同杯酒。氣岸[2]遙凌豪士前，風流肯落他人後？夫子紅顏我少年，章臺走馬[3]著金鞭。文章獻納麒麟殿[4]，歌舞淹留玳瑁筵[5]。與君自謂長如此，寧知草動風塵起？函谷忽驚胡馬來[6]，秦宮桃李向明開。我愁遠謫夜郎去，何日金雞放赦[7]回。

1　五侯七貴：指達官顯貴。

2　氣岸：意氣傲岸，不可一世。

3　章臺走馬：漢代長安城的章臺街，為妓院集中地，後遂以「章臺走馬」代指在妓院冶遊。

4　麒麟殿：漢代宮殿名，此代指朝廷。

5　玳瑁筵：指華貴的酒席、宴會。

6　胡馬來：因安祿山與史思明駐守東北邊關，故以「胡馬來」代指安史之亂。

7　金雞放赦：指朝廷大赦。金雞，古代頒布赦詔時所用的儀仗。大赦時，立一長桿，桿頭設一黃金冠首的金雞，口啣絳幡，擊鼓後宣布赦令。

名家析評

《詩源辯體》：讀〈贈辛判官〉詩云：「函谷忽驚胡馬來，秦宮桃李向明開。」侄國泰云：「此指諸臣附合肅宗者而言，太白深有所刺也。」（卷18）

《分類補注李太白詩》：太白詩意，是指同時儕類，如辛判官之輩，因兵興之際，不次被用，為人（中）桃李，我獨遭謫也。向明者，向陽花木之義。（卷11）

〈古風〉五十九首其一

大雅久不作，吾衰竟誰陳[1]？王風委蔓草，戰國多荊榛[2]。龍虎相啖食[3]，兵戈逮狂秦[4]。正聲何微茫，哀怨起騷人。揚馬[5]激頹波，開流蕩無垠。廢興雖萬變，憲章亦已淪。自從建安來，綺麗不足珍[6]。聖代復元古，垂衣貴清真[7]。群才屬休明[8]，乘運共躍鱗[9]。文質相炳煥，眾星羅秋旻[10]。我志在刪述[11]，垂輝映千春。希聖如有立[12]，絕筆於獲麟[13]。

1 大雅二句：李白以孔子自喻，表明自己年力將衰，將無力向朝廷陳詩言政。大雅，原指《詩經》之〈大雅〉篇章，此代指雅正的詩歌。吾衰，語出《論語．述而》篇，孔子自言：「甚矣，吾衰矣。」

2 王風二句：指春秋、戰國時期，詩壇荒蕪。王風，原為《詩經．王風》，但結合下句的「戰國」，應是代指「春秋」時期。荊榛，叢生的樹木。

3 龍虎句：指戰國群雄互相吞併、爭戰。

4 兵戈句：戰爭由戰國時期持續到秦朝。逮，音代，直到。

5 揚馬：漢代辭賦家揚雄、司馬相如。

6 自從二句：建安，指以曹操父子為主的文學集團，其詩作雖詞采華美卻有內容。但建安之後的六朝，講究聲律對偶，徒有形式而無內容，李白故言「綺麗不足珍」。

7 聖代二句：指唐代帝王無為而治，民風純樸。聖代，指唐代。垂衣，《易．繫辭下》：「黃帝、堯、舜，垂衣裳而天下治。」指帝王無為而治。清真，清新而真誠。與上句的「綺麗」互為對比。

8 屬休明：屬，適逢；休明，太平盛世。

9 躍鱗：人才如魚躍於淵一般，可以盡情施展才能。

10 秋旻：秋日的天空。

11 刪述：刪除和闡述。化用孔子「刪《詩》為三百篇」與「述職方以除〈九丘〉」的典故。

12 希聖句：希聖，仰慕聖賢；有立，有所成就。

13 絕筆句：李白期許自己能像孔子般，以刪述為志業。並在事業有成後，於適當時機擱筆，實現其「功成身退」的人生理想。據《春秋》記載，哀公十四年春

「西狩獲麟」，孔子傷王道之不興，感祥瑞之不應，故而修《春秋》至「西狩獲麟」一句即絕筆。

名家析評

《唐詩解》：此太白以文章自任而有復古之思也。言大雅既絕，而宣尼又衰，時已無復陳詩者，王風則隨蔓草消亡，世路則皆荊榛蔽塞。當七雄相啖之際，正聲已微，即騷人哀怨之作，不足以追風雅，而揚、馬廣騷之末流，又惡足法乎？是以憲章日就淪沒，至建安已（以）後，綺麗極矣。惟我聖朝倡復古道，變六朝之習而尚清真。於是群才並興，如鱗之躍；文質相雜，如星之羅。我亦欲乘時刪述，垂光輝於千秋，以續獲麟之統耳。夫太白以詞章之學，欲空千古而紹素王，亦夸矣哉！（卷3）

《唐宋詩醇》：〈古風〉詩多比興，此篇全用賦體。括風雅之源流，明著作之意旨，一起一結，有山立波迴之勢。……指歸大雅，志在刪述，上溯風騷，俯觀六代，以綺麗為賤，清真為貴，論詩之意，昭然明矣。舉筆直書所見，氣體實足副之。（李）陽冰稱其「馳驅屈宋，鞭撻揚馬，千載獨步，惟公一人」，洵非阿好。（卷1）

《甌北詩話》：青蓮一生本領，即在五十九首〈古風〉之第一首。開口便說〈大雅〉不作，騷人斯起，然詞多哀怨，已非正聲。至揚、馬益流宕，建安以後，更綺麗不足為法。迨有唐文運肇興，而己適當其時，將以刪述繼獲麟之後。是其眼光所注，早已前無古人，後無來者，直欲於千載後上接〈風〉、〈雅〉。蓋自信其才分之高，趨向之正，足以起八代之衰，而以身任之，非徒大言欺人也。（卷1）

〈臨路[1]歌〉

大鵬飛兮振八裔[2]，中天[3]摧兮力不濟。餘風[4]激兮萬世，遊扶桑兮掛石袂[5]。後人得之傳此，仲尼亡兮誰為出涕[6]？

1 臨路：或作「臨終」，蕭士贇與王琦注本，皆謂本詩為李白臨終絕筆。

2 八裔：八荒。裔，荒遠之地。

3 中天：半空中。

4 餘風：遺風。

5 遊扶桑句：指李白曾任翰林供奉，卻因小人進讒而被迫離開。扶桑，神話中千丈大樹，長在太陽升起處。遊扶桑，代指於皇帝身邊任職。石袂，當作左袂，《楚辭．哀時命》：「左袂掛於扶桑。」掛左袂，比喻遭到惡勢力阻撓。

6 仲尼句：李白自認生不逢時的命運猶如孔子。魯哀公十四年（西元前481），哀公西狩獲麟，孔子以麒麟祥獸，卻在亂世出現，猶如自己不遇明時，故而反袂拭面，泣涕沾袍。

名家析評

《李太白集注》：詩意謂西狩獲麟，孔子見之而出涕。今大鵬摧於中天，時無孔子，遂無有人為出涕者。喻己之不遇於時，而無人為之隱惜。太白嘗作〈大鵬賦〉，實以自喻，茲於臨終作歌，復借大鵬以寓言耳。（卷8）

《李白評傳》：李白向以大鵬為象徵。……他有自信「餘風激兮萬世」，像他這樣的天才，必然千古流傳人口，只是茫茫塵世，又有誰能像孔子識別不世出的神獸麒麟那樣，為之哀傷呢？〈臨路歌〉中既有傲氣，也有哀傷，但他卻是多慮了。世上雖少有像孔子一樣的人，能夠及時識別神物，但千古以來中國知識界，卻也一直在為李白命途坎壈而「出涕」。（頁161）

杜甫自傳詩

〈奉贈韋左丞丈廿二韻〉

紈絝[1]不餓死，儒冠多誤身。丈人[2]試靜聽，賤子請具陳。甫昔少年日，早充觀國賓[3]。讀書破萬卷，下筆如有神。賦料揚雄敵，詩看子建親。李邕[4]求識面，王翰[5]願卜鄰。自謂頗挺出[6]，立登要路津[7]。致君堯舜上，再使風俗淳。此意竟蕭條，行歌非隱淪[8]。騎驢十三載[9]，旅食[10]京華春。朝扣富兒門，暮隨肥馬塵。殘杯與冷炙，到處潛悲辛。主上頃見徵[11]，欻然[12]欲求伸。青冥卻垂翅，蹭蹬無縱鱗[13]。甚愧丈人厚，甚知丈人真。每於百僚上，猥[14]誦佳句新。竊效貢公喜[15]，難甘原憲貧[16]。焉能心怏怏[17]，只是走踆踆[18]？今欲東入海[19]，即將西去秦。尚憐終南山，回首清渭濱。常擬報一飯，況懷辭大臣。白鷗沒浩蕩[20]，萬里誰能馴？

1 紈絝：指富貴子弟。

2 丈人：對長輩的尊稱，此指韋濟，即詩題之韋左丞。

3 早充句：開元廿三年（735），杜甫以鄉貢資格赴洛陽進士科考，時年24歲。觀國賓，參觀國都（洛陽）之賓。

4 李邕：唐代著名書法家，曾任北海郡太守。杜甫少年在洛陽時，李邕賞識其才，曾主動結識。

5 王翰：唐代著名詩人，即〈涼州詞〉（葡萄美酒夜光杯）作者。

6 挺出：傑出。

7 立登句：立刻就能登上重要的職位。

8 行歌句：雖然吟嘯作詩，但並非避世為隱士。

9 騎驢句：杜甫於開元廿三年（735）參加進士考試，到天寶六年（747），共計十三年。

10 旅食：寄食。他鄉作客。

11 頃見徵：天寶六年（747），玄宗下詔徵求賢才之事，本詩寫於天寶七年，距離徵才之事還不到一年。頃，不久前。

12 欻然：音忽，忽然。

13 青冥二句：鳥欲飛上天卻垂翅墜落，鯉魚無法躍過龍門。天寶六年（747），唐玄宗下詔徵求有一技之長的人赴京應試，杜甫也參加這次制舉。但因宰相李林甫嫉賢妒能，將應試者全黜落，上表稱「野無遺賢」，這對急欲施展抱負的杜甫可說是沉重的打擊。青冥，天空；蹭蹬，行進困難的樣子，此指失勢；無縱鱗，魚無法縱身遠遊，比喻理想不得實現。

14 猥：辱，勞煩，謙詞。

15 竊效句：杜甫在詩中自比為貢禹，以王吉比韋濟，期待韋濟能薦拔自己。貢公，西漢貢禹，與王吉為友，聞王吉顯貴，彈冠相慶，以為自己即將有出頭之日。

16 難甘句：杜甫自言生活如原憲般貧困，卻難以如原憲般安於貧窮。原憲，孔子學生，雖家貧卻能安之若素，「桑樞甕牖」即是其家貧寫照。

17 怏怏：忿忿不平。

18 踆踆：音意同逡，徘徊不進。

19 東入海：指避世隱居。《論語．公冶長》：「子曰：『道不行，乘桴浮於海。』」

20 白鷗句：宋人宋敏求以鷗不解沒，將「沒」字改為「波」字。蘇軾則主張用「沒」字，以為白鷗滅沒於煙波間，若作「波」字，則神氣索然。

名家析評

《唐宋詩醇》：此篇起語兀傲，「甚愧丈人厚」二句疊語歸題，別有風神。一結曠達，收轉前半，意在言外，所謂「篇終接混茫」也。故前人多取為壓卷。（卷9）

《杜詩詳註》：詩到尾梢，他人幾於力竭，公獨滔滔滾滾，意思不窮，正所謂「篇終接混茫」也。然須玩其轉折層次，不可增減，非汗漫敷陳者比。（卷1）

《杜詩詳註》引王嗣奭曰：此篇本古詩，而頗帶排句，以呈左丞，故體近莊雅耳。通首直抒隱衷，如寫尺牘，而縱橫轉折，感憤悲壯之氣溢於行間，繾綣躊躕，曲盡其妙。（卷1）

按：本則內容未見諸《杜臆》，仇注或許另有所見。

〈自京赴奉先縣詠懷五百字〉原注：天寶十四載十一月初作

杜陵[1]有布衣，老大意轉拙。許身一何愚，竊比稷與契[2]。居然成濩落[3]，白首甘契闊[4]。蓋棺事則已，此志常覬豁[5]。窮年憂黎元，嘆息腸內熱。取笑同學翁[6]，浩歌彌激烈。非無江海志，瀟灑送日月[7]。生逢堯舜君，不忍便永訣。當今廊廟具[8]，構廈豈云缺？葵藿傾太陽[9]，物性固莫奪。顧惟螻蟻輩，但自求其穴。胡為慕大鯨，輒擬偃溟渤[10]。以茲誤生理，獨恥事干謁。兀兀[11]遂至今，忍為塵埃沒。終愧巢與由[12]，未能易其節。沉飲聊自遣，放歌破愁絕。歲暮百草零，疾風高岡裂。天衢陰崢嶸，客子中夜發。霜嚴衣帶斷，指直不得結。凌晨過驪山，御榻在嵽嵲[13]。蚩尤塞寒空[14]，蹴蹋[15]崖谷滑。瑤池氣鬱律[16]，羽林相摩戛[17]。君臣留歡娛，樂動殷膠葛[18]。賜浴皆長纓，與宴非短褐[19]。彤庭[20]所分帛，本自寒女出。鞭撻其夫家，聚斂貢城闕。聖人筐篚恩[21]，實欲邦國活。臣如忽至理，君豈棄此物[22]？多士盈朝廷，仁者宜戰慄。況聞內金盤，盡在衛霍室。中堂[23]舞神仙，煙霧散玉質。煖客貂鼠裘，悲管逐清瑟。勸客駝蹄羹，霜橙壓香橘[24]。朱門酒肉臭，路有凍死骨。榮枯咫尺異，惆悵難再述。北轅就涇渭，官渡又改轍[25]。羣冰從西下，極目高崒兀[26]。疑是崆峒來，恐觸天柱折[27]。河梁幸未坼，枝撐聲窸窣[28]。行旅相攀援，川廣不可越。老妻寄異縣，十口隔風雪。誰能久不顧？庶往共飢渴。入門聞號咷，幼子飢已卒。吾寧舍一哀？里巷亦嗚咽。所愧為人父，無食致夭折。豈知秋禾登，貧窶有倉卒。生常免租稅，名不隸征伐[29]。撫跡猶酸辛，平人固騷屑[30]。默思失業徒，因念遠戍卒。憂端齊終南，澒洞不可掇[31]。

1 杜陵：杜甫先世為襄陽人，曾祖杜依藝舉家遷徙至河南洛陽，杜甫之父杜閑為奉天令，遷徙至杜陵（今西安），杜甫遂常自稱為少陵野老（如〈哀江頭〉）或杜陵布衣（如本詩）。

2 稷與契：傳說中舜帝的兩位大臣，稷掌農事，契掌文教。

3 濩落：廓落，即大而無用。

4 契闊：勤苦。

5 覬豁：覬，希冀；豁，完成、實現。

6 取笑句：指自己的志向常被同輩中人取笑。翁，男性尊稱。

7 瀟灑句：瀟灑閒散的過日子。送日月，即過日子。

8 廊廟具：指治國人才。

9 葵藿句：葵花與豆葉，二者都有向陽生長的特質。杜甫藉以比擬自己忠愛的本質出於天性，無法改變。

10 偃溟渤：杜甫以遨遊大海的鯨魚自喻，與「但自求其穴」的螻蟻作對比。偃，休息；溟渤，大海。

11 兀兀：勞碌窮困。

12 終愧句：杜甫表明無意學巢父、許由般隱居。巢與由，巢父、許由，兩人為古代的隱士。

13 御榻句：玄宗與貴妃在驪山享受溫泉。御榻，皇上的寢宮；嵽嵲，音跌聶，高山。

14 蚩尤句：寒空中瀰漫著大霧。傳說蚩尤與黃帝作戰時，興起大霧擾亂戰陣，此以蚩尤代指大霧。

15 蹴蹋：行走。蹴，前踢；蹋，踩踏。

16 氣鬱律：溫泉熱氣蒸騰，煙霧瀰漫。

17 羽林句：羽林，皇帝的禁衛軍；摩戛，武器撞擊聲。

18 樂動句：全句指樂聲遠颺，充滿四周。殷，充滿；膠葛，廣大。

19 賜浴二句：二句指在華清池歡宴的都是貴族，絕非平民百姓。長纓，長長的帽帶，代指貴族；短褐，粗布短衣，代指平民。

20 彤庭：彤，朱紅色，古代宮殿常以紅色裝飾，故以彤庭代指朝廷。

21 筐篚恩：古代帝王常以筐、篚盛裝布帛賞賜群臣，此泛指皇上的恩賜。

22 臣如二句：指臣子若不能體察皇上賞賜的用意，盡心輔佐國事，則厚賜等同於虛擲浪費。

23 霍衛室、中堂：霍、衛，指霍去病與衛青，為漢武帝時的外戚。中堂，內室、庭堂。此代指楊貴妃家族。

24 煖客四句：四句以楊氏家族穿著貂鼠裘，欣賞音樂，享受美食，來概括其富貴逸樂的生活，並帶出下句「朱門酒肉臭」。煖，同「暖」。

25 北轅二句：官渡為涇、渭二水渡口，杜甫由長安到奉先，是先經過驪山，渡過涇、渭二水後，再改道北行。北轅，車駕北行；改轍，改道。

26 崒兀：高峻，此用以形容水勢高漲，波湧如山。

27 疑是二句：崆峒，山名，位於甘肅境內，因涇、渭二水源自隴西，故言「疑自崆峒來」。天柱折，傳說共工與顓頊爭為帝，怒觸不周山，導致天柱折，造成地勢傾斜。此指水勢洶猛湍急。

28 枝撐句：橋樑受大水衝擊晃動，發出巨大的聲響。枝撐，橋柱；窸窣，橋樑晃動的聲音。

29 生常二句：唐代士族享有豁免賦稅和兵役勞役的特權。

30 撫跡二句：杜甫自言身為士族，享有免除賦稅和勞役的特權，都免不了幼子餓死的厄運，一般百姓的負擔就更加辛苦沉重了。撫跡，指幼子餓死之事；平人，平民；騷屑，紛擾騷動。

31 澒洞句：指內心的憂傷無邊無際，難以止息。澒洞，漫無邊際；掇，拾取。

名家析評

《唐宋詩醇》：此與〈北征〉為集中巨篇，抒鬱結，寫胸臆，蒼蒼莽莽，一氣流轉。其大段中有千里一曲之勢，而筆筆頓挫；一曲中又有無數波折也。甫以布衣之士，乃心帝室，而是時明皇失政，大亂已成，方且君臣荒宴，若罔聞知。甫從局外蒿目時艱，欲言不可，蓋有日矣，一於此詩發之。前述平日之衷曲，後寫當前之酸楚，至於中幅，以所經為綱，所見為目，言言深切，字字沉痛。〈板〉、〈蕩〉之後，未有能及此者，此甫之所以度越千古而上繼《三百篇》者乎？（卷9）

《讀杜心解》：是為集中開頭大文章，老杜生平大本領，須用一片大魄力讀去，斷不宜如朱、仇諸本，瑣瑣分裂。通篇只是三大段，首明賫志去國之情，中慨君臣耽樂之失，末述到家哀苦之感。而起用「許身」、「比稷契」二句總領，如金之聲也。結尾用「憂端齊終南」二句總收，如玉之振也。（卷1之1）

《杜詩詳註》：〈北征〉詩尚帶率語，如「見耶背面啼，垢膩腳不襪」、「老夫情懷惡，嘔洩臥數日」、「瘦妻面復光，癡女頭自櫛」。將真情實事，信筆寫來。……若此詩悲愁激切，而語皆雅飭，更無疵句可議矣。（卷4）

〈述懷〉

去年潼關破[1]，妻子隔絕久。今夏草木長，脫身得西走。麻鞋見天子，衣袖露兩肘。朝廷憫生還，親故傷老醜。涕淚受拾遺[2]，流離主恩厚。柴門雖得去，未忍即開口。寄書問三川[3]，不知家在否？比聞[4]同罹禍，殺戮到雞狗。山中漏茅屋，誰復依戶牖[5]？摧頹[6]蒼松根，地冷骨未朽。幾人全性命，盡室[7]豈相偶[8]？嶔岑猛虎場[9]，鬱結迴我首。自寄一封書，今已十月後。反畏消息來[10]，寸心亦何有？漢運[11]初中興，生平老耽酒。沉思歡會處，恐作窮獨叟。

1　去年句：指天寶十五年（756）六月，安祿山攻破潼關，唐玄宗倉皇逃蜀。

2 拾遺：唐代官名，掌諫議。唐肅宗至德二年（757），杜甫奔赴鳳翔行在所，肅宗感其忠悃，授以左拾遺一職。

3 三川：指杜甫寄寓妻小的鄜州。

4 比聞：近來聽說。

5 誰復句：杜甫擔憂家中是否還有人存活。戶牖，門與窗，代指家中。

6 摧頹：衰頹，毀廢。

7 盡室：全家。

8 相偶：團聚。

9 嶔岑句：當地因山高民稀，故猛虎縱橫。嶔岑，高峻的山峰。猛虎場，猛虎縱橫之地。

10 反畏句：寄信後已過十個月，未有回信，如今反倒怕真的收到家人無存的壞消息。

11 漢運：以漢喻唐，指唐朝國運。

名家析評

《杜臆》：他人寫苦情，一言兩言便了，此老自「寄書問三川」至末，宛轉發揮，蟬聯不斷，字字俱堪墮淚。（卷2）

《杜詩詳註》引申涵光曰：「麻鞋見天子，衣袖露兩肘」，一時君臣草草，狼藉在目。「反畏消息來，寸心亦何有？」非身經喪亂，不知此語之真。此等詩，無一語空閒，只平平說法，有聲有淚，真《三百篇》嫡派。人疑杜古鋪敘太實，不知其淋漓慷慨耳。（卷5）

《杜詩提要》：題曰「述懷」，世難未平，心惟戀國；世難稍定，心又思家。此公隱隱傷懷，無可向人述者也。（卷2）

〈北征〉原注：歸至鳳翔，墨制[1]放往鄜州作

皇帝二載[2]秋，閏八月初吉[3]。杜子將北征，蒼茫問家室。維時遭艱虞[4]，朝野少暇日。顧慚恩私被，詔許歸蓬蓽。拜辭詣闕下，怵惕久未出。雖乏諫諍姿[5]，恐君有遺失。君誠中興主，經緯[6]固密勿[7]。東胡[8]反未已，臣甫憤所切。揮涕戀行在[9]，道途猶恍惚。乾坤含瘡痍，憂虞何時畢？靡靡[10]逾阡陌，人煙眇[11]蕭瑟。所遇多被傷，呻吟更流血。回首鳳翔縣，旌旗晚明滅。前登寒山重，屢得飲馬窟。邠郊[12]入地底，涇水中蕩潏[13]。猛虎[14]立我前，蒼崖吼時裂。菊垂今秋花，石戴古車轍[15]。青雲動高興，幽事亦可悅。山果多瑣細，羅生[16]雜橡栗。或紅如丹砂，或黑如點漆。雨露之所濡，甘苦齊結實。緬思桃源內，益嘆身世拙[17]。坡陀[18]望鄜畤，巖谷互出沒。我行已水濱，我僕猶木末[19]。鴟鴞鳴黃桑，野鼠拱亂穴。夜深經戰場，寒月照白骨。潼關百萬師，往者散何卒[20]？遂令半秦民，殘害為異物[21]。況我墮胡塵，及歸盡華髮。經年至茅屋，妻子衣百結。慟哭松聲迴，悲泉共幽咽。平生所嬌兒，顏色白勝雪[22]。見爺背面啼，垢膩腳不襪。牀前兩小女，補綻才過膝[23]。海圖拆波濤[24]，舊繡移曲折。天吳及紫鳳，顛倒在裋褐[25]。老夫情懷惡，嘔泄臥數日。那無囊中帛？救汝寒凜慄[26]。粉黛亦解包，衾裯稍羅列[27]。瘦妻面復光，癡女[28]頭自櫛[29]。學母無不為，曉妝隨手抹。移時施朱鉛，狼藉畫眉闊[30]。生還對童稚，似欲忘饑渴。問事競挽鬚，誰能即嗔喝[31]？翻思在賊愁，甘受雜亂聒。新歸且慰意，生理焉得說[32]？至尊尚蒙塵，幾日休練卒[33]？仰觀天色改，坐覺妖氣豁[34]。陰風西北來，慘澹隨回紇[35]。其王願助順，其俗善馳突[36]。送兵五千人，驅馬一萬匹。此輩少為貴，四方服勇決。所用皆鷹騰，破敵過箭疾[37]。聖心頗虛佇，時議氣欲奪[38]。伊洛指掌收[39]，西京不足拔[40]。官軍請深入，蓄銳可俱發。此舉開青徐[41]，旋瞻略[42]恒碣[43]。昊天[44]積霜露，正氣有肅殺。禍轉亡胡歲，勢成擒胡月。胡命其能久，皇綱未宜絕。憶昨狼狽初，事與古先別。奸臣竟菹醢[45]，同惡隨蕩析[46]。不聞夏殷衰，中自誅褒妲。周漢獲再興，宣光[47]果明哲。桓桓陳將軍[48]，仗鉞[49]

奮忠烈。微爾人盡非[50]，於今國猶活。淒涼大同殿[51]，寂寞白獸闥[52]。都人望翠華[53]，佳氣向金闕。園陵固有神，掃灑數不缺。煌煌太宗業，樹立甚宏達。

1 墨制：用墨筆書寫的詔敕，此指唐肅宗同意杜甫返家探親的敕命。

2 皇帝二載：唐肅宗至德二年（757）。

3 初吉：朔日，即初一。

4 艱虞：艱難和憂患。

5 諫諍姿：杜甫謙稱自己初任拾遺，缺乏諫諍的經驗。

6 經緯：原為織物的縱線與橫線。此作動詞用，比喻有條不紊地處理國家大事。

7 密勿：謹慎周到。

8 東胡：指安史叛軍。安祿山是突厥族和東北少數民族混血兒，其部下多奚族和契丹族人，故稱東胡。

9 行在：皇帝在外臨時居住的處所。

10 靡靡：行步遲緩。

11 眇：稀少，罕見。

12 邠郊：邠州（今陝西彬縣）郊外平原。

13 蕩潏：水流動的樣子。

14 猛虎：比喻山上怪石狀如猛虎。

15 石戴句：石上印著古代的車轍。

16 羅生：羅列叢生。

17 拙：指不擅長處世。

18 坡陀：山崗起伏不平。

19 我行二句：此言杜甫歸家心切，行走迅速，已至山下水邊，而僕人卻落在後邊的山上，遠望如在樹梢上一般。木末，樹梢。

20 潼關二句：至德元年（756），安祿山攻陷洛陽，哥舒翰率三十萬大軍據守潼關，楊國忠迫其匆促迎戰，結果全軍覆沒。詩中的「百萬」為誇飾寫法，實則僅有三十萬士兵。卒，倉促。

21 為異物：異於活人之物，代指死亡。

22 白勝雪：喻臉色發白。

23 補綻句：女兒們的衣服既破又短，補了又補，剛剛蓋過膝蓋。唐代婦女衣著一般須垂至地面，才過膝極為不得體。

24 海圖句：繡有海景波濤圖的布面，因東縫西補而被拆散割裂。

25 天吳二句：剪官服上的刺繡花紋，被剪來縫補舊衣，以致圖樣顛倒錯亂。天吳，神話中虎面人身的水神。紫鳳，傳說中的紫色鳳鳥。此以天吳、紫鳳代指官服上的花紋刺繡。短褐，粗布衣。

26 凜慄：凍得發抖。

27 粉黛二句：解開包有粉黛的包裹，其中多少還有一些衾、裯之類。

28 癡女：不懂事的女兒，此為愛憐的語氣。

29 櫛：梳頭。

30 畫眉闊：唐代女子畫眉以闊為美。

31 嗔喝：生氣的喝止。

32 生理句：哪裡顧得上生計？

33 休練卒：停止練兵，指結束戰爭。

34 妖氛豁：此指時局有所好轉。豁，開朗。

35 陰風二句：當時唐肅宗向回紇借兵平息安史叛亂。回紇，唐代西北部族名，杜甫以「陰風」、「慘澹」形容回紇軍，暗指其好戰嗜殺，須多加提防。

36 善馳突：擅長騎射突擊。

37 所用二句：形容軍士如鷹之飛騰，勇猛迅捷，跑得比飛箭還快。

38 聖心二句：唐肅宗一心期待回紇兵能為其解憂，然而朝臣對借兵之事感到擔心，卻又不敢反對。

39 指掌收：輕而易舉地收復。

40 不足拔：不費力就能攻克。

41 青徐：青州、徐州，今山東附近。

42 略：攻取、攻略。

43 恒碣：即恒山、碣石山，在今山西、河北一帶，此指安祿山、史思明的盤踞地。

44 昊天：古人稱秋天為昊天。

45 菹醢：古時一種酷刑，將人殺死後剁成肉醬，音拘海。

46 蕩析：清除乾淨。

47 宣光：指周宣王與漢光武帝，兩人皆為中興明主，此用以稱譽唐肅宗。

48 桓桓句：時任左龍武大將軍的陳玄禮，率禁衛軍護衛唐玄宗逃離長安，至馬嵬驛，兵諫格殺楊國忠等人，並迫使玄宗縊殺楊貴妃。桓桓，威嚴勇武。

49 鉞：音越，大斧，古代天子或大臣所持的象徵性武器。

50 人盡非：人民均被胡人統治，化為夷狄。

51 大同殿：唐玄宗朝會群臣的宮殿。

52 白獸闥：未央宮白虎殿殿門。唐代因避太祖（唐高祖李淵之父）李虎名諱，改虎為獸。闥，音踏，同「門」。

53 翠華：皇帝儀仗中飾有翠羽的旌旗，此代指皇帝。

名家析評

《唐宋詩醇》：以排天斡地之力，行屬詞比事之法，具備萬物，橫絕太空，前無古人，後無來者，自有五言，不得不以此為大文字也。問家室者，事之主；憤艱虞者，意之主。以皇帝起，太宗結，戀行在，望匡復，言有倫脊，忠愛見矣。道途感觸，抵家悲喜，瑣瑣細細，靡不具陳，極窮苦之情，絕不衰餒。（卷10）

《杜詩偶評》：漢魏以來，未有此格，少陵特為開出，公之忠愛謀略具見，詩史、詩聖，應以此等目之。（卷1）

《杜詩話》：老杜說兒女子，態似嗔實喜，極是人情。如「平生所嬌兒，顏色白勝雪。見爺背面啼，垢膩腳不襪。……問事競挽鬚，誰能即嗔喝？」又，「癡女饑咬我，啼畏虎狼聞。懷中掩其口，反側聲愈嗔。小兒強解事，故索苦李餐。」又，「布衾多年冷似鐵，驕兒惡臥踏裡裂」；「癡兒不知父子禮，叫怒索飯啼門東」，想見對童稚驕憨，又惱又愛光景，所謂不失赤子之心者也。（卷1）

〈彭衙[1]行〉

憶昔避賊初，北走經險艱。夜深彭衙道，月照白水山。盡室久徒步，逢人多厚顏。參差谷鳥吟，不見遊子還。癡女饑咬我，啼畏虎狼聞。懷中掩其口，反側聲愈嗔。小兒強解事，故索苦李餐。一旬半雷雨，泥濘相牽攀。既無禦雨備，徑滑衣又寒。有時經契闊[2]，竟日數里間。野果充餱糧，卑枝成屋椽[3]。早行石上水，暮宿天邊煙。少留周家窪[4]，欲出蘆子關。故人有孫宰，高義薄曾雲[5]。延客已曛黑，張燈啟重門。暖湯濯我足，剪紙招我魂[6]。從此出妻孥，相視涕闌干。眾雛爛熳[7]睡，喚起沾盤餐。「誓將與夫子，永結為弟昆」[8]。遂空所坐堂，安居奉我歡。誰肯艱難際，豁達露心肝？別來歲月周，胡羯仍構患。何當有翅翎？飛去墮爾前。

1 彭衙：今陝西白水縣東北六十里。

2 契闊：顛簸難行的道路。

3 野果二句：以野果充饑，在樹下休息。餱糧，乾糧；屋椽，屋頂橫樑，代指屋宇。

4 周家窪：杜甫友人孫宰的居住地。

5 高義句：頌揚孫宰義薄雲天。曾雲，即層雲，重疊的雲層。

6 暖湯二句：備熱水濯足，剪紙招遠客之魂，見孫宰招呼客人無微不至。

7 爛熳：熟睡的樣子。

8 誓將二句：此引述孫宰願與杜甫永結為兄弟之言。夫子，孫宰謂杜甫；弟昆，兄弟。

名家析評

《唐詩歸》鍾惺云：小心厚道，一味感恩，忘卻自家身分。乃知自處高人才士，見人愛敬，以為當然而直受者，妄淺人也。（卷17）

《讀杜心解》：孫宰必白水人，「同家窪」當是白水鄉村之名，即孫宰所居也。公因取白水之古名，命題作歌，以表其人，故曰〈彭衙行〉。非路出「彭衙」後，再歷一旬之泥塗，然後到「同家窪」，遇孫宰也。（卷1之2）

《杜詩說》：此詩本懷孫宰，後人製題必曰「懷某人」矣，然不先敘在途一節饑寒困苦之狀，不足顯此人情意之濃，並己感激之忱，亦不見刻摯。如此命題，如此構篇，可悟呆筆敘事與妙筆傳神，相去天壤。（卷1）

〈至德二載，甫自京金光門出間道歸鳳翔。乾元初，從左拾遺移華州掾，與親故別，因出此門，有悲往事〉

此道昔歸順[1]，西郊胡正繁。至今猶破膽，應有未招魂。近侍歸京邑[2]，移官豈至尊[3]？無才日衰老，駐馬望千門[4]。

1 此道句：此道，即詩題之「自京金光門出間道」，間道，小路。歸順，指至德二年（757），杜甫奔赴鳳翔歸順肅宗，被授予左拾遺一職。

2 近侍句：杜甫由左拾遺去職後，改任華州掾。近侍，即左拾遺，因常在皇帝身旁附近工作，故稱。京邑，指華州為京師傍縣。

3 移官句：指被貶官乃出自小人讒毀，並非皇上本意。

4 千門：宮中眾多的門戶，代指宮殿。

名家析評

《杜詩說》：「移官遠至尊」，「遠」字是。公因房琯而出，實肅宗之意，若「豈」

字，恐非公本旨。前半具文見意，拔賊自歸，孤忠可錄，坐黨橫斥，臣不負君，君負臣矣。後半移官京邑，但咎己之無才，遠去至尊，不勝情之瞻戀。立言忠厚，可觀可感。（卷12）

《杜詩詳註》引顧宸曰：公疏救房琯，詔三司推問，以張鎬力救，敕放就列。至次年，與房琯、嚴武俱貶，坐琯黨也。此公事君交友、生平出處之大節。曰「移官豈至尊」，不敢歸怨於君也。當時讒毀，不言自見。又以無才自解，更見深厚。（卷6）

〈百憂集行〉

憶年十五心尚孩，健如黃犢[1]走復來。庭前八月梨棗熟，一日上樹能千回。即今倏忽已五十，坐臥只多少行立。強將笑語供主人[2]，悲見生涯百憂集。入門依舊四壁空，老妻睹我顏色同。癡兒不知父子禮，叫怒索飯啼門東[3]。

1 黃犢：杜甫指自己年少時如小黃牛般身強體健。犢，音獨，小牛。

2 強將句：勉強說笑，討主人歡心。強，勉力、刻意；主人，泛指杜甫為求生計所依附之人。

3 啼門東：古時庖廚之門在東。杜甫家中幼子因腹饑，遂於庖廚門口叫怒索飯。

名家析評

《杜臆》：「強將笑語供主人」，寫作客之苦刻骨，身歷始知。四壁依舊空，老妻顏色同，癡兒索飯啼，不親歷寫不出。寫得情真自然，妙絕！（卷4）

《讀書堂杜詩集註解》：前半言筋力之衰，後半言貧乏之苦，而中間「強將笑語」二句，感慨之所由。（卷8）

〈宿府[1]〉

清秋幕府井梧寒，獨宿江城蠟炬殘。永夜角聲悲自語[2]，中天月色好誰看？風塵荏苒[3]音書絕，關塞蕭條行路難。已忍伶俜十年[4]事，強移棲息一枝安。

1 宿府：杜甫寫此詩時，擔任成都府尹兼劍南節度使嚴武的幕僚，因住家在成都城外的浣花溪，與城內有一大段距離，加以工作常須輪值，只能留宿幕府，詩題故云「宿府」，詩則寫幕府獨宿時的淒清景況與沉鬱心情。

2 永夜句：指長夜中傳來的號角聲，猶如詩人的悲涼自語。

3 風塵荏苒：風塵，代指戰亂；荏苒，時間推移流轉。

4 伶俜十年：杜甫由天寶十四年（755）安史之亂起，至代宗廣德二年（764）任嚴武幕僚，已近十年。伶俜，流離失所。

名家析評

《杜臆》:「永夜角聲悲」、「中天月色好」為句，而綴以「自語」、「誰看」，此句法之奇者 ，乃府中不得意之語。蓋因故鄉之音書既絕，關塞之行路甚難，自華州棄官以來，「伶俜十年」而勉強參謀幕府，「棲息一枝」而實非心之所欲也，安能久居此耶！（卷6）

《杜詩詳註》：角聲慘慄，悲哉自語；月色分明，好與誰看？此獨宿淒涼之況也。鄉書闊絕，歸路艱難；流落多年，借棲幕府，此獨宿傷感之意也。玩「強移」二字，蓋不得已而暫依幕下耳。（卷14）

〈去蜀〉

五載客蜀郡，一年居梓州[1]。如何關塞阻，轉作瀟湘[2]遊。萬事已黃髮[3]，殘生[4]隨白鷗。安危大臣在，何必淚長流？

1 五載二句：指杜甫於肅宗上元元年（760）至代宗永泰元年（765）間，客居蜀郡成都。廣德元年（763），杜甫因避劍南兵馬使徐知道之亂，而暫居梓州（今四川三台）。

2 瀟湘：今湖南地區。

3 萬事句：言年老無望。黃髮，人老後髮色由白而黃。

4 殘生：餘生。

名家析評

《杜詩說》：公之欲去蜀者屢矣，而終不果，此則嚴公（嚴武）既薨，旋有崔旰之亂，於是決計去蜀，乃通志客蜀之歲月，以見六年棲泊此地者 ，皆非其所得已也。（卷7）

《讀杜心解》：只短律耳，而六年中，流寓之跡，思歸之懷，東遊之想，身世衰遲之悲，職任就舍之感，無不括盡。可作入蜀以來數卷詩大結束，是何等手筆！（卷3之4）

《杜詩詳註》引黃鶴注云：國家安危，自有大臣負荷，杞憂徒抱，何補於事？唯有拭淚長辭，扁舟下峽而已。此反言以自釋之辭也。（卷14）

〈壯遊[1]〉

往昔十四五，出遊翰墨場。斯文崔魏[2]徒，以我似班揚[3]。七齡思即壯，開口詠鳳凰。九齡書大字，有作成一囊。性豪業嗜酒，嫉惡懷剛腸。脫略小時輩，結交皆老蒼。飲酣視八極，俗物多茫茫。東下姑蘇臺，已具浮海航。到今有遺恨，不得窮扶桑。王謝風流遠，闔閭[4]丘墓荒。劍池石壁仄，長洲荷芰香。嵯峨閶門北，清廟映迴塘。每趨吳太伯[5]，撫事淚浪浪。蒸魚聞匕首，除道哂要章[6]。枕戈憶勾踐，渡浙想秦皇。越女天下白，鑑湖五月涼。剡溪蘊秀異，欲罷不能忘。歸帆拂天姥，中歲貢舊鄉[7]。氣劘屈賈壘，目短曹劉牆[8]。忤下考功第，獨辭京尹堂[9]。放蕩齊趙間，裘馬頗清狂。春歌叢臺上，冬獵青丘旁。呼鷹皂櫪林，逐獸雲雪岡。射飛曾縱鞚，引臂落鶖鶬。蘇侯[10]據鞍喜，忽如攜葛彊[11]。快意八九年，西歸到咸陽。許與必詞伯，賞遊實賢王。曳裾置醴地，奏賦入明光[12]。天子廢食召，群公會軒裳。脫身無所愛[13]，痛飲信行藏。黑貂寧免敝，斑鬢兀稱觴。杜曲晚耆舊，四郊多白楊。坐深鄉黨敬，日覺死生忙。朱門任傾奪，赤族迭罹殃[14]。國馬竭粟豆，官雞輸稻粱[15]。舉隅見煩費，引古惜興亡。河朔風塵起，岷山行幸長[16]。兩宮各警蹕[17]，萬里遙相望。崆峒殺氣黑，少海旌旗黃[18]。禹功亦命子，涿鹿親戎行[19]。翠華擁吳岳，螭虎噉豺狼[20]。爪牙一不中，胡兵更陸梁[21]。大軍載草草，凋瘵滿膏肓[22]。備員竊補袞[23]，憂憤心飛揚。上感九廟焚，下憫萬民瘡。斯時伏青蒲，廷諍守御牀[24]。君辱敢愛死？赫怒幸無傷[25]。聖哲體仁恕，宇縣復小康[26]。哭廟灰燼中，鼻酸朝未央。小臣議論絕，老病客殊方[27]。鬱鬱苦不展，羽翮困低昂。秋風動哀壑，碧蕙捐微芳。之推避賞從，漁父濯滄浪。榮華敵勳業，歲暮有嚴霜[28]。吾觀鴟夷子[29]，才格出尋常。羣凶逆未定，側佇英俊翔。

1 壯遊：唐代宗大曆元年（766），杜甫客居夔州時所作。詩題為「壯遊」，但詩中所述由壯年至老年，疑「壯」字有誤，或當作「往遊」。

2 崔魏：指武則天久視二年（701）進士崔尚，與神龍三年（707）管樂科及第的魏啟心。因兩人皆有文采功名，杜甫故以「斯文」稱之。

3 班揚：漢代辭賦家班固、揚雄。

4 闔閭：原稱公子光，春秋時吳國君王，其墳冢位於吳縣閶門（今蘇州城）外。

5 吳太伯：又稱泰伯，為東吳第一代君王，姓姬名泰。

6 蒸魚二句：蒸魚句，《史記．刺客列傳》記載，吳國闔閭（公子光）找刺客專諸置匕首於魚腹中，刺殺吳王僚後，自立為王。除道句，出自《漢書．朱買臣傳》，朱買臣當上會稽太守後，腰懷章綬，百姓清掃街道以迎之。杜甫援引吳越史事，「蒸魚」句使人感恩仇，「除道」句則令人慨勢利。

7 中歲句：指開元廿三年（735），杜甫回鞏縣參加鄉貢，廿四年在洛陽考進士不第。舊鄉，杜甫祖籍洛陽。

8 氣劘二句：杜甫自謂才氣可上與屈原、賈誼相敵，下可俯視曹植、劉禎。劘，音摩，逼近。

9 忤下二句：杜甫因舉進士不第，離開東都洛陽。京尹堂，指京城。

10 蘇侯：杜甫詩中原注：監門冑曹蘇預。按：蘇預後改名為蘇源明。

11 葛彊：西晉征南將軍山簡，常與愛將葛彊出遊打獵。蘇預因常與杜甫同獵，遂自比為山簡，將杜甫比為葛彊。

12 奏賦句：指杜甫於天寶十年（751）於明光殿獻〈三大禮賦〉之事。

13 脫身句：杜甫獻賦之後，玄宗奇其才，令宰相試文章，擢河西尉，杜甫因不欲屈身小吏，遂棄河西尉不就。

14 赤族句：謂李林甫、楊國忠為爭權奪利而傾陷朝士。赤族，夷滅全族；迭，屢次。

15 國馬二句：玄宗所豢養的舞馬飼以豆粟，並以百姓上貢的稻粱餵養鬥雞。二句由小處概見宮中奢靡浪費情狀。

16 河朔二句：指安祿山由河朔（今河北境內）起兵造反，玄宗後逃難到蜀地岷山。

17 警蹕：肅宗在靈武即位，玄宗逃難蜀境，父子分居兩宮，各自戒備，猶如相隔萬里般相望。

18 崆峒二句：上句指肅宗率軍至平涼收復失地，下句指肅宗在靈武，以太子身分即位稱帝。崆峒，今甘肅平涼；少海，代指太子。

19 禹功二句：玄宗禪位，肅宗親征。上句以受舜禪位的「禹」喻肅宗，下句以曾和黃帝交戰於涿鹿的「蚩尤」喻安祿山。

20 翠華二句：謂肅宗親至鳳翔，率領王師討伐叛軍。翠華，皇帝儀仗中飾有翠羽的旌旗，此代指皇帝。螭虎，朝廷猛將；豺狼，代指安史叛軍。

21 爪牙二句：謂房琯兵敗陳濤斜後，安史叛軍更加猖狂。爪牙，指房琯率領朝中軍隊；一不中，無法一次交戰便有效打擊敵人，指房琯兵敗陳濤斜；陸梁，跳躍、猖狂。

22 大軍二句：郭子儀與安史叛軍在清渠交戰失利後，退守至武功，朝中形勢相當不利。草草，騷動不安；凋瘵，困乏、衰敗。

23 備員句：指杜甫官拜左拾遺，穿上官員的袞服。

24 斯時二句，杜甫跪於蒲席，力諫肅宗不應以兵敗罪責房琯。青蒲，青綠色的蒲席；御牀，皇上坐臥之具。

25 赫怒句：杜甫疏救房琯，肅宗大怒，詔三司推問，幸賴宰相張鎬救之，始得獲免。

26 宇縣句：宇縣，天下。指安史之亂平定後，天下逐漸康樂。

27 小臣二句：議論絕，指杜甫貶官後，不復於朝中獻言；殊方，異域，此指巴蜀。杜甫貶官後，舉家遷至遠離朝廷的巴蜀。

28 榮華二句：所獲致的榮華富貴超過所建立的功業，將如歲暮嚴霜般，難以持久。

29 吾觀句：杜甫以高蹈五湖、不慕虛榮的范蠡自勉。鴟夷子，春秋時輔佐越王勾踐復國的范蠡，後適齊，更名為鴟夷子皮。

名家析評

《杜臆》：此詩乃公自為傳，其行徑大都與李白相似，然李一味豪放，而杜卻豪中有細。◎觀公吳、越、齊、趙之遊，知其壯歲詩文遺逸多矣，豈後來詩律轉細，自棄前魚耶？（卷8）

《杜詩話》：少陵壯遊詩，乃晚年自作小傳。「往者十四五」一段，敘少年之遊。「東下姑蘇臺」一段，敘吳越之遊。「中歲貢舊鄉」一段，敘齊趙之遊。「西歸到咸陽」一段，敘長安之遊。「河朔風塵起」一段，敘奔赴鳳翔及扈從還京事。「老

病客殊方」一段，敘貶官後久客巴蜀之故。通首悲涼慷慨，荊卿歌耶？雍門琴耶？高漸離之筑耶？（卷3）

《甌北詩話》：詩人之窮，莫窮於少陵。當其遊吳、越，遊齊、趙，少年快意，裘馬清狂，固尚未困阨。天寶六載，召試至長安，報罷之後，則日益饑窘，觀其詩可知也。（卷2）

親情詩單元

親情詩
單元導讀

本單元所選錄的親情詩，用以呈現李白與杜甫各自的夫妻互動與親子相處情形。

先就李白的親情詩而論。在李白的兩段婚姻關係中，首婚入贅於湖北安陸，與前相許圉師的孫女許氏成婚。李白在〈贈內〉詩自言婚後「日日醉如泥」，或許稍嫌誇大，畢竟每日爛醉如泥，身體早已不堪負荷，如何還能寫詩？但身為贅婿的李白，面對婚姻的逃避與失落，是不難想像的。李白摹擬妻子許氏口吻所作的〈寄遠〉，由詩中的「離居經三春」，也能理解李白與許氏婚後聚少離多的情形。許氏歿後，據唐人魏顥〈李翰林集序〉所載，李白「又合於劉，劉訣，次合於魯一婦人，生子頗黎。」李白與這兩位婦人應該只是同居關係，是以僅簡單交代其來歷，「頗黎」的生母甚至連姓名都沒有。李白的第二段婚姻，是入贅於河南梁宋之前宰相宗楚客府，與宗楚客孫女成親。在第二段婚姻關係中，李白有了更多的「寄內」、「贈內」之作，晚年還親送宗氏到廬山學道求仙，頗有與宗夫人「志同道合」的意味。實則不然！蔣寅教授一語道破兩人關係：「做為告別妻子的丈夫，他絲毫未述說對妻子的眷戀、對妻子的安慰，卻一味寫『出門妻子強牽衣，問我西行幾日歸』；『白玉樓高看不見，相思須上望夫山』，並設想日後妻子思念自己的情形：『翡翠為樓金作梯，誰人獨宿倚門啼？夜坐寒燈連曉月，行行淚盡楚關西。』這些內容雖顯示出李白對妻子感情的理解，但其中何嘗不是流露出男性優越感的滿足呢？」[1]

1 蔣寅：〈權德輿與唐代贈內詩〉，收入《百代之中——中唐的詩歌史意義》（北京：北京大學出版社，2013年），頁80。

疏離的夫妻關係之外，李白的親子關係，也恍若快速播放的影片，畫面轉瞬即逝，影像蒼白模糊。李白在被讒出宮後，便開始四處歷遊，尋求遇合的機會。首婚許氏所生的一兒一女被寄養在東魯一帶，僅在途經江南吳地時，以〈寄東魯二稚子〉詩表達心中對兒女的思念。這是李白詩集中，唯一以整首篇幅，想像兒女在桃樹下思念遠遊的父親——「折花不見我，淚下如流泉」、「雙行桃樹下，撫背復誰憐」，儘管李白表明自己「念此失次第，肝腸日憂煎」，恨不得能立刻飛到兒女的身邊……但終究只是說說而已，並未付諸行動。在其他詩作中，也完全看不到他與子女親密互動的細節。少數提及兒女的隻言片語，如〈南陵別兒童入京〉以「兒女嬉笑牽人衣」一句帶過；或是因自己長年在外，請路過的友人代為探望稚子之〈送蕭三十一之魯中兼問稚子伯禽〉，以及〈贈武十七諤〉序文感謝門人武諤於戰亂時救出愛子伯禽，可見李白是以「雖然愛你們，卻不得不離開你們」的矛盾心態來面對兒女的。至於李白另一位「傳說中」的兒子——頗黎，是李白在東魯時與一婦人偶合所生。既然連生母都姓名不詳，詩集中就更不可能留下隻言片語了。

相形之下，杜甫在詩中所寫的妻兒互動情形，便顯得悲喜交集，生動飽滿。除了在〈月夜〉、〈一百五日夜對月〉細數其與妻子楊氏分別的時日與思念之情，還有〈羌村〉中驚定拭淚、夜闌秉燭的重逢場景；流離蜀道途中，與妻子患難扶持的畫面；浣花草堂期間，陪妻兒下棋、釣魚、乘艇的休閒活動，都是尋常夫妻白首偕老、不離不棄的真情實感。其他如「何日干戈盡？飄飄愧老妻」（〈自閬州領妻子卻赴蜀山行〉三首之二）、「偶攜老妻去，慘澹凌風煙」（〈寄題江外草堂〉）、「老妻書數紙，應悉未歸情」（〈客夜〉）、「理生哪免俗，方法報山妻」（〈孟倉曹步趾領新酒醬二物滿器見遺老夫〉）。由頻繁提及的詩句與日常互動的細節，體現了杜甫對妻子的依戀與深情。網路作家六神磊磊在《翻牆讀唐詩》中不禁慨嘆：「唐朝所有大詩人的妻子裡，我們對楊小姐的生活了解得最多，對她的形象也最熟悉，原因很簡單——因為杜甫寫得最多。」[2]

夫妻關係之外，杜甫與兒女的互動細節也屢見於詩。在本單元選錄的詩作中，除了〈遣興〉、〈憶幼子〉之類思念家中兒女之作，或是〈江村〉、〈進艇〉所記錄的休閒消遣活動，另有逢年過節、百感交集的示兒之作。遇到兒子生日時，杜甫除了以詩慶賀，還不忘叮嚀交代：「精熟文選理，休覓彩衣輕」（〈宗武生日〉），真實傳遞了一位「望子成龍」的慈父心聲。此外，自傳詩單元選錄的〈北征〉詩，也記錄了「平生所嬌兒」與「牀前兩小女」，在杜甫歷劫返家後的各種親暱撒嬌行為，讓杜甫「似欲忘饑渴」，消解了流離過程中的疲憊與驚險。又如〈彭衙行〉的「癡女饑咬我，啼畏虎狼聞」、「小兒強解事，故索苦李餐」，〈百憂集行〉的「癡兒不知父子禮，叫怒索飯啼門東」，也記錄了兒女在旅途時因饑餓產生的本能反應，而不是加了美顏濾鏡後，溫馨卻虛假的親子互動畫面。

夫妻、父子關係之外，杜甫也經常在詩中提及弟妹。旅居夔州期間，隸役伯夷、辛秀、信行、行官張望、獠奴阿段、女奴阿稽等人，更屢見於詩，杜甫對他們可謂「體恤周至，動見民吾同胞之隱」[3]。但這類詩作，卻罕見於李白詩集中。是以在夫妻、父子的人倫關係外，本書也選錄了杜甫友于兄弟與體恤僕役之作，藉以體現李、杜在親情詩單元的內容差異。從而可見：「李白好虛摹」與「杜甫尚實際」，不僅可用以概括兩人的寫作手法特色，也不妨用來概括李、杜各自的夫妻互動及親子、僕役關係。

2 六神磊磊：〈杜甫的太太：我嫁的是一個假詩人〉，《翻牆讀唐詩》（臺北：新經典文化，2019年），頁183。

3 清．劉鳳誥：《杜詩話》，收入《存悔齋集》，《續修四庫全書》1486冊（上海：上海古籍出版社，2002年），卷24，頁4B。

李白親情詩

〈贈內〉

三百六十日，日日醉如泥。雖為李白婦，何異太常妻[1]？

1 太常妻：《後漢書‧周澤傳》：「（澤）為太常，清潔循行，盡敬宗廟。常臥疾齋宮，其妻哀澤老病，窺問所苦。澤大怒，以妻干犯齋禁，遂收送詔獄謝罪。當世疑其詭激。時人為之語曰：『生世不諧，作太常妻，一歲三百六十日，三百五十九日齋。』」太常，官名，掌天子禮樂祭祀等事務。

按：本詩歷代罕有詩評言及。詩應作於開元廿五年（737），李白與首任妻子許氏酒隱安陸時期。詩中李白戲言自己因常醉酒，妻子難以親近他，猶如漢代太常周澤之妻守活寡般的不幸遭遇。

〈寄遠〉十二首其三

本作一行書，殷勤道相憶。一行復一行，滿紙情何極？瑤臺[1]有黃鶴，為報青樓人[2]。朱顏凋落盡，白髮一何新。自知未應還，離居經三春。桃李今若為？當窗發光彩。莫使香風飄，留與紅芳待[3]。

1 瑤臺：在崑崙山，傳說中神仙居住處。

2 青樓人：高門大戶，指出身名門貴族的許夫人。青樓，高門大戶。

3 留與句：留著紅花待我歸來。

按：本詩乃李白揣摩首任妻子許氏口吻，寫信寄給遠方的夫君李白，形成「李白替妻子寫信給李白」的情形。

〈寄東魯二稚子〉

吳地桑葉綠，吳蠶已三眠[1]。我家寄東魯，誰種龜陰田[2]。春事已不及，江行[3]復茫然。南風吹歸心，飛墮酒樓前。樓東一株桃，枝葉拂青煙。此樹我所種，別來向[4]三年。桃今與樓齊，我行尚未旋[5]。嬌女字平陽，折花倚桃邊。折花不見我，淚下如流泉。小兒名伯禽，與姊亦齊肩。雙行桃樹下，撫背復誰憐？念此失次第[6]，肝腸日憂煎。裂素寫遠意，因之汶陽川[7]。

1 吳蠶句：蠶蛻皮時，不食不動，其狀如眠。須歷經三次蛻皮，方能吐絲結繭。春秋吳國在江蘇一帶，吳地盛養蠶，李白寫詩時在東吳一帶。

2 龜陰田：陰，山之北。龜陰田，龜山北邊之田，為李白在山東的田地。

3 江行：乘船返回山東。

4 向：將近。

5 旋：回歸。

6 失次第：失去次序常態，指心緒不定。

7 汶陽川：山東汶水，用以代指李白兒女寄居處。

名家析評

《唐詩別裁集》「樓東一株桃」旁批：家常語，瑣瑣屑屑，彌見其真。（卷2）

《李白詩選評》：折花垂淚，姐弟齊肩，雙行桃樹，然而這一切都只是想象虛擬，虛擬愈細，則見出思念愈深。然而虛擬總是虛幻，一想到現在再也無人對姐弟二人撫背相憐，詩人頓然從想象中回到現實，不覺方寸大亂，肝腸如煎。（頁154-155）

〈秋浦寄內〉

我今潯陽[1]去，辭家千里餘。結荷倦水宿，卻寄大雷[2]書。雖不同辛苦，愴離各自居。我自入秋浦，三年北信疏。紅顏愁落盡，白髮不能除。有客自梁苑[3]，手攜五色魚[4]。開魚得錦字，歸問我何如？江山雖道阻，意合不為殊。

1 潯陽：地名，今江西九江市。

2 大雷：地名，在今安徽望江縣。南朝梁鮑照有〈登大雷岸與妹書〉。

3 梁苑：地名，今河南商丘一帶。

4 五色魚：代稱書信。古人將尺素結為鯉魚形，故稱。

按：李白於天寶九年（750）左右，再度入贅於前宰相宗楚客孫女，婚後居於宋城梁苑（今河南商丘一帶）。本詩為天寶十四年（755）秋，李白將往潯陽投靠永王李璘時，寄詩宗氏。因兩人聚少離多，詩中遂有「愴離各自居」之言，然末二句「江山雖道阻，意合不為殊」，表明兩人情投意合，不因空間阻隔而有變異。

〈別內赴徵〉三首其一

王命三徵[1]去未還，明朝離別出吳關。白玉高樓看不見，相思須上望夫山[2]。

1 王命三徵：指永王李璘三次徵詔李白擔任幕僚。

2 白玉二句：李白想像別後宗氏若想念李白，恐須上望夫山遠眺。白玉樓，代指夫人宗氏住處。

〈別內赴徵〉三首其二

出門妻子強牽衣，問我西行幾日歸？歸時倘佩黃金印，莫學蘇秦不下機[1]。

1 歸時二句：李白表明改日若功成名就返家時，希望妻子能來迎接他，千萬別像蘇秦的妻子般「不下機」，照常織布，冷漠以待。蘇秦妻，典故見《戰國策》。

蘇秦遊說秦王失敗後，形容枯槁，面目犁黑的返家。到家後，妻子照常織布，兄嫂不下廚，父母也不想和他說話，直接當他是透明人。李白此處反用典故，希望加入永王陣營的決定，能得到妻子的認同。

〈別內赴徵〉三首其三

翡翠為樓金作梯[1]，誰人獨宿倚門啼？夜坐寒燈連曉月，行行淚盡楚關西[2]。

1 翡翠句：指住宅十分豪華。李白繼室宗氏，為前宰相宗楚客孫女，生活環境相當優渥。

2 楚關西：楚關，即武關（遺址位於今陝西商洛市），為古時楚國西方與晉、秦邊界處，故稱「楚關西」。因永王領地，位於西南一帶，詩中以「楚關西」代指投靠永王的李白所在之地。

按：本詩為李白設想妻子與其分別後，獨宿淚流、牽掛李白的情景。

〈南流夜郎寄內〉

夜郎[1]天外[2]怨離居，明月樓中音信疏。北雁春歸看欲盡，南來不得豫章[3]書。

1 夜郎：地名，今貴州省西北部及雲南、四川二省部分地區。肅宗乾元二年（759），李白因受永王叛變事件影響，最終被判處流放夜郎。本詩為流放途中寄給宗氏所作。

2 天外：天邊，指極遠之處。

3 豫章：今江西南昌，李白繼室宗氏時寓居此地。

按：由詩中的「音信疏」與「不得豫章書」，可見李白深切期盼收到宗氏書信。

〈送內尋廬山女道士李騰空[1]〉二首其二

多君相門女[2]，學道愛神仙。素手掬青靄，羅衣曳紫煙。一往屏風疊[3]，乘鸞[4]著玉鞭[5]。

1 李騰空：宰相李林甫之女，曾於廬山學道求仙。

2 多君句：多，推重、讚美；相門女，李白繼室宗氏乃宗楚客孫女，宗楚客在武則天及中宗時曾三次拜相，李白故以「相門女」稱呼宗氏。另有謂「相門女」指宰相李林甫之女李騰空。

3 屏風疊：在廬山五老峰下，山勢九疊如屏風，故名。

4 鸞：鳳凰。

5 著玉鞭：或作「不著鞭」。

按：肅宗上元二年（761），李白流放夜郎遇赦，返歸豫章與宗氏重聚。本詩乃李白晚年陪同宗氏到廬山屏風疊，尋訪女道士李騰空學道而作。李白本就熱衷於學道求仙，對於宗氏的入山學道，自然也是予以支持的。

杜甫親情詩

〈月夜〉

今夜鄜州[1]月，閨中只獨看。遙憐小兒女，未解憶長安。香霧雲鬟溼，清輝玉臂寒[2]。何時倚虛幌[3]？雙照淚痕乾[4]。

1 鄜州：今陝西省富縣。此詩寫於天寶十五年（756），安史叛軍攻陷長安後，杜甫先將家眷安置於鄜州羌村，得知肅宗在靈武（今寧夏靈武）即位後，杜甫便隻身奔赴靈武，途中卻被安史叛軍俘虜，押回長安。此詩即是杜甫受困叛軍軍營，思念鄜州妻小所作。

2 香霧二句：想像妻子獨自望月懷人，因久立而雲鬟沾濕，玉臂生寒。香霧，塗有膏沐的雲鬟散發香氣。雲鬟，古代婦女的環形髮飾。

3 虛幌：透明的窗帷。幌，帷幔。

4 雙照句：對未來團聚的期望。

名家析評

《杜詩說》：子可言憶，內不可言憶，故題只云「月夜」。……後人作此題，必不解入「鄜州」字，即其命題，亦自不同，必云「月下憶內」，題下注云：時在鄜州矣。不知學唐人之題，又安能學唐人之詩乎？（卷4）

《杜詩提要》：此公陷賊中，本寫長安之月，卻偏陡寫鄜州之月；本寫自己獨看，卻偏寫閨中獨看，已得遙揣神情。三四又脫開一筆，以兒女之不解憶，襯出空閨之獨憶，故雲鬟濕、玉臂寒而不知也。沉鬱頓挫，寫盡閨中深情苦境。（卷7）

《杜詩話》：公自避賊初歸，〈北征〉詩但云「瘦妻面復光」，狀一時悲喜交集而已。若鄜州夜月，明明憶閨中獨看，卻用小兒女襯出，遂使雲鬟玉臂，寫髮膚不傷俗艷；淚痕雙照，寫心曲不落痴迷，雅合風人之旨。〈秦州〉詩乃有「曬藥能無婦」句。〈進艇〉詩「晝引老妻乘小艇」，至比之蛺蝶相逐，芙蓉自雙，不嫌纖佻。〈江村〉詩「老妻畫紙為棋局」，更可想其白頭廝守，優遊愉悅意象。〈客夜〉詩「老妻書數紙，應悉未歸情」；〈孟倉曹遺酒醬〉詩「理生那免俗，方法報山妻」，此皆家室中情真而語朴者。後人於憶家寄內詩，知避村氣而漫逞風趣，幾自忘其置閨闥何等？讀此當知立言。（卷1）

〈一百五日夜對月〉

無家對寒食，有淚如金波[1]。斫卻月中桂，清光應更多。仳離放紅蕊[2]，想像嚬青蛾[3]。牛女漫愁思，秋期猶渡河[4]。

1 金波：月光流動。

2 仳離句：遙想分別時妻子如紅花般美麗綻放。仳離，分離。

3 嚬青蛾：妻子因想念遠方丈夫而傷神蹙眉。嚬，蹙眉；青蛾，蛾眉，古人以青黛畫眉，故云青蛾，此代指妻子。

4 牛女二句：以牛郎織女相見有期，言外指自己與妻子卻不知何時得以相見。

名家析評

《杜臆》：詩題不云「寒食對月」，而云「一百五日」，蓋公以去年冬至棄妻出門，今紀其日，見其久也。……鄜州在三川，公在賊中，消息兩不相聞，此其思家與平時不同，憂念之極，故其命詞獨異。（卷2）

《杜詩提要》：五、六言仳離之人，愁眼看花，其嚬蹙可想像而知。二句本寫我憶家，卻不寫我憶，偏寫家人憶，寫得低徊欲絕。唯「想像」二字屬己，家人對花嚬蹙，不能自知，偏自我想像中得之，遂覺兩地相思，一字一淚。十字中無限層折，而對仗尤奇。（卷7）

〈羌村〉三首其一

崢嶸[1]赤雲[2]西，日腳[3]下平地。柴門鳥雀噪，歸客千里至。妻孥[4]怪我在，驚定還拭淚。世亂遭飄蕩[5]，生還偶然遂[6]！鄰人滿牆頭，感嘆亦歔欷[7]。夜闌更秉燭，相對如夢寐。

1 崢嶸：高峻的樣子，此指雲峰。

2 赤雲：被夕陽映紅的雲彩。

3 日腳：從雲縫中射下的日光。因光線會隨時移動，彷彿長了腳，故云「日腳」。

4 妻孥：妻子兒女。

5 飄蕩：漂泊無定、四處流浪。

6 生還句：能活著回來實在是偶然、幸運。遂，如願。

7 歔欷：嘆息，哽咽。

名家析評

《杜臆》：前有〈述懷〉、〈得家書〉二詩，則公與其家人已知兩無恙矣。此詩有「妻孥怪我在」、「生還偶然遂」等語，若初未相聞者，何也？蓋此時盜賊方橫，乘輿未復，人人不能自保，直至兩相對面，而後知其尚存，此實情也。（卷2）

《杜詩詳註》引王慎中曰：三首俱佳，而第一首尤絕。一字一句，鏤出肺腸，才人莫知措手，而婉轉周至，躍然目前，又若尋常人所欲道者。◎引申涵光曰：杜詩「鄰人滿牆頭」與「群雞正亂叫」，摹寫村落田家，情事如見。（卷5）

《杜詩提要》：通首以「驚」字為線。始而鳥雀驚，繼而妻孥驚，繼而鄰人驚，最後並自己亦驚。總是亂後生還，真如夢寐，妙在以傍見側出取之。（卷2）

〈羌村〉三首其二

晚歲迫偷生[1]，還家少歡趣。嬌兒不離膝，畏我復卻[2]去。憶昔好追涼[3]，故繞池邊樹。蕭蕭北風勁，撫事[4]煎百慮。賴知禾黍收，已覺糟牀注[5]。如今足斟酌[6]，且用慰遲暮。

1 偷生：苟且求活。

2 復卻：再次，又。

3 追涼：乘涼，納涼。

4 撫事：追思往事，感念時事。

5 糟牀注：酒汁從榨酒的器具中流下。注，流下。

6 足斟酌：有足夠的酒可喝。

名家析評

《杜臆》：久客以歸家為歡，今當晚歲，無尺寸樹立，而匆迫偷生，雖歸有何歡趣？此句含有許多不平在。……「蕭蕭北風」，正狀晚景，而老大無成，故撫事百慮交煎，安得歡趣乎？「賴知」轉下，黍收酒熟，聊慰目前，而「且用」二字，無限含蓄，非知止知足語也。（卷之2）

《杜詩提要》：公一生以稷、契自期，欲起生民於溝壑，家給人足，功成名遂，奉身以退，是其本懷。今竄身還鄉，偷生終老，一腔幽憤說不出，而姑託言自慰，次首「偷生」二字，已略見其意。（卷2）

〈羌村〉三首其三

群雞正亂叫，客至雞鬥爭。驅雞上樹木，始聞叩柴荊。父老四五人，問[1]我久遠行。手中各有攜，傾榼[2]濁復清。苦辭酒味薄，黍地無人耕。兵革既未息，兒童盡東征。請為父老歌，艱難愧深情。歌罷仰天嘆，四座淚縱橫。

1 問：慰問，由下句「手中各有攜」，可知父老各自帶禮物慰問杜甫遠行歸家。

2 榼：音客，盛酒器。

名家析評

《杜臆》：「苦辭酒味薄」云云，絕似老人口吻。「兵革未息」、「兒童東征」，亦述老人語。兒童東征，故黍地莫耕，正相發也。「請為父老歌」，答其來意。「艱難」正根「黍地無人耕」來。如此艱難，猶復送酒，所以愧其深情。（卷2）

《峴傭說詩》：〈羌村〉三首，驚心動魄，真至極矣。陶公真至，寓於平澹；少陵真至，結為沉痛。此境遇之分，亦情性之分。（46則）

《唐詩新賞》：這組詩，每章既能獨立成篇，卻又相互聯結，構成一個完整的統一體。第一首寫初見家人，是組詩的總起，三首中惟此章以興法開篇。第二首敘還家後事，上承「妻孥」句；而說到「偷生」，又下啟「艱難愧深情」意。第三首寫鄰人的交往，上承「鄰人」句；寫斟酒，則承「如今足斟酌」意；最終歸結到憂國憂民、傷時念亂，又成為組詩的結穴。（冊6）

〈遣興〉

驥子[1]好男兒，前年學語時。問知人客姓，誦得老夫詩。世亂憐渠[2]小，家貧仰母慈。鹿門[3]攜不遂，雁足[4]繫難期。天地軍麾[5]滿，山河戰角[6]悲。儻[7]歸免相失[8]，見日敢辭遲[9]。

1 驥子：宋人黃鶴注杜詩云：「公幼子宗武，小名驥子」，歷來注本也多沿用此說。唯仇兆鰲《杜詩詳註》注〈得家書〉詩「熊兒幸無恙，驥子最憐渠」，引胡夏客曰：「驥，當是宗文，熊，當是宗武。」近人洪業於《杜甫：中國最偉大的詩人》中，也主張「驥子」應是杜甫長子宗文。

2 渠：他。

3 鹿門：隱居避難。鹿門，山名，為隱居聖地。

4 雁足：書信，出自蘇武「雁足繫書」的典故。

5 軍麾：軍旗。

6 戰角：戰鼓、號角，代指戰爭。

7 儻：同「倘」，假如。

8 相失：離散。

9 辭遲：往後延遲。

名家析評

《杜詩提要》：開手四句，言好男兒可遣興也，經世亂家貧而不可遣矣。「鹿門」四句，家書隔而喪亂生，興不可遣矣。又故為自寬之詞曰：得歸而不至相失，亦不怨見日之遲。是於無可遣之中強作自遣語也。一緊一寬，語短而情長。（卷13）

《讀杜私言》：〈得家書〉、〈宗武生日〉、〈元日示宗武〉、〈又示宗武〉與「驥子好男兒」及〈遣懷〉、〈舍弟觀〉等，其悲喜之真，自不待言。須識其藏風韻於荒涼，寓高華於褦襶，情深文明，眼空筆老。（論五七言排律）

〈憶幼子〉

驥子[1]春猶隔，鶯歌暖正繁[2]。別離驚節換，聰慧與誰論。澗水空山道，柴門老樹村。憶渠愁只睡，炙背俯晴軒[3]。

1 驥子：依杜甫〈得家書〉詩「熊兒幸無恙，驥子最憐渠」推論，詩中的「驥子」當為杜甫長子宗文，「熊兒」則是次子宗武。詩題的「幼子」，應理解為「年幼的孩子」，而非「最小的兒子」。

2 鶯歌句：與上句為倒裝句，意為聽鶯鳥鳴唱而憶驥子。

3　炙背句：杜甫因憶子而愁懷不開，故當窗炙背昏睡。炙背，曬背；軒，窗戶。

名家析評

《杜臆》：本是聽鶯歌而憶驥子，乃倒著一句。「鶯歌」之語，景愈麗而心愈悲。澗水空山，其家所寓之景，因憶子及之，便覺氣象蕭索。而睡俯晴軒，描出無聊之態。（卷2）

《杜詩提要》：（五六句）不言如何憶，只將驥子所居景象，寫得如畫，而憶自在其中。七八描出老人隻影無親之狀，在一「俯」字。憶渠一截，愁一截，只俯晴軒炙背睡，又以倒押成套裝，其句法亦奇絕。（卷7）

〈熟食日[1]示宗文宗武〉

消渴遊江漢，羈棲[2]尚甲兵。幾年逢熟食，萬里逼清明。松柏邙山[3]路，風花白帝城。汝曹催我老，回首淚縱橫。

1　熟食日：即清明節、寒食節。秦人呼寒食節為熟食日，蓋當日不動煙火，預辦熟食過節。
2　羈棲：淹留他鄉。
3　邙山：位於河南洛陽城北，故又稱北邙山，為古代王公貴族的陵墓地，後用以代指墳墓。

名家析評

《杜臆》：平時茫茫過去，身居白帝，眼對風花；至清明始想邙山於萬里之外，而怵惕隨之，若清明逼之也。兒漸長，身漸老，分明是「汝曹」催之。回首別離墳墓之日已多，不覺淚之縱橫也。（卷8）

《杜律啟蒙》：抱病客遊，甲兵未息。其在外而逢熟食者，凡幾年矣！今又於萬里之外，近清明也。遙望邙山，不獲拜掃。栖身白帝，風景徒佳。且汝年日長，我年日衰，若催之者然，蓋亦將為松柏中人矣！不識將來能為首邱否也？能無回首而淚下乎！（五言卷之6）

〈又示兩兒〉

令節[1]成吾老，他時見汝心[2]。浮生看物變，為恨與年深。長葛書難得，江州涕不禁[3]。團圓思弟妹，行坐白頭吟。

1 令節：佳節。

2 他時句：浦起龍《讀杜心解》謂本句有三種深意，其一為「身後見汝思親之心」，其二為「到我之年，亦見汝悲老之心」，其三為「待他年無人管顧，汝心方見出來」。他時，改日。

3 長葛、江州：為杜甫弟妹當時所居之地。

名家析評

《杜臆》：「令節成吾老」與「汝曹催我老」同妙。少年逢令節則喜，不知經一令節，即度一年，亦催人老。汝等今猶不知，他日如我之年，汝心當自知之耳。以浮生而看物變，生無恆，物亦無恆。年日積而多，恨日積而深，予自知之，汝猶不知也。思弟妹而不得見，乃其最可恨處。行坐皆吟，恐頭已白而終不得見也。悲在言外。（卷之8）

《杜律啟蒙》：令節頻催，吾年不可久矣。他時拜掃，庶幾見汝心焉。蓋以有限之浮生，而看物類之遷變，年愈衰，而恨亦愈積，豈不與年俱深乎？「恨」字結上章而起下半。蓋前首以不得歸先壟為恨，下文以不得見弟妹為恨也。（五言卷之6）

〈宗武生日〉

小子[1]何時見？高秋此日生。自從都邑語[2]，已伴老夫名[3]。詩是吾家事，人傳世上情[4]。熟精文選理，休覓彩衣輕[5]。凋瘵[6]筵初秩[7]，欹斜坐不成[8]。流霞分片片，涓滴就徐傾[9]。

1 小子：宗武。

2 都邑語：宗武幼時因頗具作詩天賦，已被鄉里之人提及姓名。都邑，猶言鄉里。

3 已伴句：伴隨杜甫詩名流傳世上，亦即知曉杜甫詩名者，未有不知宗武者。

4 詩是二句：就詩而言，寫詩是祖傳家業；就人而言，詩作傳遞的是世上溫情。

5 精熟二句：勉勵宗武當精熟《文選》以紹述家學，豈必彩衣娛親，方為孝子？另有說解二句詩意為：當用功讀書，別耽溺嬉戲。文選，指南朝梁昭明太子編選的《昭明文選》，集古人文詞詩賦計三十卷，此以「文選理」代指文學創作或用功讀書。彩衣輕，暗用老萊子彩衣娛親的典故，亦可解作輕巧時尚的服飾。

6 瘵：音寨，癆病。

7 初秩：一秩為十年，宗武時為十三歲。

8 欹斜：杜甫因年老多病，以致身體歪斜無法久坐。欹，音欺，歪斜。

9 流霞二句：杜甫年老體衰，只能緩緩喝下手中美酒，為宗武慶生。流霞，指美酒猶如浮動的彩雲；徐傾，緩慢飲酒。

名家析評

《讀杜心解》：中四句，字字家常語，質而有味。由祖而來，詩學紹述。此事直是家業。人言傳說有子，特是世上俗情耳，須得學問淵源，本於漢魏，熟精《選》理，乃稱克家，豈必戲彩娛親，方為孝子？面命之語，如聞其聲。（卷5之3）

《杜詩詳註》：此以家學勗宗武。……公祖審言善詩，世情因而傳述，故當精《文選》以紹家學，何必為綵衣娛親乎？此乃面命之語，非遙寄宗武也。（卷17）

〈狂夫〉

萬里橋[1]西一草堂，百花潭[2]水即滄浪[3]。風含翠篠[4]娟娟淨，雨裛[5]紅蕖[6]冉冉香。厚祿故人[7]書斷絕，恆飢稚子色淒涼[8]。欲填溝壑[9]惟疏放[10]，自笑狂夫老更狂。

1 萬里橋：成都南門外的小石橋。

2 百花潭：即浣花溪，杜甫草堂在其北。

3 滄浪：一指青色的水，一指漢水。結合上下文意，應指浣花溪水呈青綠色。

4 篠：音小，細竹。

5 雨裛：被雨沾濕。裛，音易，濕潤。

6 紅蕖：紅色的荷花。蕖，音渠，荷花之古稱。

7 故人：指裴冕，時在長安，與成都分隔兩地。

8 恆飢句：言長期挨餓，面有饑色。

9 填溝壑：屍首填塞山溝，代指死亡。

10 疏放：放縱，不受拘束。

名家析評

《杜律啟蒙》：題曰「狂夫」，而疏放則狂之實也。故應以「疏放」字作線。草堂、潭水，容吾疏放之地也。翠篠、紅蕖，供吾疏放之景也。故人書絕，稚子恆飢，迫吾以不得不疏放之情也。欲填溝壑，則已老矣；惟有疏放，則更狂矣。末句歸結題面，筆力如截奔馬。（七言卷之1）

《唐詩新賞》：一面是「風含翠篠」、「雨裛紅蕖」的賞心悅目之景，一面是「淒涼」「恆飢」、「欲填溝壑」的可悲可嘆之事，全都由「狂夫」這一形象而統一起來。

沒有前半部分優美景致的描寫，不足以表現「狂夫」的貧困不能移的精神；沒有後半部分潦倒生計的描述，「狂夫」就會失其所以為「狂夫」。（冊6）

〈江村〉

清江[1]一曲抱[2]村流，長夏江村事事幽。自去自來梁上燕，相親相近水中鷗。老妻畫紙為棋局[3]，稚子敲針作釣鉤。多病所需惟藥物，微軀[4]此外更何求？

1 清江：水色清澄的江，此指浣花溪。

2 抱：環繞。

3 棋局：棋盤。

4 微軀：微小的身軀，常用作自謙之詞。

名家析評

《杜詩解》：老妻二句，正極寫世法嶮巇，不可一朝居也。言莫親於老妻，而此疆彼界，抗不相下；莫幼於稚子，而拗直作曲，詭詐萬端。……紙本白淨無彼我，針本徑直無回曲，而必畫之敲之，作為棋局、釣鉤，乃恨事，非幽事，而從來人悶悶，全不通篇一氣吟，遂誤讀之也。（卷2）

按：錄此則內容，以見金聖嘆好引申附會的說詩特色。

《杜詩說》：微軀多病，所須惟藥物耳，此外更何求耶？紙可為局，針可為鉤，言外有苟具自足之意，結遂正言之。公律不難於老健，而難於輕鬆，此詩可取處在此。（卷9）

《杜律啟蒙》：來去只燕，親近惟鷗，燕鷗之外，闃其無人也。偶與老妻對局，閒看稚子垂釣，物外逍遙，差堪自適。倘得藥物以扶病身，使之常享江村幽事，於願足矣，此外固無所求也。語語清真有味，不得以其開宋派而少之。（七言卷之1）

〈進艇〉

南京[1]久客耕南畝[2]，北望[3]傷神坐北窗。晝引老妻乘小艇，晴看稚子浴清江。俱飛蛺蝶元相逐，並蒂芙蓉本自雙。茗飲蔗漿攜所有[4]，瓷罌無謝玉為缸[5]。

1 南京：指成都。至德二年（757），唐玄宗為避安史之亂幸蜀時所置。

2 南畝：農田。南坡向陽，利於農作物生長，田土多向南開闢。

3 北望：北望長安。因長安在成都北方，杜甫懷念故國，故北望傷神。

4 茗飲句：飲料有隨身攜帶的茶飲和甘蔗汁。茗飲，茶湯。

5 瓷罌句：用瓷碗來喝的情調也不輸給用白玉杯。瓷罌，陶瓷盛酒器，瓶口小瓶身大；謝，遜色。

名家析評

《杜臆》：觀起語，知非真快心之作，所謂「駕言出遊，以寫我憂」者。「稚子」即公之二子，世亂而骨肉離散者多，公雖漂泊，而得攜妻子與同苦樂，猶不幸中之幸，故俱飛、並蒂，借微物以見意；雖茗飲蔗漿，亦甘之如飴，而瓷罌等於玉缸矣。（卷4）

《杜詩詳註》引葛常之曰：〈北征〉詩云：「經年至茅屋，妻子衣百結。慟哭松聲迴，悲泉共幽咽。」是時方脫身於萬死一生，以得見妻兒為幸。至秦州，則有「曬藥能無婦？應門亦有兒」之句，已非北征時矣。及成都卜居後，〈江村〉詩云：「老妻畫紙為棋局，稚子敲針作釣鉤」；〈進艇〉詩云：「晝引老妻乘小艇，晴看稚子浴清江」，其優遊愉悅之情，見於嬉戲之際，則又異於客秦時矣。（卷10）

《杜詩詳註》引申涵光曰：「南京久客耕南畝，北望傷神坐北窗」，南、北字疊用對映，杜詩每戲為之。如「舊日重陽日，傳杯不放杯」、「桃花細逐楊花落」、「即從巴峽穿巫峽」之類，後人效之，易入惡道。（卷10）

〈月夜憶舍弟〉

戍鼓[1]斷人行[2]，邊秋一雁聲。露從今夜白[3]，月是故鄉明。有弟皆分散，無家問死生。寄書長[4]不達，況乃未休兵。

1 戍鼓：戍樓上的更鼓。

2 斷人行：指鼓聲響起後，就開始宵禁。

3 露從句：今夜進入白露節氣。秋季夜涼，水遇冷而凝結成露。秋季在五行屬金，顏色屬白，故以白露代稱秋露。

4 長：一直，老是。

名家析評

《詩境淺說》：後四句可分數層之意。有弟而分散，一也；諸弟而皆分散，二也；分散而皆無家，三也；生死皆不可問，四也；欲探消息，惟有寄書，五也；奈書長不達，六也。結句言何況干戈未息，則音書斷絕而生死愈不可知，將心曲折寫出，而行間字裡，仍浩氣流行也。（甲編）

《唐詩新賞》：全詩層次井然，首尾照應，承轉圓熟，結構嚴謹。「未休兵」則「斷人行」，望月則「憶舍弟」，「無家」則「寄書不達」，人「分散」則「死生」不明，一句一轉，一氣呵成。（冊6）

〈舍弟占歸草堂檢校聊示此詩〉

久客[1]應吾道，相隨獨爾來。孰知江路近，頻為草堂回。鵝鴨宜長數，柴荊莫浪[2]開。東林竹影薄，臘月[3]更須栽。

1 久客：久居在外，客居他鄉。

2 浪：隨便。

3　臘月：農曆十二月。臘月並非種竹之時，應是杜甫乘弟暫歸，囑其補栽之。

名家析評

《杜詩說》：（杜）占蓋相隨入蜀，既移家梓州，乃令其弟守舍，而常往來於梓蜀之間，故三、四云云。起語似對其弟解嘲，亦有「飄零愧老妻」之意。五、六俗務，七、八閑情，並說始見雅人真致。若假脫俗者，便諱作五、六二語矣。（卷6）

《杜律啟蒙》引黃漢臣曰：「柴荊莫浪開」，隱然諷以擇交省事也。為子弟者，應長佩此語。（五言卷之5）

〈九日〉

重陽獨酌杯中酒，抱病起登江上臺。竹葉於人既無分，菊花從此不須開[1]。殊方[2]日落玄猿哭，舊國霜前白雁來。弟妹蕭條各何往？干戈衰謝兩相催。

1　竹葉二句：重陽節既然無酒可喝，菊花也就無須盛開了。竹葉，酒名。
2　殊方：異域、遠方。詩為杜甫於唐代宗大曆二年（767）在夔州重陽登高所作，夔州距離中原甚遠，故云「殊方」。

名家析評

《杜臆》：重陽獨酌，自覺少趣，故抱病登臺。「竹葉」一聯反言，以見佳節不可不飲也。雁來恆事，加一「舊國」便異，以起下句，雁來而舊國之弟妹不來也。（卷9）

《讀書堂杜詩集註解》此九日憶弟妹而作也。詩中獨酌、無分、故國，皆客邊獨處無聊之景，正以弟妹遠隔也，特至末始點明。（卷17）

〈野望〉

西山[1]白雪三城[2]戍，南浦清江萬里橋[3]。海內風塵諸弟隔，天涯涕淚一身遙。惟將遲暮供多病，未有涓埃[4]答聖朝。跨馬出郊時極目，不堪人事日蕭條。

1 西山：在成都西邊，主峰雪嶺終年積雪。
2 三城：指松州、維州、保州，三者為蜀邊要鎮，吐蕃時相侵犯，故駐軍守之。
3 萬里橋：在成都城南。三國蜀漢費禕訪問吳國，臨行前謂諸葛亮曰：「萬里之行，始於此橋。」遂名為萬里橋。
4 涓埃：細流輕塵，比喻微末細小。

名家析評

《杜詩說》：三、四骨肉睽離之戚，五、六闕廷疏遠之懷，此則人事之最切者。跨馬出郊之際，極目傷心，宜首及此。「供」字工甚。遲暮之身，尚思效力朝廷，豈意第供多病之用？此自悲自恨之詞。（卷9）

《杜詩詳註》：上四，野望感懷，思家之念。下四，野望撫時，憂國之情。臨橋而望三城，近慮吐蕃；天涯而望海內，遠愁河北也。五六屬自慨，末句乃慨世。出郊極目，點醒本題。（卷10）

〈吾宗[1]〉 原注：衛倉曹崇簡

吾宗老孫子，質朴古人風。耕鑿安時論，衣冠與世同。在家常早起，憂國願年豐。語及君臣際，經書滿腹中。

1 吾宗：此詩乃杜甫於代宗大曆二年（767）暫居夔州瀼西草堂時，寫詩贈與同宗的杜崇簡，肯定其能安時處順、勤家憂國。

名家析評

《讀杜心解》：「質朴古人風」五字，一詩總領，而詩之丰度亦似之。（卷3之5）

《讀書堂杜詩集註解》：中四句真而大，從來略過。人情乖戾，由於好異，家貧由懶，世亂由荒，兩聯已道盡。末及君臣，正見其博學知大義，當仕而惜其隱也。（卷15）

〈示獠奴阿段〉

山木蒼蒼落日曛[1]，竹竿褭褭細泉分[2]。郡人入夜爭餘瀝，豎子尋源獨不聞[3]。病渴[4]三更回白首，傳聲一注溼青雲[5]。曾驚陶侃胡奴[6]異，怪爾常穿虎豹羣。

1　曛：日落餘光。
2　竹竿句：以細長的竹管接引山泉水。褭褭，細長。
3　豎子句：郡人但爭眼前餘瀝，阿段則不與人爭，入山遠尋泉脈。豎子，年輕的僕人，此指詩題之獠奴阿段，獠人為中國西南一帶少數民族。
4　病渴：杜甫晚年患有消渴症，即糖尿病，常感口渴。
5　溼青雲：山頂雲端溼潤處。指泉水由山頂高處引來。
6　陶侃胡奴：以陶侃胡奴的神異傳說，比擬獠人出身的奴僕阿段夜出尋找水源，不避虎豹的異行。據傳陶侃曾得胡奴，胡奴素不喜言。一日隨侃出郡，有胡僧見而驚曰：「此海山使者也。」陶侃異之，至夜，失奴所在。

名家析評

《杜詩說》：如此細事，能以七言律為之，惟其老氣大力，無所不可耳。「獨不聞」三字，大有鄙薄郡人之意。既不屑爭餘瀝，又能冒險尋源，視世之狃小利而忽遠圖、避獨勞而諉公事者，其賢遠矣，故特詩表之。（卷9）

《杜詩話》：少陵家有隸役伯夷、辛秀、信行、行官張望、獠奴阿段、女奴阿稽諸人，自居夔後，屢見於詩。凡修筒、引水、樹柵、養雞、補稻、種甘、行菜、伐木、摘蒼耳、鉏斫果林諸事，一一躬親驅督，而憐其觸熱未餐，鑒其瘴劇作苦，體恤周至，動見民吾同胞之隱。（卷1）

《甌北詩話》：古人流寓，往往先營居宅。……（杜甫）因妻子在鄜，而託贊上人覓棲止之所。先擇東柯谷，次及西枝村，卒結茅於同谷。未幾入蜀，結廬於浣花江上。其後入巫峽，又有「前江後山根」之居。已而巫峽蔽廬贈崔侍御。而至夔州，先寓西閣，旋卜居赤甲，又遷瀼西，再遷東屯。此數年中，課辛秀伐木，遣信行修水筒，催宗文樹雞柵，使獠奴阿段尋水源，使張望補稻畦水，其辛勤較成都十倍矣。後將出峽，則以果園四十畝贈南卿兄而去。以後流落湖、湘，並無突黔之地矣。（卷2）

李、杜交遊詩單元

李、杜交遊詩
單元導讀

玄宗天寶三年（744），李白因「躋蹬遭讒毀」（〈贈張相鎬〉二首其二），被玄宗賜金放還後，從此離開長安，尋求遇合。同年秋天，李白到梁、宋一帶（今河南開封、商丘附近）遊歷時，杜甫因為料理祖母喪事，正奔走於鄭州、梁園之間，加上巧遇高適，李、高、杜三人遂有了同遊孟諸、齊州等地的機會，而「昔者與高李，晚登單父臺。寒蕪際碣石，萬里風雲來。」（〈昔遊〉）的同遊記憶，也成了杜甫人生中的短暫快意時光。

天寶四年（745）春，李、杜又在魯郡（今山東兗州區）重逢，兩人曾結伴出遊齊、魯一帶。深秋時，杜甫西去長安，李白擬南遊江東，遂於魯郡東石門分手。分手時，李白寫了〈魯郡東石門送杜二甫〉；南遊江東前，又於旅居的沙丘城寫了〈沙丘城下寄杜甫〉，這是李白詩集中的「唯二」贈杜之作。儘管俗傳另有〈戲贈杜甫〉[1]七絕，寫李白在長安附近的飯顆山偶遇杜甫，以戲謔的口吻詢問：「借問別來太瘦生？總為從前作詩苦」，言下除了有消遣杜甫因苦吟而消瘦，也有炫耀自己寫詩又快又好的嫌疑。基於本詩有損李白「詩仙」的高光偉岸形象，也不利於建構李、杜交誼深厚的既定印象，歷來學者遂多主張是「好事者所撰」[2]，

1 詩作最早出自唐人孟棨《本事詩．高逸第三》所載，詳細參見本書「李白贈杜甫詩」單元後附錄資料。《舊唐書．杜甫傳》也引用這則資料，以為是「白自負文格放達，譏甫齷齪，而有『飯顆山』之嘲誚。」

2 南宋．洪邁主張：「所謂飯顆山頭之嘲，亦好事所撰耳。」（見《容齋四筆》，卷3）。清代陳僅《竹林答問》，更由李白「生平最篤於友朋之誼」，力證「飯顆之詩，偽託無疑。」洪業《杜甫：中國最偉大的詩人》一書中，也由本詩「文字拙劣」、「配不上李白與杜甫之間的友誼」，主張本詩為偽作（見頁39）。

否認出自李白之手。

相較於李白詩集僅見兩首贈杜之作，寫作時間也集中於兩人同遊齊、魯之時，杜甫詩集共有十首贈李白詩，加上其他提及李白的詩作五首（表格之〈飲中八仙歌〉以下），總計十五首，分別是：

詩題	代表詩句	寫作時間
贈李白	李侯金閨彥，脫身事幽討	天寶 3 年（744）
與李十二白同尋范十隱居	李侯有佳句，往往似陰鏗	天寶 3 年（744）
贈李白	痛飲狂歌空度日，飛揚跋扈為誰雄	天寶 4 年（745）
冬日有懷李白	寂寞書齋裡，終朝獨爾思	天寶 4 年（745）
春日憶李白	白也詩無敵，飄然思不群	天寶 5 年（746）
天末懷李白	涼風起天末，君子意如何	至德 2 年（757）
夢李白二首其一	死別已吞聲，生別常惻惻	乾元 2 年（759）
夢李白二首其二	冠蓋滿京華，斯人獨憔悴	乾元 2 年（759）
寄李十二白二十韻	筆落驚風雨，詩成泣鬼神	乾元 2 年（759）
不見	敏捷詩千首，飄零酒一杯	上元 2 年（761）
飲中八仙歌	天子呼來不上船，自稱臣是酒中仙	天寶 5 年（746）
送孔巢父謝病歸遊江東兼呈李白	南尋禹穴見李白，道甫問訊今何如	天寶 6 年（747）
蘇端薛復筵簡薛華醉歌	近來海內為長句，汝與山東李白好	天寶 15 年（756）
昔遊	昔者與高李，晚登單父臺	大曆元年（766）
遣懷	憶與高李輩，論交入酒壚	大曆元年（766）

表列詩歌的創作時間，貫穿了杜甫由青壯至老年的生命歷程，並可概分為三期[3]：

「**年輕時初逢李白**」，充滿對李白激情的崇拜與狂歌痛飲的規勸，卻不解李白為何要「痛飲狂歌空度日，飛揚跋扈為誰雄？」

3　分期內容，參見劉明華、吳增輝：〈杜甫對李白的解讀歷程——兼論李杜友誼〉，《社會科學研究》2006年第4期（2006年7月），頁179-183。

「**中年困居長安**」時，漸悟李白自由人格之可貴（天子呼來不上船，自稱臣是酒中仙）與詩藝的不凡（白也詩無敵，飄然思不群）。

「**晚年飄泊夔蜀**」，逐漸理解李白醉酒狂歌背後的孤獨（冠蓋滿京華，斯人獨憔悴），與李白追求自由的天性（敏捷詩千首，飄零酒一杯）。甚至李白加入永王李璘陣營，最終因謀反罪名而被流放，在「世人皆欲殺」的情況下，遠在夔、蜀的杜甫，以「吾意獨憐才」表態堅定支持並相信李白。背後的真情實感，令人動容！

不可諱言的是，相較於杜甫在齊、魯分手後，仍持續贈詩懷念李白，李白僅有分別之際所寫的兩首贈杜之作，可見《唐宋詩醇》所謂「甫詩及白者十餘見，白詩亦屢及甫」（卷六）之說，並非實情。且詩中的末聯「飛蓬各自遠，且盡手中杯」、「思君若汶水，浩蕩寄南征」不過是李白送別詩常見的收結方式（詳細請參見〈贈別詩單元導讀〉），四庫館臣謂本詩結句「情亦不薄」，可謂言過其實。李、杜兩人對於彼此的情誼，其實是存在著「李白相忘江湖，杜甫掛念一生」的深淺落差。當代學者洪業對此有如下精闢的見解：

> 李白本質上是一個逃避主義者，杜甫在內心深處是改革者。……比起改革者來，逃避主義者自然將人與人之間的關係看得更輕。最好的改革者不會簡單地因為感情得不到回報就讓它淡漠下去。（《杜甫：中國最偉大的詩人》，頁39）

李白的看淡人情，各自遠颺，與杜甫的情深意厚，終生不忘，成為解讀李杜交誼時的重要線索，也是建構李白的「詩仙」與杜甫的「詩聖」形象的重要基石。

李白贈杜甫詩

〈魯郡東石門送杜二甫〉

醉別復幾日，登臨遍池臺[1]。何時石門路？重有金樽開[2]。秋波落泗水[3]，海色明徂徠[4]。飛蓬[5]各自遠，且盡手中杯。

1 池臺：池苑樓臺。

2 金樽開：舉金樽飲酒。

3 泗水：水名，在山東東部，源出泗水縣陪尾山，向西流經曲阜、兗州入運河。

4 徂徠：山名，在今山東泰安東南。

5 飛蓬：隨風飄蕩的蓬草，比喻人的行蹤飄忽不定。

名家析評

《杜詩詳註》：太白集中，有寄少陵二章，一是〈魯郡石門送杜〉，一是〈沙丘城下寄杜〉，皆一時酬應之篇，無甚出色，亦可見兩公交情，李疏曠而杜剴切矣。至於天寶之後，間關秦蜀，杜年愈多而詩學愈精，惜太白未之見耳。若使再有贈答，其推服少陵，不知當如何傾倒耶！（卷1，杜甫〈冬日有懷李白〉）

《石園詩話》：少陵於太白，或贈或懷，詩凡九見。太白於少陵，惟〈魯郡東石門送杜二甫〉、〈沙丘城下寄杜甫〉二作，而皆情溢言外。……試玩二公詩及「醉眠秋共被，攜手日同行」句，可知其交情也。（卷1）

〈沙丘城下寄杜甫〉

我來竟何事？高臥沙丘城[1]。城邊有古樹，日夕連秋聲。魯酒不可醉，齊歌空復情[2]。思君若汶水[3]，浩蕩寄南征[4]。

1 沙丘城：指唐代兗州治城瑕丘（今山東濟南一帶），李白寫詩時居於此地。
2 魯酒二句：指魯酒薄而不能醉人，齊歌也空有其情，皆因兩人分手後，再無共賞之人所致。魯酒薄，自古即有魯國酒薄之說，見《莊子．胠篋》：「魯酒薄而邯鄲圍」。
3 汶水：魯地河流名，流經兗州瑕丘縣北，向西南流入大野澤。
4 南征：南行。李、杜分手後，杜甫先南行至河南，再西行赴長安。

名家析評

《唐詩歸》鍾惺云：一片真氣，自是李白寄杜甫之作，工拙不必論也。（卷16）

《唐宋詩醇》：白與杜甫相知最深。「飯顆山頭」一絕，《本事詩》及《酉陽雜俎》載之，蓋流俗傳聞之說，白集無是也。鮑、庾、陰、何，詞流所重，李、杜實宗尚之，特所成就者大，不寄其籬下耳。安得以為譏議之詞乎？甫詩及白者十餘見，白詩亦屢及甫。即此結語，情亦不薄。（卷6）

按：李白贈杜詩僅有二首，實難謂為「屢及」。

附錄

〈戲贈杜甫〉

飯顆山[1]頭逢杜甫，頭戴笠子日卓午[2]。借問別來太瘦生[3]？總為從前作詩苦。

1 飯顆山：山名，相傳在長安一帶。

2 日卓午：指正午太陽當頂。

3 太瘦生：消瘦、瘦弱。生為語助詞，唐時習語。

名家析評

《本事詩》：（李）白才逸氣高，與陳拾遺（子昂）齊名，先後合德。……陳、李二集，律詩殊少。嘗言：「寄興深微，五言不如四言，七言又其靡也，況使束於聲調俳優哉？」故戲杜曰：「飯顆山頭逢杜甫，頭戴笠子日卓午。借問別來太瘦生，總為從前作詩苦。」蓋譏其拘束也。（高逸第三）

《竹林答問》：太白生平最篤於友朋之誼，贈韋黃裳於生友，則勗以道義；哭王炎於死友，則致其哀思；送崔度於故人之子，則保護提攜，不遺餘力。他人尚然，何況少陵之交際耶！「飯顆」之詩，偽託無疑。（不分卷）

《杜甫：中國最偉大的詩人》：這首詩（按：〈戲贈杜甫〉）並未出現在李白的詩集中，它來自一部匯集詩人逸聞軼事的書（按：《本事詩》）……此詩的文字拙劣，不值得李白親自動筆，更不用說它的思想根本配不上李白與杜甫之間的友誼。因此，我們一定得接受對這些詩人最有研究的優秀學者的判斷，即此詩是偽作。（頁39）

杜甫贈李白詩

〈贈李白〉

二年客東都[1]，所歷厭機巧。野人[2]對羶腥[3]，蔬食常不飽。豈無青精飯[4]？使我顏色好。苦乏大藥資[5]，山林跡如掃[6]。李侯金閨彥，脫身事幽討[7]。亦有梁宋[8]遊，方期拾瑤草[9]。

1 東都：即洛陽，位於西安以東，故稱。

2 野人：沒有官職的平民。

3 對羶腥：面對著富人享用的美味佳餚。對，面對；羶腥，指牛、羊肉或海鮮，有別於下句之「蔬食」。

4 青精飯：道家太極真人所制的米飯，用南燭草木葉雜莖皮煮取汁，浸米蒸之，熟後飯色青綠，氣味清香，食之可填胃補髓，滋補身體。

5 苦乏句：沒錢買煉丹的材料。大藥，指金丹；資，費用。

6 山林句：山林又好像被清掃過，根本找不到草藥的痕跡。

7 李侯二句：李白本是皇帝召見的賢士，如今離開朝廷，可自由地尋幽探勝。金閨，金馬門，為等候皇帝召見的地方；脫身，指李白被賜金放還；事，從事；幽討，尋找草木茂密之處，探求金丹之妙法。

8 梁宋：指河南省開封、商丘一帶。

9 瑤草：靈芝一類的仙草。

名家析評

《杜詩闡》：天寶三載（744），詔李白供奉翰林，旋被高力士譖，帝賜金放還，白托鸚鵡以賦曰：「落羽辭金殿」，是「脫身」也。是年，白從高天師授籙，是「事幽討」也。同時有華蓋君，隱王屋山艮岑、伊、洛間，梁、宋之遊，必訪此君，

後公〈昔遊〉詩可證。（卷1）

按：杜甫〈昔遊〉詩：「昔謁華蓋君，深求洞宮腳。玉棺已上天，白日亦寂寞。暮升艮岑頂，巾几猶未卻。弟子四五人，入來淚俱落。……」詩中的「艮岑頂」，即王屋山東北峰。

《杜詩鏡銓》：太白好學仙，故贈詩亦作出世語，卻前八句俱說自己，後方轉入李侯，可悟賓主虛實之法。（卷1）

〈與李十二白同尋范十隱居〉

李侯有佳句，往往似陰鏗[1]。余亦東蒙客[2]，憐君如弟兄。醉眠秋共被，攜手日同行。更想幽期處，還尋北郭生[3]。入門高興發，侍立小童清。落景聞寒杵[4]，屯雲對古城。向來吟橘頌，誰欲討蓴羹[5]？不願論簪笏[6]，悠悠滄海情。

1 陰鏗：字子堅，初仕南朝梁，入陳。長於五言詩，聲律上已近於唐詩，與何遜齊名，為杜甫所稱道。

2 東蒙客：客居東蒙。蒙山在沂州新泰縣，沂州與兗州相鄰，時杜甫在兗州探親，故自謂東蒙客。

3 北郭生：即「北郭先生」的簡稱，因范十居於任城北郭，故稱之。李白〈尋魯城北范居士失道落蒼耳中〉：「忽憶范野人，閑園養幽姿。酸棗垂北郭，寒瓜蔓東籬。」詩中所寫即為范十隱居情景。

4 落景句：黃昏時聽到擣衣聲。落景，指夕陽的光影；寒杵，寒秋時擣衣的杵聲。

5 蓴羹：《晉書．張翰傳》載：「因見秋風起，乃思吳中菰菜、蓴羹、鱸魚鱠，曰：『人生貴得適志，何能羈宦數千里以要名爵乎？』遂命駕而歸。」後世遂多以蓴羹代指隱居之意。

6 簪笏：冠簪與手板。古時官吏奏事，簪筆執笏，故用簪笏喻官職。

名家析評

《杜詩解》:「余亦」是承上語，而止以鄉里成句者，不欲以前輩自居也，看他一片獎誘後學心地。……眠何必共被？行可必攜手？此殆言已無日無夜不教侯作詩。讀他日「重與細論」之句，蓋先生之教之，不信然哉！(卷1)

按：金聖嘆說詩，著眼於字面，誤以為杜甫是啟發李白學詩的前輩，卻忽略李白年長杜甫，且成名早於杜甫的事實。

《讀杜心解》:詩總在「同尋」上生情。公之交誼，李密而范疏。故用其意，亦李詳而范略也。起四，敘客誼相親，在「同尋」前一層；次四，度入尋范，正是「同尋」正面。又次四，范居隱趣，已引動出世之思。結四，遂堅出世之想。此兩層，皆「同尋」後之景與情也。(卷5)

〈贈李白〉

秋來相顧尚飄蓬[1]，未就丹砂愧葛洪[2]。痛飲狂歌空度日，飛揚跋扈[3]為誰雄？

1 秋來句：言前路如飄泊的蓬草般，遊移不定。

2 未就句：指李、杜兩人學道煉丹未就，愧對葛洪。李白好神仙，曾入道教，自煉丹藥；杜甫亦曾登王屋山訪道士華蓋君，可惜華蓋君已逝。未就，尚未成功；葛洪，東晉道士，自號抱朴子，入羅浮山煉丹成仙。

3 飛揚跋扈：不守常規，狂放不羈。《唐史》謂李白好縱橫之術，喜擊劍，為人任俠，故杜甫以「飛揚跋扈」目之。

名家析評

《讀杜心解》:天寶初，公與李相遇於齊、魯之間而贈之。前在東都贈白詩云:「亦有梁宋遊，方期拾瑤草。」今乃相顧飄蓬，丹砂未就，正與前詩相應也。白為人，喜任俠擊劍。夫士不見則潛，失職不平，禍之招也。下二寫狂豪失路之態，

既傷之，復警之。（卷6之下）

《杜詩鏡銓》引蔣金式云：是白一生小像。公贈白詩最多，此首最簡，而足以盡之。（卷1）

〈飲中八仙歌〉

知章騎馬似乘船，眼花落井水底眠。汝陽三斗始朝天[1]，道逢麴車口流涎，恨不移封向酒泉。左相[2]日興費萬錢，飲如長鯨吸百川，銜杯樂聖稱避賢。宗之瀟灑美少年，舉觴白眼望青天，皎如玉樹臨風前。蘇晉長齋繡佛前，醉中往往愛逃禪。李白斗酒詩百篇，長安市上酒家眠[3]。天子呼來不上船[4]，自稱臣是酒中仙。張旭三杯草聖傳，脫帽露頂王公前，揮毫落紙如雲煙。焦遂[5]五斗方卓然，高談雄辯驚四筵。

1 汝陽句：汝陽王李璡，為唐玄宗之侄。三斗，三斗酒，言飲酒極多。朝天，指進朝拜見天子。

2 左相：指左丞相李適之，天寶元年（742）八月為左丞相。

3 長安句：《新唐書．李白傳》：「帝賜食，親為調羹，有詔供奉翰林，白猶與飲徒醉於市。帝坐沉香子亭，意有所感，欲得白為樂章。召入而白已醉，左右以水頮面，稍解，授筆成文，婉麗精切。」

4 天子句：唐人范傳正〈唐左拾遺翰林學士李公新墓碑〉：「（玄宗）泛白蓮池，公不在宴，皇歡既洽，召公作序。時公已被酒於翰苑中，仍命高將軍扶以登舟，優寵如是。」

5 焦遂：唐代布衣之士，生平嗜酒，事跡不詳。

名家析評

《唐詩快》：八人中惟太白有謫仙之號，餘七人皆未嘗仙也，然因其自號酒中八

仙，少陵遂從而仙之。至今讀其詩，不但飄飄有仙氣，亦且拂拂有酒氣。（卷6）

《詩源辯體》：子美〈飲中八仙歌〉中多一韻二用，有至三用者，讀之了不自覺。少時熟記，亦不見其錯綜之妙。或謂「此歌無首無尾，當作八章」，然體雖八章，文氣只似一篇，此亦歌行之變，但語未入元和耳。至「焦遂」二句，如〈同谷〉第七歌，聲氣俱盡。（卷19）

《杜詩鏡銓》：引李子德（李因篤）曰：似贊似頌，只一二語可得其人生平。妙是敘述，不涉議論，而八公身分自見，風雅中司馬太史也。（卷1）

〈冬日有懷李白〉

寂寞書齋裡，終朝獨爾思。更尋嘉樹傳，不忘角弓詩[1]。短褐風霜入[2]，還丹日月遲[3]。未因乘興去，空有鹿門期[4]。

1 嘉樹傳、角弓詩：據《左傳》記載，晉大夫韓宣子到魯國訪問，曾賦〈角弓〉詩，表達晉、魯兩國交好之意。又宴於魯大夫季武子家，見其宅有嘉樹，韓宣子稱譽之，季武子遂表示要培植此樹，以記此行。此以季武子之不忘韓宣子，比喻杜甫難忘李白的情誼。

2 短褐句：短褐，粗麻製成的短衣，多為貧苦人所服。風霜入，喻生計貧困。

3 還丹句：還丹，指煉就仙丹；日月遲，指遙遙無期。

4 未因二句：昔日兩人原有採藥偕隱的約定，如今天各一方，再難乘興出遊。乘興，暗用王子猷雪夜乘興拜訪戴安道之事；鹿門，用龐德公攜妻子登鹿門山，採藥不返的典故。鹿門山，在今湖北襄陽市東南。

名家析評

《杜詩闡》：李白與公石門一別，便為永訣，此後雖江東雲樹，時復牽懷，乃落月

屋梁，竟成夢想。「短褐風霜」二句，料其將來，失足風塵，難成正果，不待潯陽夜郎，悲痛已深。（卷1）

《讀杜心解》：天寶四載（765），公與白同在齊、魯間。是秋，白即別公再遊東吳。此詩當作於是年之冬，公仍在山東也。書齋，即〈與李同尋范隱居〉詩所云「醉眠、共被」處，情好如此，故嘉樹、角弓，誌不忘焉。二句非特古雅可誦，用在東魯，尤為典切也。（卷3之1）

〈春日憶李白〉

白也詩無敵，飄然思不群。清新庾開府，俊逸鮑參軍[1]。渭北[2]春天樹，江東[3]日暮雲。何時一樽酒？重與細論文。

1 清新二句：讚揚李白詩作，兼具庾信的自然清新，與鮑照灑脫飄逸之特長。庾開府，庾信，在北朝北周官至開府儀同三司，世稱庾開府。鮑參軍，鮑照，南朝宋時任荊州前軍參軍，世稱鮑參軍。

2 渭北：渭水北岸，借指長安一帶，為杜甫當時所在地。

3 江東：長江下游以南地區，今江蘇、浙江一帶，為李白當時所在地。

名家析評

《讀杜心解》：公歸長安，白在東吳，思之作也。此篇純於詩學結契上立意。方其聚首稱詩，如逢庾、鮑，何其快也。一旦春雲迢遞，「細論」無期，有黯然神傷者矣。四十字一氣貫注，神駿無匹。（卷3之1）

《杜律啟蒙》：時公歸長安，故曰「渭北」；白在吳，故曰「江東」，只分言兩人所在，不言懷而懷意自見，殊蘊藉可思。（五言卷之1）

《杜詩詳註》引朱鶴齡曰：公與太白之詩，皆學六朝，前詩以李侯佳句比之陰鏗，此又比之庾、鮑，蓋舉生平所最慕者以相方也。王荊公謂少陵於太白，僅比以鮑、庾，陰鏗則又下矣。或遂以「細論文」譏其才疏也，此真瞽說！公詩云「頗學陰何苦用心」，又云「庾信文章老更成」，又云「流傳江鮑體，相顧免無兒」。公之推服諸家甚至，則其推服太白為何如哉！（卷1）

〈送孔巢父謝病[1]歸遊江東兼呈李白〉

巢父掉頭[2]不肯住，東將入海隨煙霧。詩卷長留天地間，釣竿欲拂珊瑚樹[3]。深山大澤龍蛇遠[4]，春寒野陰風景暮。蓬萊織女回雲車[5]，指點虛無是征路。自是君身有仙骨，世人那得知其故？惜君只欲苦死留[6]，富貴何如草頭露[7]。蔡侯靜者[8]意有餘，清夜置酒臨前除[9]。罷琴惆悵月照席，幾歲寄我空中書[10]？南尋禹穴[11]見李白，道甫問訊[12]今何如？

1 謝病：託病棄官。

2 掉頭：搖頭。此須與下文「苦死留」對看，即朋友苦留，孔巢父搖頭不肯。

3 珊瑚樹：珊瑚為熱帶海底腔腸動物，骨骼相連，形如樹枝，古人誤認為植物，故稱之。

4 深山句：《左傳》：「深山大澤，實生龍蛇。」此以處於深山大澤的龍蛇，比喻孔巢父懷才不遇，遁世高蹈。

5 蓬萊句：蓬萊，傳說海上三仙山之一，在東海中。織女，星名，神話中天帝的孫女，泛指仙子。雲車，仙女以雲為車。

6 苦死留：唐代方言，指拚命挽留。

7 草頭露：草頭上的露水，少而易乾，此喻富貴難以持久。

8 靜者：謂體悟老莊之旨而得其清靜之道者。杜甫常以「靜者 」代指不與官府交際、不熱衷富貴之人。

9 前除：庭前臺階。

10 空中書：本指仙人寄來的書信，此囑咐孔巢父別後要經常來信。

11 禹穴：在今浙江省紹興縣東南會稽山麓。《史記．夏本紀》：「或言禹會諸侯江南，計功而崩，因葬焉。」

12 問訊：問好，問候。李白時遊吳越，與謝病歸遊江東的孔巢父極有可能碰面，杜甫是以託言問候。

名家析評

《讀杜心解》：呈李白只一點，「今何如」者，前此贈白詩，一則曰「拾瑤草」，再則曰「就丹砂」，至此其果有得乎否也？亦非止平安套語，正與全篇贈孔意打成一片。（卷2）

《讀杜心解》：巢父自是太白一輩人，其所往地近東海，亦所謂仙靈窟宅處，故為超然出世之語也。通首旨趣，在「君身仙骨」句逗出。（卷2之1）

《峴傭說詩》：起筆「巢父掉頭不肯住，東將入海隨煙霧」，突兀可喜。下接「詩卷長留天地間，釣竿欲拂珊瑚樹」，一句應「不肯住」，一句應「入海」，整束有力，自此便順流而下矣。直起不裝頭之詩，此最可法。收筆「南尋禹穴見李白，道甫問信今何如」，只作一點，確是「兼呈」，題中賓主分明。（104則）

〈夢李白〉二首其一

死別已吞聲[1]，生別常惻惻。江南瘴癘地，逐客[2]無消息。故人入我夢，明我長相憶。恐非平生魂[3]，路遠不可測。魂來楓葉青，魂返關塞黑[4]。君今在羅網，何以有羽翼？落月滿屋梁，猶疑照顏色。水深波浪闊，無使蛟龍得[5]。

1 吞聲：極端悲慟，哭不出聲來。

2 逐客：被放逐的人，此指李白。

3 恐非句：唯恐見到的不是李白平時生魂，疑心李白已死於獄中或道路。

4 魂來二句：李白的魂來魂往都在夜間，故用「青」、「黑」字。楓葉，李白被放逐的西南之地多楓林。關塞，杜甫流寓的秦州多關塞。

5 水深二句：指李白的處境險惡，恐遭不測，是以祝願李白要多加小心。

名家析評

《杜臆》：瘴地而無消息，所以憶之更深。不但言我之憶，而以故人入夢，為明我相憶，則故人之魂真來矣。故下有「魂來」、「魂返」之語，而又云「恐非平生魂」，亦幻亦真，亦信亦疑，恍惚沉吟，此長（常）惻惻實景。（卷3）

《峴傭說詩》：〈夢李白〉作，「魂來楓林青」八句，本之〈離騷〉，而仍有厚氣，不似長吉鬼詩，幽奇中有慘淡色也。（49則）

〈夢李白〉二首其二

浮雲終日行，遊子久不至。三夜頻夢君，情親見君意。告歸常侷促，苦道來不易。江湖多風波，舟楫恐失墜。出門搔白首[1]，若負平生志。冠蓋滿京華，斯人獨憔悴[2]。孰云網恢恢[3]，將老身反累。千秋萬歲名，寂寞身後事。

1 搔白首：形容李白失意時抓頭的舉動。

2 冠蓋二句：指京城中多達官貴人，唯獨李白困頓而不得志，為其鳴不平。斯人，指李白。

3 網恢恢：以《老子》：「天網恢恢，疏而不漏」的典故，由天網的寬疏，對比李白多舛的命運，乃杜甫為李白抱不平之意。

名家析評

《唐宋詩醇》：沉痛之音，發於至情。情之至者，文亦至，友誼如此，當與〈出師〉、〈陳情〉二表並讀，非僅〈招魂〉、〈大招〉之遺韻也。「落月屋梁」，千秋絕調。（卷10）

《杜詩詳註》：此因頻夢而作，故詩語更進一層。前云「明我憶」，是白知公；此云「見君意」，是公知白。前云「波浪蛟龍」，是公為白憂；此云「江湖舟楫」，是白又自為慮。前章說夢處，多涉疑詞；此章說夢處，宛如目擊。形愈疏而情愈篤，千古交情，惟此為至。然非公至情，不能有此至情。非公至文，亦不能寫此至情。（卷7）

《杜詩詳註》引吳山民曰：子美〈天末懷李白〉詩，其尾聯云：「應共冤魂語，投詩贈汨羅。」今上篇云：「水深波浪闊，無使蛟龍得。」此又云：「江湖多風波，舟楫恐失墜。」疑是時必有妄傳太白墮水死者，故子美云云。（卷7）

〈天末懷李白〉

涼風起天末[1]，君子意如何？鴻雁幾時到？江湖秋水多。文章憎命達[2]，魑魅喜人過[3]。應共冤魂語，投詩贈汨羅。

1 天末：天的盡頭。杜甫當時人在秦州（今甘肅天水），地處邊塞，如在天的盡頭。

2 文章句：詩句表面上說文章之神不喜命運通達者，反面以見有文才者往往薄命遭忌。憎，憎惡。

3 魑魅句：原句指奸邪喜歡幸災樂禍，言外指見李白被貶乃遭人誣陷。魑魅，鬼怪，代指邪惡勢力；過，過錯。

名家析評

《杜詩說》：前半問訊謫居之況，後半慰藉含冤之情。此時江湖秋水已多，不知鴻雁幾時可到？言謫居閱歲，不卜朝中有量移之信否？寓意深永，妙於立言。後半言無罪見斥，非關人事，由來文章自憎命達，魑魅自喜人過耳。（卷4）

《唐詩成法》：起二句問訊，下言秋水正多，鴻雁不易到，後言無罪之冤，文章自憎命達，魑魅自喜人過，此冤惟汨羅可語耳。◎文章知己，一字一淚，而味在字句之外，所謂羚羊掛角，無跡可尋也。（卷4）

《杜詩詳註》：說到流離生死，千里關情，真堪聲淚交下，此懷人之最慘怛者。（卷7）

〈寄李十二白二十韻〉

昔年有狂客[1]，號爾謫仙人。筆落驚風雨，詩成泣鬼神。聲名從此大，汩沒[2]一朝伸。文采承殊渥[3]，流傳必絕倫[4]。龍舟移棹晚[5]，獸錦奪袍新[6]。白日來深殿，青雲[7]滿後塵。乞歸優詔許，遇我宿心親。未負幽棲志，兼全寵辱身[8]。劇談憐野逸，嗜酒見天真。醉舞梁園夜，行歌泗水春。才高心不展，道屈善無鄰。處士禰衡俊，諸生原憲貧[9]。稻粱求未足[10]，薏苡謗何頻[11]？五嶺炎蒸地，三危[12]放逐臣。幾年遭鵩鳥[13]，獨泣向麒麟[14]。蘇武先還漢，黃公[15]豈事秦？楚筵辭醴日[16]，梁獄上書辰[17]。已用當時法，誰將此義陳？老吟秋月下，病起暮江濱[18]。莫怪恩波隔，乘槎與問津[19]。

1　狂客：賀知章，晚年自號四明狂客。

2　汩沒：埋沒。

3　承殊渥：受到特別的恩惠。此指唐玄宗傳召李白為供奉翰林。

4　流傳句：指李白〈清平調〉三首必然流傳後世，無人能及。

5 龍舟句：唐玄宗曾泛白蓮池，在飲宴高興時召李白作序。

6 獸錦句：此處借用典故，代指李白在皇家賽詩會上奪魁。據《唐詩紀事》云：「武后游龍門，命群官賦詩，先成者賜以錦袍。左史東方虬詩成，拜賜。坐未安，之問詩後成，文理兼美，左右莫不稱善，乃奪錦袍衣之。」

7 青雲：文士追隨者。

8 未負二句：「幽棲志」與「寵辱身」相對，杜甫希望李白從此能夠幽棲隱居，不必再因政治上的寵辱而惹禍上身。

9 處士二句：李白像禰衡一樣有才華，命運卻如原憲般窮困失意。禰衡，三國時人，年少時即以才辯著稱；原憲，春秋時人，孔子弟子，家中極為清貧。

10 稻粱句：指李白投靠永王乃生活所迫。

11 薏苡句：指時人誣陷李白參與永王李璘謀反一事。典故出自東漢名將馬援征戰交趾，載薏苡種子歸來，卻遭人誹謗為私運明珠大貝。

12 五嶺、三危：指李白被貶至南荒夜郎，故以五嶺、三危之地比之。五嶺，長江與珠江流域的分水嶺及周圍群山。三危，山名，在今甘肅省敦煌縣南，為帝舜竄三苗之處。

13 鵩鳥：傳說中的不祥之鳥，此代指李白厄運接連不斷。

14 麒麟：傳說中的神獸，相傳太平盛世方能得見。孔子於春秋亂世，聞西狩獲麟，遂反袂拭面，自嘆道窮。

15 黃公：夏黃公，秦、漢之際的隱士。秦末天下大亂，隱居商山，漢初曾輔佐太子劉盈。

16 楚筵句：指李白在永王璘邀請他參加幕府時，辭官不受賞之事。楚筵，指漢代穆生仕楚元王劉交。穆生不喜飲酒，元王置酒時，常為穆生另設醴酒（甜酒）。元王死，子戊嗣位，初仍設醴以待，久則忘之，穆生以「醴酒不設，王之意怠。」遂稱病謝去。

17 梁獄句：李白因永王璘事遭貶，曾如鄒陽般力辯己冤，奈何仍被下獄。梁獄，漢代鄒陽事梁孝王，被讒毀下獄，鄒陽在獄中上書孝王陳情，後獲釋，改為孝王上客。

18 老吟二句：老病秋江，說明李白已遇赦還潯陽。

19 乘槎句：槎，木筏。問津，暗用張華《博物志》之乘槎客誤入天河的典故，感嘆如李白之才而恩波終隔，無法為朝廷重用，只能乘槎上問於蒼天。

名家析評

《讀杜私言》：〈寄李十二白二十韻〉，談太白本末最核，可作青蓮小傳。「筆落驚風雨」，惟《太白集》中有之，移不在他人身上。末云：「楚筵辭醴日，梁獄上書辰。已用當時法，誰將此義陳？」憐才申枉，特達婉約，與〈奉贈王中允維〉俱是天壤間維持公道，保護元氣文字。（論五七言排律）

《讀杜心解》：今按詩意，乃在太白長流未赦時作。當是乾元初華州詩也。竟作兩截看，極停勻。前十韻，敘其才名寵渥，以及去官之後，文酒相從。後十韻，傷其蒙污被放，為之力雪其誣，訴天稱枉。（卷5之2）

〈不見〉

不見李生久，佯狂真可哀。世人皆欲殺[1]，吾意獨憐才。敏捷詩千首，飄零酒一杯。匡山[2]讀書處，頭白好歸來。

1 世人句：指李白因入永王李璘幕府而獲罪，時人認為李白謀逆該殺。

2 匡山：指四川彰明縣境內的大匡山，李白早年曾讀書於此。錢謙益則主張應為潯陽之「匡廬山」。仇兆鰲認為，李白為蜀人，杜甫時亦在蜀，故云「歸來」。若為潯陽匡廬，則李白並非九江人，何得言「歸來」？

名家析評

《杜詩說》：凡才士，多為人所忌，而尤多為才人所忌。世皆欲殺，吾獨憐才。子美於太白作此語，千古才人，齊為下淚。（卷6）

《杜詩詳註》：此懷李白而作也。敏捷千篇，見才可憐。飄零縱酒，見狂可哀。歸老匡山，蓋憫其放逐而望其生還，始終是哀憐意。（卷10）

《杜詩詳註》引顧宸曰：公與白同遊齊魯，在天寶四載。白有〈魯郡石門別杜〉詩，自此以後，公屢形懷意，竟不得再見。冬日、春日之懷及〈夢李白〉二首，白在夜郎，公在秦州。此云「不見李生久」，白在浪遊，公在成都。公與白最稱交好，考其相從歲月，僅在遊齊、魯時，前乎此，後乎此，俱未相見也。（卷10）

贈別詩單元

贈別詩
單元導讀

古代因交通不便，別後相見難期，書信往返費時，是以臨別之際，常設酒餞別、折柳相送。文人之間更常以詩為贈，寫分別時難捨之情或勸勉之意。本單元所選錄的贈別詩，是李、杜與友人分別時的題贈之作（李、杜彼此的贈別之作，另見「李、杜交遊詩」單元），詩題中普遍有「贈」、「送」、「別」等字，例外的三首，是李白泛寫世人離別之苦的〈勞勞亭〉，與李白夜宿荀媪家，感其招待之誠而以詩為贈的〈宿五松山下荀媪家〉；以及杜甫寫其與李龜年久別重逢，隱含今昔盛衰之感的〈江南逢李龜年〉。三詩詩題雖未有「贈」、「送」、「別」等字眼，因內容與題贈送別相關，是以仍列入本單元詩目中。

歸納本單元所選錄李、杜贈別詩之場合，可概略分為：送人征戍、遠遊、仕宦、貶謫、死別永訣與贈詩致意勸勉，或者如李白〈勞勞亭〉般泛寫離別之情者。茲以表格整理如下：

場合	李白	杜甫
送人征戍		〈送人從軍〉
送人遠遊	〈渡荊門送別〉、〈白雲歌送劉十六歸山〉、〈黃鶴樓送孟浩然之廣陵〉、〈送友人〉、〈南陽送客〉、〈灞陵行送別〉	〈送遠〉、〈送韓十四江東省覲〉、〈短歌行贈王郎司直〉
送人仕宦	〈贈何七判官昌浩〉	〈送翰林張司馬南海勒碑〉、〈奉濟驛重送嚴公四韻〉、〈送路六侍御入朝〉
送人貶謫	〈江夏別宋之悌〉、〈聞王昌齡左遷龍標遙有此寄〉、〈巴陵贈賈舍人〉	〈送鄭十八虔貶台州司戶傷其臨老陷賊之故闕為面別情見於詩〉

場合	李白	杜甫
死別永訣		〈別房太尉墓〉
贈詩勸勉與其他	〈贈孟浩然〉、〈贈汪倫〉、〈宿五松山下荀媼家〉、〈勞勞亭〉	〈贈衛八處士〉、〈贈花卿〉、〈丹青引贈曹將軍霸〉、〈江南逢李龜年〉

元人楊載《詩法家數》曾提示「贈別」詩的寫作要點：「凡送人，多託酒以將意，寫一時之景以興懷，寓相勉之詞以致意。」[1]其以律詩四聯為例，首聯常由題意敘起，中間兩聯或者先說人事，再寫景物；或者先寫分別場景，再帶出分別之情，末聯或囑付，或期望，或者說何時再會，總以意味淵永為佳。至於詩末的勸勉之詞，視分別場合而有相應的寫法：

> 如別**征戍**，則寫死別而勉之努力效忠；送人**遠遊**，則寫不忍別而勉之及時早回；送人**仕宦**，則寫喜別而勉力憂國恤民，或訴己窮居而望其薦拔，如杜公「唯待吹噓送上天」之說是也。（頁733-734）

楊載《詩法家數》認為贈別詩以尾聯最難處理，也最能體現送別兩人的交誼與情意。以杜甫〈贈衛八處士〉為例，其與闊別二十載的衛八偶然重逢，兩家人共話一宿後，天明旋即分別。儘管杜甫十分感謝衛八的熱情招待，但兩人之間畢竟隔著「二十載」的時間距離，是不可能一下子便無話不談、推心置腹的，聊天時也只能挑些「鬢髮各已蒼」、「訪舊半為鬼」、「昔別君未婚，兒女忽成行」這類今非昔比的話題；天明後分別，即使感傷、不捨，終究只能以再見難期的「明日隔山岳，世事兩茫茫」作結。對照杜甫〈送鄭十八虔貶台州司戶傷其臨老陷賊之故闕為面別情見於詩〉與〈別房太尉墓〉詩，前者為生前永訣，後者屬死別無期。兩詩分別以「便與先生應永訣，九重泉路盡交期」、「唯見林花落，鶯啼送客聞」收束，體現了杜甫送別鄭虔時的哀痛逾恆，與拜別房琯孤墳時的一往情深。其他如〈送翰林張司馬南海勒碑〉之「不知滄海上，天遣幾時回」，祝禱張司馬完成使命

1　元．楊載：《詩法家數》，何文煥輯《歷代詩話》（北京：中華書局，1982年），頁733。

後順利回朝；〈送人從軍〉之「馬寒防失道，雪沒錦鞍韉」，不言封侯難冀，而囑其慎防馬寒雪盛；〈送韓十四江東省覲〉結以同歸故鄉，各應努力，期望親切。至於〈奉濟驛重送嚴公四韻〉之「江村獨歸處，寂寞養殘生」，與〈送路六侍御入朝〉詩之「劍南春色還無賴，觸忤愁人到酒邊」，堪稱是楊載《詩法家數》所提示的送人仕宦結語——「訴己窮居而望其薦拔」的寫作典範。

以結語來體現與送別者的交誼深厚，在李白的贈別詩中有著鮮明雙重標準。交誼深厚者，李白的結聯往往蘊含深情與不捨。如〈贈孟浩然〉的「高山安可仰？徒此揖清芬」與〈黃鶴樓送孟浩然之廣陵〉的「孤帆遠影碧山盡，惟見長江天際流」，表達其對孟浩然的景仰之情與依依別意；而〈渡荊門送別〉之「仍憐故鄉水，萬里送行舟」與送王昌齡貶官龍標校尉之「我寄愁心與明月，隨風直到夜郎西」，都屬「言有盡而意無窮」的詩例。在湖南巴陵遇賈至貶官，李白更以「憐君不遣到長沙」，透過和賈誼貶官長沙作對比，來消解賈至貶官巴陵的愁怨，也可見其與賈至的交情深厚，非同一般。

然而，面對泛泛之交，李白贈別詩中經常出現以下「公式化」的收結語：

> 相思無晝夜，東**泣**似長川。—〈送王孝廉覲省〉
> 送君從此去，迴首**泣**迷津。—〈江夏送張丞〉
> 平生不下淚，於此**泣**無窮。—〈別宋之悌〉
> 相看不忍別，更進**手中杯**。—〈送殷叔〉其二
> 飛蓬各自遠，且盡**手中杯**。—〈魯郡東石門送杜二甫〉
> **揮手**再三別，臨岐**空斷腸**。—〈南陽送客〉
> **揮手**自茲去，蕭蕭班馬鳴。—〈送友人〉
> 興罷**各分袂**，何須醉別顏？—〈廣陵贈別〉

表面上看，這些詩句中常見「泣」、「淚」、「斷腸」，或是乾杯、揮手、分袂之類的語詞，拆開單首來看的話，可能會覺得深情無限；但集合在一起時，便不免有「為文造情」之感，彷彿是為了湊足律詩四聯而代入的公式化結尾，與真正依依不

捨、言有盡而意無窮的詩句，是不可同日而語的。或許在李白心中，存在著一本隱藏版的「知己」與「泛友」名單。凡是「知己」則戀戀不捨依依道別，面對「泛友」則泛泛揮手，各奔前程。

值得深思的是，李白送杜甫的「唯二」詩作，結聯分別是〈魯郡東石門送杜二甫〉之「飛蓬各自遠，且盡手中杯」與〈沙丘城下寄杜甫〉之「思君若汶水，浩蕩寄南征」，內容實與李白其他公式化的泛泛收結語，相去不遠。今人羅忼烈〈話李白〉曾設想以下場景：「當杜甫、儲邕、魏萬、王漢陽、楊江寧和那幾位不記名的朋友，分別接到太白給他們的詩的時候，一定激動地說：『太白老兄真夠朋友，他對我的友情像流水一般長遠啊！』可是，假如有一天，這二十位（約數）聚在一起，大家拿出來交換看看，結果發現你的有『水』，我的也有『水』，一以貫之。這當兒，不知道他們作何感想了。」[2]諧謔的指出李白交遊詩中「友情之長等於流水之長」的寫作公式。對於一生牽掛李白的杜甫來說，分別後仍陸續寫了十多首詩遙念李白，卻再也沒有收到李白任何的訊問或回音，或許這就是「偶像李白」與「粉絲杜甫」看待彼此情誼的深淺落差吧！

2　羅忼烈：《羅忼烈雜著集》（上海：上海古籍出版社，2010年），頁21。

李白贈別詩

〈渡荊門送別〉

遠渡荊門[1]外，來從楚國遊。山隨平野盡，江入大荒流。月下飛天鏡[2]，雲生結海樓[3]。仍憐故鄉水，萬里送行舟。

1 荊門：今湖北宜昌一帶。

2 月下句：指明月映照江面，望之如同天上飛下來的鏡子。

3 雲生句：江上的雲霞，折射出綺麗的海市蜃樓。

名家析評

《唐詩解》：此自蜀入楚，渡荊門而賦其形勝如此。白本蜀人，江亦發源於蜀，故落句有「水送行舟」之語。蓋言人不如水之有情也。題中「送別」二字，疑是衍文。（卷33）

《詩境淺說》：此詩首二句，言送客之地。中二聯，寫荊門空闊之景。惟收句見送別本意。圖窮匕首見，一語到題。昔人詩文，每有此格。次聯氣象壯闊，楚蜀山脈，至荊州始斷；大江自萬山中來，至此千里平原，江流初縱，故山隨野盡，在荊門最切。四句雖江行皆見之景，而壯健與上句相埒。後顧則群山漸遠，前望則一片混茫也。五、六句寫江中所見，以「天鏡」喻月之光明，以「海樓」喻雲之奇特。惟江天高曠，故所見如此。若在院宇中觀雲月，無此狀也。末二句敘別意，言客蹤所至，江水與之俱遠，送行者心亦隨之矣。（甲編）

〈白雲歌送劉十六[1]歸山〉

楚山秦山皆白雲，白雲處處長隨君。長隨君，君入楚山裡，雲亦隨君渡湘水。湘水上，女蘿衣[2]，白雲堪臥君早歸。

1 劉十六：李白友人，名字不詳，「十六」應是其在家族中兄弟的長幼排序。

2 女蘿衣：將女蘿披掛在身上當作衣服。女蘿，附生植物名，又名菟絲子。典故出自《九歌．山鬼》：「若有人兮山之阿，被薜荔兮帶女蘿。」

名家析評

《唐宋詩醇》：吐語如轉丸珠。又如白雲卷舒，清風與歸。畫家逸品。（卷5）

《唐詩新賞》：這首詩是唐玄宗天寶初年，李白在長安送劉十六歸隱湖南所作。詩八句四十二字，因為其中不少詞語的重沓詠歌，便覺得聲韻流轉，情懷搖漾，含意深厚，意境超遠，應當說是歌行中的上品。這首詩的引人處首先在於一股真情撲人。詩人送劉十六歸隱是飽含著自己的感情的，甚至不妨說，是借劉十六的酒杯澆自己的塊壘。（冊5）

〈贈孟浩然〉

吾愛孟夫子，風流天下聞。紅顏棄軒冕[1]，白首臥松雲。醉月頻中聖[2]，迷花不事君。高山安可仰[3]？徒此揖清芬[4]。

1 軒冕：卿大夫的車駕與冕服，此指官爵。

2 中聖：據傳曹操實施酒禁，時人為避免觸法，私下以「聖人」代稱清酒，以「賢人」代稱濁酒。中聖，讀為中暑之「中」，指因飲清酒而醉倒。

3 高山句：此謂孟浩然品德高超，不可企及。《詩經．小雅．車舝》：「高山仰止，景行行止。」

4　揖清芬：指景仰孟浩然之高潔。

名家析評

《唐詩解》：此美孟之高隱也。言夫子之風流，所以能聞天下者。以少無宦情，老不改節也。彼其醉月、迷花，高尚不仕，正如高山，非可仰而及者，我惟一揖清芬為幸耳。時蓋始相識而尊禮之如此。（卷33）

《李白詩選評》：孟浩然歸隱襄陽之時，也正是李太白四方奔走，干謁無成之際。……可見迷花中酒，嘆功業如鏡花水月，正是李白當時的心態。於是他自然而然對襄陽前輩詩人孟浩然「紅顏棄軒冕，白首臥松雲。醉月頻中聖，迷花不事君」的立身處世態度心嚮往之。（頁85）

〈黃鶴樓送孟浩然之廣陵〉

故人西辭黃鶴樓，煙花[1]三月下揚州。孤帆遠影碧山盡[2]，惟見長江天際流。

1　煙花：形容春天繁花似錦，柳絮如煙。
2　碧山盡：另作「碧空盡」，即船帆消失在天盡頭。

名家析評

《唐詩解》：黃鶴，分別之地；揚州，所往之鄉；煙花，敘別之景；三月，紀別之時。帆影盡，則目力已極；江水長，則離思無涯。悵望之情，俱在言外。（卷25）

《詩境淺說續編》：送行之作夥矣，莫不有南浦銷魂之意。太白與襄陽，皆一代才人而兼密友，其送行宜累箋不盡。乃此詩首二句，僅言自武昌至揚州。後二句敘別意，言天末孤帆，江流無際，止寥寥十四字，似無甚深意者。蓋此詩作於別後，襄陽此行，江程迢遞，太白臨江送別，直望至帆影向空而盡，惟見浩蕩江

流，接天無際，尚悵望依依，帆影盡而離心不盡。十四字中，正復深情無限，曹子建所謂「愛至望苦深」也。（卷2，七言絕句）

〈江夏[1]別宋之悌[2]〉

楚水清若空，遙將[3]碧海通。人分千里外，興在一杯中。谷鳥吟晴日，江猿嘯晚風。平生不下淚，於此泣無窮。

1 江夏：地名，今武昌。本詩作於開元廿二年（734）左右，李白其時初入長安，干謁無成，返歸安陸；又遊於襄陽謁見韓朝宗，依然無果，心情低落。
2 宋之悌：初唐詩人宋之問弟，時將貶交趾（今越南一帶），路經江夏。
3 遙將：即將遠隔。

名家析評

《唐音癸籤》：太白「人分千里外，興在一杯中。」達夫「功名萬里外，心事一杯中。」似皆從庾抱之「悲生萬里外，恨起一杯中」來。而達夫較厚，太白較逸，並未易軒輊。（卷11）

《李白詩選評》：清襟可鑒的自許與坎坷不遇的悲恨，借離別之際一併瀉出，形成李白不遇詩固有的亮色調與暗色調的對沖（這一點在他中後期詩中越來越顯著），對沖所產生的感情線在眼中景、當前事中，也在一偏一正的對句中盤旋起伏，形成全詩的意脈。（頁5）

〈送友人〉

青山橫北郭，白水繞東城。此地一為別，孤蓬[1]萬里征。浮雲遊子意，落日故人情。揮手自茲[2]去，蕭蕭班馬[3]鳴。

1 孤蓬：飄轉無定之蓬蒿，喻身世飄零之人。

2 茲：此，此地。

3 班馬：離群之馬。

名家析評

《唐詩選脉箋釋會通評林》：首即別地以敘景，次念遠行而計程，三言去者跡莫可定，送者情有難堪。結言惟兩相揮手就道，不覺聽馬聲以悲愴焉已爾。（五言律．盛唐中下）

《唐詩成法》：青山白水，先寫送別之地，如此佳景，為「孤蓬萬里」對照。「此地」緊接二句，「一別」，送者、去者合寫，五六又分寫。「自茲」二字，人地總結。八止寫馬鳴，黯然銷魂，見於言外（卷3）

〈南陽[1]送客〉

斗酒勿為薄[2]，寸心貴不忘。坐惜故人去，偏令遊子傷。離顏怨芳草，春思結垂楊。揮手再三別，臨歧空斷腸。

1 南陽：今河南南陽，諸葛亮未出仕時，曾於此地躬耕。

2 酒薄：謙稱所提供的是低濃度的酒。

名家析評

《唐詩解》：此客中送客，故極敘不忍別之情。夫斗酒薄矣，勿以為薄，而中心藏之，意不在酒也。其奈故人去，而我遊子獨傷乎？於是藉草而怨生，折柳而思結，揮手再三，臨岐腸斷，非所謂心折骨驚之別乎？（卷33）

《唐宋詩醇》：從〈古詩十九首〉脫化而出，詞意俱古，詠至五、六，可謂蘊藉風流矣。（卷6）

〈灞陵[1]行送別〉

送君灞陵亭，灞水流浩浩。上有無花之古樹，下有傷心之春草。我向秦人問路歧，云是王粲南登[2]之古道。古道連綿走西京，紫闕[3]落日浮雲[4]生。正當今夕斷腸處，黃鸝愁絕不忍聽。

1 灞陵：即白鹿原，漢文帝陵寢所在地，因有灞水流經，故稱。

2 王粲南登：王粲，三國時建安七子之一。東漢末年，因長安戰亂不斷，王粲遂南奔荊州，投靠荊州牧劉表。〈七哀詩〉中有「南登灞陵岸，回首望長安」句。

3 紫闕：皇宮。

4 浮雲：李白詩中常以「浮雲」代指朝中奸佞。

名家析評

《唐詩解》：此因離別所經，賦其地以興慨也。水流、古樹、春草傷心，昔人亦嘗登此道而興懷矣。今我與友分別而睹薄暮之景，已足斷腸，況又聞啼鳥之音乎？稱西京者，明戀闕也。舉黃鸝者，感求友也。（卷13）

《李杜詩選》：在古詩中，「落日」與「浮雲」聯寫，都有象徵奸邪蔽主，讒害忠良之意，此處也透露出友人離京有著遭讒的政治原因。由此可知詩中除了離情別緒外，還包含著對政局的憂慮。（李白詩選，頁95）

〈勞勞亭[1]〉

天下傷心處，勞勞送客亭。春風知別苦，不遣柳條青。

1 勞勞亭：三國時吳國所建，因建於勞勞山上，故名。故址在今南京市西南，古代送別之地。詩約作於天寶八年（749）李白漫遊金陵時期。

名家析評

《唐詩摘鈔》：將無知者說得有知，詩人慣弄筆如此。◎深極巧極，自然之極，太白獨步。（卷2）

《詩法易簡錄》：若直寫別離之苦，亦嫌平直，借「春風」以寫之，轉覺苦語入骨。其妙全在「知」字、「不遣」字，奇警絕倫。（卷13）

《唐詩新賞》：與李白的這首詩異曲同工、相映成趣的，有李商隱的〈離亭賦得折楊柳〉詩的第一首：「暫憑樽酒送無憀，莫損愁眉與細腰。人世死前惟有別，春風爭擬惜長條。」……李白設想春風因不願見到折柳送別的場面，而不讓柳條發青。李商隱卻設想春風為了讓人們在臨別之時，從折柳相贈中表達一片情意，得到一點慰藉，而不惜柳條被人攀折。這說明同一題材，可以有各種不同的構思，不同的寫法。（冊5）

〈聞王昌齡左遷龍標遙有此寄〉

楊花落盡子規啼，聞道龍標過五溪[1]。我寄愁心與明月，隨風直到夜郎西[2]。

1 五溪：湖南懷化鄰近貴州的五條溪流。五溪之名，北魏酈道元《水經注》以為是「雄溪、滿溪、潕溪、酉溪、辰溪」，今人則以為是「雄溪、潕溪、辰溪、酉溪、清溪」。

2 夜郎西：今湖南沅陵縣境。王昌齡於天寶二年（743）至天寶十二年（753）年間，被貶為龍標尉。龍標，所在地為今湖南黔陽縣，位於夜郎的西南方，李白遂有「夜郎西」之說。

名家析評

《唐詩摘鈔》：一寫景，二敘事，三四發意，此七絕之正格也。◎若單說愁，便直率少致，襯入景語，無其理而有其趣。（卷4）

《詩法易簡錄》：三四句言此心之相關，直是神馳到彼耳，妙在借明月以寫之。（卷14）

《唐詩新賞》：（後兩句）有三層意思，一是說自己心中充滿了愁思，無可告訴，無人理解，只有將這種愁心托之於明月；二是說惟有明月照兩地，自己和朋友都能看見她；三是說，因此，也只有依靠她才能將愁心寄與，別無它法。（冊5）

〈贈汪倫〉

李白乘舟將欲行，忽聞岸上踏歌聲。桃花潭[1]水深千尺，不及汪倫送我情。

1 桃花潭：今安徽涇縣西南。李白於天寶十三年（754）至天寶十四年（755）間，前往涇縣漫遊，於此結識汪倫並作此詩。

名家析評

《唐詩摘鈔》：直將主客姓名入詩，老甚，亦見古人尚質，得以坦衷直筆為詩。若今人，左顧右忌，畏首畏尾，其詩安能進步古人耶？踏歌聲，汪所攜妓樂。◎「請君試問東流水，別意與之誰短長」，意亦同此，所以不及此者，全得「桃花潭水」四字襯映入妙耳。（卷4）

《詩法易簡錄》：桃花潭村人汪倫，俠士也。慕太白之名，常醞美酒以待之，恐其不至，乃為書招之曰：「此地有十里桃花，萬家酒店。」太白見之，欣然而往。至則並無桃花。所謂十里桃花者，桃花潭水也；所謂萬家酒店者，僅一酒店，其賣酒者萬姓也。倫乃出其家醞美酒，佐以歌舞，留白歡飲十餘日。白辭去，倫復率歌僮攜酒餞之，白感其意，贈以詩，其裔孫至今珍藏之。言汪倫相送之情甚深耳，直說便無味，借桃花潭水以襯之，便有曲折不盡之意。眼前景，口頭語，信手拈來，都成妙諦，是謫仙人本色。（卷14）

《李白詩選評》：結兩句不言惜別，但言深情，則可見俊逸超邁之人並非無情，而正是尤重情意的性情中人。……從李白〈過汪氏別業二首〉可得到印證：「汪生面北阜，池館清且幽。我來感意氣，搥炰（殺牛烤羊之意）列珍羞。掃石待歸月，開池漲寒流。酒酣益爽氣，為樂不知秋。」汪倫確是一位氣質高邁的豪士。（頁190）

〈巴陵[1]贈賈舍人〉

賈生[2]西望憶京華，湘浦南遷莫怨嗟。聖主恩深漢文帝[3]，憐君不遣到長沙。

1 巴陵：今湖南岳陽。詩題的賈舍人指詩人賈至，肅宗乾元元年（758），出為汝州（今河南境汝州市）刺史，二年，貶為岳州（今湖南岳陽，治所為詩題的巴陵）司馬，在巴陵與李白相遇，李白以詩贈別。

2 賈生：西漢文學家賈誼，漢文帝召為博士，後受人排擠，調為長沙王太傅。此以賈誼比擬賈至。

3 聖主句：聖主，指唐肅宗。本句指肅宗對待賈至，要比漢文帝對賈誼來得深厚。畢竟賈至只貶到巴陵，與長安的距離，比起賈誼被貶的長沙要近得多。

名家析評

《唐詩解》：（漢）文帝謫賈生於長沙，而地極遠。今君巴陵之謫，稍近於彼，是今皇之待君非漢主比矣。李集（按：蕭士贇《分類補注李太白詩》）以此詩為偽作，觀其詞，微覺不類，然文極和緩，亦自足傳。（卷25）

《升庵詩話》：賈至中書省舍人左遷巴陵，有詩云：「極浦三春草，高樓萬里心。楚山晴靄碧，湘水暮流深。忽與朝中舊，同為澤畔吟。感時還北望，不覺淚沾襟。」太白此詩，解其怨嗟也，得溫柔敦厚之旨矣。（卷7，270則）

《詩法易簡錄》：通篇以賈誼比之，切其姓也。「憶京華」，賈由舍人外謫也。「莫怨嗟」，勉以忠愛也。三四句即緊從「莫怨嗟」三字生出。長沙更在湘浦之南，「不遣到長沙」，見主恩之深重也。以賈誼比之，即以誼事作對照，而慰藉之解。此用古之法，方不是讀死書人。（卷14）

〈宿五松山下荀媼家[1]〉

我宿五松下，寂寥無所歡。田家秋作苦，鄰女夜舂[2]寒。跪進雕胡飯[3]，月光明素盤。令人慚漂母[4]，三謝[5]不能餐。

1 詩題：五松山，在今安徽銅陵縣南。媼，老婦人。肅宗上元二年（761），李白常往來於宣城、歷陽之間，本詩應是其旅途中借宿五松山下荀媼家所作。

2 夜舂：晚上用石臼舂米。

3 雕胡飯：菰米，即生於水中的茭白，秋季時所結的果實，色黑而狹長，可以之做飯，食之猶如紫米飯。

4 漂母：《史記．淮陰侯列傳》記載，韓信少時窮困，於淮陰城下釣魚，洗衣服的老婦（即漂母）見韓信腹中飢餓，便以米飯救濟韓信。後韓信建功封王，以千金厚謝漂母。本詩以漂母比擬荀媼。

5 三謝：再三致謝。

名家析評

《石園詩話》：詩末云：「令人憐漂母，三謝不能餐。」夫荀媼一雕胡飯之進，素盤之供，而太白感之如是，且詩以傳之，壽於其集。當世之賢媛淑女多矣，而獨

傳於荀媼，荀媼亦賢矣。然不遇太白，一草木同斃之村媼耳。嗚呼！人其可不知所依附哉！（卷1）

《李杜詩選》：全詩風格樸質自然，與詩人多數詩篇的豪放飄逸不同。反映出詩人對山村農民的誠摯謙恭和親切的心態。（李白詩選，頁196）

〈贈何七判官昌浩〉

有時忽惆悵，匡坐至夜分。平明空嘯咤[1]，思欲解世紛。心隨長風去，吹散萬里雲。羞作濟南生[2]，九十誦古文。不然拂劍起，沙漠收奇勛。老死阡陌間，何因揚清芬[3]？夫子今管樂[4]，英才冠三軍。終與同出處，豈將沮溺群[5]？

1 嘯咤：鬱悶時的長嘯號叫。

2 濟南生：即西漢經學家伏生，濟南人。秦朝焚書時，伏生將《尚書》藏於壁間，但亡失數十篇，僅剩二十餘篇。漢文帝欲召見伏生，伏生年已九十餘，老不能行，遂派晁錯親赴住處，由伏生口誦經文以授之。李白自言不願成為老死章句間的書生，寧願投身沙場，建功立業。本詩寫於肅宗上元二年（761），為李白逝世前一年，可見李白建功之念，老猶未衰。

3 揚清芬：彰顯名聲。清芬，高潔的德行。

4 管樂：春秋時齊國宰相管仲，與戰國時燕國名將樂毅。李白將何昌浩判官比為管仲、樂毅，以見其文武全才。

5 沮溺群：沮溺，指春秋時的隱士長沮、桀溺。李白表明自己願與何昌浩在戰場建功，而不願避世隱居。

名家析評

《唐詩解》：此因昌浩典軍而自陳己志也。言我嘗竟夕不眠，以思用世，此心已馳騖乎風雲之表矣。羞為章句之老儒，竊慕沙場之劍客，斬將搴旗以取勛庸耳。假令沒身畎畝，何以顯功名於竹帛耶？今夫子以英才治兵，正我所與同志也。方將並驅中原，其不終於耦耕決矣。史稱：「白喜縱橫，好擊劍，為任俠。」於此詩見之。（卷4）

《唐詩選脉箋釋會通評林》：開口慷慨，便能吞吐凡俗。蓋用世之志，由夜及旦，思得同心者並驅建樹，以揚芬千古。故既羞為章句宿儒，復不甘與耕隱同類，白自負固高，其贊何亦不淺也。（五古・盛唐五）

《李白詩選評》：今存李白詩中贈答友人詩占十之二三，佳作林立，但如此詩這樣以自寫為主、擺落常格、起結轉折、超忽不平，於層層曲折中見天風海濤之勢者，亦不多見。（頁172）

杜甫贈別詩

〈送翰林張司馬南海勒碑〉

冠冕通南極，文章落上台[1]。詔從三殿去[2]，碑到百蠻開[3]開。野館[4]濃花發，春帆細雨來。不知滄海上，天遣幾時回？

1 上台：詩句原注云：「相國製文」，指碑文出自相國之手。《晉書．天文志》：「三台六星，西近文昌二星曰上台，為司命。次二星曰中台，為司中。東二星曰下台，為司祿。」此處以上台代指相國。

2 詔從句：詔書由朝廷發布。唐朝君臣議政的大明宮，中有麟德殿，此殿三面，故稱三殿。

3 百蠻開：指南方文教從此開展。百蠻，古代南方少數民族的總稱。

4 野館：指鄉村旅舍。

名家析評

《詩藪》：李夢陽云，疊景者意必二，闊大者半必細，此最律詩三昧，如杜「詔從三殿去，碑到百蠻開。野館濃花發，春帆細雨來。」前半闊大，後半工細也。「浮雲連海岱，平野入青徐。孤嶂秦碑在，荒城魯殿餘。」前景寓目，後景感懷也。唐法律甚嚴惟杜，變化莫測亦惟杜。（內編卷4）

《杜詩解》題解：上半首朝廷之大務，下半首朋友之私情。上半首是翰林南海制文勒碑，下半首方是送。先公後私者，臣子之至誼也。想見先生立言之體。（卷2）

〈送鄭十八虔貶台州司戶傷其臨老陷賊[1]之故闕為面別情見於詩〉

鄭公樗散[2]鬢成絲，酒後常稱老畫師[3]。萬里傷心嚴譴[4]日，百年垂死中興時。蒼惶[5]已就[6]長途往，邂逅無端[7]出餞遲[8]。便與先生應永訣，九重泉路盡交期。

1 臨老陷賊：鄭虔在安史之亂中，對安祿山強授的偽官稱疾不就，並暗中向唐政府傳送情報。後叛軍平定，鄭虔卻因身陷賊營而被貶台州（今浙江台州市），杜甫以此詩為其抱不平。

2 樗散：樗木為質地鬆散的木材，比喻閒散不為世用之人。樗，音書，落葉喬木，質鬆而白，有臭氣。《莊子．逍遙遊》：「吾有大樹，人謂之樗。」又，《莊子．人間世》：「匠石之齊，見櫟社樹，其大蔽千牛，謂弟子曰：散木也，無所可用。」

3 酒後句：鄭虔善畫山水，曾為唐玄宗賞識，稱其詩、書、畫為「鄭虔三絕」。唐代畫家地位卑下，故鄭虔酒後自稱老畫師，有發牢騷的意味。

4 嚴譴：嚴厲的處罰。

5 蒼惶：同倉皇，匆促。

6 就：就道，啟程。

7 邂逅無端：遇到意外的事故。邂逅，偶然遇到。

8 出餞遲：餞行來遲。

名家析評

《杜詩提要》：樗散，不材木也，未有以不材贊人者。今曰樗散，又曰鬢成絲，則鄭之辱偽命，竟以不材而得，非其罪矣。開口一句，已痛楚不可言。次云老畫師，加以「酒後常稱」四字，則其平日所言如此，不材可知，故篇中以「樗散」二字為眼，正所以出脫鄭公也。（卷11）

《杜律啟蒙》：酒後以畫師自稱，蓋骯髒不平語也。萬里嚴譴，傷心已極；百年垂死，卻遇中興。此兩句分看也。人生不過百年，乃當國家中興之時，而為萬里之嚴譴，而幾幾垂於死，其傷心為何如！此兩句合看也。（七言卷之1）

〈贈衛八處士〉

人生不相見，動[1]如參與商[2]。今夕復何夕，共此燈燭光。少壯能幾時？鬢髮各已蒼。訪舊半為鬼，驚呼熱中腸[3]。焉知二十載，重上君子堂。昔別君未婚，兒女忽成行，怡然敬父執[4]，問我來何方？問答未及已，驅兒羅酒漿。夜雨剪春韭，新炊間[5]黃粱。主稱會面難，一舉累十觴。十觴亦不醉，感子故意長[6]。明日隔山岳，世事兩茫茫。

1 動：動輒，往往。

2 參與商：二星宿名。參在東，商在西，此出彼落，永不相見。

3 熱中腸：內心難過，如同煎熬。

4 父執：父親常相接近的友人，即父親的摯友。執，接。

5 間：音見，攙和。

6 故意長：老朋友的情意深長。

名家析評

《杜詩鏡銓》：「問我來何方」下，他人必尚有數句，看他剪裁淨鍊之妙。（卷5）

《讀杜心解》：古趣盎然，少陵別調。一路皆屬敘事，情真、景真，莫乙其處。只起四句是總提，結兩句是去路。（卷1之2）

《唐詩新賞》：詩以「人生不相見」開篇，以「世事兩茫茫」結尾，前後一片蒼茫，把一夕的溫馨之感，置於蒼涼的感情基調上。（冊6）

〈送人從軍〉

弱水[1]應無地，陽關已近天。今君渡沙磧[2]，累月斷人煙。好武寧論命[3]？封侯不計年。馬寒防失道，雪沒錦鞍韉[4]。

1 弱水：額濟納河的別名，位於甘肅北部。

2 沙磧：沙洲。磧，音氣，沙石堆。

3 好武句：既然好武，就不要埋怨命運使自己遠戍邊塞。

4 鞍韉：鞍，馬背上的坐墊。韉，音兼，鞍下的墊褥。二者皆為騎馬時放在馬背上的坐具。

名家析評

《杜詩說》：（末二句）意極慘淡事，偏作極濃麗語，全詩皆有色矣。蓋此行未必能得志於敵，不但封侯難冀，亦且裹革可虞，然但以馬寒雪盛為辭，此詩人立言之旨也。（卷4）

《說詩晬語》：杜工部〈送人從軍〉詩：「今君度沙磧，累月斷人煙」，和平矣，下接云：「好武寧論命？封侯不計年」。〈泊岳陽城下〉詩：「岸風翻夕浪，舟雪灑寒燈」，和平矣，下接云：「留滯才難盡，艱危氣益增」。如此拓開，方振得起。（卷上．105則）

《詩法易簡錄》：首二句寫盡邊地之遠，而苦在其中。三句點入「從軍」，四句極寫苦境。若五六句再描寫苦寒景況，不唯格局平沓，亦失性情溫厚之旨。以「好武」、「封侯」振其從軍之氣，以「寧論命」、「不計年」，掃其從軍之苦，而神色俱旺，局勢開拓矣，立言亦最得體。末二句雖寫邊地險苦，言外有諷以臨事而懼之意，不可好武而恃勇也，更得贈言之義。（卷9）

〈送遠〉

帶甲[1]滿天地，胡為[2]君遠行？親朋盡一哭，鞍馬去孤城[3]。草木歲月晚，關河霜雪清。別離已昨日，因見古人情[4]。

1 帶甲：全副武裝的戰士。

2 胡為：何為，為什麼。

3 孤城：此指秦州，今甘肅天水一帶。

4 別離二句：因不斷憶起昨日離別情景，從而體會古人臨別時的不捨之情。

名家析評

《杜律疏》：此詩是送客於邊城，非送從軍者。天地皆兵，幾於咫尺不可行矣，而君獨遠行，故怪而問之。……（末二句）別離而曰「已昨日」，是別後作詩以追送之。（卷2）

《杜詩說》：別離在平時猶可，最是亂世，會面難期，感傷自增一倍。起十字，已寫得萬難分手，接聯更作一幅關河送別圖，覺班馬悲鳴，風雲變色，使人設身其地，亦自黯然銷魂。非以全副性情入詩，安能感人若是哉？（卷4）

〈送韓十四江東省覲[1]〉

兵戈不見老萊衣[2]，嘆息人間萬事非。我已無家尋弟妹，君今何處訪庭闈[3]？黃牛峽[4]靜灘聲轉，白馬江[5]寒樹影稀。此別應須各努力，故鄉猶恐未同歸。

1 省覲：探望父母。

2 老萊衣：據《列女傳》載，春秋楚國隱士老萊子年七十，孝養雙親，穿五色彩衣，作嬰孩戲於親側，以娛悅父母。

3 庭闈：父母居所，代指父母。

4 黃牛峽：在今湖北省宜昌縣西，韓十四前往江東時途經之地。

5 白馬江：杜甫在成都附近的白馬江畔送別韓十四。本聯為上下對仗句，杜甫故而選用詞性相近的地名，代指兩人別後各居一方。

名家析評

《唐詩成法》：亂世萊衣，久已未見，萬事俱非，不止此一端。如我便是骨肉不能相聚者，見韓之此去，可羨。五六往江東之路，寂寞在目。同歸故鄉，各應努力，但恐我猶未能耳。一片真情，不在字句。（卷8）

《峴傭說詩》：「兵戈不見老萊衣」，是提清「省覲」矣。第三句「我已無家尋弟妹」，忽插入自己作襯，才是愁人對愁人，意更沉痛。五六兩句，景中含情，開展頓宕。收處「各努力」、「未同歸」，又插入自己，期望親切。是少陵送人省覲詩，他人移掇不得。（156則）

〈贈花卿[1]〉

錦城絲管日紛紛[2]，半入江風半入雲。此曲只應天上有，人間能得幾回聞？

1 花卿：成都尹崔光遠的部將花敬定。另有謂花卿為歌妓者，但杜甫若只是單純贈詩歌妓，本詩便只有頌揚而無諷意了。

2 紛紛：形容樂曲的輕柔悠揚。

名家析評

《杜詩詳註》引焦竑曰：花卿恃功驕恣，杜公譏之，而含蓄不露，有風人言之無罪，聞者足戒之旨。公之絕句百餘首，此為之冠。（卷10）

《峴傭說詩》：少陵七絕，槎枒粗硬，獨〈贈花卿〉一首，最為婉而多諷。花卿僭

用天子之樂，詩云「此曲祇應天上有，人間能得幾回聞」，何言之蘊藉也。（108則）

《唐詩新賞》：「天上」者，天子所居皇宮也；「人間」者，皇宮之外也。這是封建社會極常用的雙關語。說樂曲屬於「天上」，且加「只應」一詞限定，既然是「只應天上有」，那麼，「人間」當然就不應「得聞」。不應「得聞」而竟然「得聞」，不僅「幾回聞」，而且「日紛紛」，於是乎，作者的諷刺之旨就從這種矛盾的對立中，既含蓄婉轉又確切有力地顯現出來了。（冊7）

〈奉濟驛重送嚴公四韻〉

遠送從此別，青山空復情。幾時杯重把？昨夜月同行。列郡[1]謳歌[2]惜，三朝[3]出入榮[4]。江村獨歸處，寂寞養殘生。

1 列郡：指東西兩川屬邑。

2 謳歌：吏民頌其政績。

3 三朝：指嚴武歷仕玄宗、肅宗、代宗三朝。

4 出入榮：指入朝與外任都居於高位。

名家析評

《杜臆》：公與嚴公交契厚矣，十韻（按：〈奉送嚴公入朝十韻〉）不及私情，而結以「臨危莫愛身」，道義之交如此。……此詩才敘情。方虛谷云：「第一句極酸楚，結句尤覺徬徨無依。」故武再帥蜀，卒於任，公遂去蜀。（卷4）

《杜詩說》：發端已覺聲嘶喉哽，結處回思嚴去之後，窮老無依，真欲放聲大哭。雖無淚字，爾時語景，已可想見矣。送別詩至此，使人不忍再讀。（卷6）

〈送路六侍御入朝〉

童稚情親四十年，中間消息兩茫然。更為後會知何地？忽漫[1]相逢是別筵！不分[2]桃花紅似錦，生憎[3]柳絮白於綿。劍南[4]春色還無賴[5]，觸忤[6]愁人到酒邊。

1 忽漫：忽而，偶然。

2 不分：猶言不滿，有嫌惡之意。

3 生憎：偏憎、最憎。

4 劍南：劍南道，以地區在四川劍閣之南而得名。

5 無賴：無聊，謂情緒因無依託而煩悶。

6 觸忤：冒犯。

名家析評

《杜臆》：四十年相知，後會不可期，而相逢即別，真不可堪，寫得曲折條達。桃花、柳絮，尋常景物，句頭添兩虛字，桃、柳遂為我用。桃柳春色，出自劍南，更覺無賴；至觸忤愁人，直到酒邊，欲藉酒以消愁而不可得也。（卷5）

《杜詩詳註》引朱瀚曰：始而相親，繼而相隔，忽而相逢，俄而相別，此一定步驟也。能翻覆照應，便覺神彩飛動。及細按之，後會無期，應消息茫然。忽漫相逢，應童稚情親。無賴，即花錦、絮綿；觸忤，即不分、生憎。脈理之精密如此。（卷12）

〈別房太尉[1]墓〉

他鄉復行役[2]，駐馬別孤墳。近淚無乾土，低空有斷雲。對棋陪謝傅[3]，把劍覓徐君[4]。唯見林花落，鶯啼送客聞。

1 房太尉：指房琯，《舊唐書．房琯傳》：「寶應二年（763）四月，拜特進、刑部尚書。在路遇疾。廣德元年（763）八月四日，卒於閬州僧舍，時年六十七。贈太尉。」

2 行役：行旅。此時杜甫將遠赴成都，故有此言。

3 對棋句：杜甫回憶昔日曾與房琯對弈下棋。「對棋」典故，據《晉書．謝安傳》記載，謝玄等人擊破苻堅大軍，有檄書至，謝安正與客人弈棋，得知戰勝，了無喜色。謝安死後追贈太傅，故稱「謝傅」。

4 把劍句：杜甫在房琯墓前拜別，猶如春秋時季札拜別知己徐君。《史記．吳太伯世家》記載，春秋時吳國大夫季札出使晉國，路經徐國，徐國國君愛好季札寶劍，卻開不了口。季札通曉徐君心意，但因任務在身，無法將寶劍奉上。等任務完成再度經過徐國時，徐君已死。季札遂解其寶劍，繫於徐君墳前的樹上而去。杜甫以季札自比，以徐君喻房琯。

名家析評

《杜詩說》：此但敘己生平交情，不及房事，以房薨公，公在閬有祭文，生平忠誠之節，敘述已備故也。（卷5）

《唐詩新賞》：此詩極不易寫。因房琯不是一般的人，所以句句要得體；杜甫與房琯又非一般之交，又句句要有情誼。而此詩寫得既雍容典雅，又一往情深，十分切合題旨。（冊7）

〈丹青引贈曹將軍霸〉

將軍魏武[1]之子孫，於今為庶為清門[2]。英雄割據雖已矣，文采風流今尚存。學書初學衛夫人[3]，但恨無過王右軍[4]。丹青不知老將至，富貴於我如浮雲[5]。開元之中常引見，承恩數上南薰殿[6]。凌煙功臣少顏色[7]，將軍下筆開生面。良相頭上進賢冠[8]，猛將腰間大羽箭[9]。褒公鄂公[10]毛髮動，英姿颯爽來酣戰。先帝天馬玉花驄[11]，畫工如山[12]貌不同。是日牽來赤墀[13]下，迥立閶闔[14]生長風。詔謂將軍拂絹素，意匠[15]慘澹經營[16]中。斯須[17]九重[18]真龍[19]出，一洗萬古凡馬空。玉花卻在[20]御榻上，榻上庭前屹相向[21]。至尊含笑催賜金，圉人太僕皆惆悵[22]。弟子韓幹早入室[23]，亦能畫馬窮殊相。幹惟畫肉不畫骨，忍使驊騮氣凋喪[24]。將軍畫善蓋有神，偶逢佳士亦寫真。即今飄泊干戈際，屢貌尋常行路人[25]。途窮反遭俗眼白，世上未有如公貧。但看古來盛名下，終日坎壈[26]纏其身。

1 魏武：指魏武帝曹操。

2 清門：即寒門，清貧之家。唐玄宗末年，曹霸因故得罪，被削籍為庶人。

3 衛夫人：東晉著名女書法家，擅長隸書及正楷，王羲之曾向其學書法。

4 王右軍：即東晉大書法家王羲之，曾官右軍將軍，《晉書》稱其：「尤善隸書，為古今之冠。」

5 丹青二句：盛讚曹霸鄙棄功名富貴，精研繪畫藝術而樂在其中。詩句化用《論語．述而》：「發憤忘食，樂以忘憂，不知老之將至云爾」、「不義而富且貴，於我如浮雲」。

6 南薰殿：唐代宮殿名，在長安南內興慶宮。

7 淩煙句：淩煙閣上功臣的畫像已經褪色。淩煙閣，在長安西內三清殿側。

8 進賢冠：文臣所戴朝冠。《後漢書．輿服志下》：「進賢冠，古緇布冠也，文儒者之服也。」

9 大羽箭：一種四羽大竿長箭，唐玄宗曾自製以彰顯武功。

10 褒公鄂公：即褒國公段志玄與鄂國公尉遲敬德，二人均是唐代開國名將，為淩煙閣功臣圖上的人物。

11 玉花驄：唐玄宗所騎的駿馬名。

12 畫工如山：形容畫工人數眾多。

13 赤墀：皇帝宮殿階地塗丹漆，亦稱丹墀。墀，音持，臺階。

14 閶闔：天門，此指天子宮門。

15 意匠：畫家的立意和構思。

16 慘澹經營：苦心規劃設計。

17 斯須：一下子。

18 九重：指皇宮。《楚辭．九重》：「君之門兮九重。」

19 真龍：古稱馬高八尺為龍，此指玉花驄。

20 卻在：不該在而在。

21 榻上句：言畫馬與真馬相向而立，真假難分。

22 圉人句：養馬的僕夫與管馬的小吏都感到驚訝莫名。圉人，飼養馬的人；太僕，掌管皇帝車馬的官吏；惆悵，讚賞出神、驚嘆莫名之狀。

23 入室：學問技藝的成就達到精深階段，舊稱親授嫡傳弟子為「入室弟子」。

24 幹惟二句：此言韓幹所畫的馬僅肥大而形似，缺乏馬的神駿之氣。骨，此指馬的神駿風韻；驊騮，傳說中周穆王的八駿馬之一。

25 屢貌句：曹霸為了餬口，不得不為尋常人畫像，可見其境遇落魄。

26 坎壈：貧困潦倒。壈，音懶，不順。

名家析評

《杜詩提要》：凡詩文正面寫不出，必以反筆、側筆、陪筆寫之，精彩倍現。如此詩寫將軍處，首即抬出一魏武，後又引出褒公、鄂公二人，反面照射。其寫丹青處，先以書法陪起，請出衛夫人、王右軍二人為客，後又補出畫工及圉人太僕與弟子韓幹來。正如史遷序鉅鹿之戰，極力描寫楚軍，卻偏寫諸侯從壁上觀，乃顯得楚軍一以當百也。史公之文，杜公之詩，吾不能測其所至矣。（卷6）

《王文簡古詩平仄論》：此篇凡五段，中間雖亦有一二句近似黏聯者，然如此氣勢充盛之大篇，古今七言詩第一壓卷之作，豈復可以尋常黏調目之？（〈丹青引〉翁方綱按語）

《峴傭說詩》：畫人是賓，畫馬是主，卻從善書引起善畫，從畫人引起畫馬，又用韓幹之畫肉，墊將軍之畫骨，末後搭到畫人。章法錯綜絕妙，學者亟宜究心。唯收處悲颯，不可學。（123則）

〈短歌行贈王郎司直〉

王郎酒酣[1]拔劍斫[2]地歌莫哀，我能拔爾抑塞[3]磊落之奇才。豫章[4]翻風白日動，鯨魚跋浪[5]滄溟[6]開。且脫佩劍休徘徊[7]，西得諸侯棹[8]錦水。欲向何門趿珠履[9]？仲宣樓[10]頭春色深。青眼[11]高歌望吾子，眼中之人吾老矣。

1 酒酣：半醉。

2 斫：音卓，用刀斧砍。

3 抑塞：抑鬱，謂才不得展。

4 豫章：大木，樟類。

5 跋浪：乘浪。

6 滄溟：碧海。

7 且脫句：王郎既能翻風跋浪，奇才終當大用，何須拔劍悲歌？杜甫故而以「休徘徊」安慰之。

8 棹：划水行船。

9 趿珠履：求取職位。趿，音薩，以腳撥取東西；珠履，綴有明珠的鞋子，代指職位。

10 仲宣樓：王粲，字仲宣，避亂荊州依劉表，曾作〈登樓賦〉，後人遂稱其所登之樓為「仲宣樓」。

11 青眼：指正著看人時，黑色眼珠在中間，比喻對人的喜愛或重視，語出《晉書．阮籍傳》：「籍又能為青、白眼。」待賢者以青眼，待不肖者以白眼。

名家析評

《峴傭說詩》：前半是王郎語杜，後半是杜答王郎。一問一答，截然兩段章法，大奇。（126則）

《唐詩選評釋》：作法離奇，意態雄傑，實屬少陵獨創之格。王郎司直想不得志於當時，將棹錦水、游西蜀，干謁其諸侯而得知遇，故少陵當臨別筵，特作此歌，以壯其行色而兼慰之也。上下二段各五句，起語以十一字為一句，每段之末又各以平句相間，使其節急促。蓋以起語正長，非用此急調，則不成節故也。（卷2）

《唐詩新賞》：這首詩在音節上很有特色。開頭兩個十一字句，字數多而音節急促，五、十兩句單句押韻，上半首五句一組平韻，下半首五句一組仄韻，節奏短促，在古詩中較少見，亦獨創之格。（冊7）

〈江南逢李龜年〉

岐王[1]宅裡尋常見，崔九[2]堂前幾度聞。正是江南[3]好風景，落花時節又逢君。

1 岐王：李範，唐睿宗子，玄宗弟，以好學愛才著稱，雅善音律。

2 崔九：崔滌，中書令崔湜的弟弟。曾任殿中監，得唐玄宗寵幸。

3 江南：大曆五年（770），杜甫在潭州（今湖南長沙）遇李龜年，潭州在唐代屬江南道，詩中故代稱「江南」。唐代的江南道地區，管轄境地包含浙江、福建、江西、江蘇、安徽、湖南、湖北等長江以南之地。

名家析評

《杜詩偶評》：不言神傷，聚散古今之感，皆寓於中。此斷（絕）句正聲，杜集中偶見者也。（卷4）

《杜詩提要》:「好風景」三字插入,首二句已自有神州陸沉之慨,又承之以「落花時節」四字,淒然欲絕,加以「正是」字,「又」字,虛神跌宕,何止三日繞梁。(卷14)

《詩法易簡錄》:此詩於第三句用「好風景」三字,逗出中興太平氣象,只以「落花」二字,微逗出龜年今日之飄零,遂以「又逢君」三字煞住。不著一字議論,而今昔之感,先皇之思,以及中興之美,無不包括,尤妙在一字不及先皇,但以岐王、崔九言之,尤為立言得體。少陵七絕多類竹枝體,殊失正宗,此詩純用正鋒、藏鋒,深得絕句三昧,故亟登之。(卷14)

戰爭詩單元

戰爭詩
單元導讀

《新唐書．高力士傳》記載了一段史事，可由側面了解安史之亂的發生背景。天寶三年（744），玄宗趁高力士在旁服侍時，向高力士透露自己打算「休而不退」，也就是將治理天下的重責大任交給宰相李林甫，未來就有多餘的時間學習「吐納導引」之術，從而長生不老。高力士一聽，期期以為不可，認為治理天下的權柄，不可隨便旁落，否則會導致天下失序混亂。玄宗聽後不悅的擺起臉色，不發一語，懂得察顏觀色的高力士，也立即見風轉舵，出現「跪地叩頭，坦承是自己失心瘋才會胡言亂語罪該萬死」（原文為高力士頓首自陳：「心狂易，語謬當死」）之類的謝罪名場面。玄宗從此也鐵了心的「還內宅，不復事」，不僅把朝廷內政交給宰相李林甫，連軍事大權也旁分給各地藩鎮將領。最終導致內有李林甫把持朝政，隻手遮天；外有安祿山、史思明軍隊由東北興兵，直搗洛陽並大舉屠城。全國陷入了長達八年（755-763）的安史之亂，唐朝國勢也就此由盛轉衰。

此外，玄宗朝也經常對外族發動戰爭，如：天寶八年（749）派哥舒翰攻打吐蕃（今青藏一帶）石堡城，天寶十年（751），高仙芝率兵三萬討伐石國（今中亞烏茲別克一帶），石國乞援大食（古阿拉伯帝國），唐軍與大食交戰怛邏斯（今俄羅斯境內），最終唐軍大敗，死亡略盡。同年，玄宗又派鮮于仲通討伐南詔（今雲南省境內），士卒死亡六萬；派安祿山攻打契丹（今蒙古一帶），最終六萬士卒全軍覆沒。連年征戰的最直接的影響，便是全國人口銳減。據《唐會要》卷84記載：玄宗天寶元年（742），全國戶數為853萬餘；到了肅宗乾元三年（760），全國戶數僅餘193萬餘。短短十八年間，百姓戶數僅剩原有的1/5多，戰爭所導致的死傷慘重，可想而知。

理解了玄宗朝所發動的大小戰爭，以及隨之而來的安史之亂發生背景，有助於解讀李杜兩家戰爭詩內容。在相同的時空背景下，李白善「虛摹」與杜甫好「實寫」的書寫差異，會造成兩家戰爭詩的哪些差異呢？

首先，就觀照的角度而言，李白通常以幻境來呈現戰爭場景與衍生的苦難。如〈古風〉五十九首之〈西上蓮花山〉，一開始便是虛構的場景：蓮花山上有「霓裳曳廣帶」的仙人，邀請李白同登雲臺仙境。一向熱衷於訪仙求道的李白，也就「恍恍與之去」，打算跟著仙人「駕鴻凌紫冥」，離開污濁的人世。不意臨別之際，「俯視洛陽川，茫茫走胡兵。流血塗野草，豺狼盡冠纓。」李白以簡筆勾勒出安史軍隊攻破洛陽、屠城血流的慘狀。全詩共十四句，前十句為遊仙遁世之思，後四句才帶出屠城的場景。此外，在〈登高丘而望遠海〉中，李白運用了大量的神話傳說，如六鼇、三山、扶桑、銀臺金闕、精衛、黿鼉與鼎湖飛龍的典故，讓人誤以為李白想藉由人世無常來襯託仙境難尋。實際上，李白是透過秦皇、漢武求仙落空，以此告誡君王：「窮兵黷武今如此，鼎湖飛龍安可乘」，亦即好戰的國君是不可能得道成仙的。清初王夫之高度評價本詩，以為有「一部開元、天寶本紀在內」[1]。問題是，詩中完全未提及與唐朝相應的時事，王夫之的說法，未免言過其實。更何況，君王不可窮兵黷武，輕啟戰爭，難道是「唐代限定」的法則？唐代以外的君王就可以為所欲為？至於〈古風〉五十九首其十四之「荒城空大漠，邊邑無遺堵。白骨橫千霜，嵯峨蔽榛莽。」與〈戰城南〉的「野戰格鬥死，敗馬嘶鳴向天悲。烏鳶啄人腸，銜飛上掛枯樹枝。」詩句乍看之下似乎是戰場的寫實畫面，然而，遍地白骨、戰馬悲鳴，甚至是烏鳶啄食屍體的戰敗場景，都有極大的概括性，不僅可以套用在古代的任何一場戰爭，也能應用在當今電影或電玩競技的戰爭場景中。

相較於李白戰爭詩所偏好的超現實幻境與概括性寫法，杜甫的前、後〈出塞〉

1 清．王夫之著，王學太點校：《唐詩評選》（北京：文化藝術出版社，1997年），卷1，頁21。

詩，〈三吏〉、〈三別〉與〈兵車行〉等詩，堪稱是「戰地記者杜甫」為讀者所作的實況採訪報導。詩中或者採取問答方式敘事，如〈兵車行〉的「道旁過者問行人，行人但云點行頻」、「長者雖有問，役夫敢伸恨」，〈新安吏〉的「借問新安吏，縣小更無丁」，〈潼關吏〉的「借問潼關吏，修關還備胡」，都是杜甫與受訪者的訪談內容。另有透過受訪者的獨白，以第一人稱訴說自身遭遇，如「戚戚去故里，悠悠赴交河」的〈前出塞〉征夫；「我本良家子，出師亦多門」的〈後出塞〉逃兵：或是〈三別〉系列之〈新婚別〉，自述與夫君「暮婚晨告別，無乃太匆忙」的貧家女；〈垂老別〉中無法安享晚年的老人，上戰場前與臥路啼哭的老妻訣別；〈無家別〉中戰敗返家的逃兵，即使被縣令再次徵召，也因家中空無一人，而發出「人生無家別，何以為烝黎」的悲鳴。另有杜甫以旁觀者第三人稱敘事的〈石壕吏〉，以「暮投石壕村，有吏夜捉人」為序幕，記錄唐代官兵強拉人入伍，百姓無力反抗的情景。又如〈悲陳陶〉中，寫陳陶澤當地百姓被叛軍佔領後，「都人回面向北啼，日夜更望官軍至」的心聲。以上這些詩作，杜甫彷彿成了戰地記者，見證了不同身分的百姓，在戰爭期間各自承受的傷亡與苦難。

如果說，李白戰爭詩的概括性寫法，屬於「見林」式的觀照全局，「以一般化與典型化為特徵」，那麼杜甫的記實性寫法，便是「見樹」式的著眼細節，「以特殊化與個別化為特徵」[2]。李白筆下的戰爭詩，往往在虛構的幻境中攙雜現實的樣貌，杜甫的戰爭詩，則是一幕幕的真實畫面與實況報導，確實無愧於「詩史」之號。

再者，李、杜戰爭詩的命題方式，也是造成兩家詩作有「虛摹」與「實際」差異的另一個原因。由於戰爭詩多以古詩長篇敘事，杜詩的即事命題，讓讀者可由詩題來推測詩作要旨，除了著名的前、後〈出塞〉或〈三吏〉、〈三別〉，其他

2 日本學者松原朗指出李、杜詩的差異在於：「李白的文學以一般化與典型化為特徵，杜甫的文學則以特殊化與個別化為特徵，二者具有正相反的風格。」見松原朗著，張渭濤譯：《晚唐詩之搖籃——張籍．姚合．賈島論》（西安：西北大學出版社，2018年），頁118。

如〈悲陳陶〉、〈悲青坂〉、〈塞蘆子〉，詩中的戰事必與詩題地名相關；或者如〈哀王孫〉、〈兵車行〉、〈喜聞官軍已臨賊境〉、〈收京〉三首、〈洗兵馬〉等詩，也都是詩、題緊密聯繫，亦即由詩題即可推知詩作要旨。相形之下，李白戰爭詩之「題」與「名」，便顯得復古多了。由於李白偏好使用樂府古題命名，導致「詩」與「題」之間，有著相當程度的落差。如〈子夜吳歌〉本為男女情歌，四首中的「秋歌」（長安一片月），卻以「罷遠征」為主旨；〈登高丘而望遠海〉本為登高遠望，詩旨卻是指責統治者的窮兵黷武。而〈北風行〉與〈關山月〉，單看詩題，可能誤以為是歌詠北地風寒或關塞山月，實際寫的卻是行人不歸、感離傷別之情。更別提李白的〈古風〉五十九首，乃仿效魏晉時的阮籍〈詠懷〉八十二首，與初唐陳子昂的〈感遇〉三十八首的書寫傳統，透過組詩式的結構與隱晦的題名，更難以由題知詩，與杜甫的詩題合一，形成強烈對比。

以下透過兩組內容相近的具體詩例進行比較，更能理解兩家戰爭詩作的命題差異。同樣書寫思婦題材，李白〈北風行〉為樂府古題，原題多寫北風雨雪、行人不歸的感傷；而杜甫〈新婚別〉是即事名篇的詩題，由詩題可知寫的是新婚即與夫婿告別的場景。在敘事方式上，〈北風行〉以傳說中棲居寒冷北地、人面龍身無足的「燭龍」拉開序幕，並以「燕山雪花大如席」來夸飾北地寒冷苦況，再以第三人稱方式，帶出「幽州思婦」倚門望夫早歸的心情。令人困惑的是，既是望夫早歸，詩作後半就不應出現「人今戰死不復回」的句子，因為思婦若早知征夫戰死沙場，又何必「倚門望行人」？詩作的前後敘述是有矛盾的。反觀杜甫〈新婚別〉，全詩採用第一人稱方式，透過「暮婚晨告別」的新婦獨白，將其與夫婿新婚旋即分別的遭遇與各種思量，娓娓道來，並以「羅襦不復施，對君洗紅妝」表現新婦的堅守隱忍，讀後令人動容。此外，李白的〈子夜吳歌・秋歌〉與杜甫的〈擣衣〉，同樣以婦女秋夜擣衣裁製征袍為主題。但在詩題上，存在著李白「沿用樂府古題」與杜甫「即事名篇」的差異；在寫作手法上，李白的「長安一片月，萬戶擣衣聲」，採用全面概括性的視角，但杜甫詩中「亦知戍不返」、「用盡閨中力」的思婦，則是聚焦在單一個體的心緒轉折。透過以上相同主題，不同命題方式與敘事角度的詩作比較，相信讀者對李、杜兩家戰爭詩的差異，以及李白「好虛摹」與杜甫「尚實際」的寫作手法，應能有更清楚的理解與辨析。

李白戰爭詩

〈古風〉五十九首其十四

胡關饒風沙，蕭索竟終古。木落秋草黃，登高望戎虜。荒城空大漠，邊邑無遺堵[1]。白骨橫千霜，嵯峨[2]蔽榛莽。借問誰凌虐？天驕[3]毒威武。赫怒[4]我聖皇，勞師事鞞鼓。陽和變殺氣，發卒騷[5]中土。三十六萬人，哀哀淚如雨。且悲就行役，安得營農圃？不見征戍兒，豈知關山苦。李牧[6]今不在，邊人飼豺虎。

1 堵：城垣。

2 嵯峨：山高。

3 天驕：原指匈奴，《漢書》：「胡者，天之驕子也。」後泛指入侵的敵人。

4 赫怒：盛怒。

5 騷：擾動。

6 李牧：戰國時趙國良將。匈奴曾率眾入侵，李牧多為奇陣襲之，大破匈奴十餘萬騎，單于奔走，其後十餘年，匈奴不敢近趙邊城。此用以代指守邊良將。

名家析評

《唐詩別裁集》：天寶中（按：天寶六年747），上使王忠嗣攻蕃石堡城。忠嗣言：（吐蕃）堅守難攻。董延光自請攻之，不克。復命哥舒翰攻而拔之，獲吐蕃四百人，而唐兵死亡略盡（按：唐兵派六萬三千人出戰）。其後世為仇敵矣。詩為開邊垂戒。（卷2）

《唐宋詩醇》：此詩極言邊塞之慘，中間直入時事，字字沉痛，當與杜甫〈前出塞〉參看。別本多四句，語盡而露，詩詞意已足，不當更益。（卷1）

按：別本於「豈知關山苦」下多四句：爭鋒徒死節，秉鉞皆庸豎。戰士塗蒿萊，將軍獲圭組。

〈古風〉五十九首其十七

西上蓮花山[1]，迢迢[2]見明星[3]。素手把芙蓉[4]，虛步躡太清[5]。霓裳曳廣帶[6]，飄忽升天行。邀我登雲臺，高揖衛叔卿[7]。恍恍與之去，駕鴻凌紫冥[8]。俯視洛陽川，茫茫走胡兵。流血塗野草，豺狼盡冠纓[9]。

1 蓮花山：西嶽華山因山形似蓮花，又名蓮花山，其西峰名為蓮花峰。

2 迢迢：遙遠。

3 明星：指仙女。

4 芙蓉：蓮花。

5 躡太清：在空中漫步。躡，踩踏；太清，天空。

6 霓裳句：仙人在天上飛升的景象。霓裳，以虹霓製成的衣裳，指仙人所穿的衣服；曳，搖曳；廣帶，長長的飄帶。

7 衛叔卿：漢武帝時仙人，曾乘雲車駕白鹿而降，武帝不加優禮而去，武帝後遣使者求之華山，見其與數人博戲於絕巖之石上，有數仙童執節立其後。

8 紫冥：天空。

9 冠纓：泛指高官貴族。

名家析評

《李太白集注》：此詩大抵是洛陽破沒之後所作。「胡兵」謂祿山之兵，「豺狼」謂祿山所用之逆臣。（卷2）

《詩比興箋》：皆遁世避亂之詞，託之遊仙也。〈古風〉五十九章，涉仙居半，惟此二章（按：本詩與〈鄭客西入關〉）差有古意，則詞含寄託故也。世人本無奇臆，好言升舉，雲螭鶴駕，翻成土苴。太白且然，況觸目悠悠乎？（卷3）

〈古風〉五十九首其三十四

羽檄[1]如流星，虎符[2]合專城[3]。喧呼救邊急，群鳥皆夜鳴。白日曜紫微，三公運權衡[4]。天地皆得一，澹然四海清[5]。借問此何為？答言楚徵兵。渡瀘[6]及五月，將赴雲南征。怯卒非戰士，炎方難遠行。長號別嚴親，日月慘光晶。泣盡繼以血，心摧兩無聲。困獸當猛虎，窮魚餌奔鯨。千去不一回，投軀豈全生？如何舞干戚，一使有苗平[7]。

1 羽檄：軍中緊急文書。古代兵令寫於竹簡加插鳥羽，故稱羽檄。

2 虎符：發兵信物，多為虎形，一分為二，中央政府與地方守將各執一半，必二者相合始能發兵。

3 專城：州牧太守等地方長官。

4 白日二句：朝中上下運作正常。上句指太陽在天空照耀，引申為皇上指揮朝政，下句指朝中大臣執行君令。

5 天地二句：天下清平不應用兵，故以下有借問之言。

6 渡瀘：瀘水，在今雲南金沙江，因瀘水多瘴氣，五月才能安全渡過。

7 如何二句：指應修文德使異族臣服，不應輕易開啟戰爭。傳說有苗氏叛亂不服，禹自請率兵討伐，舜認為是自己德教未修所致，因而停兵三年，勤修德教，並透過「執干（盾）戚（斧）而舞之」，類似今日的軍事閱兵行動，最終讓有苗氏降服。

名家析評

《李太白集注》引蕭士贇云：此詩蓋討雲南時作也（按：天寶九年751）。首即徵兵時景象而言。當此君明臣良、天清地寧、海內澹然、四郊無警之時，而忽有此舉。問之於人，始知徵兵者，討雲南也。乃所調之兵，不堪受甲，所謂驅市人而戰之，如以困獸當虎，窮魚餌鯨，吾見師之出而不見師之入矣。末則深嘆當國之臣不能敷文德以來遠人，致有覆軍殺將之恥也。（卷2）

《唐宋詩醇》：「群鳥夜鳴」，寫出騷然之狀；「白日」四句，形容黷武之非。至於征夫之悽慘，軍勢之怯弱，色色顯豁，字字沉痛。結歸德化，自是至論。此等詩殊有關係，體近風雅，杜甫〈兵車行〉、〈出塞〉等作，工力悉敵，不可軒輊。宋人羅大經作《鶴林玉露》，乃謂：「白作為歌詩，不過狂醉於花月之間，社稷蒼生，曾不繫其心膂，視甫之憂國憂民，不可同年語。」此種識見，真蚍蜉撼大樹，多見其不知量也。（卷1）

〈戰城南[1]〉

去年戰，桑乾源[2]；今年戰，葱河道[3]。洗兵條支海上波，放馬天山雪中草[4]。萬里長征戰，三軍盡衰老。匈奴以殺戮為耕作，古來惟見白骨黃沙田。秦家築城備胡處，漢家還有烽火燃[5]。烽火燃不息，征戰無已時。野戰格鬥死，敗馬嘶鳴向天悲。烏鳶啄人腸，銜飛上掛枯樹枝。士卒塗草莽，將軍空爾為[6]。乃知兵者是凶器，聖人不得已而用之[7]。

1 戰城南：古樂府題，多用以哀悼戰死將士。

2 桑乾源：即桑乾河，在今河北永定河上游。

3 葱河道：即葱嶺河，在今新疆西南部。

4 洗兵二句：於條支海上洗兵器，於天山雪草中放馬，比喻擴大疆域。條支，漢西域古國名，此泛指西域一帶。

5 秦家二句：指朝代雖有更迭，戰爭依然不息。

6 士卒二句：士卒死於草莽中，將軍已無力戰鬥。

7 乃知二句：告誡世人不可輕啟戰爭。典故出自《老子》31章云：「夫兵者不祥之器，物或惡之，故有道者不處。兵者不祥之器，非君子之器，不得已而用之，恬淡為上，勝而不美；而美之者，是樂殺人。」

名家析評

《唐宋詩醇》：古詞云：「戰城南，死郭北，野死不葬烏可食。」又云：「願為忠臣安可得！」白詩亦本其意，而語尤慘痛，意更切至，所以刺黷武而戒窮兵者深矣。（卷2）

《竹林答問》：詩至八言，冗長嘽緩，不可以成句矣，又最忌折腰。東方朔八言詩不傳，古人無繼之者。即古詩中八字句法亦不多見，不比九字、十一字奇數之句，猶可見長也。有唐一代，惟太白仙才，有此力量。如〈戰城南〉「匈奴以殺戮為耕作」，「聖人不得已而用之」；〈蜀道難〉「黃鶴之飛尚不得過」；〈北風行〉：「日月照之何不及此」；〈久別離〉：「為我吹行雲使西來」；〈公無渡河〉：「有長鯨白齒若雪山」等句，惟其逸氣足以舉之也。（問八言詩）

《詩法易簡錄》：音節古勁，一結用意正大，更出漢人原詞之上，可見後人欲爭勝前人，當以命義為第一義也。（卷6）

〈北風行〉

燭龍棲寒門，光曜猶旦開[1]。日月照之何不及此，唯有北風號怒天上來。燕山雪花大如席，片片吹落軒轅臺[2]。幽州[3]思婦十二月，停歌罷笑雙蛾摧。倚門望行人[4]，念君長城苦寒良可哀。別時提劍救邊去，遺此虎紋金鞞靫[5]。中有一雙白羽箭，蜘蛛結網生塵埃。箭空在，人今戰死不復回。不忍見此物，焚之已成灰。黃河捧土尚可塞，北風雨雪[6]恨難裁。

1 燭龍二句：此以神話傳說形容北地極寒。燭龍，古神物，人面龍身無足，居寒冷之北，不見天日，銜燭照月，張眼為晝，閉眼為夜，典故見《淮南子．地形訓》。

2 軒轅臺：為記念黃帝軒轅氏所築的土臺，遺址在今河北懷來縣喬山上。

3 幽州：河北、遼寧一帶，為安祿山屯兵之地。本詩以「日月照之不及」比喻當地受叛軍掌控，以致昏天暗地。

4 行人：出門在外的人，此指士卒。

5 鞞靫：音丙插，繪有虎紋圖案的箭袋。

6 北風雨雪：《詩經．邶風．北風》云：「北風其涼，雨雪其雱。」此處化用典故，以紛飛大雪暗喻思婦悲慘的遭遇，以及夫死不歸的怨恨。

名家析評

《唐詩選脉箋釋會通評林》：日月不照處，覆載已有偏枯。行人以救邊到此，受其寒苦，且轉戰不回，生死莫測。物在人亡，思婦能不悲念？至焚其所遺使不忍見，怨恨何深？此篇主意，全在「念君長城苦寒良可哀」一句生情，調法光響，意多含蓄。（七古．盛唐三）

《李白詩選評》：安祿山的不臣之志已是「司馬昭之心，路人皆知」，李白天寶十一年（752）冬北遊，目睹身歷，寫下了〈遠別離〉、〈北風行〉二首七古名篇。前者傷權臣當道，將致喪亂，主要從朝廷言；本詩寫開邊傷民，節鎮坐大，主要從外臣言。對讀可見李白此時已有一定的政治敏感與憂患意識。（頁174）

〈關山月〉

明月出天山，蒼茫雲海間。長風幾萬里，吹度玉門關。漢下白登道[1]，胡窺青海灣[2]。由來征戰地，不見有人還。戍客望邊邑，思歸多苦顏。高樓當此夜，嘆息未應閒。

1 白登道：山西大同境內，劉邦曾被匈奴三十餘萬騎圍困，絕糧七日。

2 青海灣：今青海省青海湖，因湖水色青而得名，唐時為吐蕃所據，詩中故言「胡窺」。

名家析評

《唐宋詩醇》：朗如行玉山，可作白自道語。格高氣渾，雙關作收，彌有逸致。（卷3）

《李白詩選評》：「明月」、「天山」、「雲」、「玉」這些給人以白或清的質感的詞語，它們融和為一種氛氳，一種好像絲幕般的迷朦的半透明的白的氛氳，又因著「天山」、「玉門關」兩個含有時間意味的古老的地名，因著「幾萬里」之「長」的空間意味，這氛氳，便平添了一種「蒼莽」之感。（頁239）

〈登高丘而望遠海〉

登高丘，望遠海。六鼇[1]骨已霜，三山[2]流安在？扶桑[3]半摧折，白日沉光彩。銀臺金闕[4]如夢中，秦皇漢武空相待。精衛費木石[5]，黿鼉[6]無所憑。君不見驪山茂陵[7]盡灰滅，牧羊之子來攀登。盜賊劫寶玉，精靈[8]竟何能？窮兵黷武今如此，鼎湖飛龍[9]安可乘？

1 六鼇：傳說中背負仙山的六隻鰲龜。

2 三山：蓬萊、方丈、瀛洲三座仙山。

3 扶桑：傳說太陽升起後首照之樹。

4 銀臺金闕：傳說秦始皇派方士到海外求仙，至海上，見仙人所居之處為耀眼的銀臺金闕。

5 精衛句：《山海經》中，精衛為炎帝之幼女，因溺於東海，故化身為精衛鳥，常銜西山之木以堙於東海。李白以精衛填海之無濟於事，比喻求仙之徒勞無功。

6 黿鼉：音元駝，能渡江海的神獸。

7 驪山茂陵：驪山，秦始皇陵墓處；茂陵，漢武帝陵。

8　精靈：指秦皇、漢武的神靈。

9　鼎湖飛龍：指飛升成仙。相傳黃帝於荊山下，汲鼎湖之水鑄鼎，鼎成後，有龍下迎，黃帝遂乘龍上天。鼎湖，在今河南靈寶市。

名家析評

《唐音癸籤》：時玄宗方用兵吐蕃、南詔，而受籙、投龍、崇尚玄學不廢，大類秦皇、漢武之為。故白之譏求仙者，亦多借秦漢為喻。白他詩又云：「窮兵黷武今如此，鼎湖飛龍安可乘？」其本指（旨）也歟！（卷21）

《唐詩評選》：後人稱杜陵為詩史，乃不知此九十一字中有一部開元、天寶本紀在內。俗子非出象則不省，幾欲賣陳壽《三國志》，以僱說書人打匾鼓，誇赤壁鏖兵。可悲可笑，大都如此。（卷1）

〈塞下曲〉六首其一

五月天山[1]雪，無花只有寒。笛中聞折柳[2]，春色未曾看。曉戰隨金鼓[3]，宵眠抱玉鞍。願將腰下劍，直為斬樓蘭[4]。

1　天山：指祁連山，在今甘肅、青海省界。

2　折柳：古樂曲〈折楊柳〉之簡稱。

3　金鼓：古代作戰時以擊鼓為信號，撤退時敲鑼，即所謂「擊鼓進軍，鳴金收兵」。

4　斬樓蘭：樓蘭為古代小國，地處通往西域的要道。「斬樓蘭」常用以代指殺敵建功。

名家析評

《唐詩解》：此為邊士求立功之詞。言處寒苦之地，曉則出戰，夜不解鞍，欲安所

表樹乎？思斬樓蘭以報天子耳。雪入春則五月無花，可知是真春光不到之地也。（卷33）

《唐詩成法》：雪入春則無花，前言塞下寒苦如此，五六言其苦更甚，兩層逼出直斬樓蘭，言外見庶不再來塞下，重受此苦也。意甚含蓄。（卷3）

《詩法易簡錄》：前四句一氣直下，不用對偶，倍見超逸。此以古風格力運於律詩中者。（卷9）

〈塞下曲〉六首其三

駿馬似風飆，鳴鞭出渭橋[1]。彎弓辭漢月，插羽破天驕[2]。陣解星芒盡，營空海霧消[3]。功成畫麟閣，獨有霍嫖姚[4]。

1 出渭橋：渭橋在長安西北渭水上。出渭橋，代指離開京城。

2 天驕：漢時匈奴自稱「天之驕子」，此以天驕代稱外敵。

3 陣解二句：戰爭結束。陣解，陣仗消解；星芒，客星散發出白色光芒，為兵象；營空，軍營一空；海霧，沙漠上的霧氣。星芒盡、海霧消，形容戰爭氛圍消散。

4 功成二句：麟閣，為漢宣帝為表彰功臣所建的麒麟閣。霍嫖姚，即西漢受封嫖姚校尉的猛將霍去病。二句有「一將功成萬骨枯」之意。

名家析評

《李太白集注》：「彎弓」以上三句，狀出師之景；「插羽」以下三句，狀戰勝之景。末言功成奏凱，圖形麟閣者，止上將一人，不能遍及血戰之士。太白用一「獨」字，蓋有感乎其中歟？然其言又何婉而多風也！（卷5）

《唐詩別裁集》：獨有貴戚得以紀功，則勇士喪氣矣。（卷10）

〈子夜吳歌〉四首其一

長安一片月，萬戶擣衣[1]聲。秋風吹不盡，總是玉關情。何日平胡虜？良人罷遠征。

1 擣衣：古人把剛織好的織物，平鋪在光滑的砧板或石板上，用木棒或木杵敲擊，使織物平順柔軟，便於裁製衣服，為婦女縫製寒衣所做的準備工作。

名家析評

《唐詩解》：此為戍婦之辭，以譏當時戰伐之苦也。言於月夜擣衣以寄邊塞，而此風吹不盡者，皆我思念玉關之情也，安得平胡而使征夫稍息乎？不恨朝廷之黷武，但言胡虜之未平，深得風人之旨。（卷3）

《說詩晬語》：詩貴寄意，有言在此而意在彼者。李太白〈子夜吳歌〉，本閨情語，而忽冀罷征。〈經下邳圯橋〉，本懷子房，而意實自寓。〈遠別離〉，本詠（女）英、（娥）皇，而借以咎肅宗之不振，李輔國之擅權。（卷下．67則）

《唐詩別裁集》：不言朝家之黷武，而言胡虜之未平，立言溫厚。（卷2）

杜甫戰爭詩

〈前出塞[1]〉九首其一

戚戚[2]去故里，悠悠赴交河。公家有程期，亡命嬰禍羅[3]。君已富土境，開邊一何多！棄絕父母恩，吞聲行負戈。

1 前出塞：王嗣奭《杜臆》據〈前出塞〉之「赴交河」，且〈前出塞〉之三有「磨刀嗚咽水」，由古詩〈隴頭歌〉化用而來，隴山位於甘陝交界，是出征吐蕃必經之地，推論詩當作於天寶年間。天寶六年（747）至天寶十年（751），先後有哥舒翰征討吐蕃、鮮于仲通攻南詔、高仙芝攻大食等對外戰爭。頻繁的戰爭，自然就有大規模的徵兵需求，此即為〈前出塞〉的寫作背景。

2 戚戚：愁苦，因士卒被迫出塞，故心懷愁苦。

3 亡命句：一旦逃兵將難逃法網，必惹禍上身。亡命，即逃兵；嬰，惹上。

名家析評

《杜臆》：「亡命嬰禍羅」，乃其衷腸語。亡命則累及父母、六親，故忍死吞聲而去，一以為國，一以為親，使見忠孝大節，且怨而不怒。後詩皆然，此風人之旨也。「已富」、「開邊」，風（諷）刺語。（卷3）

《杜詩說》：杜公不擬古樂府，前、後〈出塞〉，偶用其題耳。凡擬古者，類無其事而假其辭，公則辭不虛設，必因事而設，即其修辭立誠之旨。已非詩人所及，何待較其工拙乎？（卷1）

《峴傭說詩》：前、後〈出塞〉詩，皆當作樂府讀。〈前出塞〉「君已富十境，開邊一何多」，是諷刺語。「功名圖麒麟，戰骨當速朽」，是憤惋語。「生死向前去，不勞吏怒嗔」，是決絕語。「軍中異苦樂，主將寧盡聞」，是感傷語。「眾人貴苟得，

欲語羞雷同」，是自占身分語。竭情盡態，言人所不能言。（41則）

〈前出塞〉九首其六

挽弓當挽強，用箭當用長。射人先射馬，擒賊先擒王。殺人亦有限[1]，立國自有疆。苟能制侵陵，豈在多殺傷[2]？

1 亦有限：也有限度。與下句的「立國有疆」前後呼應。

2 苟能二句：二句借戍卒口中說出，若要抵禦外來侵略，只須擒其首領即可，不必多增殺戮。侵陵，侵略。

名家析評

《杜臆》：他人有前四句，必無後四句，而王者之師所以無敵，正兼前後八句而有之也，三代之下誰復領此？「談兵邁古風」，此老自道。（卷3）

《杜詩說》：前四語似謠似諺，最是樂府妙境。戰陣多殺，始自秦人，蓋以首級論功，先時無是也。至出塞之舉，則始於漢武。當時衛、霍雖屢勝，然士馬大半物故，一將功而枯萬骨，亦何取哉？明皇不恤中國之民，而遠慕秦皇、漢武之事，杜公此詩，託諷實深。（卷1）

〈前出塞〉九首其七

驅馬天雨雪，軍行入高山。徑危抱寒石，指落層冰間[1]。已去漢月[2]遠，何時築城還[3]？浮雲暮南征，可望不可攀。

1 指落句：士卒手指凍僵而掉落於層冰之間。

2 漢月：代指中原故土。

3 築城還：返回主將屯軍處。

名家析評

《杜臆》：前四句言軍士之苦，如親歷之者。在途則生死向前，在軍則無日不思歸，此人情也。（卷3）

《讀杜心解》：言戍守也。戍守則須城築，城築必依山險。三四寫衝寒陟危之苦，設色黯慘，邊庭之苦極矣。苦極故思家也，六親之念，前已丟開，此又提起，有雪舞迴風之致。（卷1之1）

〈兵車行〉

車轔轔，馬蕭蕭，行人[1]弓箭各在腰。爺娘妻子走相送，塵埃不見咸陽橋。牽衣頓足攔道哭，哭聲直上干[2]雲霄。道旁過者[3]問行人，行人但云「點行[4]頻」。或從十五北防河，便至四十西營田。去時里正與裹頭，歸來頭白還戍邊。邊庭流血成海水，武皇開邊意未已。君不聞漢家山東二百州，千村萬落生荊杞[5]。縱有健婦把鋤犁，禾生隴畝無東西。況復秦兵耐苦戰，被驅不異犬與雞。長者[6]雖有問，役夫敢伸恨？且如今年冬，未休關西卒[7]。縣官急索租，租稅從何出？信知生男惡，反是生女好。生女猶得嫁比鄰，生男埋沒隨百草。君不見青海頭，古來白骨無人收。新鬼煩怨舊鬼哭，天陰雨濕聲啾啾。

1 行人：征夫。

2 干：沖。

3 道旁過者：此指杜甫。

4 點行：依兵冊順序入伍。

5 荊杞：荊棘與枸杞，泛指野生灌木。

6 長者：征夫尊稱杜甫。

7　未休句：征西士卒未能在秋收時休兵，返鄉協助採收，導致農民收成銳減。

名家析評

《唐詩別裁集》：詩為明皇用兵吐蕃而作，設為問答，聲音節奏，純從古樂府得來。◎以人哭始，鬼哭終，照應在有意無意。（卷6）

《峴傭說詩》：「行人但云點行頻」、「去時里正與裹頭」、「縱有健婦把鋤犁」，合之五古〈新婚別〉、〈無家別〉、〈垂老別〉、〈石壕吏〉諸詩，見唐世府兵之弊，家家抽丁遠戍，煙戶一空，少陵所以為詩史也。（105則）

《唐詩新賞》：在大段代人敘言中，穿插「道旁過者問行人，行人但云點行頻」、「長者雖有問，役夫敢申恨」和「君不見」、「君不聞」等語，不僅避免了冗長平板，還不斷提示，驚醒讀者，造成了迴腸盪氣的藝術效果。（冊6）

〈後出塞[1]〉五首其一

男兒生世間，及壯當封侯。戰伐有功業，焉能守舊丘？召募赴薊門[2]，軍動不可留。千金買馬鞍，百金裝刀頭。閭里送我行，親戚擁道周[3]。斑白[4]居上列，酒酣進庶羞[5]。少年別有贈，含笑看吳鉤[6]。

1　後出塞：此組詩作，當作於唐玄宗天寶十四年（755）冬，安祿山反唐之初。詩作通過一位應募至安祿山軍隊的士卒自述，申說其所以應募再脫逃歸家的歷程。

2　薊門：今河北北京一帶，為范陽節度使安祿山的根據地。

3　道周：道路兩旁。

4　斑白：頭髮斑白的老人。

5　庶羞：菜餚。

6　吳鉤：春秋時吳王闔閭所打造的寶刀之名，後用以代指寶刀。

名家析評

《杜臆》：「召赴薊門」者，安祿山也。勢已強盛，而初尚未有反謀，故壯士有志功名者樂於從之。其裝飾之盛，餞送之勤，與〈前出塞〉大不同。少年之贈，尤使人增氣。（卷3）

《載酒園詩話．又編》：較〈前出塞〉首篇，更覺意氣激昂。味其語氣，前篇似徵調之兵，故其言悲；此似應募之兵，故其言雄。前篇「走馬脫轡頭，手中挑青絲」，貧態可掬；此卻「千金買鞍，百金裝刀」，軍容之盛如見。前篇「棄絕父母，吞聲負戈」，悲涼滿眼；此則里戚相餞，殽醴錯陳，吳鉤一贈，尤助壯懷。妙在「含笑看」三字，說得少年鬚眉欲動。（〈盛唐．杜甫〉）

〈後出塞〉五首其五

我本良家子，出師亦多門[1]。將驕益愁思，身貴不足論。躍馬二十年，恐辜明主恩。坐見[2]幽州騎[3]，長驅河洛昏。中夜間道[4]歸，故里但空村。惡名幸脫免[5]，窮老無兒孫。

1　出師多門：指多次出征。

2　坐見：眼睜睜看著。

3　幽州騎：指安祿山的軍隊。

4　間道：小路，指抄小路逃兵返家。

5　惡名句：士卒自言因逃兵而有幸擺脫「叛賊」的惡名。

名家析評

《杜詩說》：前、後〈出塞〉皆諷明皇黷武之事。交河之役以遣戍，故其辭怨；薊門之役以召募，故其辭夸。然兩蕃雖靜，祿山繼反，是徒搜狐兔之穴而不知虎狼之在門內也。詩但具其事，而諷刺之意自見於言外，此真樂府正音，固不在區區字櫛句比耳。前諷明皇黷武無厭，後諷明皇養虎貽患，第借征戍者之辭以達之，真得古風人之意。（卷1）

《載酒園詩話．又編》：此詩有首尾，有照應，有變換。如「我本良家子」，正與首篇「千金買鞍」等相應。「身貴不足論」，與「及壯當封侯」似相反，然以「恐辜主恩」而念為之轉，則意自不悖。「故里但空村」，非復送行時「擁道周」景象，此正見盛衰之感，還家者無以為懷，意實相應也。（〈盛唐．杜甫〉）

〈悲陳陶[1]〉

孟冬十郡良家子，血作陳陶澤中水。野曠天清無戰聲，四萬義軍同日死。群胡歸來血洗箭，仍唱胡歌飲都市。都人回面向北啼[2]，日夜更望官軍至。

1 陳陶：地名，又作陳陶澤或陳濤斜，在長安西北的咸陽縣。肅宗至德元年（756）十月，房琯出兵與安守忠交戰，因房琯採春秋時期的車戰之法，不合時宜導致唐軍大敗，死傷四萬餘人。

2 向北啼：唐肅宗此時駐守靈武，位於長安以北，是以長安城中百姓向北而啼，盼望援軍盡早到來。都人，都城中人，指長安城百姓。

名家析評

《讀杜心解》：陳陶之悲，悲輕進以致敗也。官軍之聊（潦）草敗沒，賊軍之得志驕橫，兩兩如生。結語兜轉一筆好，寫出人心不去。（卷2之1）

《杜詩提要》：「野曠天清無戰聲」七字，具天地人。蓋從來兩軍交鋒，天地變色，軍士號呼，乃成苦戰。今野曠天清而人無戰聲，則天地人皆若不知有戰者，而輕

輕四萬義軍，同日受戮，豈不可悲？……蓋深痛房琯之敗，半由中官促戰也。（卷5）

〈春望〉

國破山河在，城春草木深。感時花濺淚，恨別鳥驚心。烽火連三月[1]，家書抵萬金。白頭搔更短，渾欲不勝簪。

1 連三月：肅宗至德二年（757）正月至三月，安史叛軍與李光弼、郭子儀所率領的朝廷王師，大小戰役不斷。

名家析評

《杜詩詳註》：引司馬光曰：古人為詩，貴於意在言外，使人得而思之，故言之者無罪，聞之者足以戒。近世唯杜子美，最得詩人之體。如〈春望〉詩「國破山河在」，明無餘物矣；「城春草木深」，明無人跡矣。花鳥平時可娛之物，見之而泣，聞之而悲，則時可知矣。（卷4）

《杜詩闡》：國破矣，所存只山河耳；城春矣，所見只草木耳。此時豈無花？感時則花開止工（供）濺淚；亦非無鳥，恨別則鳥語止足驚心，蓋由烽火之警，已連三月，家書之難，直抵萬金也。自嘆白髮愈短，冠簪不勝。夫至簪亦不勝，又何心於功名，惟有引領望家鄉矣。（卷4）

〈潼關吏〉

士卒何草草[1]，築城潼關道。大城鐵不如[2]，小城萬丈餘。借問潼關吏，修關還備胡？要我下馬行，為我指山隅。連雲[3]列戰格[4]，飛鳥不能逾。胡來但自守，豈復憂西都[5]。丈人[6]視要處，窄狹容單車。艱難[7]奮長戟，萬古用一夫[8]。哀哉桃林[9]戰，百萬化為魚。請囑防關將，慎勿學哥舒[10]。

1 草草：疲勞不堪。

2 大城句：連鐵塊都比不上城牆的結構堅實。

3 連雲：關塞高聳入雲。

4 戰格：禦敵的柵欄。

5 西都：長安，位於東都洛陽以西，故稱。

6 丈人：守吏稱杜甫。

7 艱難：戰勢緊急時。

8 一夫：一夫當關之意。

9 桃林：桃林塞，位於河南靈寶縣以西至潼關一帶。

10 慎勿句：勿學哥舒翰輕敵迎戰之意。天寶十五年（756），安祿山進犯潼關，哥舒翰率軍二十萬據險固守，楊國忠多次促戰，哥舒翰被迫出關迎敵，以致官軍大敗，潼關失守。

名家析評

《杜詩闡》：祿山初反，哥舒翰守潼關，相持半載餘，賊兵衝突襄、鄧間，卒不敢窺關，則守之效也。……向使國忠之奏不行，中使之命不促，堅壁固守，長安可保無恙。此詩眼目，在「胡來但自守」一句。「修關還備胡」句有諷，正是焦頭爛額後，曲突徙薪計。（卷6）

《讀書堂杜詩集註解》：哥舒以中官促戰，而敗咎在不守，難以斥言，故渾言「勿學」。（卷3）

〈新安吏〉

客行新安道，喧呼聞點兵。借問新安吏：「縣小更無丁？」「府帖昨夜下，次選中男[1]行。中男絕短小，何以守王城[2]？」肥男有母送，瘦男獨伶俜。白水暮東流，青山猶哭聲。莫自使眼枯，收汝淚縱橫。眼枯即見骨，天地終無情。我軍取相州[3]，日夕望其平。豈意賊難料，歸軍星散營[4]。就糧近故壘，練卒依舊京[5]。掘壕不到水，牧馬役亦輕[6]。況乃王師順[7]，撫養甚分明。送行勿泣血，僕射如父兄[8]。

1 中男：天寶三年（744），以十八為中男，廿二為丁。

2 王城：洛陽。

3 相州：今河南安陽。

4 歸軍句：歸軍，唐朝敗戰的軍隊；星散營，如同繁星般四散紮營。

5 就糧二句：杜甫安慰征人之語，言此去軍糧供應方便，且暫時在舊京（東都洛陽）練兵，不用趕赴前線。就糧，到有糧之地就食。

6 掘壕二句：因為遠離前線，所以掘壕、牧馬等工役都不會太勞累繁重。不到水，指挖壕溝不用深及水源。

7 王師順：指朝廷軍隊為正義之師，師出有名。

8 僕射句：指郭子儀對待士卒如自己兄弟般。僕射，指擔任將領的郭子儀。

名家析評

《杜臆》：此詩爐錘之妙，五首之最（按：指〈新安吏〉、〈石壕吏〉、〈新婚別〉、〈無家別〉、〈垂老別〉。《杜臆》未選〈潼關吏〉）。「縣小無丁」，言無餘丁也，此問吏語。「府帖昨夜下，次選中男行」，此吏答語。帖以昨夜下，次早已點丁催行，急之極也。又謂「中男絕短小」，安能守王城乎？短小是不成丁者，蓋長大者早已點行而陣亡矣。又就短小中分出肥瘦，有母無母，有送無送，此必真景，而描寫到此，何等細心！此時瘦男哭，肥男亦哭，肥男之母哭，同行同送者哭，哭者眾，宛若聲從山水出，而山哭，水亦哭矣。……止著一「哭」字，猶屬「青山」，而包括許多哭聲，何等筆力，何等蘊藉！（卷3）

《杜詩說》：自〈新安吏〉以下，述當時征戍之苦，天下丁壯老弱，幾無一人得免。其源出於變風、變雅，而植體於蘇、李、曹、劉之間，故當與盛唐諸公共推之。（卷1）

〈石壕吏〉

暮投石壕村，有吏夜捉人。老翁逾牆走，老婦出門看。吏呼一何怒！婦啼一何苦！聽婦前致詞：三男鄴城戍，一男附書至，二男新戰死。存者且偷生，死者長已矣。室中更無人，惟有乳下孫。有孫母未去，出入無完裙。老嫗力雖衰，請從吏夜歸。急應河陽役[1]，猶得備晨炊。夜久語聲絕，如聞泣幽咽。天明登前途，獨與老翁別。

1 河陽役：河陽，今河南孟州。肅宗乾元二年（759）李光弼棄洛陽據河陽，與史思明激戰，急需徵召百姓上戰場。

名家析評

《詩源辯體》：子美〈石壕吏〉與〈新安〉、〈新婚〉、〈垂老〉、〈無家〉等作不同。〈石壕〉仿古樂府而用古韻，又上、去二聲雜用，另為一格。但聲調終與古樂府不類，自是子美之詩。（卷19）

《杜臆》：三吏、三別，唯〈石壕〉換韻，且用古韻，餘俱一韻到底。……此五首非親見不能作，他人雖親見亦不能作。公以事至東都，目擊成詩，若有神使之，遂下千秋之淚。（卷3）

《杜詩說》：「惟有」句，明室中更無男人也。「有母」句，特帶說耳，心虛口硬，形情口角，俱出紙上。曰「獨與老翁別」，則老嫗之去可知矣。此下更不添一語，便是古詩氣韻，樂府節奏。（卷1）

〈新婚別〉

菟絲附蓬麻，引蔓故不長[1]。嫁女與征夫，不如棄路旁。結髮為君妻，席不暖君牀。暮婚晨告別，無乃[2]太匆忙。君行雖不遠，守邊赴河陽[3]。妾身未分明[4]，何以拜姑嫜[5]？父母養我時，日夜令我藏。生女有所歸，雞狗亦得將[6]。君今往死地，沉痛迫中腸。誓欲隨君去，形勢反蒼黃[7]。勿為新婚念，努力事戎行。婦人在軍中，兵氣恐不揚。自嗟貧家女，久致羅襦裳。羅襦不復施，對君洗紅妝[8]。仰視百鳥飛，大小必雙翔。人事多錯迕[9]，與君永相望！

1 菟絲二句：菟絲，指蔓生依附其他植物的菟絲子，女子用以自喻。因所嫁對象為征夫，故首二句以蓬麻興起，而非如其他詩作般直陳其事，貼近新婦羞澀的心態。

2 無乃：豈非。

3 河陽：今河南孟縣。詩中言河南已成邊境，表示唐軍與叛軍在此對峙。

4 妾身句：唐代習俗，女嫁三日，上祖墳拜家廟，才算成婚。如今僅共宿一夜，婚禮未成，自然名分未定。

5 姑嫜：公婆。嫜，音章，古稱丈夫的父親。

6 雞狗句：嫁雞隨雞之意。

7 蒼黃：即倉皇，匆忙、突然之意。

8 羅襦二句：言婦女於夫君外出後無心妝飾打扮。不復施，不再穿。

9 迕：音午，違逆。

名家析評

《杜臆》：「暮婚晨告別」是詩柄。一篇都是婦人語，而公揣摩以發之。有極細心語，如「妾身未分明」二句，「婦人在軍中」二句是也。有極大綱常語，如「勿為新婚念」二句，「羅襦不復施」二句是也。（卷3）

《杜詩說》：諸詩自製新題，便有千古自命之意。蓋亦極厭六朝人擬作之不情耳。（卷1）

《杜詩詳註》：此詩「君」字凡七見。君妻、君牀，聚之暫也。君行、君往，別之速也。隨君，情之切也。對君，意之傷也。與君永望，志之貞且堅也。頻頻呼君，幾於一聲一淚。（卷7）

〈垂老[1]別〉

四郊未寧靜，垂老不得安。子孫陣亡盡，焉用身獨完？投杖出門[2]去，同行為辛酸。幸有牙齒存，所悲骨髓乾。男兒既介冑[3]，長揖別上官。老妻臥路啼，歲暮衣裳單。孰知[4]是死別，且復傷其寒。此去必不歸，還聞勸加餐。土門壁甚堅[5]，杏園度亦難[6]。勢異鄴城下[7]，縱死時猶寬[8]。人生有離合，豈擇衰盛[9]端。憶昔少壯日，遲回[10]竟長嘆。萬國盡征戍，烽火被岡巒。積屍草木腥，流血川原丹。何鄉為樂土？安敢尚盤桓。棄絕蓬室居，塌然摧肺肝[11]！

1 垂老：年近老邁。垂，將近。

2 出門：上戰場。

3 介冑：鎧甲與頭盔。

4 孰知：熟知，深知。

5 土門句：土門壁壘堅固，易守難攻。土門，今河南孟縣。

6 杏園句：敵軍難以度過杏園一帶。杏園，今河南汲縣。

7 勢異句：乾元元年（758）冬，郭子儀、李光弼、王思禮等將領率二十萬大兵於鄴城（今河南安陽）包圍安慶緒叛軍，但因唐朝軍隊不相統屬，加以糧食不足，隔年春天，叛軍史思明援兵至，唐軍遂在鄴城大敗。此句乃老兵寬慰老妻，前次鄴城之戰時，唐軍採攻勢，傷亡慘重，此次上陣為守勢，較為安全，故稱「異」勢。

8 縱死句：即使要戰死沙場，也還早得很。

9 衰盛：年老、年輕。

10 遲回：徘徊不前。

11 塌然句：指因別離而肝腸寸斷。塌然，人因哀痛而無力支撐的情狀。

名家析評

《杜臆》:「男兒既介胄，長揖別上官」，極苦痛中又入壯語，才有生色。「老妻臥路啼」，如優人登場，當遠行時，必有妻子牽衣哭別，才有情致。「且復傷其寒」者，夫也，根「衣裳單」來;「勸加餐」者，妻也，故下有「縱死時猶寬」之語。……「何鄉為樂土，安敢尚盤桓」，天下盡亂，無處逃死，家不足戀也。然死於王事，死得其所，拚死而往，安敢盤桓？又發勤王之大義。(卷3)

《讀杜心解》:〈石壕〉之婦，以智脫其夫;〈垂老〉之翁，以憤捨其家，其為苦則均。凡三段，首段敘出門，用直起法。……中段敘別妻，忽而永訣，忽而相慰，忽而自奮，千曲百折，末段又推開解譬，作死心塌地語，猶云無一寸乾淨地，愈益悲痛。(卷1之2)

〈無家別〉

寂寞天寶後，園廬但蒿藜[1]。我里百餘家，世亂各東西。存者無消息，死者為塵泥。賤子因陣敗，歸來尋舊蹊[2]。久行見空巷，日瘦[3]氣慘淒，但對狐與狸，豎毛怒我啼。四鄰何所有？一二老寡妻。宿鳥戀本枝，安辭且窮棲。方春獨荷鋤，日暮還灌畦。縣吏知我至，召令習鼓鞞[4]。雖從本州役，內顧無所攜[5]。近行止一身，遠去終轉迷[6]。家鄉既蕩盡，遠近理亦齊[7]。永痛長病母，五年委溝溪[8]。生我不得力，終身兩酸嘶，人生無家別，何以為烝黎[9]？

1 蒿藜：代指野草。

2 舊蹊：老家。蹊，小路，此代指回家的路。

3 日瘦：日光淡薄無力。

4 習鼓鞞：接受軍事訓練。鞞，同鼙，小鼓。鼓鞞為大鼓、小鼓，古代軍中常以鼓聲發令進攻。

5 無所攜：無物可攜，無人可辭。

6 遠去句：即使遠戍又當如何？迷，迷惘。

7 遠近句：戰場是近是遠，已無多大差別。

8 五年句：安史之亂迄今已五年，依然未能安葬母親。委溝溪，屍體委棄於山溝溪澗旁。

9 烝黎：百姓黎民。烝，音同蒸，眾多。

名家析評

《杜詩說》：「內顧」句，言無妻也；「永痛」句，言無母也。上無母，下無妻，兩意合來，始逼出「無家」二字。詳此人，蓋母死妻去者，母死明說，妻去暗說，看其用筆藏露之妙。（卷1）

《杜詩闡》：先王以六族安萬民，使民有家之樂。今〈新安〉無丁，〈石壕〉遣嫗，〈新婚〉有怨曠之夫婦，〈垂老〉痛陣亡之子孫。至戰敗逃歸者，又復不免，「人生無家別，何以為烝黎」，收足數章。（卷7）

《讀杜心解》：〈三別〉體相類，其法又各別。……〈新婚〉，婦語夫。〈垂老〉，夫語婦。〈無家〉，似自語，亦似語客。（卷1之2）

〈擣衣〉

亦知戍不返，秋至拭清砧[1]。已近苦寒月，況經長別心。寧辭擣衣倦，一寄塞垣[2]深。用盡閨中力，君聽空外音[3]。

1 清砧：清潔砧板，以之擣衣。古人把剛織好的織物，平鋪在光滑的砧板或石板上，用木棒或木杵敲擊，使織物平順柔軟，便於裁製衣服。

2 塞垣：邊塞城牆，此指征人戍守之地。

3 空外音：擣衣之聲，響徹野外，可見閨中婦女用盡了全力。空外，野外、郊外。

名家析評

《唐詩選脉箋釋會通評林》：此詩因聞砧而託擣衣戍婦之辭。曰「亦知」，曰「已近」、「況經」，曰「寧辭」、「一寄」，通篇俱用虛字播弄描寫閨情，何等宛轉嗚咽。（五律．盛唐下）

《杜詩說》：思婦必望征人之返，開口即云「亦知戍不返」，可見安史之亂，官兵死亡者甚眾，家人亦不意生還，舉筆動關時事，豈若他人拈題泛詠哉？望歸而寄衣者，常情也；知不返而必寄衣者，至情也，亦苦情也。安此一句於首，便覺通篇字字是至情，字字是苦情。（卷6）

〈聞官軍收河南河北[1]〉

劍外忽傳收薊北[2]，初聞涕淚滿衣裳。卻看妻子愁何在？漫卷詩書喜欲狂。白日放歌須縱酒，青春作伴好還鄉。即從巴峽穿巫峽，便下襄陽向洛陽[3]。

1 官軍收河南河北：唐代宗廣德元年（763）春，史朝義自縊，唐軍收復河南河北等地，長達八年的安史之亂終於結束。杜甫時在蜀地，聽聞捷報，喜不自勝，遂作此詩。

2 劍外句：劍外，蜀地劍門關以南。薊北，唐代幽州、薊州一帶，即詩題之河北，為安、史叛軍的根據地。

3 洛陽：杜甫先世為襄陽人，曾祖杜依藝舉家遷徙至河南洛陽，杜甫之父杜閑為奉天令，徙杜陵（今西安），而尚有田園在洛陽。本詩以洛陽代指故里。

名家析評

《杜詩說》：杜詩強半言愁，其言喜者僅寄弟數作及此作而已。言愁者，真使人對之欲哭；言喜者，真使人讀之欲笑，蓋能以其性情達之紙墨，而後人之性情類為之感動故也。……喜極而哭，逼真人情。徒然說喜，猶非真喜也。三、四往日愁懷，忽然頓釋，此情無可告訴，但目視其妻子而已。狂喜之至，則詩書無心復向，急急卷而收之，二語亦逼肖爾時情狀。「劍外」見地；「青春」見時，是杜家數。「青春作伴」四字尤妙，蓋言一路花明柳媚，還鄉之際更不寂寞。（卷9）

《杜詩詳註》引顧宸曰：此詩之「忽傳」、「初聞」、「卻看」、「漫卷」、「即從」、「便下」，於倉卒間寫出欲歌欲哭之狀，使人千載如見。（卷11）

《峴傭說詩》：（本詩）活動在「初聞」二字。從「初聞」轉出「卻看」；從「卻看」轉出「漫卷」，才到喜得還鄉正面。又不遽接還鄉，用「白首（日）放歌」一句墊之，然後轉到還鄉。收筆「巴峽穿巫峽」、「襄陽下洛陽」，正說還鄉矣，又恐通首太流利，作對句鎖之。即走即守，再三讀之思之，可悟俯仰用筆之妙。（154則）

〈白帝〉

白帝城中雲出門，白帝城下雨翻盆。高江急峽雷霆鬥，古木蒼藤日月昏。戎馬不如歸馬逸，千家今有百家存。哀哀寡婦誅求[1]盡，慟哭秋原何處村[2]？

1　誅求：謂朝廷橫徵厚斂，簡直是置人於死地。

2　何處村：不止一處村落。

名家析評

《杜詩說》：三喻干戈相尋，四喻朝廷昏亂，此蒼生所以不得蘇息也。故接後半云云。何處村間寡婦慟哭秋原？必因誅求已盡之故，豈不重可哀乎？……三四寫景既奇，比興復遠。人謂杜詩不宜首首以時事影附，然如此類即景寓意者，其神脈自相灌注，豈可不為標出？（卷9）

《杜詩詳注》：此章為夔州民困而作也。上四峽中雨景，下四雨後感懷。江流助以雨勢，故聲若雷霆之鬥；樹木蔽以陰雲，故昏霾日月之光。此陰慘之象也。戎馬之後，百家僅存。戶口銷於兵賦，故寡婦遍哭於秋村，此為崔旰之亂而發歟？杜詩起語，有歌行似律詩者，如「倚江柟樹草堂前，古老相傳二百年」是也；有律體似歌行者，如「白帝城中雲出門，白帝城下雨翻盆」是也。然起四句一氣滾出，律中帶古，何礙？唯五、六掉字成句，詞調乃稍平耳。（卷15）

山水詩單元

山水詩
單元導讀

所謂山水詩，若以文學史上最著名的山水詩人謝靈運的山水詩為標準，指的是描寫耳目所及山水風景的狀貌聲色。再者，詩家所著力摹寫的，往往不是客觀世界的明山秀水，而是主觀世界的靜謐意境；或以山水為載體，抒發遊賞山水的個人體悟。以謝靈運〈登江中孤嶼〉為例：

> 江南倦歷覽，江北曠周旋。懷新道轉迴，尋異景不延。
> 亂流趨正絕，孤嶼媚中川。雲日相輝映，空水共澄鮮。
> 表靈物莫賞，蘊真誰為傳？想像崑山姿，緬邈區中緣。
> 始信安期術，得盡養生年。

前四句為記遊，寫本次出遊的機緣。「亂流」以下四句寫景，描繪江中孤嶼的景色特殊之處。「表靈」以下四句興情，寫眼前景物所引發的聯想。末兩句為悟理，以「求仙可養天年」，總結本次出遊所體悟的道理。

與謝靈運並稱「二謝」的小謝——謝朓，其筆下的山水詩結構，也與謝靈運相近，往往透過眼前山水景物抒發內在的感想或體悟。差別在於，謝朓詩有南朝鍾嶸《詩品》所謂：「善自發詩端，而末篇多躓」的缺失，亦即詩作往往虎頭蛇尾，使得謝朓的山水詩多佳句而少佳篇，如「餘霞散成綺，澄江靜如練」、「大江流日月，客心悲未央」、「天際識歸舟，雲中辨江樹」、「魚戲新荷動，鳥散餘花落」、「朔風吹飛雨，蕭條江上來」、「日出眾鳥散，山暝孤猿吟」、「葉低知露密，崖斷識雲重」……都是謝朓山水詩的寫景佳句，尤其是「澄江靜如練」一句，讓李白稱頌不已，在其〈金陵城西樓月下吟〉詩中，易「靜」字為「淨」字，留下了「解道澄江淨如練，令人長憶謝玄暉」的仰慕名言。

唐代以山水題材著稱的詩人，莫過於王維、孟浩然。兩家的山水詩也以遊賞性質居多。以王維〈終南山〉詩為例。首聯「太乙近天都，連山到海隅」，先概括終南山的景點樣貌。中間四句「白雲回望合，青靄入看無。分野中峰變，陰晴眾壑殊。」則分寫終南山的近景與遠景。末聯「欲投人處宿，隔人問樵夫」以遊賞山水的作者處境作結。至於孟浩然的山水詩作，可以〈夏日南亭懷辛大〉為例。首二句「山光忽西落，池月漸東上」點出寫詩時序。緊接著四句：「散髮乘夕涼，開軒臥閒敞。荷風送香氣，竹露滴清響。」點出夏夜清涼場景。以下由景生情，帶出詩題「懷辛大」的緣由：「欲取鳴彈琴，恨無知音賞」。在有琴而無知音的情況下，不免要發出「感此懷故人，中宵勞夢想」的感懷了。

在李、杜的山水詩中，當然也有上述「書寫山水景物而興情悟理」的遊賞之作。如李白的〈訪戴天山道士不遇〉、〈送友人入蜀〉、〈送友人尋越中山水〉，杜甫的〈遊龍門奉先寺〉、〈望岳〉、〈發兗州城樓〉、〈江亭〉等詩，都是在登山臨水、賞玩風景的情況下，以首聯交代寫作緣起，中間四句則著意於景色的遠近層次變化，尾聯以興感抒懷結束。

然而，真正展現李白山水詩特色的作品，是李白以山水為載體，寄託其遊仙或隱逸之思的〈蜀道難〉、〈夢遊天姥吟留別〉、〈廬山謠寄盧侍御虛舟〉等詩。詩中景色如「上有六龍回日之高標，下有衝波逆折之迴川」、「半壁見海日，空中聞天雞」、「青冥浩蕩不見底，日月照耀金銀臺」、「虎鼓瑟兮鸞回車，仙之人兮列如麻」、「遙見仙人彩雲裡，手把芙蓉朝玉京」充滿了想像虛幻的色彩。此外，詩中敘述視角多變，也是李白山水詩的另一項特色。如〈蜀道難〉中的黃鶴之飛不得過、猿猱愁攀援、悲鳥愁古木、子規啼夜月等景象，似乎是行人走在蜀道上的親身經歷與所見所聞，但這位「行人」究竟是由長安西行入蜀？還是由蜀地東返長安？由「問君西遊何時還」一句推論，行人似乎是由長安西遊入蜀；但「嗟爾遠道之人胡為乎來哉」，又成了蜀人對遠道而來者的質問；以下「錦城雖云樂，不如早還家」，既可以是蜀人勸遊子趁早返家，勿流連異鄉，也可以是長安人勸遠遊蜀地者及早還家。末句的「側身西望長咨嗟」，既云「西望」，顯然是東還長安者轉頭西望蜀地而興嘆[1]。這種多變視角的寫法，在〈望天門山〉中也有淋漓盡致的表現。首句「天門中斷楚江開」是舟行上游時遠望；次句「碧水東流至此迴」，是舟行至天門山之近望；三句「兩岸青山相對出」，則是舟行兩山左右相望所見；末句「孤帆一片日邊來」，是離開天門山後遙望遠方有孤帆迎面而來，全詩並非固定在一個點的「遊目」之望，而是如中國傳統山水畫法的多重迴遊視點，隨著卷軸的鋪平開展，不同的觀賞視野也展現在眼前。

有別於李白山水詩的隱逸遊仙之思與視角多變的「虛摹」特色，杜甫的山水詩，透過「山水紀行」的作用與「單一視角」的寫作方式，呈現出「記實」的獨特之處。如客居秦州時所作的〈秦州雜詩〉二十首，宛若秦州各個景點的拍攝寫真；而〈發秦州〉以下十二首，記錄了杜甫舉家由秦州遷徙至同谷的歷程；〈發同谷縣〉十二首，則是杜甫與家人由同谷赴成都的行旅記錄。每首詩都是透過單一視角，呈現出不同景點的特殊樣貌。如〈鐵堂峽〉的高聳，〈飛仙閣〉的窄峻，〈泥功山〉的泥濘，〈龍門閣〉的危墜等。將這些景點串連起來，恰好是杜甫舉家由秦入蜀的先後次序與沿路行程，有別於謝靈運山水詩的行止不定與次序不明。單元中另外收錄了杜甫在夔州時，以〈負薪行〉記錄當地「男坐女立」（男人在家貌美如花，女人外出賺錢養家）的特殊風俗；並以〈最能行〉記錄峽中男性如何在湍急江面操船為業。跟著杜甫筆下的畫面，讓人彷彿觀看了兩部記錄唐代夔州男女生活樣貌的風土寫實片。

在「山水紀行」與「視角單一」的特色外，杜甫山水詩另一個值得注意的寫作特點，誠如清初黃生《杜詩說》所言：「每章結語各有出場」，亦即每首詩的結語、感悟，罕有重複。例如：

1 以上李白〈蜀道難〉的說解，參考王國瓔：《詩酒風流話太白：李白詩歌探勝》（臺北：聯經，2010年）第六章〈夢幻神奇之旅〉，頁167-168。

> 貧病轉零落，故鄉不可思。常恐死道路，永為高人嗤。—〈赤谷〉
>
> 浮生有定分，饑飽豈可逃？嘆息謂妻子，我何隨汝曹？。—（飛仙閣）
>
> 傷時愧孔父，去國同王粲。我生苦飄零，所歷有嗟嘆。—〈通泉驛南去通泉縣十五里山水作〉
>
> 此生免荷殳，未敢辭路難。—〈寒峽〉
>
> 遠遊令人瘦，衰疾慚加餐。—〈水會渡〉
>
> 去住與願違，仰慚林間翮。—〈發同谷縣〉
>
> 成都萬事好，豈若歸吾廬？—〈五盤〉
>
> 自古有羈旅，我何苦哀傷？—〈成都府）

對於登山臨水時，只會發出「好美」、「好漂亮」、「下次再來」這類單調詠嘆的人來說，杜甫山水詩「各有出場」的收結方式，確實是很有啟發與借鑒意義的。

杜甫入蜀之後，「晚節漸於詩律細」的表現，體現在其以律詩書寫山水景物，寄寓「飄零似轉蓬」的慨嘆。儘管律詩中的山水景色，未必具有五古山水紀行詩的「實錄」作用，卻創造出更多膾炙人口的佳句，如〈倦夜〉之「暗飛螢自照，水宿鳥相呼」、〈客亭〉之「日出寒山外，江流宿霧中」、〈旅夜書懷〉之「星垂平野闊，月湧大江流」。尤其是〈移居公安山館〉之「山鬼吹燈滅，廚人語夜闌」二句，令人想像身遭世亂、夜深難寐的杜甫，忽然聽到廚人在夜闌燈滅時，出聲抱怨山鬼吹燈捉弄人，在寒風暗夜中，恐怕嘴角也會浮現一抹微笑吧！

清初浦起龍《讀杜心解》曾以「虛摹多，實際少」來評價李白〈蜀道難〉（卷1之3），然而，將「多虛摹」與「尚實際」移為品評李、杜山水詩的各自特色，也是相當貼切的。如果要近一步追問：在山水詩的寫作手法上，「虛摹」與「實際」孰難孰易？清初王嗣奭的論點，或可提供思考線索：

> 李善用虛而杜善用實。用虛者猶畫鬼魅，而用實者工畫犬馬，此難易之辨也。（《杜臆》卷前〈杜詩箋選舊序〉）

鬼魅怎麼畫都行，就算畫醜了，也可以說是鬼魅可怕或恐怖的原形，反正無法真實驗證。但犬馬這種常見的動物，只要畫作的比例稍有偏差，形神不對，常人一眼就能指認出來。「虛摹」與「實際」的山水圖象，孰易孰難，讀者從中應可思過半矣。

李白山水詩

〈訪戴天山[1]道士不遇〉

犬吠水聲中，桃花帶露濃。樹深時見鹿，溪午不聞鐘。野竹分青靄，飛泉挂碧峰。無人知所去，愁倚二三松。

1 戴天山：又名大匡山，今四川昌隆縣北五十里。李白年青時曾在大匡山的大明寺讀書。本詩為李白所存年代可考詩作中最早見者。

名家析評

《唐詩成法》：從水次有人家處，漸漸走到深林絕壑之間，而道士竟不知在何處，隨手寫出，看他層次之妙。水聲、溪午、飛泉、桃花、樹、鐘、竹、松等字，重出疊見，不覺其累者，逸氣橫出故也。然終不可為法。（卷3）

《詩境淺說》：四句（溪午不聞鐘），言寺中例打午鐘，至溪午而鐘聲寂寂，道士必雲深不知處矣。摩詰〈過香積寺〉詩「深山何處鐘」，見寺之遠也。此並午鐘不聞，見寺之靜也。李詩逸氣凌雲，此作幽秀類王、孟。才大者數枝才筆，能以一手持之。（乙編）

《李白詩選評》：「水聲」與「飛泉」，「樹」與「松」，「桃」與「竹」，「青」與「碧」，都有語意犯重之嫌，是要好好錘煉修改的，然而在蜀中少年李白，也許還不太明瞭這些細微的規矩，他其實是以古詩主意尚氣的筆法來寫律詩。（頁5）

〈峨眉山月歌〉

峨眉山月半輪秋，影入平羌江水流。夜發清溪[1]向三峽，思君不見下渝州[2]。

1　清溪：清溪驛，位於四川樂山境內。

2　渝州：今重慶。

名家析評

《詩法易簡錄》引王弇州（王世貞）云：此是太白佳境，然二十八字中，有峨眉山、平羌江、青（清）溪、三峽、渝州，使他人為之，不勝痕跡矣，益見此老鑪錘之妙。（卷14）

《唐詩新賞》：「峨眉山月」、「平羌江水」是地名副加於景物，是虛用；「發清溪」、「向三峽」、「下渝州」則是實用，而在句中位置亦有不同，讀起來也就覺不著痕跡，妙入化工。（冊5）

〈望天門山[1]〉

天門中斷楚江開，碧水東流至此迴。兩岸青山相對出，孤帆一片日邊來。

1　天門山：安徽當塗西南。東為博望山，西為梁山，兩山夾江對峙如門，故合稱「天門山」。

名家析評

《唐詩摘鈔》：語無深意，寫景逼真。（卷4）

《唐宋詩醇》：對結另是一體，詞調高華，言盡意不盡，不得以半律議之。（卷7）

《詩境淺說續編》：大江自岷山來，與金沙江合，鳳舞龍飛，東趨荊南，至天門稍折而北，山勢中分，江流益縱。遙見一白帆痕，遠在夕陽明處。此詩賦天門山，宛然楚江風景。前錄〈下江陵〉詩，宛然蜀江風景。能手固無淺語也。（卷2，七言絕句）

〈蜀道難〉

噫吁嚱[1]，危乎！高哉！蜀道之難難於上青天！蠶叢及魚鳧[2]，開國何茫然？爾來四萬八千歲，不與秦塞通人煙。西當太白有鳥道，可以橫絕峨眉巔。地崩山摧[3]壯士死，然後天梯石棧相鉤聯。上有六龍回日[4]之高標，下有衝波逆折之迴川。黃鶴之飛尚不得過，猿猱欲度愁攀援。青泥何盤盤[5]？百步九折縈巖巒。捫參歷井[6]仰脅息[7]，以手撫膺[8]坐長嘆。問君西遊何時還？畏途巉巖[9]不可攀。但見悲鳥號古木，雄飛雌從繞林間。又聞子規啼，夜月愁空山。蜀道之難難於上青天，使人聽此凋朱顏。連峰去天不盈尺，枯松倒掛倚絕壁。飛湍瀑流爭喧豗[10]，砯[11]崖轉石萬壑雷，其險也如此。嗟爾遠道之人胡為乎來哉！劍閣崢嶸而崔嵬[12]，一夫當關，萬夫莫開。所守或匪親，化為狼與豺。朝避猛虎，夕避長蛇，磨牙吮血，殺人如麻。錦城[13]雖云樂，不如早還家。蜀道之難難於上青天，側身西望長咨嗟。

1 噫吁嚱：感嘆詞。蜀人見物驚異輒曰「噫吁嚱」，李白四歲時隨其父遷居蜀地綿州，是以詩用蜀地口語。

2 蠶叢句：蠶叢、魚鳧，蜀國君主之名。揚雄《蜀王本紀》：「蜀之先，稱王者有蠶叢、柏濩、魚鳧、蒲澤、開明。……從開明以上至蠶叢，積三萬四千歲。」

3 地崩山摧：《華陽國志．蜀志》：「秦惠王知蜀王好色，許嫁五女於蜀。蜀遣五丁迎之。還到梓潼，見一大蛇入穴中。一人攬其尾，掣之，不禁。至五人相助，大呼拽蛇，山崩時，壓殺五人及秦五女並從將，而山分為五嶺。」

4 六龍回日：傳說羲和每日駕車，馭以六龍，日車望蜀山而回，可見山勢高聳。

5 青泥句：青泥，嶺名，在今陝西甘肅交界處，因山多雲雨，行者屢逢泥淖，故名。盤盤，曲折盤旋。

6 捫參歷井：指山勢高聳，似可觸及天上的星辰。參、井，指參星與井星；捫、歷，撫摸、觸及。

7 脅息：斂住氣息。

8 撫膺：人驚嚇時拍著胸脯。膺，胸。

9 畏途巉巖：令人生畏的路途與高險的山壁。

10 豗：音灰，波濤相擊。

11 砯：音乒，水擊巖石聲。

12 崔嵬：高峻。

13 錦城：成都別名，因三國時期成都以織錦業著稱，成為貢賦來源，設有「錦官」專門管理，故又稱「錦官城」。

名家析評

《載酒園詩話．又編》：〈蜀道難〉一篇，真與河嶽並垂不朽。即起句「噫吁嚱，危乎高哉」七字，如累棋架卵，誰敢併於一處？至其造句之妙：「連峰去天不盈尺，枯松倒掛倚絕壁。飛湍瀑流爭喧豗，砯崖轉石萬壑雷。」每讀之。劍閣、陰平，如在目前。又如「一夫當關，萬夫莫開。所守或匪親，化為狼與豺。」不惟劉璋、李勢恨事如見，即孟知祥一輩，亦逆揭其肺肝。此真詩之有關係者，豈特文詞之雄。紛紛為明皇，為房、杜，譏嚴武，譏章仇兼瓊，俱無煩聚訟。（盛唐．李白）

《詩法易簡錄》：「蜀道」二句（按：指「蜀道之難，難於上青天」）凡三見，直以古文章法行之，縱橫馳驟，神變無方，而一歸於白。然大可為，化不可為，此太白絕調也。少陵尚當避席，何況餘子？（卷6）

《李白詩選評》：起首、中間、篇末「蜀道之難，難於上青天」的三次唱嘆，呼應回環，如歌曲的主旋律，將層出的險象組結成一體，並形成高揚——低回——高揚——低回的感情節奏，從而起伏有致地將詩歌推向高潮。（頁122）

〈送友人入蜀〉

見說蠶叢路[1]，崎嶇不易行。山從人面起，雲傍馬頭生[2]。芳樹籠秦棧[3]，春流繞蜀城。升沉應已定，不必問君平[4]。

1 蠶叢路：入蜀之路。蠶叢，蜀地開國國君。

2 山從二句：山勢迎面而來，雲氣在馬前翻騰，二句為入蜀近景。

3 秦棧：由秦中（今陝西境內）入蜀的棧道。

4 升沉二句：指人世的升降沉浮早已命定，不必求神問卜。君平，西漢嚴遵，字君平，隱居不仕，在成都賣卜為生。

名家析評

《唐詩摘鈔》：此友必仕途不得意者，故述其行路難之意，而以升沉已定告之，見窮達有命，仕途淹滯不必介意。三四奇，故五六可平；五六平，故七八必奇。太白五律多率易，結語尤甚，如此合作者，集中亦不多得。（卷1）

《詩境淺說》：蜀中之棧道峽江，雄奇甲海內，惟李、杜椽筆足以舉之。李詩上句（山從人面起），言拔地高峰，忽當人而立，見山之奇也。萬山環合，處處生雲，馬前數尺，即不辨徑途，見雲之近也。……以雄奇之筆，狀雄奇之景，是足凌駕有唐矣。（乙編）

〈望廬山瀑布〉

日照香爐[1]生紫煙[2]，遙看瀑布掛前川。飛流直下三千尺，疑是銀河落九天[3]。

1 香爐：廬山一帶的香爐峰。

2 紫煙：紫色祥雲。

3 九天：九重天，天空最高處。

名家析評

《東坡志林》載蘇軾〈記遊廬山〉：帝遣銀河一派垂，古來惟有謫仙詞。飛流濺沫知多少？不為徐凝洗惡詩。（卷1）

按：徐凝詩，參見下則評論。

《李杜詩選》：詩人將眼見的瀑布比擬為從九天落下之銀河，將實景轉為虛景，不僅傳瀑布之神，而且合廬山高峰之理，更展現出詩人胸襟之高遠逸放。後來中唐詩人徐凝也寫一首〈廬山瀑布〉詩：「虛空落泉千仞直，雷奔入江不暫息。千古長如白練飛，一條界破青山色。」其弊就在不能想落天外，虛實相生。（頁10）

〈夢遊天姥吟留別〉

海客談瀛洲[1]，煙濤微茫信難求。越人語天姥，雲霞明滅或可睹。天姥連天向天橫，勢拔五嶽掩赤城[2]。天臺四萬八千丈，對此欲倒東南傾。我欲因之夢吳越，一夜飛渡鏡湖月。湖月照我影，送我至剡溪。謝公宿處今尚在，淥水蕩漾清猿啼。腳著謝公屐[3]，身登青雲梯。半壁見海日，空中聞天雞[4]。千巖萬轉路不定，迷花倚石忽已暝。熊咆龍吟殷巖泉[5]，慄深林兮驚層嶺[6]。雲青青兮欲雨，水澹澹[7]兮生煙。列缺[8]霹靂，丘巒崩摧，洞天石扇，訇然[9]中開。青冥[10]浩蕩不見底，日月照耀金銀臺[11]。霓為衣兮風為馬，雲之君兮紛紛而來下。虎鼓瑟兮鸞回車，仙之人兮列如麻。忽魂悸以魄動，怳[12]驚起而長嗟。惟覺時之枕席，失向來之煙霞。世間行樂亦如此，古來萬事東流水。別君去兮何時還？且放白鹿青崖間，須行即騎訪名山。安能摧眉折腰事權貴，使我不得開心顏！

1 瀛洲：海外仙山，為神仙所居之地。

2 勢拔句：山勢高過五嶽與赤城山。五嶽，指泰山、華山、衡山、恒山、嵩山。赤城山，在浙江天臺西北。

3 謝公屐：謝靈運好登山，發明登山木屐。上山去其前齒，下山去其後齒。因出自其手，故名謝公屐。

4 天雞：據《述異記》記載，東南有桃都山，上有桃都樹，日出照此木，樹上天雞鳴叫，則天下雞皆隨之而鳴。

5 熊咆句：熊在咆嘯，龍在長鳴，使山巖的泉水為之震動。殷，震動。

6 慄深林句：深林與層嶺皆為之驚恐戰慄。慄，戰慄。

7 澹澹：水波動之貌。

8 列缺：閃電。

9 訇然：狀聲詞，形容巨大的聲響。訇，音轟。

10 青冥：天空。

11 金銀臺：金銀築成的宮殿，此指神仙居處。

12 怳：同「恍」，猛然之意。

名家析評

《唐宋詩醇》：七言歌行，本出楚騷、樂府，至於太白，然後窮極筆力，優入聖域。昔人謂其以氣為主，以自然為宗，以俊逸高暢為貴，詠之使人飄飄欲仙，而尤推其〈天姥吟〉、〈遠別離〉等篇，以為雖子美不能道。蓋其才橫絕一世，故興會標舉，非學可及，正不必執此謂子美不能及也。此篇夭矯離奇，不可方物，然因語而夢，因夢而悟，因悟而別，節次相生，絲毫不亂。若中間夢境迷離，不過詞意偉怪耳。（卷6）

《唐詩別裁集》：託言夢遊，窮形盡相，以極洞天之奇幻。至醒後，頓失煙霞矣。知世間行樂，亦同一夢，安能于夢中屈身權貴乎？吾當別去，遍遊名山，以終天年也。詩境雖奇，脈理極細。（卷6）

《詩比興箋》：太白被放以後，回首蓬萊宮殿，有若夢遊，故託天姥以寄意。首言求仙難必，遇主或易，故「我欲因之夢吳越，一夜飛度鏡湖月」，言欲乘風而至君門也。「身登青雲梯，半壁見海日」以下，言金鑾召見，置身雲霄，醉草殿廷，侍從親近也。「忽魂悸魄動」以下，言一旦被放，君門萬里，故云「惟覺時之枕席，失向來之煙霞」也。……題曰「留別」，蓋寄去國離都之思，非徒酬贈握手之什。（卷3）

〈早發白帝城[1]〉

朝辭白帝彩雲間，千里江陵[2]一日還。兩岸猿聲啼不住，輕舟已過萬重山。

1 白帝城：今重慶奉節縣城東白帝山上。李白因永王李璘案而流放夜郎，取道四川赴貶地，行至白帝城時，忽聞赦書，即坐船往東下江陵。本詩是以又名為〈下江陵〉。

2 江陵：今湖北江陵市。

名家析評

《唐詩摘鈔》：意止於上二句，下二句又是從上二句繪出。◎插「猿聲」一句，布景著色之法。◎第三句妙在能緩，第四句妙在能疾。一作「須臾過卻萬重山」便呆，不但呆，且與「一日」字重。（卷4）

《詩法易簡錄》：此詩不呆寫峽江如何險隘，但以「彩雲間」三字，點明其地之高；「千里」二字，點明其相去之遠；「萬重山」三字，點明其山之多。通首只寫舟行之速，而峽江之險，已歷歷如繪，可想見其落筆之超。（卷14）

《晚唐詩之搖籃》：這首詩創作背後的夜郎貶謫及赦免這個所謂李白晚年的一大事件，在作品中卻未留痕跡，而這一點就不能不說是這首詩的一個特徵。總之這首詩創作時並未反映出當時李白的具體情況，是屬於無記名姓風格的一首作品。而作為其結果，讀者也不再深究李白生活的細節，而是重在讀出並玩味作品中「下三峽」的暢快。（頁119-120）

〈廬山謠寄盧侍御虛舟〉

我本楚狂人[1]，鳳歌笑孔丘[2]。手持綠玉杖，朝別黃鶴樓。五嶽[3]尋仙不辭遠，一生好入名山遊。廬山秀出南斗傍[4]，屏風九疊[5]雲錦張[6]，影落明湖[7]青黛光。金闕[8]前開二峰長，銀河倒掛三石梁[9]，香爐[10]瀑布遙相望，回崖沓嶂[11]凌蒼蒼[12]。翠影紅霞映朝日，鳥飛不到吳天長。登高壯觀天地間，大江茫茫去不還。黃雲萬里動風色，白波九道[13]流雪山。好為廬山謠，興因廬山發。閒窺石鏡[14]清我心，謝公行處蒼苔沒[15]。早服還丹無世情，琴心三疊[16]道初成。遙見仙人彩雲裡，手把芙蓉朝玉京[17]。先期汗漫九垓上，願接盧敖游太清[18]。

1 楚狂人：春秋時楚人陸通，字接輿，因不滿楚昭王的政治，佯狂不仕，時人謂之「楚狂」。

2 鳳歌句：孔子適楚，陸通遊其門而歌曰：「鳳兮！鳳兮！何德之衰？往者不可諫，來者猶可追，已而，已而！今之從政者殆而！」勸孔子不要做官，以免惹禍上身。李白此詩以陸通自比，表達對政治的不滿，打算如楚狂般遍覽名山隱居。

3 五嶽：原為中國東、西、南、北、中五座山嶽，此泛指群山。

4 南斗傍：古以地面對應天上星宿為分野，廬山為斗宿分野，故稱南斗傍。南斗，星宿名，二十八宿中的斗宿。

5 屏風九疊：廬山山峰九曲重疊，狀如屏風，故稱九疊屏。

6 雲錦張：如張開的錦繡雲霞。

7 明湖：此指鄱陽湖。

8 金闕：廬山西南有石門山，形似雙闕，瀑布流焉，又名金闕巖。闕，皇宮門外的左右望樓。

9 銀河句：瀑布水勢三折而下，如同銀河倒掛於三石梁。三石梁，今人考證位於五老峰之西。

10 香爐：指南香爐峰。

11 回崖沓嶂：曲折的山崖與重疊的山峰。

12 蒼蒼：青色的天空。

13 白波九道：九道河流，古謂長江流至潯陽分為九條支流。

14 石鏡：石名，因狀如圓鏡而得名。

15 謝公句：南朝宋謝靈運，曾登廬山，但其當年遊歷處，早已被蒼苔淹沒。

16 琴心三疊：道家術語，指修煉呼吸吐納而至心和神悅的寧靜境界。三疊，指上中下三丹田。

17 玉京：道教元始天尊的居處。

18 先期二句：據《淮南子．道應訓》載，戰國燕人盧敖遊於北海，見一形貌古怪士人，盧敖邀其同遊北陰，士人笑曰：「吾與（仙人）汗漫期於九垓之外，吾不可以久駐。」遂縱身跳入雲中。本詩化用典故，異於傳說中的士人不願接盧敖同登仙境，李白不但事先與仙人約定在九重天外碰面，也願意接盧侍御遨遊太清。九垓，九重天外；太清，道教太上老君居處，即仙境。

名家析評

《唐詩新賞》：詩的韻律隨詩情變化而顯得跌宕多姿。開頭一段抒懷述志，用尤侯韻，自由舒展，音調平穩徐緩。第二段描寫廬山風景，轉唐陽韻，音韻較前提高，昂揚而圓潤。寫長江壯景則又換刪山韻，音響慷慨高亢。隨後，調子陡然降低，變為入聲月沒韻，表達歸隱求仙的閑情逸致，聲音柔弱急促，和前面的高昂調子恰好構成鮮明的對比，極富抑揚頓挫之妙。最段一段表現美麗的神仙世界，轉換庚清韻，音調又升高，悠長而舒暢，餘音裊裊，令人神往。（冊5）

《李白詩選評》：天寶三年（744），他（李白）遭讒去京，此後在南遊越中前尚能吟出「安能摧眉折腰事權貴，使我不得開心顏」的慷慨之音——而現在，他似乎已不復當初的猛氣，只願遠離塵世的一切是是非非。但李白就是李白，他雖然不免頹喪，但總是以自我為中心來吞吐萬象，不失其清狂本色。（頁226）

〈送友人尋越中山水〉

聞道稽山[1]去，偏宜謝客[2]才。千巖泉灑落，萬壑樹縈迴。東海橫秦望，西陵繞越臺。湖清霜鏡曉，濤白雪山來。八月枚乘[3]筆，三吳張翰[4]杯。此中多逸興，早晚向天臺[5]。

1 稽山：會稽山，在今浙江紹興市。

2 謝客：即謝靈運，浙江會稽人，小名「客兒」，故又稱為「謝客」。

3 枚乘：西漢辭賦家，古淮陰人，在西漢初年的七國叛亂時，曾兩次上諫吳王不要謀反。在枚乘〈七發〉賦中，曾述及八月觀濤之事，與上句「濤白雪山來」相切。

4 張翰：西晉文學家，吳郡吳縣人。齊王執政時任大司馬東曹掾，因預感即將有禍亂興起，遂以秋風起，思念故鄉蓴羹鱸膾魚為由，辭官歸隱。

5 天臺：天臺山，在今浙江臺州市。

名家析評

《唐宋詩醇》引桂臨川曰：太白天才飄逸，長律雖法度整嚴，而清骨不泯。（卷6）

《養一齋李杜詩話》：沈、宋排律，人巧而已。右丞明秀，實超沈、宋之上，若氣魄閎大，體勢飛動，亦未可與太白抗行也。「湖清霜鏡曉，濤白雪山來」、「地形連海盡，天影落江虛」等句，右丞恐當避席。（卷1）

杜甫山水詩

〈遊龍門奉先寺[1]〉

已從招提[2]遊，更宿招提境。陰壑生虛籟[3]，月林散清影。天闕象緯逼[4]，雲臥[5]衣裳冷。欲覺聞晨鐘，令人發深省。

1 龍門奉先寺：位於河南洛陽的龍門山。奉先寺為龍門石窟的主窟，以盧舍那大佛像及石刻群聞名。

2 招提：梵語，譯義為四方，四方之僧為招提僧，其住處為招提房。本詩的招提指寺中僧人。

3 虛籟：指風聲。

4 天闕句：龍門山高聳， 似可逼近天上的星辰。闕，宮門外可供瞭望的樓臺。龍門附近有兩座山，遠望猶如雙闕，因天然形成，故稱天闕。逼，靠近。象緯，星象經緯，即日月五星，此指夜空中的星辰。

5 雲臥：龍門山高聳入雲，夜宿奉先寺，如臥雲中。

名家析評

《杜臆》：初嫌起語率易，細閱不然。蓋人在塵溷中，則天機不露。先從招提遊，已覺耳目清淨；而更宿其境，加以夜景清寂，形神收斂。故當晨鐘初覺，遂發深省。正與孟子「夜氣」之說同一機括，此其暗與道合者也。（卷1）

《杜詩提要》：題是遊龍門奉先寺，發端便一筆撇開不敘，直下「宿」字，蓋遊時尚不知其境之妙，至夜宿而乃見也。陰壑，一境也；月林，一境也；象緯逼，一境也；衣裳冷，一境也。向使一遊即去，豈不失此層層妙境耶？故撇過「遊」字，正加倍寫「遊」字也。（卷1）

〈望岳〉

岱宗[1]夫如何？齊魯[2]青未了[3]。造化鍾神秀[4]，陰陽割昏曉[5]。蕩胸生層雲，決眥[6]入歸鳥。會當[7]凌絕頂，一覽衆山小。

1 岱宗：泰山亦名岱山，在今山東省泰安市城北。古代以泰山為五嶽之首，諸山所宗，故又稱「岱宗」。歷代帝王凡舉行封禪大典皆在此山。

2 齊、魯：古代齊、魯兩國以泰山為界，齊國在泰山北，魯國在泰山南。

3 青未了：指鬱鬱蒼蒼的山色浩蕩無邊，難以盡言。

4 造化句：泰山山色奇麗，是天地造化所鍾愛生成。造化，天地；鍾，聚集；神秀，靈氣秀美。

5 陰陽句：泰山橫天蔽日，山南向陽，天色明亮；山北背陰，天色晦暗。

6 決眥：形容人睜大雙眼，極力遠視。決，張大；眥，音自，眼眶。

7 會當：一定要，為期望未來能實現的語氣。

名家析評

《杜臆》:「齊魯青未了」、「蕩胸生雲」、「決眦入鳥」，皆望見岱岳之高大，揣摹想像而得之，故首用「夫如何」，正想像光景，三字直管到「入歸鳥」，此詩中大開合也。……集中〈望岳〉詩三見，獨此辭愈少，力愈大，直與泰岱爭衡。(卷1)

《峴傭說詩》:〈望嶽〉一題，若入他人手，不知作多少語？少陵只以四韻了之，彌見簡勁。「齊魯青未了」五字，囊括數千里，可謂雄闊。(39則)

〈登兗州[1]城樓〉

東郡趨庭[2]日，南樓縱目初。浮雲連海岱[3]，平野入青徐。孤嶂秦碑[4]在，荒城魯殿[5]餘。從來多古意，臨眺獨躊躇。

1 兗州：唐代州名，在今山東濟寧市一帶，杜甫父親杜閑時任兗州司馬。

2 東郡趨庭：杜甫到兗州看望父親。《前漢志》：「東郡，秦置，屬兗州。」趨庭，孔子之子孔鯉小步經過庭院時，聆聽孔子言詩禮之事，後以「趨庭」代指晚輩接受長輩教誨。

3 海岱：東海、泰山的合稱。

4 秦碑：秦始皇命人以石碑記頌其功德。據《史記．秦本紀》載，始皇曾命人東行郡縣，上鄒峰山，刻石碑頌秦德。

5 魯殿：漢時魯恭王在曲阜城修築靈光殿。

名家析評

《唐宋詩醇》：安雅妥帖，杜律中最近人者 ，後人多摹此派。（卷13）

《唐詩成法》：（〈登岳陽樓〉）高於〈兗州城樓〉詩不知幾里，讀者須細味其所以高處。（卷4）

《杜詩話》：〈登兗州城樓詩〉，公十五歲時作，時公父閑為兗州司馬，故有「東郡趨庭」句；〈壯遊〉詩所謂「往歲十四五，出遊翰墨場」，要是公當家運世風正盛之際云爾。詩之雄傑，與〈登岳陽樓〉並堪千古。然是時郭子儀將兵五萬屯奉天，備吐蕃，白元光、李抱玉各出兵擊賊，故「戎馬關山北」一語，不勝隻身漂泊之感。蓋〈兗〉無事而弔古，〈岳〉即景以傷今，情緒殊判然也。（卷3）

〈發秦州〉

我衰更懶拙，生事[1]不自謀。無食問樂土，無衣思南州[2]。漢源[3]十月交，天氣涼如秋。草木未黃落，況聞山水幽。栗亭[4]名更嘉，下有良田疇。充腸多薯蕷[5]，崖蜜[6]亦易求。密竹復冬筍，清池可方舟[7]。雖傷旅寓遠，庶遂平生遊。此邦俯要衝，實恐人事稠[8]。應接非本性，登臨未銷憂[9]。谿谷無異石，寒田始微收，豈復慰老夫，惘然難久留。日色隱孤戍[10]，烏啼滿城頭。中宵驅車去，飲馬寒塘流。磊落星月高，蒼茫雲霧浮。大哉乾坤內，吾道長悠悠！

1 生事：即詩中所指的衣食之事。

2 南州：南方，此指同谷，位於秦州（今甘肅天水一帶）以南，氣候溫暖。

3 漢源：地名，在同谷鄰縣，位於甘肅境內。

4 栗亭：地名，屬同谷縣。栗亭讓杜甫聯想到可食用的甘栗，是以言「名更嘉」，認為是個好名字的地方。

5 薯蕷：山藥。

6 崖蜜：石蜜，野蜂在山崖和石壁間築巢釀蜜。

7 方舟：兩舟並行，即泛舟之意，此以方舟喻池面甚廣。

8 稠：煩雜。

9 應接二句：既要勉強自己應接來往官員，又無山水美景可登臨消愁。

10 孤戍：孤立無援的邊城。

名家析評

《讀杜私言》：從〈發秦州〉至〈萬丈潭〉，從〈發同谷縣〉至〈成都府〉，入天穿水，萬壑千崖，雨雪煙虹，朝朝暮暮，一切可怪可吁、可娛可道之狀，觸目驚心，直取其髓，而犁然次諸掌上。（論五言古詩）

《杜詩捃》：秦州同谷紀行諸詩，妙有剪裁，句意俱練，色濃響切，無浮聲，無冗語，殊勝夔州以後，晦翁（朱熹）論甚當。（卷1）

《杜臆》：「無食問樂土，無衣思南州」，乃此公卜居本意，然無賢地主，衣食何從得之？所以東柯、同谷，終非駐足之所也。此詩結語難於下筆，「大哉乾坤內，吾道長悠悠」，亦近亦遠，結得恰好。（卷3）

〈赤谷〉

天寒霜雪繁，遊子有所之。豈但歲月暮？重來未有期。晨發赤谷亭，險艱方自茲。亂石無改轍，我車已載脂[1]。山深苦多風，落日童稚饑。悄然村墟迥，煙火何由追[2]？貧病轉零落，故鄉不可思。常恐死道路，永為高人嗤。

1 亂石二句：登高崗必改車轍，但因亂石縱橫，無法得見前車軌跡，也就只能在車軸上塗油，方便前行。

2 悄然二句：早晨出發至日落，童稚皆已饑渴不堪，但遠望並無村落人煙，無處休息。迥，遠；追，探尋。

名家析評

《杜臆》：故鄉之亂未息，故不可思，言永無歸期也。公棄官而去，意欲尋一隱居，如龐德公之鹿門以終其身，而竟不可得，恐死道路，為高人所嗤。「高人」正指龐公輩也。（卷3）

《杜詩說》：歲月暮，言齒迫也，自傷不但身老，雖冀生還，所歷險艱方自此始，尚恐中道有變故耳。結處點醒此意，長途盼望人煙，冀得休息，非身歷此境不知。行役出不得已，末語自鄙自傷，情事欲絕。（卷1）

〈鐵堂峽[1]〉

山風吹遊子，縹緲乘險絕。峽形藏堂隍[2]，壁色立積鐵[3]。徑摩穹蒼蟠[4]，石與厚地裂。修纖無垠竹，嵌空[5]太始[6]雪。威遲[7]哀壑底，徒旅[8]慘不悅。水寒長冰橫，我馬骨正折。生涯抵弧矢[9]，盜賊殊未滅。飄蓬踰三年，回首肝肺熱。

1 鐵堂峽：在甘肅天水縣東，因山壁色黑如積鐵而得名。

2 峽形句：言峽谷中隱藏著寬廣的平臺。堂隍，官吏辦事的大廳。

3 壁色句：山壁色黑，猶如直立的積鐵。

4 徑摩句：山徑蟠旋遠至天邊。摩，靠近；穹蒼，天空。

5 嵌空：高聳入太空。

6 太始：即太古。

7 威遲：同逶迤，山路彎曲環繞，既險且遠。

8 徒旅：同行的旅伴，此指杜甫及其家人。

9 抵弧矢：正值交戰之際。抵，正值、遇到；弧矢，弓箭，引申為用兵、交戰。

名家析評

《杜臆》：公懷卜居之想，故「堂隍」、「積鐵」以下六句，皆狀其地之勝，既去而肝肺為之熱也。「修纖」狀山上之竹，甚妙。（卷3）

《杜詩詳註》：入蜀諸章，用仄韻居多。蓋逢險峭之境，寫愁苦之詞，自不能為平緩之調也。（卷8）

〈法鏡寺〉

身危適他州，勉強終勞苦。神傷山行深，愁破崖寺古[1]。嬋娟[2]碧蘚淨，蕭摵[3]寒籜[4]聚。回回山根水，冉冉松上雨[5]。洩雲蒙清晨，初日翳復吐[6]。朱甍[7]半光炯[8]，戶牖粲可數[9]。拄策忘前期[10]，出蘿已亭午[11]。冥冥子規叫，微徑不敢取[12]。

1 愁破句：身危勞苦而見寺，愁懷頓破。

2 嬋娟：美好，此喻蘚色明潤可觀。

3 摵：音色，籜葉飄零。

4 籜：音拓，筍皮。

5 回回二句：山繞迴泉，松含宿雨。回回，又作洄洄，水流曲折。

6 洩雲二句：雲洩乍濛，似晴而雨；日陰復出，似雨而晴。

7 甍：音蒙，棟宇。

8 炯：明亮。

9 戶牖句：寺中門窗清楚可數。粲，鮮明。

10 前期：前路。

11 出蘿句：到正午才走出長滿藤蘿的山路。亭午，正午時分。

12 冥冥二句：杜甫原本有意到法鏡寺內探險，因聽聞子規鳥叫聲淒厲，遂放棄搜奇之念，離開寺廟繼續前行。

名家析評

《唐詩歸》：老杜蜀中詩，非惟山川陰霽，雲日朝昏，寫得刻骨，即細草敗葉，破屋垝垣，皆具性情，千載之下，身歷如見。（卷18）

《杜臆》：山行而神傷，寺古而愁破，極窮苦中一見勝地，不顧程期，不取捷徑，見此老胸中無宿物，於境遇外，別有一副心腸，搜冥而構奇也。（卷3）

《讀書堂杜詩集註解》：諸詩結皆寓意感慨，此獨以實景收，是用筆能變處。（卷6）

〈泥功山[1]〉

朝行青泥上，暮在青泥中。泥濘非一時，版築勞人功。不畏道途遠，乃將汩沒同。白馬為鐵驪，小兒成老翁[2]。哀猿透卻墜，死鹿力所窮[3]。寄語北來人，後來莫匆匆。

1 泥功：為青泥嶺別名。在同谷西境，因山上多雨，泥淖遍地，須有版築之功，始利行人，故以「泥功」稱之。

2 白馬二句：指白馬深陷泥中，皮色為泥所污，變成鐵黑色；小兒陷入泥中，力竭不能出，猶如老翁般行動遲緩。

3 哀猿二句：行動狡捷的猿猴，也會由樹梢下墜，無法爬起；善走山地的野鹿，也會陷入泥淖中，力竭而死。

名家析評

《杜詩鏡銓》：記地之作，朴老如古樂府。（卷7）

《讀書堂杜詩集註解》：雖非得意之詩，然必如此，方形出泥山之險。（卷6）

〈發同谷縣〉 原注：乾元二年（759）十二月一日，自隴右赴成都紀行

賢有不黔突，聖有不煖席[1]。況我饑愚人，焉能尚安宅？始來茲山中，休駕喜地僻。奈何迫物累，一歲四行役[2]。忡忡去絕境，杳杳更遠適。停驂[3]龍潭雲，回首虎崖石。臨岐別數子，握手淚再滴。交情無舊深，窮老多慘慼。平生懶拙意，偶值棲遁跡。去住與願違，仰慚林間翮[4]。

1 賢有二句：即使是聖賢，也未必能長住久居於一處。典故出自班固〈答賓戲〉：「孔席不暖，墨突不黔。」指孔子的席位尚未坐暖，墨子屋宅的煙囪還沒染黑，就已經要更換住處。

2 一歲句：杜甫於乾元二年（759）由洛陽回華州，秋季由華州赴秦州，十月由秦州至同谷，十二月再由同谷舉家遷往成都，故有「一歲四行役」之說。

3 停驂：停下車馬。驂，音參，泛指馬匹。

4 翮：音河，鳥的翅膀，代指鳥。

名家析評

《杜詩說》：前首極贊主人之賢（按：〈積草嶺〉詩言：「邑有佳主人，情如已會面。

來書語絕妙，遠客驚深眷。」)，至此曾不駐足。所云「交態遭輕薄」，生平蓋屢值矣。此等情事，難於顯言，卻借古人引起，比擬不倫，其語似狂，其衷實苦。「饑愚」二字，可憐亦可笑，以愚自目，隱有為人所賣之意。「交情」句，言雖新交，亦揮別淚，蓋反言見意耳。(卷1)

《讀杜心解》：此為後十二首之開端。亦如〈發秦州〉詩，都敘未發將發時情事。但彼則偷起所赴之區，逆探其景，此則祇就別去之地，曲道其情。(卷1之3)

《杜詩鏡銓》：引邵子湘（邵長蘅）云：〈發同谷縣〉後十二首，較秦州詩更爾刻畫精詣，奇絕千古。(卷7)

〈飛仙閣〉

土門山行窄，微徑緣秋毫。棧雲闌干峻，梯石結構牢。萬壑欹疏林，積陰帶奔濤。寒日外澹泊[1]，長風中怒號。歇鞍在地底，始覺所歷高。往來雜坐臥，人馬同疲勞。浮生有定分，饑飽豈可逃？嘆息謂妻子，「我何隨汝曹」[2]？

1 寒日句：指山谷幽深，日照不及。澹泊，同淡泊，形容太陽黯淡無光

2 嘆息二句：杜甫對妻兒感嘆道：「我怎麼跟你們一樣（腿軟無力）呢？」由於一路跋山涉水，人馬俱疲。解鞍坐臥、心緒暫寬時，杜甫遂有此諧謔之言。汝曹，你們，杜甫與妻兒對話所稱。

名家析評

《杜詩說》：「歇鞍」二句，寫意已極透，更足下二語說人馬疲勞，則見登頂之喫力，而所歷之險峻，自可意會。詩文有正筆不能寫，特用側筆以寫之者，此類是也。(卷1)

《杜臆》：日寒故澹泊，而疏林間之，故云「外」；奔濤在積陰之內，而長風鼓之，故云「中」。雜坐臥總以疲勞故，險與遠俱有之。……末四句無可奈何，故自寬自譃，原非實語，何嘲之有？（卷3）

《杜詩話》：〈發同谷縣〉十二首，較秦州詩更為刻劃精詣。……造句如「始知五嶽外，別有他山尊」；「迴眺積水外，始知眾星乾」；「歇鞍在地底，始覺所歷高」；「目眩隕雜花，頭風吹過雨」；「初月出不高，眾星尚爭光」，的是上下棧程、入天穿水，一月中早行暮宿光景語，皆未經人道，卻處處目想可到。（卷3）

〈五盤[1]〉

五盤雖云險，山色佳有餘。仰凌棧道細，俯映江木疏。地僻無網罟，水清反多魚。好鳥不妄飛，野人半巢居[2]。喜見淳朴俗，坦然心神舒。東郊尚格鬥，巨猾[3]何時除？故鄉有弟妹，流落隨邛墟。成都萬事好，豈若歸吾廬？

1 五盤：地名，因棧道盤曲有五重而得名。

2 巢居：在樹上搭屋架而居，或房屋底層架空，住在上層，類似鳥類築巢而居，故稱。

3 巨猾：指安祿山同黨史思明之亂。

名家析評

《杜臆》：「水清多魚」，為無網罟。以己之動，羨物之靜，故云「好鳥不妄飛」。……意在卜居，故見俗淳樸而心神舒。（卷3）

《杜詩詳註》：末慨故鄉亂離也。方對景神舒，而忽動鄉關之思，以（史）思明未平，歸家無日也。（卷9）

《杜詩鏡銓》引蔣弱六（蔣金式）云：是險極中略見可喜，反因此生出別感來。分

明一路恐懼驚憂，萬苦在心，俱記不起。至此心神略閒，不覺兜底觸出，最為神到。（卷7）

〈龍門閣〉

清江下龍門，絕壁無尺土。長風駕高浪，浩浩自太古。危途中縈盤，仰望垂線縷。滑石欹誰鑿？浮梁裊相拄[1]。目眩隕雜花，頭風吹過雨[2]。百年不敢料，一墜那復取？飽聞經瞿塘，足見度大庾。終身歷艱險，恐懼從此數。

1 滑石二句：閣道壁臨江上，既滑又斜，吊橋不過梁木虛架支撐，風吹時搖擺不已。欹，傾斜；浮梁，即吊橋；裊，搖擺；拄，支撐。

2 目眩二句：指渡過吊橋時，頭昏目眩，來不及審視前路；頭上寒風陣陣，夾雜雨絲，在吊橋上根本無法躲避。二句形容渡過浮梁的險絕情狀。

名家析評

《讀杜心解》：飛仙（閣）之險在山，龍門之險，尤在下臨急水。（卷1之3）

《讀書堂杜詩集註解》：此感閣道之危，而嘆恐懼無窮也。……從此數言向後之艱險無涯，正見可憂。（卷6）

〈成都府〉

翳翳[1]桑榆日，照我征衣裳。我行山川異，忽在天一方。但逢新人民，未卜見故鄉。大江東流去，遊子日月長。曾城[2]填華屋，季冬樹木蒼。喧然名都會[3]，吹簫間笙簧。信美無與適[4]，側身望川梁[5]。鳥雀夜各歸，中原杳茫茫[6]。初月出不高，眾星尚爭光[7]。自古有羈旅，我何苦哀傷。

1 翳翳：晦暗不明貌。

2 曾城：重疊的城池。成都有大城、少城。曾，音層。

3 喧然句：成都是有名的都會。喧然，熱鬧；名都會，著名的都市。

4 信美句：指成都雖然很美，卻難以安心長住。信，實在；適：稱心、舒適。

5 川梁：橋梁。

6 鳥雀二句：此以鳥雀猶知歸巢，感嘆中原遙遠，不知何時方能回歸。杳，遙遠。

7 初月二句：暗喻肅宗即位不久，未能讓星散四方的軍閥信服。初月，或作「新月」。

名家析評

《杜詩鏡銓》引李子德（李因篤）云：萬里之行役，山川之夷險，歲月之暄涼，交遊之違合，靡不曲盡，真詩史也。◎大處極大，細處極細，遠處極遠，近處極近，奧處極奧，易處極易，兼之化之，而不足以知之。（卷7）

《讀書堂杜詩集註解》：通首前後皆以議論行之，寫景止四句，又一格。……〈發秦州〉（以下）三十二首詩，因心觸景，處處換筆，極真極大，後人為成見所拘，望其藩籬而不得也。（卷6）

《峴傭說詩》：蜀險至成都而平，少陵〈成都〉詩亦用平筆，所謂與題稱也。「新（初）月」二句是比興語，以喻天子新立，方鎮爭雄。（53則）

〈倦夜〉

竹涼侵臥內，野月滿庭隅[1]。重露成涓滴[2]，稀星乍有無。暗飛螢自照，水宿鳥相呼。萬事干戈裡[3]，空悲清夜徂[4]。

1 庭隅：庭院的角落。

2　涓滴：細小的水滴。

3　萬事句：所有事情都受戰爭影響。

4　徂：消逝。

名家析評

《杜臆》：題曰「倦夜」，是無情無緒，無可自寬，亦無從告語，故此詩亦比興，非單詠夜景也。但不宜逐句貼解。暗飛之螢自照，不能照物也；水宿之鳥相呼，人或不如鳥也。干戈一息，則萬事無憂，故云「萬事干戈裡」。有懷不展，而歲月如流，是以悲也。（卷6）

《杜詩說》：前六句刻畫清夜之景，無字不工，末用二字點明，章法緊峭。言夜景清幽徂，但因干戈未定，萬事縈心，無復佳賞，亦空悲此夜之徂而已。七八見公本色，自是騷人詩，非幽人詩也。（卷6）

〈客亭〉

秋窗猶曙色，落木更天風[1]。日出寒山外，江流宿霧[2]中。聖朝無棄物，老病已成翁。多少殘生事，飄零似轉蓬[3]。

1　天風：秋風。

2　宿霧：早晨的霧，因自前夜而來，故稱「宿」。

3　轉蓬：以蓬草轉動不已，喻人飄零無定。

名家析評

《瀛奎律髓》：王右丞詩云：「江流天地外，山色有無中」，此詩三、四以寫秋曉，亦足以敵右丞之壯。然其佳處，乃在五、六有感慨。兩句言景，兩句言情。詩必如此，則淨潔而頓挫也。（卷14）

《杜詩說》：不怨朝廷見棄，但恨老病無能。未了之事，不肯甘休；飄零之身，不可久住。總以反語出之，皆無聊中展轉反側之語。此詩「猶」、「更」二字略露眼目，其餘虛字盡見之言外。意深語厚，是誠律詩三昧。（卷4）

〈旅夜書懷〉

細草微風岸，危檣[1]獨夜舟。星垂平野闊，月湧大江流。名豈文章著？官應老病休。飄飄何所似？天地一沙鷗。

1　危檣：危，高；檣，桅杆。詩中以船上的桅杆代指船舶。

名家析評

《瀛奎律髓》：老杜夕、暝、晚、夜五言律近二十首……多是中二句言景物，二句言情。若四句皆言景物，則必有情思貫其間，痛憤哀怨之意多，舒徐和易之調少。以老杜之為人，純乎忠襟義氣，而所遇之時，喪亂不已，宜其然也。（卷15）

《杜詩解》後解：丈夫一生學問，豈以文章著名？語勢初欲自壯，忽接云：「但老病如此，官殆休矣。」看他一起一跌，自歌自哭，備極情文悱惻之致。（卷3）

《杜詩說》：此詩與〈客亭〉作工力悉敵，不差累黍，格同意同，但語異爾。「聖朝無棄物，老病已成翁。多少殘生事，飄零任轉蓬。」此不敢怨君，引分自安之語。「名豈文章著？官應老病休。飄飄何所似？天地一沙鷗。」此無所歸咎，撫躬自怪之語。雖然語異矣，意仍不異。彼有「聖朝」字，故不敢怨；此無「聖朝」字，故可以怨。其不敢怨者，其深於怨者也，故曰意仍不異也。（卷5）

〈負薪行〉

夔州處女髮半華，四十五十無夫家。更遭喪亂嫁不售[1]，一生抱恨長咨嗟。土風坐男使女立，應當門戶女出入[2]。十猶八九負薪歸，賣薪得錢應供給。至老雙鬟只垂頸，野花山葉銀釵並[3]。筋力登危集市門[4]，死生射利兼鹽井[5]。面妝首飾雜啼痕，地褊衣寒困石根。若道巫山女粗醜，何得此有昭君村[6]？

1 嫁不售：嫁不出去。

2 土風二句：夔州（今重慶一帶）當地風俗，重男輕女，女人不僅要操持門戶，還要外出工作，負擔生計。詩中「十猶八九」，可見是普遍現象，並非只限未嫁之女。

3 至老二句：未出嫁的婦女髮梳雙鬟，因家計窮困，只能以野花山葉與銀釵夾雜裝飾。

4 筋力句：女人攀爬高山，砍柴賣錢。筋力，腳力；登危，登高山砍柴；集市門：赴市集賣柴維生。

5 死生句：女人不顧生死賺錢，負薪之外，還要煮鹽營生。射利，營利、賺錢。

6 若道二句：巫山，在今重慶巫山境內，唐屬夔州，中有西漢元帝時遠嫁匈奴的王昭君故里。詩因言及夔州婦女，故以昭君村結之。

名家析評

《杜臆》：「處女髮半華」五字便堪大噱。至云「喪亂嫁不售」，更堪流涕。蓋男子皆陣亡，無娶妻者。女當門戶，男坐女立，又往負薪賣錢以供給一家，而既登危又集市，屬之一人，又以射利忘其死生而兼鹽井，形容婦人之苦極矣。然以「野花山葉」比於金釵，則當之者以為固然，不知其苦也，尤可悲也。（卷7）

《讀杜心解》：峽女多勞苦，就中且有老而未嫁者，故篇中述風土處則統言，而前後則謂無夫者亦不免，蓋傷之也。若認十有八九皆無夫之女，則礙理矣。（卷2之3）

〈最能[1]行〉

峽中丈夫絕輕死，少在公門多在水[2]。富豪有錢駕大舸，貧窮取給行艓子[3]。小兒學問止論語，大兒結束隨商旅[4]。欹帆側柁入波濤，撇漩捎濆無險阻[5]。朝發白帝暮江陵，頃來目擊信有徵[6]。瞿塘漫天虎鬚[7]怒，歸州長年行最能[8]。此鄉之人氣量窄，誤競南風疏北客[9]。若道土無英俊才，何得山有屈原宅？

1 最能：駕船的能手。

2 峽中二句：指夔州峽中男性看輕生死，罕有在官府任職而多在江上操船為業。公門，泛指公家單位。

3 富豪二句：富豪人家駕駛大船，窮戶則以小船賺錢維生。艓，音蝶，小船。

4 小兒二句：大兒、小兒，都指駕大舸的富豪人家之子。清人王嗣奭《杜臆》認為，詩中的小兒、大兒，並非富人家的兩位兒子，而是指男子由小到大。因當地不重視讀書，即使富戶人家之子，也只是幼時簡單讀點《論語》之類的書，長大後就帶著行李，隨商船行旅作買賣。結束，整束行裝。

5 欹帆二句：水手們斜帆側舵穿過波浪，在洶湧的江面上暢行無阻。欹，傾斜；漩，漩渦；濆，湧起的高浪。

6 頃來句：此為杜甫剛到夔州時，親眼目睹「朝發白帝，暮抵江陵」，證明確有其事。頃來，近來；信，實在；有徵，可以徵驗。

7 瞿塘、虎鬚：指瞿塘峽；虎鬚為峽中灘名。

8 長年句：長年，指有經驗的舵師、艄公。行最能，能順利通過最為險阻的瞿塘峽與虎鬚灘。

9 競南疏北：指競相仿效南方輕視生命，好逐財利之風，而疏遠北方重視文物禮儀之客。北客，應是祖籍河南的杜甫自稱。

名家析評

《後村詩話》：〈負薪行〉言夔州俗，坐男而立女，有四十五十無夫家者。末云：「若道巫山女粗醜，何得此有昭君村？」〈最能行〉云：「峽中丈夫絕輕死，少在公門多在水」、「小兒學問止《論語》，大兒結束隨商旅」、「此鄉之人氣量窄，誤競南風疏北客。若道士無英俊才，何得山有屈原宅？」始言夔、峽二邦之陋，末以昭君、屈原勉勵其土俗，公詩篇篇忠厚如此。（卷1）

《杜臆》：（〈負薪行〉）與下〈最能行〉，俱因夔州風俗薄惡而發，結之以「昭君村」、「屈原宅」，又為夔人解嘲，文人之遊戲筆端者如此。（卷7）

《杜詩話》：土風詩，宜朴實老到，不入纖俗。〈負薪行〉詠夔州處女賣薪得錢耳，卻以「野花山葉銀釵並」相形。〈最能行〉詠峽中丈夫駕船輕死耳，卻以「小兒學問止論語」作襯，此善於安放處。收句「若道巫山女粗醜，何得此有昭君村」，應「銀釵」句也。「若道士無英俊才，何得山有屈原宅」，應「讀論語」句也。為夔人解嘲，兼為千古兩名人吐氣，遊戲中神通乃爾。（卷3）

〈移居公安山館〉

南國晝多霧，北風天正寒。路危行木杪[1]，身遠宿雲端。山鬼吹燈滅，廚人語夜闌[2]。雞鳴問前館，世亂敢求安？

1 路危句：山路高險，如同行走在樹梢上。杪，音秒，樹枝的末端。

2 山鬼二句：廚人深夜起來，因手上的燈火被風吹滅，戲語是「鬼吹燈」所致。值夜深人靜，躺在牀上的杜甫聽得特別清楚。夜闌，夜將盡時。

名家析評

《杜詩說》：雞鳴，言起早也，乃廚人之起則又早，故夜闌已聞其語，所語即上五字（山鬼吹燈滅），因手燈忽滅，戲語為鬼所吹，細人口角如見。（卷7）

《杜律啟蒙》：霧多風寒，路間之景。行木宿雲，則已至山館矣。山鬼吹燈，形地之陰慘也；廚人語夜，則已雞鳴而起，又將沖風冒霧而行矣。蓋以身遭世亂，故不遑安處也。（五言卷之9）

懷古詩單元

懷古詩
單元導讀

本單元所選錄的懷古詩，指的是登臨古蹟時，緬懷與當地相關的古人及史事，從而引發詩人內在的感慨或懷舊之意。

元人楊載在《詩法家數》中，曾論及登臨懷古詩的寫作手法：第一聯宜敘說所題之處，點明題旨；第二聯宜承接眼前實景；第三聯由實轉虛，或感嘆古今變化，或議論人世興衰。二、三聯的次序無妨對調，先虛後實，亦即先感嘆人事，再轉寫眼前實景。尾聯興發感慨作結，或者以「何時再來」收合。楊載所謂的「詩法」，或許有「結構公式化，寫作套路化」之嫌，但在實際創作時，「詩法」不僅能點出登臨場所，又能兼攝眼前景物與內在感懷，讓作品具有「虛實相生，首尾俱全」的效果。即使是李、杜的懷古名作（尤其是律詩），套用楊載所說的「起承轉合」來檢視詩作結構，也毫不違和。以李白〈登金陵鳳凰臺〉與杜甫〈登岳陽樓〉的懷古詩名作為例：

李白〈登金陵鳳凰臺〉	杜甫〈登岳陽樓〉
鳳凰台上鳳凰遊，鳳去台空江自流—**點題** 吳宮花草埋幽徑，晉代衣冠成古丘—**人事** 三山半落青天外，二水中分白鷺洲—**景物** 總為浮雲能蔽日，長安不見使人愁—**感慨**	昔聞洞庭水，今上岳陽樓—**點題登樓** 吳楚東南坼，乾坤日夜浮—**眼前實景** 親朋無一字，老病有孤舟—**自身境況** 戎馬關山北，憑軒涕泗流—**感慨作結**

兩首詩的差異，主要在中間兩聯的安排。李白先虛寫人事，再轉寫眼前實景；杜甫則是先寫眼前實景，再轉到自身境況。但整體而言，兩詩其實都離不開「起承轉合」的詩法結構。

論及李、杜兩家懷古詩的差異，主要體現在「偏好歌詠人物」與「各自勝出的表現技法」。先就偏好歌詠的人物而言，可細分為「政治」、「文學」兩類。

	李白	杜甫
政治類	魯仲連、張良、謝安	夏禹、王昭君、劉備、諸葛亮
文學類	禰衡、謝靈運、謝朓	宋玉、司馬相如、庾信

在政治類的歷史人物中，李白偏好歌詠的，是功成身退型的古人，尤其是謝安「攜妓東山出遊」與「談笑安黎元」的生平事蹟，簡直是「江左風流勝利霸總」的形象代言人，讓一心想要「先建功立業，後歸隱山林」的李白津津樂道，艷羨不已，詩集中共有二十六首吟詠謝安之作，還曾因攜妓憑弔東山謝安墓，被世人稱為「李東山」[1]。相形之下，杜甫偏好歌詠的，是為國為民、奉獻犧牲型的古人。尤其是諸葛孔明，早年躬耕南陽，娶妻貌醜而賢，老實本份的行事作風，與「攜妓東山出遊」的謝安截然不同。後期更成為開濟兩朝的老臣，鞠躬盡瘁，病死北伐途中。像諸葛亮這般「蜀漢忠臣悲劇英雄」式的人物形象，忠愛沉鬱的杜甫自然要與之千古遙契了。加上杜甫身值國家危急之際，避難於蜀地，既渴望有諸葛亮般的忠武之士，削平禍亂，也以諸葛亮的「忠武」精神自許，是以杜甫對諸葛亮的「出師未捷」、「鞠躬盡瘁」，感慨特深，吟詠不已。

在文學性的歷史人物中，李白對於曾任宣城太守的謝朓，不僅首開先例，以「謝公」稱呼謝朓，更常在詩中表達其追慕之情，如：「中間小謝又清發」、「詩傳謝朓清」、「我家敬亭下，輒繼謝公作」、「解道澄江淨如練，令人長憶謝玄暉」。這可能與謝朓的「清俊」詩作風格，以及「既歡懷祿情，復協滄洲趣」（〈之宣城郡出新林浦向板橋〉）的仕隱相得理念，深深打動以「功成身退」為人生理想的李白，無怪乎李白要「一生低首謝宣城」[2]了。至於杜甫偏好歌詠的文學人物，其

1 唐．魏顥〈李翰林集序〉云：「（白）間攜昭陽、金陵之妓，跡類謝康樂，世號為『李東山』。」見清．王琦：《李太白集注》（《文淵閣四庫全書》1067冊），卷31，頁554。

2 清．王士禛《戲仿元遺山論詩絕句三十二首》其三：「青蓮才筆九州橫，六代淫哇總廢聲。白紵青山魂魄在，一生低首謝宣城。」見周益忠撰述：《論詩絕句》（臺北：金楓，1987年），頁128。

中宋玉與司馬相如，應是杜甫移居蜀、夔兩州時就地取材的歷史人物，值得注意的，應是與杜甫蕭條異代、同情共感的庾信。杜甫因安祿山叛唐而支離漂泊於西南一帶，南朝庾信也因梁侯景之亂而滯留北朝。庾信的「文章老更成」、「暮年詩賦動江關」，也與杜甫的「晚節漸於詩律細」的創作歷程相似，無怪乎杜甫〈詠懷古跡〉五首要將庾信置於首位，觀其歌詠庾信，實無異於杜甫的自嘆自詠。

在寫作技法上，懷古詩講究的是情景交融，能結合眼前古蹟景色，抒發詩人的內在感懷。就李、杜懷古詩各自勝出的部分而論，李白可謂偏於寫景，杜甫則以感慨見長。

以李白〈謝公亭〉詩為例，詩作中間兩聯「客散青天月，山空碧水流。池花春映日，窗竹夜鳴秋。」偏重於遠景、近景的層次描繪。又如〈秋登宣城謝朓北樓〉，中間兩聯「兩水夾明鏡，雙橋落彩虹。人煙寒橘柚，秋色老梧桐。」同樣以寫景清麗著稱。七律〈鸚鵡洲〉雖有稍稍涉及禰衡獻〈鸚鵡賦〉與死後葬身鸚鵡洲的史事，但更引人注目的，還是「煙開蘭葉香風暖，岸夾桃花錦浪生」這類點染景物的詩句。然而，李白在處理懷古詩的「感慨」時，卻不免有羅忼烈所點明的缺失：「只是空空洞洞地說，現在什麼都沒有了，『空餘』樹木、古丘、花草、青苔、流水、明月之類，『亡國生春草』、『空生唐年草』等句，尤其不成語。……令人『嗟』、『嘆息』、『空憶』、『氣填膺』，至於『霑裳』，更是過甚其詞了。」[3] 換言之，李白的懷古詩以寫景清麗勝出，但「訪古一沾裳」、「流淚空沾裳」、「蕭條徐泗空」之類的收束語，卻有空洞泛詠、收結無力之感。

相形之下，杜甫的懷古詩則以感慨深沉勝出。以諸葛亮為詠懷對象的詩作為例，不論是七律〈蜀相〉之「出師未捷身先死，長使英雄淚滿襟」，慨嘆諸葛亮的壯志未酬，或〈詠懷古跡〉其五之「伯仲之間見伊呂，指揮若定失蕭曹」，評價諸葛亮之文武雙全；七古〈古柏行〉之「苦心豈免容螻蟻？香葉終經宿鸞鳳。志士幽人莫怨嗟，古來材大難為用。」由孔明廟前的古柏而引發「材大難為用」之嘆。

3 羅忼烈：〈話李白〉，《羅忼烈雜著集》，頁23。

此外，五絕〈武侯廟〉之「猶聞辭後主，不復臥南陽」，寫其出師盡瘁之意；而〈八陣圖〉之「江流石不轉，遺恨失吞吳」，則就孔明所創八陣圖寫其遺恨。可見即使是同一吟詠對象，杜甫也往往由各方面抒發感慨，深刻的體現其詩作「沉鬱」的情志內涵。至於詩中的景物，或者如〈蜀相〉的映階春草與隔葉黃鸝，不過是映襯主角的背景，或是如〈登岳陽樓〉般，以「吳楚東南坼，乾坤日夜浮」簡筆勾勒詠懷所處時空，甚至也有〈詠懷古跡〉五首其五（諸葛大名垂宇宙）般，全詩以議論為重，不著景物。在在體現了杜甫懷古之「詠懷為主，寫景為輔」的特質。清人楊際昌《國朝詩話》所以主張懷古詩「終須宗杜」，乃有見於杜甫懷古詩具有「波瀾切、評斷確」的特點，對比後人「不論何地，略切一二語，即倚殘山剩水、蔓草荒煙為活計。」這類公式化的泛泛懷古，確實是「不作可也」[4]。

4 清・楊際昌：《國朝詩話》，收入郭紹虞輯：《清詩話續編》（臺北：藝文，1985年），頁1674。

李白懷古詩

〈古風〉五十九首其十

齊有倜儻[1]生，魯連[2]特高妙。明月出海底，一朝開光耀。卻秦振英聲，後世仰末照。意輕千金贈，顧向平原笑[3]。吾亦澹蕩人，拂衣可同調[4]。

1 倜儻：氣宇軒昂。

2 魯連：指戰國時齊人魯仲連。趙國長平之戰慘敗後，秦國趁機圍攻趙國邯鄲。趙國求援於魏國，魏國說服趙國尊秦為帝以避戰。此時在趙國遊歷的魯仲連求見趙國平原君，陳述不可「帝秦」的理由，堅定了趙國抗秦之志，最終擊敗秦軍。平原君隨後欲以千金相贈魯仲連，魯仲連以「所貴於天下之士者，為人排患、釋難、解紛亂而無所取也。即有所取者，是商賈之人也。」而拒賞。本詩所述即為此一史事。

3 平原笑：魯仲連笑著辭謝平原君的賞賜。

4 吾亦二句：李白表明自己與魯仲連同樣是重義輕利、功成身退之人。澹蕩，淡泊名利；拂衣，指歸隱；同調，志同道合之人。

名家析評

《唐詩解》：此慕魯連之為人也。言魯連立談而名顯，猶明珠乍出而揚光，彼卻秦之英聲，既為後世所仰，又能輕千金，藐卿相，以成其高，故我慕其風而願與之同調也。（卷3）

《甌北詩話》：青蓮少好學仙，故登真度世之志，十詩而九。蓋出於性之所嗜，非矯託也。然又慕功名，所企羨者，魯仲連、侯嬴、酈食其、張良、韓信、東方朔等。總欲有所建立，垂名於世，然後拂衣還山，學仙以求長生。（卷1）

《李白詩選評》：李白學縱横術，學劍任俠，但骨子裡是「莊」逸「孟」英的結合，故對魯仲連尤其心儀。……明白了魯仲連與李白的關係，則對李白的任俠、學縱横，當有更深的解會。（頁97）

〈古風〉五十九首其十八

天津[1]三月時，千門桃與李。朝為斷腸花，暮逐東流水。前水復後水，古今相續流。新人非舊人，年年橋上遊。雞鳴海色動，謁帝羅公侯[2]。月落西上陽[3]，餘輝半城樓。衣冠照雲日，朝下散皇州。鞍馬如飛龍，黃金絡馬頭。行人皆辟易[4]，志氣橫嵩丘[5]。入門上高堂，列鼎錯珍羞[6]。香風引趙舞，清管隨齊謳。七十紫鴛鴦，雙雙戲庭幽。行樂爭晝夜，自言度千秋。功成身不退，自古多愆尤[7]。黃犬空嘆息[8]，綠珠成釁讎[9]。何如鴟夷子[10]，散髮棹扁舟。

1 天津：橋名，在洛陽洛水上。

2 謁帝句：公侯羅列成行，朝謁皇帝。

3 上陽：上陽宮，為唐高宗李治在位時修建。

4 辟易：驚退。

5 志氣句：形容公侯不可一世的情狀。嵩丘，即嵩山，位於洛陽。

6 列鼎句：堂中陳列著各種美食。

7 愆尤：過失。

8 黃犬句：秦朝宰相李斯與宦官趙高，共謀廢秦始皇長子扶蘇，立幼子胡亥為二世。後李斯為趙高陷害，誅滅三族。臨終前顧謂其子曰：「吾欲與若復牽黃犬，俱出上蔡東門，逐狡兔，豈可得乎？」事見《史記・李斯列傳》。

9 綠珠句：西晉石崇家財萬貫，有妓曰綠珠，美而艷，善吹笛。趙王倫手下孫秀為石崇宿敵，故意向石崇索要綠珠，石崇不許，孫秀遂鼓動趙王倫誅殺石崇滿門。事見《晉書・石崇傳》。釁讎，引發仇恨。

10 鴟夷子：春秋時越王勾踐謀士范蠡，滅吳後，變易姓名為鴟夷子皮，泛遊五湖隱居。本詩末二句，李白表明欲效法功成身退的鴟夷子，而以權勢滔天的李斯及富可敵國的石崇為戒。

名家析評

《詩源辯體》：太白五言古長篇，如「門有車馬賓」、「天津三月時」、「憶昔作少年」……等篇，興趣所致，瞬息千里，沛然有餘。然與子美各自為勝，未可以優劣論也。（卷18第24則）

《唐詩解》：此嘆在朝之臣持爵祿而不能退，終以取禍也。首以桃李為比，見榮華之易盡；次以流水起興，見人代之數更。於是歷敘權貴豪奢之事，因言彼方溺於富貴之樂，自謂身可永存，不知功成不退，未有不遭罪累者。李斯、石崇之禍可鑒也，豈若范蠡之乘扁舟耶！（卷3）

《唐宋詩醇》：此刺當時貴幸之徒，怙侈驕縱而不恤其後也。杜甫〈麗人行〉，其刺國忠也，微而婉，此則直而顯，自是異曲同工。（卷1）

〈越中覽古〉

越王勾踐破吳歸，義士[1]還家盡錦衣。宮女如花滿春殿[2]，只今惟有鷓鴣飛。

1 義士：忠勇之士。另有作「戰士」。

2 春殿：越王勝利凱旋後，宮中充滿歡樂氣氛。

名家析評

《唐詩別裁集》：三句說盛，一句說衰，其格獨創。（卷20）

《詩法易簡錄》：前三句極寫其盛，末一句始用轉筆，以寫其衰，格法奇矯。（卷14）

〈蘇臺[1]覽古〉

舊苑荒臺楊柳新，菱歌[2]清唱[3]不勝春。只今惟有西江月，曾照吳王宮裡人。

1 蘇臺：即姑蘇臺，春秋吳王闔閭所建，其子夫差增修，立春宵宮，與西施及宮女們長夜飲酒。越國後來戰勝吳國，姑蘇臺也被焚毀。

2 菱歌：東南水鄉老百姓採菱時唱的民歌。

3 清唱：指歌聲清晰響亮。

名家析評

《詩法易簡錄》：一二句但寫今日蘇臺之風景，已含起吳宮美人不可復見意，卻妙在三四句，不從不得見處寫，轉借月之曾經照見寫，而美人之不可復見，已不勝感慨係之矣。（卷14）

《唐詩新賞》：此兩詩都是覽古之作，主題相同，題材近似，但〈越中〉一首，著重在明寫昔日之繁華，以四分之三的篇幅竭力渲染，而以結句寫今日之荒涼抹殺之，轉出主意。〈蘇臺〉一首則著重寫今日之荒涼，以暗示昔日之繁華，以今古常新的自然景物來襯托變幻無常的人事，見出今昔盛衰之感，所以其表現手段又各自不同。（冊5）

〈烏棲曲〉

姑蘇臺上烏棲時，吳王宮裡醉西施。吳歌楚舞歡未畢，青山欲銜半邊日。銀箭金壺[1]漏水多[2]，起看秋月墜江波，東方漸高奈曉何！

1 銀箭金壺：古人的計時器。在金色的漏壺中，插入標有刻度的銀色箭狀物，一旦壺中的水往下滴落，箭上刻度即可顯示時辰。

2 漏水多：漏壺中往下滴落的水愈來愈多，代指時間逐漸流逝。

名家析評

《唐詩解》：此因明皇與貴妃為長夜飲，故借吳宮事以諷之。……李、杜樂府，皆有所託意而發，非若今人無病而強呻吟者。但子美直賦時事，太白則援古以諷今。讀者鮮識其旨，若謂此詩無關世主，而追刺吳王，何異癡人說夢邪！（卷12）

《唐宋詩醇》：樂極生悲之意，寫得微婉。荒宴未幾，而麋鹿遊於姑蘇矣。全不說破，可謂興寄深微者。胡應麟以杜之〈七哀〉雋永深厚，法律森然，謂此篇斤兩稍輕，詠嘆不足，真意為謗傷，未足與議也。末綴一單句，有不盡之妙。（卷2）

〈夜泊牛渚[1]懷古〉原注：此地即謝尚聞袁宏詠史處

牛渚西江夜，青天無片雲。登舟望秋月，空憶謝將軍[2]。余亦能高詠，斯人不可聞。明朝掛帆席，楓葉落紛紛。

1 牛渚：山名，在今安徽省當塗縣西北。

2 謝將軍：東晉謝尚，官鎮西將軍，鎮守牛渚時，秋夜泛舟賞月，適袁宏在船中誦己作〈詠史〉詩，音詞皆佳，遂大加讚賞，並邀其清談至天明。袁宏從此名聲大振，後官至東陽太守。

名家析評

《唐詩成法》：先寫「無片雲」，為月明地。正寫夜泊，兼客懷望月，月愈明，人愈不寐，為懷古地。謝將軍、牛渚事，還本題只一句，卻用兩句自嘆不遇，正寫「懷」字。結落葉紛紛，止寫秋景，有餘味。（卷3）

《詩境淺說》：太白曠世高懷，於此詩可見。纖雲四捲，素月當空，正秋江絕妙之景，獨客停橈，提筆四顧，寂寥誰可語者？心儀追慕，惟有謝公。猶登峴首而懷叔子，涉湘水而弔靈均也。四五句言余亦登高能賦，不讓古賢，而九原不作，欲訴無人，何必長此留連？乃清曉揚帆而去，但見楓葉亂飛，江山搖落，益增忉怛耳。（甲編）

《李白詩選評》：這種體格（按：指平仄黏對全合五律格律，但通篇不用對偶）在李白蜀中詩中未曾發現，然而前此襄陽孟浩然〈舟中晚望〉用此體，中唐後皎然等吳中詩人也多有此類作品。前後聯繫以觀之，可知這是以輕清飄逸為主的南方詩人在格律上的一種創獲，而李白本詩也應說是東南之遊在詩律上的一種收穫吧。（頁44）

〈江上吟〉

木蘭之枻沙棠舟[1]，玉簫金管坐兩頭[2]。美酒樽中置千斛，載妓隨波任去留。仙人有待乘黃鶴，海客無心隨白鷗[3]。屈平詞賦懸日月，楚王臺榭[4]空山丘。興酣落筆搖五嶽[5]，詩成笑傲凌滄洲[6]。功名富貴若長在，漢水亦應西北流。

1 木蘭句：以木蘭為槳，以沙棠木為舟。木蘭、沙棠，皆為木名；枻，同楫，船槳。

2 玉簫句：船的兩頭，坐著吹奏金笛玉簫的歌妓。

3 仙人二句：李白表明自己如白鷗般，應物而無機心。乘黃鶴，化用黃鶴樓的神話傳說；海客，指李白；隨白鷗，用《列子．黃帝篇》「海上之人有好鷗鳥者」的典故，用以代指無害物的機心。

4 楚王臺榭：臺榭，泛指亭臺樓閣。春秋時的楚靈王有章華臺，楚莊王有釣臺，以豪奢著稱。

5 五嶽：原指中國東、西、南、北、中五座山嶽，此泛指高山。

6 滄洲：泛指江海，多用以代指隱士居所。

名家析評

《李太白集注》:「仙人」一聯,謂篤志求仙,未必即能沖舉,而忘機狎物,自可縱適一時。「屈平」一聯,謂留心著作,可以傳千秋不刊之文,而溺志豪華,不過取一時盤遊之樂,有孰得孰失之意。上聯實承上文泛舟行樂而言,下聯又照下文興酣落筆而言也。特以四古人事排列於中,頓覺五色迷目,令人驟然不得其解。似此章法,雖出自逸才,未必不少加慘淡經營,恐非斗酒百篇時所能構耳。(卷7)

《唐宋詩醇》:發端四語,即事之辭也,以下慷當以慨(慨當以慷),雖帶初唐風調,而氣骨迥絕矣。反筆作結,殊為遒健。(卷5)

《詩法易簡錄》:起四句夷猶和婉,中六句停蓄排蕩,結二句力挽千鈞,氣勁調響,皆節拍自然入妙處。(卷4)

〈經下邳[1]圯橋懷張子房〉

子房未虎嘯,破產不為家。滄海得壯士,椎秦博浪沙。報韓雖不成,天地皆振動。潛匿游下邳[2],豈曰非智勇?我來圯橋上,懷古欽英風。惟見碧流水,曾無黃石公[3]。嘆息此人去,蕭條徐泗[4]空。

1 下邳:邳,音陪,今江蘇睢寧古邳鎮。
2 潛匿句:張良刺秦失敗後,潛匿於下邳。見《史記·留侯世家》:「秦滅韓。良年少,未宦事韓。韓破,良家僮三百人,弟死不葬,悉以家財求客刺秦王,為韓報仇,以大父、父五世相韓故。良得力士,為鐵椎重百二十斤。秦皇帝東遊,良與客狙擊秦皇帝博浪沙中,誤中副車。秦皇帝大怒,大索天下,求賊甚急,為張良故也。良乃更名姓,亡匿下邳。」
3 黃石公:秦時隱士。張良刺秦失敗後,逃匿下邳,於圯上(橋上)遇一老人,授以兵法。後老人自言為濟北谷城山下的黃石，世遂以「黃石公」稱之。

4 徐泗：徐州（今江蘇徐州市）與泗州（今安徽泗縣），兩地位於江蘇、安徽交界處。

名家析評

《唐詩解》：此歷敘子房報韓之事，以發圯上吊古之思也。言子房智勇已具，又能屈體受書於此，故我經其地，想見其英風，而所授書之老人已不復可睹，自此人一去而徐泗間絕無英雄。則非獨繼子房者難，而識子房者尤難，豈今世果無才耶？其寓意深矣！（卷4）

《石洲詩話》：入手「虎嘯」二字，空中發越，不知其勢到何等矣，乃卻以「未」字縮住。下三句又皆實事，無一字裝他門面。及至說破「報韓」，又用「雖」字一勒，真乃逼到無可奈何，然後發洩出「天地皆振動」五個字來，所以其聲大而遠也。不然，而但講虛贊空喝，如「懷古欽英風」之類，使後人為之，尚不值錢，而況在太白乎？（卷1）

〈遠別離〉

遠別離，古有皇英[1]之二女，乃在洞庭之南，瀟湘之浦。海水[2]直下萬里深，誰人不言此離苦？日慘慘兮雲冥冥，猩猩啼煙兮鬼嘯雨[3]。我縱言之將何補？皇穹[4]竊恐不照余之忠誠，雷憑憑[5]兮欲吼怒，堯舜當之亦禪禹。君失臣兮龍為魚，權歸臣兮鼠變虎。或云：堯幽囚，舜野死[6]。九疑[7]聯綿皆相似，重瞳[8]孤墳竟何是？帝子[9]泣兮綠雲[10]間，隨風波兮去無還。慟哭兮遠望，見蒼梧之深山。蒼梧山崩湘水絕，竹上之淚[11]乃可滅。

1 皇英：帝堯以二女娥皇、女英嫁與大舜，舜南巡至蒼梧野死，二妃追至洞庭痛哭，自投湘水而亡。

2 海水：此指大水，即瀟湘、洞庭之水。

3 日慘慘二句：隱喻朝政昏亂，奸人在得意地活動。啼煙、嘯雨，在煙雨中啼嘯。《山海經》記英、皇二女「出入必以飄風暴雨」。

4 皇穹：皇天，借指皇帝。

5 雷憑憑：憑憑，通「馮馮」，即雷聲轟隆作響。

6 堯幽囚二句：堯、舜禪讓，儒家稱為盛德，但古本《竹書紀年》另載曰：「昔堯德衰，為舜所囚。」《國語・魯語上》也有「舜勤民事而野死」之說。李白此以堯、舜不得善終的傳說，警惕帝王不可失去權炳。

7 九疑：即蒼梧山。《山海經》：「南方蒼梧之山，蒼梧之淵，其中有九疑山，舜之所葬。」

8 重瞳：眼睛裡有兩個瞳孔。《史記・項羽本紀》：「吾聞舜目蓋重瞳子。」此以重瞳代指舜。

9 帝子：指娥皇、女英。因二妃為帝堯之女，故稱。

10 綠雲：洞庭湖邊綠色的竹林。

11 竹上之淚：洞庭湖邊特產斑竹，相傳是二妃淚痕所染，故又稱湘妃竹。

名家析評

《詩源辯體》：太白〈蜀道難〉、〈天姥吟〉，雖極漫衍縱橫，然終不如〈遠別離〉之含蓄深永，且其詞斷而復續，亂而實整，尤合騷體。（卷18）

《唐宋詩醇》：此憂天寶之將亂，欲抒其忠誠而不可得也。日者，君象，雲盛則蔽其明；啼煙嘯雨，陰晦之象甚矣。……白以見疏之人，欲言何補，而忠誠不懈如此，此立言之本指。龍魚虎鼠之喻，亦本《楚辭》及《說苑》，兼用〈客難〉（按：東方朔〈答客難〉）中語，比類陳詞，可謂深切著明者矣。（卷2）

《詩比興箋》：其西京初陷，馬嵬賜死時作乎？……「我縱」以下，乃追痛禍亂之原。方其伏而未發，忠臣智士，結舌吞聲，人人知之而不敢言。一旦禍起不測，天地易位，六軍不發無奈何，宛轉蛾眉馬前死。「君失權（臣）兮龍為魚，權歸臣兮鼠變虎」之謂也。「或云」以下，乃蒼黃西幸，傳聞不一之詞，故有幽囚野死之議。「帝子」以下，乃又反復流連以哀痛之。始以一女子而擅天下之權，其卒以萬乘而不能庇其所愛，霓裳鼙鼓之驚，斜谷淋鈴之曲，徒為萬世炯戒焉，痛何如哉！（卷3）

〈登金陵鳳凰臺〉

鳳凰臺[1]上鳳凰遊，鳳去臺空江自流。吳宮花草埋幽徑，晉代衣冠成古丘。三山[2]半落青天外，二水中分白鷺洲[3]。總為浮雲能蔽日，長安不見使人愁。

1 鳳凰臺：今南京西南集慶門內。據傳南朝宋元嘉十六年（439），有三鳥翔集山間，文彩五色，狀如孔雀，音聲諧和，眾鳥群附，時人謂之鳳凰。起臺於山，名曰鳳凰臺，山曰鳳凰山。

2 三山：山名。在南京西南長江邊上，三峰並列，南北相連，故名。

3 二水句：二水，又作「一水」，指秦淮河流經南京，西入長江，被白鷺洲一分為二。白鷺洲，長江上的沙洲，洲上多集白鷺，故名。

名家析評

《唐詩評選》：「浮雲蔽日」、「長安不見」，借晉明帝語影出。「浮雲」以悲江左無人，中原淪陷；「使人愁」三字總結「幽徑」、「古丘」之感，與崔顥〈黃鶴樓〉落句語同意別。宋人不解此，乃以疵其不及顥作，覿面不識，而強加長短，何有哉！太白詩是通首混收，顥詩是扣尾掉收。太白詩自〈十九首〉來，顥詩則純為唐音矣。（卷4）

《唐詩成法》：三四熟滑庸俗，全不似青蓮筆氣。五六佳句，然音節不合，結亦淺薄。（卷7）

《甌北詩話》：青蓮集中古詩多，律詩少。五律尚有七十餘首，七律只十首而已。蓋才氣豪邁，全以神運，自不屑束縛於格律對偶，與雕繪者爭長。……蓋開元、天寶之間，七律尚未盛行。至德以後，賈至等〈早朝大明宮〉諸作，互相琢磨，始覺盡善。而青蓮久已出都，故所作不多也。（卷1）

〈鸚鵡洲〉

鸚鵡來過吳江[1]水，江上洲傳鸚鵡名[2]。鸚鵡西飛隴山去，芳洲之樹何青青？煙開蘭葉香風暖，岸夾桃花錦浪[3]生。遷客[4]此時徒極目，長洲孤月向誰明？

1 吳江：指流經武昌一帶的長江。

2 鸚鵡名：三國時，江夏太守黃祖曾於汀洲上大宴賓客，人獻鸚鵡，禰衡即席創作〈鸚鵡賦〉，辭采甚麗，鸚鵡洲由此得名。後禰衡恃才傲物，為黃祖殺害，葬於鸚鵡洲上。李白另有〈望鸚鵡洲悲禰衡〉詩。

3 錦浪：形容江浪如錦繡般美麗。

4 遷客：被貶謫流放之人，李白自稱。

名家析評

《詩源辯體》：太白〈鸚鵡洲〉擬〈黃鶴樓〉為尤近，然〈黃鶴〉語無不煉，〈鸚鵡〉則太輕淺矣。至「煙開蘭葉香風暖，岸夾桃花錦浪生」，下比李赤（按：唐代詩人，因慕李白而更名為李赤），不見有異耳。（卷17）

《唐詩成法》：青蓮自〈黃鶴樓〉以後，屢為此體，然皆不佳。此首稍勝〈鳳凰臺〉，究竟只三四好，以下音節已失，字句非所論矣。然此理甚微，看沈（佺期）〈龍池篇〉與崔（顥）〈黃鶴樓〉自知。（卷7）

《詩辯坻》：李白〈鸚鵡洲〉詩，調既急迅，而多複字，兼離唐韻，當是七言古風耳。（卷3）

〈金陵城西樓月下吟〉

金陵夜寂涼風發，獨上高樓望吳越。白雲映水搖空城，白露垂珠滴秋月。月下沉吟久不歸，古來相接眼中稀。解道[1]澄江淨如練[2]，令人長憶謝玄暉[3]。

1 解道：懂得說出。

2 澄江淨如練：謝朓〈晚登三山還望京邑〉：「餘霞散成綺，澄江靜如練。」李白直接引用後句，並將原詩的「靜」字易為「淨」。

3 謝玄暉：即謝朓，南朝齊代詩人，字玄暉。

名家析評

《唐詩新賞》：李白「長憶」謝朓，乃是感慨自己身處暗世，缺少知音，孤寂難耐。這正是此詩的命意，在結處含蓄地點出，與開頭的「獨上」相呼應，令人倍感「月下沉吟」的詩人是多麼的寂寞和憂愁。（冊4）

《李白詩選評》：今存的許多詩章中，人們會感到，李白似乎已溶漾於（吳越）這裡澄淨到透明的天光水色、山嵐林靄之中，作為他一生創作最個性化的特徵——那種對光明晶亮的事物的不懈追求。……讀李白詩，如果只注意鮑照七古的影響，只賞其天馬行空，至多只讀懂了一半；唯有了解以二謝為代表的五言「選體」詩潛移默化的規範作用，才能對這位謫仙人的創作有深刻的理解。（頁24-25）

〈謝公亭〉

謝公離別處[1]，風景每生愁。客散青天月，山空碧水流。池花春映日，窗竹夜鳴秋。今古一相接，長歌懷舊遊。

1 謝公句：亭位於宣城城北，謝朓任宣城太守時，曾於此與詩人范雲賦別。

名家析評

《唐詩解》：亭乃謝公送客之處，每對景而生愁者，以水月依然而人非昔也。然花之映日，竹之鳴秋，亦是足美。獨恨繼謝公者寥寥，求今與古接者，非我而誰？苟千載一遇，安得不長歌而想其舊遊哉！（卷33）

《唐詩評選》：五六不似懷古，乃以懷古，覺杜陵「寶靨」、「羅裙」之句，猶為貌取。（卷3）

按：寶靨、羅裙，指杜甫〈琴臺〉詩之五六句「野花留寶靨，蔓草見羅裙」。

〈秋登宣城謝朓北樓[1]〉

江城如畫裡，山曉望晴空。兩水夾明鏡，雙橋落彩虹。人煙[2]寒橘柚[3]，秋色老梧桐[4]。誰念北樓上，臨風懷謝公。

1 謝朓北樓：謝朓所建，又名謝公樓。

2 人煙：遠處人家炊煙。

3 寒橘柚：在炊煙的襯托下，秋天的橘柚顯得陰森而有寒意。

4 老梧桐：秋天的梧桐樹顯得蒼老。

名家析評

《唐詩解》：宣城山水奇秀，曉望尤佳。水明若鏡，橋架成虹，皆畫景也。人煙因橘柚而寒，梧桐為秋色而老。斯時也，誰念我登北樓而懷謝朓乎？蓋言調諧古人而世之知己者寡也。（卷33）

《唐詩成法》：「明鏡」、「彩虹」、「寒」字、「老」字，皆在秋天晴空中看出。晴空水清，故云「夾明鏡」；晴空橋現，故云「落彩虹」。晴空中惟橘柚處陰森者，人煙也，故云「寒」。晴空中惟梧桐處蕭瑟者，秋色也，故云「老」。然人煙者，秋氣也，氣是仄字，不可用，故以人煙對秋色耳。（卷3）

〈東山吟〉

攜妓東土山[1]，悵然悲謝安。我妓今朝如花月，他妓[2]古墳荒草寒。白雞夢後三百歲[3]，灑酒澆君同所歡。酣來自作青海舞[4]，秋風吹落紫綺冠[5]。彼亦一時，此亦一時，浩浩洪流之詠[6]何必奇。

1 東土山：即東山，山位於今浙江紹興一帶。東晉謝安未仕時曾隱居於此，「東山再起」即出自謝安由東山隱居再返回朝中任職。

2 他妓：指謝安出遊所攜帶的妓女，與上句的「我妓」作對比。

3 白雞句：指謝安死後三百年間。《晉書．謝安傳》記載，謝安自言曾夢見乘桓溫轎輿行十六里，見一白雞而止。後始知「乘輿」者，預兆己將代行桓溫之職；十六里，即代行職務十六年。白雞主酉，後謝安果於酉年病逝。白雞夢後，代指謝安死後。

4 青海舞：舞蹈名，來歷不詳。

5 紫綺冠：紫色花紋的帽子。

6 浩浩洪流之詠：據《世說新語．雅量》記載，桓溫曾設下埋伏，欲誅殺謝安。謝安入席時，神色自若的諷詠三國嵇康詩作，詩中有「浩浩洪流」之句。桓溫憚其曠遠，遂解除伏兵。

附記

本詩在李白詩集評註本或唐詩選本中，都少有評註者。然據唐人魏顥〈李翰林集序〉記載，李白因仰慕謝安「東山攜妓出遊」，遂亦有「攜昭陽金陵之妓，跡類謝康樂」之舉，時人故稱之為「李東山」。檢索李白詩集，屢見其對「謝安攜妓」或「東山高臥」稱頌不已，如：

> 東山高臥時起來，欲濟蒼生未應晚。—〈梁園吟〉
>
> 但用東山謝安石，為君談笑靜胡沙。—〈永王東巡歌〉十一首其二

嘗高謝太傅，攜妓東山門。—〈書情題蔡舍人雄〉

安石在東山，無心濟天下。一起振橫流，功成復瀟灑。—〈贈常侍御〉

攜妓東山去，春光半道催。—〈送侄良攜二妓赴會稽戲有此贈〉

莫學東山臥，參差老謝安。—〈送梁四歸東平〉

謝公自有東山妓，金屏笑坐如花人。—〈攜妓登梁王棲霞山孟氏桃園中〉

我今攜謝妓，長嘯絕人群。欲報東山客，開關掃白雲。—〈憶東山〉二首其二

謝公正要東山妓，攜手林泉處處行。—〈示金陵子〉

安石東山三十春，傲然攜妓出風塵。—〈出妓金陵子呈盧六〉四首其一

相形之下，杜甫詩集中雖偶有提及謝安，但多應用於對比性的史事典故，如：「謝安不倦登臨賞，阮籍焉知禮法疏」（〈奉酬嚴公寄題野亭之作〉）；「漢王追韓信，蒼生起謝安」（〈安王使君宅題二首〉其一）；「江總外家養，謝安乘興長」（〈酬寇十侍御錫見寄四韻復寄寇〉），而非如李白般專題歌詠謝安，或對謝安東山攜妓出遊津津樂道不已。

杜甫懷古詩

〈蜀相〉

丞相祠堂何處尋？錦官城外柏森森[1]。映階碧草自春色，隔葉黃鸝空好音。三顧頻煩天下計，兩朝開濟老臣心[2]。出師未捷身先死，長使英雄淚滿襟。

1 錦官句：成都先主廟旁有武侯祠，祠前有大柏，茂盛繁密，為孔明親手種植。錦官，今四川成都市，古時素以織錦業馳名。

2 三顧二句：上句寫劉備三顧茅廬之恩遇，下句寫孔明身歷劉備與劉禪二主，鞠躬盡瘁，以報答知遇之恩。

名家析評

《杜詩說》：後四句敘公始末，以寓慨嘆，筆力簡勁，恨宋人專學此種，流為議論一派，未免並為公累耳。曰「自春色」，曰「空好音」者，確見入廟時低回想像之意，此詩中之性情也，不得其性情而得其議論，少陵一宗，安得不滅？（卷8）

《唐宋詩醇》：老杜入蜀，於孔明三致意焉，其志有在也。詩意豪邁哀頓，具有無數層折，後來匹此，惟李商隱〈籌筆驛〉耳。……此（〈蜀相〉）為謁祠之作，前半用筆甚淡，五六寫出孔明身份，七、八轉折而下，當時後世，悲感並到，正意注重後半。李詩因地興感，故將孔明威靈撮入十四字中，寫得十分滿足。接筆一轉，幾將氣焰掃盡，五、六兩層折筆，末仍收歸本事，非有神力者不能。二詩局陣各異，工力悉敵。（卷15）

〈琴臺[1]〉

茂陵[2]多病後，尚愛卓文君。酒肆人間世，琴臺日暮雲[3]。野花留寶靨，蔓草見羅裙[4]。歸鳳求凰意，寥寥不可聞[5]。

1 琴臺：四川浣花溪之海安寺南。

2 茂陵：司馬相如因消渴病（即糖尿病）免官後，住在茂陵。此以地名代稱人名。

3 酒肆二句：酒肆尚在人間，可想見司馬相如慢世之態；但琴臺不存，只見暮雲供人憑弔。

4 野花二句：想像卓文君昔日姿容。野花似乎仍留有文君的笑靨，蔓草則令人聯想到文君綠色的羅裙。

5 歸鳳二句：司馬相如彈奏〈鳳求凰〉追求卓文君，卓文君為愛勇敢私奔相如，這種反抗世俗禮法的精神，在後世已是寥寥難聞了。

名家析評

《杜臆》：人間之世，付之酒肆；暮雲之思，寄之琴臺，見相如之灑落不羈。……然在今日，文君安在？止有「野花」、「蔓草」，彷彿可象（想像）而已。（卷4）

《杜律啟蒙》：細思此等題，最難著手。艷羨之則病狂，譏切之又近腐。詩獨妙在不即不離，若遠若近之間，以譏切之旨寓艷羨之中，淡淡用筆，幾於不肯著紙。（五言卷之3）

〈登樓〉

花近高樓傷客心，萬方多難此登臨。錦江春色來天地，玉壘浮雲變古今。北極朝廷終不改[1]，西山寇盜莫相侵。可憐後主還祠廟[2]，日暮聊為梁父吟[3]。

1 北極句：朝廷如北極星般屹立不改。

2 可憐句：言平庸如後主劉禪，尚且得後人為之建祠廟供奉，若朝中有賢臣如諸葛亮，何患逆賊侵犯？本詩暗諷唐代宗李豫重用宦官程元振、魚朝恩，導致吐蕃入侵之禍。

3 梁父吟：本為流傳於山東的民謠，詩曰：「步出齊東門，遙望蕩陰里。里中有三墳，累累正相似。問是誰家墓？田疆古冶子。力能排南山，文能絕地紀。一朝被讒言，二桃殺三士。誰能為此謀？相國齊晏子。」記載春秋齊國宰相晏嬰用計剷除功高震主之公孫接、田開疆、古冶子三大功臣。《三國志》謂諸葛亮躬耕隴畝時，好吟唱〈梁父吟〉，或因諸葛亮祖籍為山東琅琊，吟詩以懷鄉；也或許是對政治操作上有所領悟，發為感嘆。杜甫借孔明詠〈梁父吟〉，以抒發朝中無人的感慨。

名家析評

《杜詩解》題解：先生多難之時，身適在蜀，徘徊吊古，欲圖禍亂削平，無日不以諸葛忠武為念，其見之吟詠者，殆不一而足，蓋先生之自待者忠武也。「日暮聊為〈梁父吟〉」，言我今老矣，徒栖遲日暮，無所見長，雖負希世之材，而國無容賢之臣。追想隆中抱膝之吟，其寄託一何深遠也，不覺於〈登樓〉發之。（卷2）

《杜詩說》：（末句）謂諸葛當躬耕時，年尚少，故遭際未為遲暮，今已雖以諸葛自負，其年豈能待乎？亦聊效梁父為吟而已。此意全在「日暮」二字見之，鏡花水月，有象無痕。（卷8）

《唐詩新賞》：首句的「近」和末句的「暮」字，這兩個字在詩的構思方面起著突出的作用。全詩寫登樓觀感，俯仰瞻眺，山川古跡，都是從空間著眼；「日暮」，點明詩人徜徉時間已久。這樣就兼顧了空間和時間，增強了意境的立體感。單就空間而論，無論西北的錦江、玉壘，或者城南的後主祠廟，都是遠處的景物；開

端的「花近高樓」卻近在咫尺之間。遠景近景互相配合，便使詩的境界闊大雄渾而無豁落空洞的遺憾。（冊7）

〈禹廟〉

禹廟空山裡，秋風落日斜。荒庭垂橘柚，古屋畫龍蛇。雲氣生虛壁，江聲走白沙[1]。早知乘四載，疏鑿控三巴[2]。

1 雲氣二句：雲氣在屋裡繚繞，看起來虛幻不實；江水捲動白沙，傳出陣陣濤聲。

2 早知二句：以前早就知道大禹利用四種交通工具（水乘舟，陸乘車，泥乘輴，山乘樏）治水，今日親至三巴，得見其疏鑿遺跡。輴，音春，古時行走泥路的交通工具；樏，音雷，登山時以人力扛抬的器具，又稱「山轎子」。

名家析評

《杜詩說》：（末二句）若作「早知藏盜賊，疏鑿靖三巴」，意即了然，然此詩卻入盜賊字不得，故隱約其辭，不比〈劍門〉詩，極意洸發，此古體、近體之別也。（卷5）

《杜詩詳註》：此賦忠州禹廟也，移動他處不得。只此四十字中，風景形勝，廟貌功德，無所不包。其局法謹嚴，而氣象弘壯，讀之意味無窮。（卷14）

《杜詩話》：廟觀詩，以〈禹廟〉為第一。略用「橘柚」、「龍蛇」貼禹事，遂覺江聲雲氣中，如對黻冕，來臨一代王者。次則〈湘夫人祠〉，開口用「肅肅」二字，便知為帝女帝妃，誰敢不凜然起敬！（卷3）

〈武侯廟〉

遺廟丹青[1]落，空山草木長。猶聞辭後主[2]，不復臥南陽[3]。

1 丹青：壁畫。

2 猶聞句：空山精爽，恍若聽聞孔明北伐前，向後主劉禪辭行的〈出師表〉。

3 不復句：南陽孔明出師未捷，鞠躬盡瘁，遂不復歸臥南陽。

名家析評

《杜詩提要》引朱鶴齡曰：此詩後二句，人無解者。武侯為昭烈馳驅，未見其忠，唯當後主昏庸，盡瘁出師，不復有歸臥南陽之意。（卷14）

《詩法易簡錄》：此寫武侯討賊之志，死猶未已也。言廟已頹敗於空山荒草之中，而武侯當日表辭後主，誓死討賊，其精神歷久不磨，今日猶如聞其拜表涕泣也。通首一氣流宕，「落」字、「長」字作勢，轉出「猶聞」二字，最有力。〈出師表〉有「鞠躬盡瘁，死而後已」之語，此曰「猶聞辭後主」，謂其死猶未已，是加一倍寫法，方寫得武侯之神，奕奕如在。（卷13）

〈八陣圖〉

功蓋三分國，名成八陣圖。江流石不轉，遺恨失吞吳[1]。

1 遺恨句：此句歷來有兩種解釋，其一為「遺恨『在』吞吳」，指孔明未能勸阻劉備征吳，以至兵敗受辱，為生平遺恨；其二為「遺恨『未』吞吳」，亦即孔明雖創八陣圖，惜劉備未能用其陣法而戰敗，徒留千古遺恨。

名家析評

《杜詩偶評》：詩意謂陣圖本善，蜀之失計在於吞吳，見唇齒之國，宜協力不宜併

吞也。此意趙雲亦嘗言之，不必多為曲說。（卷4）

《詩法易簡錄》:「失吞吳」，東坡謂失在吞吳之舉，此確解也。前題〈武侯廟〉，故寫出武侯全副精神；此題〈八陣圖〉，故只就陣圖一節寫其遺恨。作詩切題之法有如是。（卷13）

〈古柏行〉

孔明廟[1]前有老柏，柯如青銅根如石。霜皮溜雨四十圍，黛色參天二千尺[2]。君臣已與時際會，樹木猶為人愛惜。雲來氣接巫峽長，月出寒通雪山白。君臣已與時際會，樹木猶為人愛惜。憶昨路繞錦亭東，先主武侯同閟宮[3]。崔嵬枝幹郊原古，窈窕丹青戶牖空。落落盤踞雖得地，冥冥孤高多烈風。扶持自是神明力，正直原因造化功。大廈如傾要梁棟[4]，萬牛回首丘山重[5]。不露文章世已驚[6]，未辭剪伐誰能送[7]？苦心豈免容螻蟻[8]，香葉終經宿鸞鳳[9]。志士幽人莫怨嗟，古來材大難為用。

1 孔明廟：此指夔州的孔明廟。不同於成都的武侯祠附在先主（劉備）廟中，夔州則將武侯祠與先主廟分開。

2 霜皮二句：柏樹樹皮光滑潔白，樹幹有四十人圍抱之大，枝葉青黑，聳立朝天，有二千尺之高。二句乃誇飾柏樹之高大。

3 同閟宮：同處在幽深的廟宇。閟，音必，幽深。

4 梁棟：支撐大廈的棟樑。

5 萬牛句：即使萬牛拖載，牛也會頻頻回首，感嘆古柏重如丘山。

6 不露句：古柏雖無繁花紅葉可觀，但高大外表足以讓世人驚嘆。

7 未辭句：古柏本為棟樑之具，詩以「未辭剪伐」言其不怕犧牲，但又有誰能為古柏發揚推送？

8 容螻蟻：被螻蟻蛀蝕，代指飽受小人折磨。

9　香葉句：歷經磨難後，終將得到真正的肯定。

名家析評

《杜臆》：成都、夔府各有孔明祠，祠前各有古柏。此因夔祠之柏而並及成都，然非詠柏也。公平生極贊孔明，蓋有竊比之思。孔明材大而不盡其用，公嘗自比稷、契，材似孔明而人莫用之，故篇終而結以「材大難為用」，此作詩本意，而發興於柏耳。不然，廟前之柏，豈梁棟之需哉？（卷7）

《讀杜心解》：「不露文章」，寫得身分高；「未辭剪伐」，寫得意思曲。言本不炫俗而英采自露；並非絕俗而扶進自難。「容螻蟻」，媒孽何傷？「宿鸞鳳」，德輝交映，俱為「志士幽人」寫照。結語一吐本旨，而「材大」兩字，仍與「古柏」雙關。（卷2之3）

〈詠懷古跡〉五首其一

支離東北風塵際[1]，漂泊西南天地間。三峽樓臺淹日月[2]，五溪衣服共雲山[3]。羯胡事主終無賴[4]，詞客[5]哀時且未還。庾信平生最蕭瑟，暮年詩賦動江關[6]。

1　支離句：杜甫自言因戰亂而由中原流落至蜀地。支離，流離；東北，蜀地位於西南，自蜀而言，則中原皆為東北；風塵，戰亂。

2　三峽句：三峽樓臺，指夔州當地的房屋依山而建，狀如樓臺。淹，滯留。杜甫在巫峽時，棲於西閣，且留滯多時。

3　五溪句：杜甫自言與少數民族雜居共處於五溪一帶。五溪，指湖南、貴州、四川交界的五條溪流；衣服，代指居於當地的少數民族，其服飾與中原迥異；共雲山，與少數民族雜居於此雲山之中。

4　羯胡句：羯胡，指北方的胡人，亦即安祿山。無賴，狡猾。

5　詞客：杜甫自稱。

6 庾信二句：庾信，原為南朝梁代詩人，出使北方西魏時，因梁覆滅，遂留滯北方，後又歷仕北周。南朝陳建國後，北周許流寓人士歸國返鄉，唯庾信與王褒不許回國。庾信後期詩文中，遂常流露鄉國之思，如〈哀江南賦〉即是寄寓鄉愁之作。杜甫蓋以己之哀時未還，比擬庾信〈哀江南賦〉的蕭瑟鄉思。

名家析評

《杜詩偶評》：此章以庾信自況，非專詠庾也。五六語已與庾信雙關，以上少陵自敘。（卷4）

《杜詩提要》：前五句皆是自己哀時……何嘗一字涉庾信？至第六句始以詞客字引出庾信，翻似借古人作證佐，是之謂詠懷。若捃摭故實，則成傳體；貪發實議，又類史論，失含蓄蘊藉之妙矣。知此方是詠懷古跡。（卷12）

《杜詩詳註》概括《杜臆》：懷庾信、宋玉，以斯文為己任也；懷先主、武侯，嘆君臣際會之難逢也。中間插入昭君一章，蓋入宮見妒，與入朝見妒者，千古有同感焉。（卷17）

〈詠懷古跡〉五首其二

搖落[1]深知宋玉悲，風流儒雅亦吾師。悵望千秋一灑淚，蕭條異代不同時[2]。江山故宅空文藻[3]，雲雨荒臺豈夢思[4]？最是楚宮俱泯滅，舟人指點到今疑。

1 搖落：飄零、凋落。宋玉〈九辯〉云：「悲哉秋之為氣也，蕭瑟兮草木搖落而變衰。」
2 蕭條句：指自己與宋玉雖身處異代，但蕭條冷落之感卻是相通的。
3 故宅空文藻：宋玉位於秭歸的故宅已蕩然無存，只有詩賦留傳下來。
4 雲雨句：昔日楚國高臺久荒，難以分辨夢幻真假。宋玉〈高唐賦〉述楚王遊高唐，夢見神女，王因而幸之，神女臨去辭曰：「妾在巫山之陽，高丘之阻，旦為行雲，暮為行雨。朝朝暮暮，陽臺之下。」

名家析評

《杜詩偶評》：懷宋玉所以自傷也。言斯人雖往，文藻猶存，不與楚宮同其泯滅，其寄慨深矣。（卷4）

《杜詩說》：前半懷宋玉所以悼屈原，悼屈原者，所以自悼也。後半抑楚王所以揚宋玉，揚宋玉者，亦所以自揚也，是之謂詠懷古跡也。（卷8）

〈詠懷古跡〉五首其三

羣山萬壑赴荊門[1]，生長明妃尚有村[2]。一去紫臺連朔漠[3]，獨留青冢[4]向黃昏。畫圖省識春風面[5]，環珮空歸月夜魂[6]。千載琵琶作胡語，分明怨恨曲中論。

1 荊門：山名，今湖北宜都西北。

2 生長句：王嬙，字昭君，蜀郡秭歸人。因避晉文帝司馬昭之諱改為「明君」，後世因稱「明妃」。昭君村，王昭君所生長的村落。

3 一去句：王昭君離開漢宮遠嫁大漠。紫臺，皇宮；朔漠，沙漠。

4 青冢：據傳塞外多白草，獨昭君墳上長滿青草，故云青冢。

5 畫圖句：漢元帝單憑圖畫簡略辨識，以致錯過王昭君這樣的美女。省識，簡略辨識；春風面，王昭君的美好容顏。

6 環珮句：指王昭君生前不得返回中原，只能死後在月夜魂歸故里。此以昭君身上的環珮代指其人。

名家析評

《杜詩說》：此詩寓意在「畫圖省識」句，蓋女入宮而主不見知，與士懷忠而上不

見察，其事一也。公之詠古跡而及昭君也，抑其所以自詠與！（卷8）

《唐宋詩舉要》引吳汝綸曰：庾信、宋玉皆詞人之雄，作者所以自負。至於明妃，若不倫矣，而其身世流離之恨固與己同也。篇末歸重琵琶，尤其微旨所寄，若曰雖千載已（以）上之胡曲，苟有知音者聆之，則怨恨分明若面論也。此自喻其寂寥千載之感也。（卷5）

〈詠懷古跡〉五首其五

諸葛大名垂宇宙，宗臣[1]遺像肅清高。三分割據紆籌策[2]，萬古雲霄一羽毛[3]。伯仲之間見伊呂[4]，指揮若定失蕭曹[5]。運移漢祚終難復，志決身殲軍務勞。

1 宗臣：指孔明，曾有「一國之宗臣，霸主之賢佐」稱譽。

2 紆籌策：時勢難為，讓孔明耗費心思籌謀策畫。紆，曲折、鬱結。

3 萬古句：言孔明才品之高，百未一展，萬古而下所見者，僅如雲霄裡的一根羽毛而已。有感嘆孔明英年早逝，志業未伸之意。

4 伊呂：孔明的才能，與古代賢相伊尹、呂尚不相上下。伊，伊尹，輔佐商湯滅夏桀；呂，呂尚，又稱姜太公，輔佐周武王成功討伐商紂王。

5 指揮句：即使西漢開國功國蕭何、曹參，也不能與臨陣指揮若定的孔明相提並論。陳壽《三國志．孔明傳》謂孔明不過是「管（仲）、蕭（何）之亞匹」，杜甫故有此翻案之說。

名家析評

《杜詩偶評》：雲霄羽毛，猶鸞鳳高翔，狀其才品之不可及也。文中子謂諸葛武侯不死，禮樂其有興乎？即「失蕭曹」之旨。此議論之最高者，後人謂詩不必著議論，非通言也。（卷4）

《唐詩成法》言武侯處吳、魏兩強國間，最弱最難之時，其紆回籌策，所用王佐之才，不過萬分之一，譬如萬古雲霄中一羽毛之輕耳。五六正發此意，言其才實伯仲伊、呂，向使天假數年，得盡展雄略，蕭、曹何足道哉？其如天心厭漢，留之不存，故鞠躬盡瘁，死而後已也。（卷8）

《甌北詩話》：黃山谷謂「少陵夔州以後詩，不煩繩削而自合。」此蓋因集中有「晚節漸於詩律細」一語，而妄以為愈老愈工也。今觀夔州後詩，惟〈秋興〉八首及〈詠懷古跡〉五首，細意熨貼，一唱三嘆，意味悠長。其他則意興衰颯，筆亦枯率，無復舊時豪邁沉雄之概。入湖南後，除〈岳陽樓〉一首外，並少完璧。（卷2）

〈閣夜〉

歲暮陰陽催短景[1]，天涯霜雪霽寒宵。五更鼓角聲悲壯，三峽星河影動搖。野哭千家聞戰伐[2]，夷歌數處起漁樵[3]。臥龍躍馬[4]終黃土[5]，人事音書漫寂寥。

1 歲暮句：冬季晝短夜長，讓人有光陰荏苒，時序逼人之感。陰陽，指日月；短景，景同影，指白日短暫。

2 戰伐：杜甫寓居夔州西閣時，軍閥崔旰、郭英乂、楊子琳等人混戰不息，吐蕃也屢屢侵擾蜀地。

3 夷歌句：夔州一帶少數民族，在捕魚砍柴時所唱的歌謠。

4 臥龍躍馬：臥龍，三國時徐庶以「臥龍」稱諸葛亮。躍馬，指東漢公孫述。語出左思〈蜀都賦〉：「公孫躍馬而稱帝，劉宗下輦而自王。」

5 終黃土：諸葛亮與公孫述雖有忠賢逆反之別，終究不免一死，故於人事音書一任寂寥，何須計較？黃土，指人死後化為一抔黃土。杜甫因有見於夔州當地同時興建諸葛孔明與公孫述的祠廟，不免興懷感慨。

名家析評

《杜詩提要》：翻身作結，妙在七句極力一提，謂古來賢惡同歸於盡，則今之人事音書，漫付之寂寥而已。語若寬而實緊，如此始當得「沉鬱頓挫」四字。（卷12）

《唐詩新賞》：此詩向來被譽為杜律中的典範性作品。詩人圍繞題目，從幾個重要側面抒寫夜宿西閣的所見所聞所感，從寒宵雪霽寫到五更鼓角，從天空星河寫到江上洪波，從山川形勝寫到戰亂人事，從當前現實寫到千年往跡。氣象雄闊，彷彿把宇宙籠入毫端，有上天下地、俯仰古今之概。胡應麟稱讚此詩：「氣象雄蓋宇宙，法律細入豪芒」，並說它是七言律詩的「千秋鼻祖」，是很有道理的。（冊7）

〈湘夫人祠[1]〉

肅肅[2]湘妃廟，空牆碧水春。蟲書玉佩蘚，燕舞翠帷塵[3]。晚泊登汀樹，微馨借渚蘋[4]。蒼梧恨不盡，染淚在叢筠[5]。

1 湘夫人祠：即黃陵廟。傳說舜南巡，崩於蒼梧，娥皇與女英尋夫不得，抱竹痛哭，淚盡而死。後人遂立廟為祀，廟宇在今湖北宜昌縣境。本詩為杜甫晚年停舟湖湘時所作。

2 肅肅：整飭。

3 蟲書二句：蟲行苔蘚猶如字書，燕飛廟內舞動微塵。

4 渚蘋：欲借渚蘋以表己薦馨之意。渚，沙洲；蘋，苹草。

5 蒼梧二句：《博物志》：「舜南巡，崩於蒼梧，二妃淚下，染竹成斑。」筠，竹子的青皮；叢筠，竹叢。

名家析評

《杜詩說》：四（句）因舜事，直取《虞書》「百獸率舞」字入句；蟲書葉成字事，亦出《漢書》，對亦不苟。細讀此詩，正可方駕〈禹廟〉一律也。（卷5）

《杜詩提要》：劈空著「肅肅」兩字，凜然令人起敬。「玉佩翠幃」硬裝四字，寫荒涼景象。言無所謂玉佩也，只蟲書之蘚而已；無所謂翠幃也，只燕舞之塵而已。前半寫廟已畢，五六自敘晚泊薦馨，與上文截住，七八更從廟中詠嘆，得斷續承應之妙。（卷10）

〈登岳陽樓〉

昔聞洞庭水，今上岳陽樓。吳楚東南坼[1]，乾坤日夜浮。親朋無一字，老病有孤舟。戎馬關山北[2]，憑軒涕泗流。

1 吳楚句：吳、楚兩地宛如被洞庭湖一分為二。吳楚，指春秋戰國時吳、楚兩國之地，吳地在洞庭湖東，楚地在洞庭湖西。坼，音徹，分裂。

2 戎馬句：大曆三年（768）暮冬，杜甫流寓岳州（湖南岳陽），登岳陽樓憑欄遠眺，時西北邊疆不寧，吐蕃常入侵中原。戎馬，指戰爭；關山北，北方邊境。

名家析評

《杜詩鏡銓》引元人方回曰：公此詩同時，惟孟浩然足以相敵。嘗登岳陽樓，左序毬門壁間大書孟詩，右書杜詩，後人不能復題。（卷19）

《杜詩提要》：前四句登樓，寫景闊大，有吞雲夢之勢；五六拓開，轉落自己，悲涼橫放，若自有洞庭以來，唯我一人獨當之，此是何等胸次！第七句再如何收挽，看其提筆而起，造出「戎馬關山北」五字，使全體為之一振。然後以「憑軒」二字綰合登樓，此誠有辟易萬夫之力，後人不能敵也。孟襄陽「氣蒸雲夢澤，波撼岳陽城」，同一氣概；「欲濟無舟楫，端居恥聖明」，同一胸襟。而結句偃筆順下，便似不如公之提筆勁瘦通神也。（卷10）

飲酒詩單元

飲酒詩
單元導讀

在世人的印象中，李白永遠如紅顏少年般的瀟灑飄逸，痛快直接；而杜甫則予人老成持重的印象，總是憂國憂民，沉鬱內斂，是以有「李白無暮年，杜甫無少年」之說。用這兩句話來檢視李、杜的飲酒詩，可說是再適合不過。

首先，檢視李、杜兩家詩集中與「飲酒」相關的詩題，在李白近千首、杜甫近一千五百首的詩歌全集[1]中，統計「酒」、「醉」、「酌」、「飲」這四個與飲酒相關的字彙，得到的數據[2]是：

	酒	醉	酌	飲	合計
李白	25	15	8	6	54
杜甫	9	7	2	8	26

可見在「飲酒」活動與相關書寫上，李白確實要比杜甫更加熱衷。有意思的是，李、杜飲酒對象的差異，也體現在詩題之中。在李白詩集中，「**獨酌**」詩共有六題十首，分別是：〈北山獨酌寄韋六〉、〈答王十二寒夜獨酌有懷〉、〈秋夜板橋浦泛月獨酌懷謝朓〉、〈月下獨酌〉四首、〈獨酌〉、〈春日獨酌〉二首。獨酌之外，

1 李白詩作總數，統計清代王琦：《李太白集注》（《文淵閣四庫全書》1067冊），不含古賦、詩文拾遺共有987首。杜甫詩作總數，考慮到清人浦起龍《讀杜心解》是按詩體分類，各體數據，比起按生平編排的仇兆鰲《杜詩詳註》本或楊倫《杜詩鏡銓》本，更加明確，是以按浦起龍《讀杜心解》（北京中華書局版）進行統計，共有1458首。以上數據在不同版本中或有些許出入，但大致相去不遠。

2 數據資料，是以《李太白集注》與《讀杜心解》的全本詩題，依字詞檢索方式統計得出。

由〈山中與幽人對酌〉、〈把酒問月〉、〈過斛斯山人宿置酒〉，顯見李白同飲的對象，通常是山人、幽人之類的高潔之士。透過「獨酌」、「月下」、「山人」之類的詩題，營造了李白「寧可月下孤獨飲酒，也不願與俗人飲酒同歡」的超凡脫俗形象。

相較之下，杜甫詩集中的「獨酌」詩題，僅有〈獨酌〉與〈獨酌成詩〉兩首而已。進一步歸納杜甫飲酒類的詩題，如：〈孟倉曹步趾領新酒醬二物見遺〉、〈雲安九日鄭十八攜酒陪諸公宴〉、〈醉為馬墜諸公攜酒相看〉、〈謝嚴中丞送青城山道士乳酒一瓶〉、〈嚴公仲夏枉駕草堂兼攜酒饌〉、〈王侍御掄許攜酒至草堂〉、〈陪鄭八丈南史飲〉、〈陪李金吾花下飲〉、〈遭田父泥飲兼美嚴中丞〉等詩，其中有不少杜甫「陪飲」或是與友朋、同僚互動的社交行為。像是孟倉曹帶來具有「飯糲添香味，朋來有醉泥」作用的酒、醬二物相贈；或是杜甫喝醉後墜馬受傷，朋友攜酒探問；以及出門偶遇農村社日時，熱情的農夫「叫婦開大瓶，盆中為吾取」，讓杜甫無法開脫拒絕。如果覺得與客人對酌不夠熱鬧，也無妨如〈客至〉詩般「肯與鄰翁相對飲，隔籬呼取盡餘杯」，呼喚隔鄰老翁同飲。對杜甫來說，喝酒不必花前月下，也無須世外高人，只要合得來，友朋同僚、鄉野老農、隔籬老翁，都可以是一起盡興同歡的酒伴，詩中處處透露著人情溫暖與生活氣息。

進一步比較李、李飲酒詩較常見的詞彙：

李白	杜甫
·**笑**盡一杯酒，殺人都市中	·數莖**白髮**那拋得？百罰深杯亦不辭
·**歡**言得所憩，美酒聊共揮	·自知**白髮**非春事，且盡芳樽戀物華
·山**花**向我**笑**，正好銜杯時	·盤飧市遠無兼味，樽酒**家貧**只**舊醅**
·**細雨春風花**落時，揮鞭直就**胡姬**飲	·蒼苔**濁酒**林中靜，碧水春風野外**昏**
·**風吹柳花**滿店香，**吳姬**壓酒喚客嘗	·**酒債**尋常行處有，人生七十古來稀
·五陵**少年**金市東，銀鞍白馬度**春風**	·**老**去悲秋強自寬，興來今日盡君歡
·**落花**踏盡遊何處，笑入**胡姬酒肆**中	·艱難苦恨**繁霜鬢**，**潦倒**新停**濁酒**杯

在表列李、杜不同人生時期的詩句中，李白一欄常見的是「笑」、「歡」、「花」、「春風」、「胡姬」、「少年」、「酒肆」、「月」等洋溢青春歡樂的詞彙。而

杜甫一欄，更多的是「白髮」、「老」、「舊」、「貧」、「昏」、「濁酒」、「酒債」、「霜鬢」，這類令人立即聯想到年老潦倒的相關語詞，充分體現了飲酒詩中李白的「少年」與杜甫的「暮年」形象。

至於兩家飲酒詩中所表達的情感狀態，請看以下表列詩句：

李白	杜甫
·人生**得意須盡歡**，莫使金樽空對月 ·鐘鼓饌玉不足貴，但願**長醉不願醒** ·當年意氣**不肯傾**，白髮如絲嘆何益 ·暫伴月將影，**行樂須及春** ·對酒**不肯飲**，含情欲誰待 ·當代**不樂飲**，虛名安用哉 ·**且樂**生前一杯酒，何須身後千載名 ·千金買一醉，**取樂**不求餘 ·但得酒中趣，**勿**為**醒**者傳	·**弟妹**悲歌裡，**朝廷**醉眼中。**兵戈**與**關塞**，此日意無窮 ·垂老惡聞**戰鼓**悲，急觴為緩**憂心**搗 ·**干戈**未偃息，安得酣歌眠 ·**常恐**性坦率，失身為杯酒 ·**自知**白髮非春事，且盡芳樽戀物華 ·老去悲秋強**自寬**，興來今日盡君歡 ·酒盡沙頭雙玉瓶，眾賓皆醉我**獨醒** ·卻憶年年人醉時，只今**未醉已先悲**

在「虛名無益」的前提下，李白詩中所肯定的，是得意盡歡、及時行樂，甚至是長醉不醒，而那些「不肯」或「不樂」飲酒者，恐怕遲早會被李白從好友名單中刪除。然而，李白飲酒取樂的背後，究竟有何用意？唐人范傳正〈唐左拾遺翰林學士李公新墓碑並序〉點出李白「飲酒非嗜其酣樂，取其昏以自富……其意欲耗壯心、遣餘年也。」[3]換言之，李白不過是以痛飲狂歌的姿勢，以長醉不醒的形象，掩蓋其現實受挫、理想落空的痛苦。倘若李白真能樂在酒鄉，不在乎「身後千載名」，在〈答王十二寒夜獨酌有懷〉中，也就不會有一長串的酒後牢騷：「萬言不值一杯水」、「驊騮拳跼不能食，蹇驢得志鳴春風」、「巴人誰肯和〈陽春〉，楚地猶來賤奇璞」、「黃金散盡交不成，白首爲儒身被輕」、「一生傲岸苦不諧，恩疏媒勞志多乖」、「達亦不足貴，窮亦不足悲」、「榮辱於余亦何有」……在這些牢騷背後，不正寄託著李白酒中難消、酒後難忘的失志與挫折嗎？

3 序文收入清·王琦：《李太白集注》卷31，頁554。

有趣的是，李白詩集中未曾出現過「濁酒」的字樣。換言之，喝著清酒的李白，卻總是「抽刀斷水水更流，舉杯消愁愁更愁」（〈宣州謝朓樓餞別校書叔雲〉）的心煩意亂著。相對的，杜甫詩集中，固然不乏「但覺高歌有鬼神，焉知餓死填溝壑」（〈醉時歌〉）與「且看欲盡花經眼，莫厭傷多酒入唇」、「朝回日日典春衣，每日江頭盡醉歸」（〈曲江〉二首〉）、「縱飲久拚人共棄，懶朝真與世相違」（〈曲江對酒〉）這類現實受挫後，擬在酒鄉自我逃避的詩句。但更多的，是杜甫以喝酒來紓解「干戈未偃息」（〈寄題江外草堂〉）的煩憂與「弟妹悲歌裡」（〈九日登梓州城〉）的苦悶。也因此，杜甫的飲酒詩句中，屢見「常恐」、「自知」、「自寬」、「獨醒」、「未醉先悲」這些理性自持的詞彙。與喝著清酒卻「故醉」的李白相比，杜甫可說是喝著濁酒[4]而「獨醒」不醉。如果說李白是感性的酒神人格，那麼杜甫便是理性的日神人格。兩家飲酒詩的情態與人格特質差異，可從中概見其要。

4 檢索杜甫詩集，多為「濁酒」或「濁醪」等字詞，唯一出現「清酒」的詩作，是〈哭臺州鄭司戶蘇少監〉之「情乖清酒送，望絕撫墳呼。」（卷14）應是杜甫以清酒祭奠亡友，而非平常飲酒習慣。

李白飲酒詩

〈下終南山過斛斯山人宿置酒〉

暮從碧山下[1]，山月隨人歸。卻顧所來徑，蒼蒼橫翠微[2]。相攜及田家，童稚開荊扉[3]。綠竹入幽徑，青蘿拂行衣[4]。歡言得所憩，美酒聊共揮[5]。長歌吟松風，曲盡河星稀[6]。我醉君復樂，陶然共忘機[7]。

1 碧山下：碧山，指終南山。下，下山。本詩應是開元中李白初入長安求官時，被安置於玉真公主別館，滿懷希望的情況下寫就。

2 蒼蒼句：山路在暮色蒼茫中，逐漸延伸到遠方山巒深處。蒼蒼，蒼茫；橫，山路延伸之勢；翠微，翠綠的山巒深處。

3 荊扉：柴門。

4 行衣：行人之衣。

5 揮：倒盡杯中餘酒，即乾杯、歡飲。

6 河星稀：銀河的星星漸稀，為夜深將至黎明時刻。

7 陶然句：陶然，和樂之態；忘機，忘卻世俗得失的機心。

名家析評

《唐詩新賞》：在李白的一些飲酒詩中，豪情狂氣噴薄湧泄，溢於紙上，而此詩似已大為掩抑收斂了。「長歌吟松風，曲盡河星稀。我醉君復樂，陶然共忘機。」可是一比起陶詩，意味還是有差別的。陶潛的「或有數斗酒，閑飲自歡然」；「過門輒相呼，有酒斟酌之」；「何以稱我情，濁酒且自陶」；「一觴雖自進，杯盡壺自傾」之類，稱心而出，信口而道，淡淡然無可無不可的那種意味，就使人覺得李白揮酒長歌仍有一股英氣，與陶潛異趣。（冊5）

《李白詩選評》：起首四句切詩題「下終南山」。「相攜」以下四句，與題「過斛斯山（人）」相應；「歡言」下四句寫「宿置酒」；末二句總束全詩，結出「陶然共忘機」的詩旨。素來論家稱李白詩似天馬行空，不受拘羈。其實這話只說對了一半。李白詩並非無法，而是因其胸次浩然、真氣充沛，而泯去了詩法的針痕線跡，這就是莊子所謂「神超乎技」的至高境界。（頁64-65）

〈金陵酒肆留別〉

風吹柳花滿店香，吳姬[1]壓酒[2]喚客嘗。金陵子弟來相送，欲行不行[3]各盡觴。請君試問東流水，別意與之誰短長？

1　吳姬：吳地的年輕女子，此指酒肆的侍女。

2　壓酒：壓糟取酒。古時新酒釀熟，要喝時才壓糟取用。

3　欲行不行：欲行，離開的人，指李白；不行，送行的人，指金陵子弟。

名家析評

《李白詩選評》：這詩的好處就在於「自在」二字，而「自在」便是吳越民歌的精髓。李白正以其赤子之心得此精髓。（頁39）

《李杜詩選》：首二句已將春光、柳絮 、酒香、美女勸酒等美好境界全都寫出，三、四兩句便在這環境中，接著寫青年朋友間的深厚情誼：一群金陵子弟聽說詩人要走，都趕到酒店來送行，於是「欲行」的詩人和「不行」的金陵子弟都頻頻乾杯，盡情飲酒。……值得注意的是：後代詩人以流水比擬情感之深長，多為愁情；而李白此詩則表現的是激動歡快的情緒。此時李白只有二十六歲，還沒有憂愁哩！（頁18）

〈前有樽酒行〉二首其一

春風東來忽相過，金樽淥酒[1]生微波。落花紛紛稍覺多，美人欲醉朱顏酡[2]。青軒桃李能幾何？流光欺人忽蹉跎。君起舞，日西夕，當年意氣不肯傾[3]，白髮如絲嘆何益。

1 淥酒：清酒。淥，音陸，清澈。

2 酡：紅。

3 當年句：盛年時任性使氣，總覺得來日方長，不知及時行樂，暢飲美酒。當年，青春盛年時。

名家析評

《詩源辯體》：（太白）〈烏夜啼〉、〈烏棲曲〉、〈長相思〉、〈前有樽酒行〉、〈陽春歌〉、〈楊叛兒〉等，出自齊梁，〈擣衣篇〉亦似初唐。（卷18）

《唐宋詩醇》：即白（〈春夜宴從弟桃李園序〉）「浮生若夢，為歡幾何」之意，寫來偏自細致，不是一味豪放，又不是齊梁卑靡之音，故妙。（卷2）

〈少年行〉二首其二

五陵少年[1]金市[2]東，銀鞍白馬度春風[3]。落花踏盡遊何處？笑入胡姬酒肆中。

1 五陵少年：長安城的紈袴子弟。五陵指長陵、安陵、陽陵、茂陵、平陵，在長安附近的五座漢代帝王陵墓，唐代豪門王族多聚居於此。

2 金市：大唐西市，是盛唐長安最鼎盛的市場，銀市則為東市。

3 銀鞍句：五陵少年有錢有閒的情狀。

名家析評

《唐詩解》：金市，地之豪也；銀鞍，騎之華也；春風，時之麗也；踏落花入酒肆，遊之冶也。摹寫少年之態，曲盡其妙。（卷25）

《唐宋詩醇》引胡應麟云：唐人七言絕，有作樂府體者，如此詩及〈橫江詞〉，尚是古調。（卷4）

〈白鼻騧〉

銀鞍白鼻騧[1]，綠地障泥[2]錦。細雨春風花落時，揮鞭直就胡姬飲。

1 白鼻騧：白鼻黑嘴的黃馬。騧，音瓜，黃馬黑喙。

2 障泥：馬韉兩旁下垂的馬具，用來擋避泥土。

名家析評

《李詩選註》：白言貴遊之子，乘此白鼻之騧，以銀飾鞍，以錦為障泥，春風細雨之中，花落微寒之際，乘此馬也，揮鞭直往就胡姬之酒肆，貰酒以相樂也。◎杜詩云：「馬上誰家白面郎，臨階下馬坐人牀。不通姓字粗豪甚，指點銀瓶索酒嘗。」與此意同，皆狀當時貴豪子弟之氣象，蓋譏之也。（卷4）

〈待酒不至〉

玉壺繫青絲，沽酒來何遲。山花向我笑，正好銜杯[1]時。晚酌東窗下，流鶯復在茲。春風與醉客，今日乃相宜 。

1 銜杯：原為口含酒杯，延伸為飲酒不停，一杯復一杯。

名家析評

《李詩選註》：玉壺，壺之色白如玉者也。青絲所以繫壺，以便提攜。李白待酒不至，言沽酒者來何遲也。花開鶯啼，正宜晚酌，而酒不至，春風醉客，恐相孤矣。（卷12）

〈春日獨酌〉二首其一

東風扇淑氣[1]，水木榮春暉。白日照綠草，落花散且飛。孤雲還空山，眾鳥各已歸。彼物皆有託，吾生獨無依[2]。對此石上月，長醉歌芳菲。

1 東風句：指春風吹來美好的氣息。東風，春風；扇，吹拂；淑，美好。

2 彼物二句：以萬物的有託而生，映照一己的孤獨無依。化用陶潛〈詠貧士〉之「萬族各有託，孤雲獨無依」句。

名家析評

《唐詩解》：此自傷飄泊，娛以酒也。言當春則水木花卉，種種含笑；傍晚則眾鳥孤雲，各還其所。物皆有歸，我獨無所依藉，惟有酣歌以了此生耳。（卷4）

《李詩選註》：春日獨酌而感物自嘆。言春時天氣融和而百物皆蓬其生，我獨煢然若無所依者，乃對月酌酒以自慰也。（卷12）

〈山中與幽人對酌〉

兩人對酌山花開，一杯一杯復一杯。我醉欲眠卿且去[1]，明朝有意抱琴來。

1 我醉句：化用《宋書．陶潛傳》：「（淵明）貴賤造之者，有酒輒設。淵明若先醉，便語客：『我醉欲眠卿可去』。」

名家析評

《唐詩歸》譚元春云：是與幽人對酌詩，若俗人則終筵且不堪，何可明日再來？又評：「有意」二字，有不敢必之意。（卷16）

《李詩選註》：此詩清淺明白，其趣味與淵明相侶。詩詞輕順而近情，故後人好誦之而不厭也。（卷12）

《李杜詩選》：李白喜歡聽琴，寫有〈聽蜀僧濬彈琴〉、〈月夜聽盧子順彈琴〉等詩。他要幽人「明朝有意抱琴來」，說明這位幽人也是善於彈琴的高雅之士。……（本詩）語言明白如話，卻能化用典實，感情表達酣暢淋漓，但韻味深長。一般絕句中避忌重複，本詩卻連用三個「一杯」而反覺生動，此乃詩人之擅長。（李白詩選，頁197-198）

〈襄陽歌〉

落日欲沒峴山西，倒著接䍦[1]花下迷。襄陽小兒齊拍手，攔街爭唱白銅鞮[2]。傍人借問笑何事？笑殺山翁[3]醉似泥。鸕鷀杓[4]，鸚鵡杯[5]。百年三萬六千日，一日須傾三百杯。遙看漢水鴨頭綠，恰似葡萄初醱醅[6]。此江若變作春酒，壘麴便築糟丘臺[7]。千金駿馬換小妾[8]，笑坐雕鞍[9]歌落梅[10]。車傍側掛一壺酒，鳳笙龍管[11]行相催。咸陽市中嘆黃犬[12]，何如月下傾金罍。君不見晉朝羊公一片石，龜頭剝落生莓苔[13]。淚亦不能為之墮，心亦不能為之哀。清風朗月不用一錢買，玉山自倒非人推。舒州杓，力士鐺[14]，李白與爾同死生。襄王雲雨[15]今安在？江水東流猿夜聲。

1 倒著接䍦：喝醉後頭巾戴反了。西晉山簡為荊州太守，常酣暢醉酒。時人歌其醉態曰：「山公時一醉，徑造高陽池。日暮倒載歸，酩酊無所知。復能乘駿馬，倒著白接䍦。舉手問葛彊，何如并州兒？」䍦，音離，頭巾。

2 白銅蹄：南朝梁武帝時歌謠名。

3 山翁：指西晉山簡。

4 鸕鷀杓：形如鸕鷀頸的酒勺。杓，音義同勺。

5 鸚鵡杯：以鸚鵡螺製成的酒杯。

6 遙看二句：漢水上綠頭鴨之綠毛，顏色如未過濾的青葡萄酒。醱醅，未過濾的酒。

7 壘麴句：釀酒所需的酒母與剩下的酒糟，可堆積成山。麴，酒母；糟丘臺，酒糟堆積如山丘高臺。

8 千金句：據傳三國曹操之子曹彰，偶逢駿馬，甚愛之，但馬主不肯割愛，曹彰謂馬主曰：「予有美妾可換，惟君所選。」馬主因指一妓，彰遂換之。

9 雕鞍：精美馬鞍。

10 落梅：曲笛名，即梅花落。

11 鳳笙龍管：笙外形似鳳，故稱鳳笙。笛聲相傳如龍鳴，故稱笛為龍管。

12 咸陽句：指為官取禍，抽身毀遲。據《史記．李斯列傳》載，李斯因遭趙高誣陷，滿門腰斬於咸陽。臨刑前，李斯謂其中子曰：「吾欲與若復牽黃犬，俱出上蔡東門，逐狡兔，豈可得乎！」

13 君不見二句：指人世的功業，往往消失在歷史的長流中。詩中「羊公」，指西晉時鎮守襄陽的羊祜，因愛民如子，死後百姓不僅立碑紀念，並在其忌日時奉祀，睹碑文者莫不流淚，杜預故稱之為墮淚碑。由於石碑多以石龜背負，故有「龜頭生苔」之謂。

14 舒州杓，力士鐺：舒州（今安徽潛山）出產的酒杓。唐時舒州以產酒器著名。力士鐺，唐代豫章（今江西南昌）所產裝酒容器。

15 襄王雲雨：宋玉〈高唐賦〉以楚襄王夢與神女交歡，後遂以「巫山雲雨」代指男女歡會。本則典故旨在切合詩題〈襄陽歌〉的地名，與男女歡會無關。

名家析評

《唐宋詩醇》引歐陽修曰：「落日欲沒峴山西」四句，此常語也，至於「清風朗月不用一錢買，玉山自倒非人推」，然後見太白之橫放，其所以驚動千古者，固不在此乎？（卷5）

《李白詩選評》：「玉山自倒」是熟典，而綴以「非人推」，卻是全篇點睛之筆，意謂玉山總是玉山，倒則唯有自倒，非他人所能推倒。這正是失意之後極自負、極自信者不可一世之語。（頁77）

《李白詩歌賞析集》：〈襄陽歌〉是李白三十四歲遊襄陽時所作。襄陽是晉初山簡曾經鎮守之地。山簡有名望，性嗜酒，襄陽兒童為他歌唱〈襄陽歌〉。李白懷慕前賢的風流，因而有作，主要是借古人佚事抒發自己的胸懷。借人寫己，觸事遣興，充分表現了詩人蔑視功名富貴、追求放浪自由生活的思想感情，也流露出深感人生無常，應須及時行樂的消極情緒。（頁328）

〈將進酒[1]〉

君不見黃河之水天上來，奔流到海不復回？君不見高堂明鏡悲白髮，朝如青絲暮成雪？人生得意須盡歡，莫使金樽空對月。天生我材必有用，千金散盡還復來。烹羊宰牛且為樂，會須[2]一飲三百杯。岑夫子，丹丘生[3]，將進酒，君莫停。與君歌一曲，請君為我側耳聽。鐘鼓饌玉[4]不足貴，但願長醉不願醒。古來聖賢皆寂寞，惟有飲者留其名。陳王[5]昔時宴平樂[6]，斗酒十千恣歡謔。主人何為言少錢？逕須[7]沽取對君酌。五花馬，千金裘，呼兒將出換美酒，與爾同銷萬古愁！

1　將進酒：樂府古題名，邀請賓客飲酒乾杯。將，讀音槍，請求之意。

2　會須：應當。

3 岑夫子、丹丘生：岑勳與元丹丘，兩人皆為李白好友。

4 鐘鼓饌玉：指富貴人家的享樂與美食。鐘鼓，鳴鐘擊鼓作樂；饌玉，如玉一般的珍貴佳餚。

5 陳王：三國時曹操之子曹植，因封地在陳（今河南淮陽），死後諡號為「思」，後世遂以「陳王」或「陳思王」代稱之。

6 平樂：宮觀名，又稱平樂苑，在洛陽西門外，為漢明帝所建。曹植〈名都篇〉云：「歸來宴平樂，美酒斗十千。」本詩即化用此二句。

7 逕須：只管、應當。

名家析評

《李詩選註》：〈將進酒〉之曲，古人皆以頌武功、美君德。白借其題以言目前燕飲之樂，用其名而不泚其義，時出新意，如化工生物於枯根朽株而發鮮葩。白之材，殆所謂天授者歟！（卷2）

《唐詩選脉箋釋會通評林》：首以「黃河」起興，見人之年貌條改，有如河流莫返。一篇主意全在「人生得意須盡歡，莫使金樽空對月」兩句。（七古・盛唐三）

《唐詩選勝直解》：此詩妙在自解又以勸人。「主人」是誰？「對君」是誰？罵盡竊高位、守錢虜輩，妙，妙！（七言古詩卷）

〈客中作[1]〉

蘭陵美酒鬱金香[2]，玉碗盛來琥珀光[3]。但使主人能醉客，不知何處是他鄉。

1 客中作：詩題一作「客中行」。

2 蘭陵句：蘭陵，今山東棗莊市；鬱金，薑科多年生草本植物，以之浸酒後，酒液呈金黃色澤。

3 玉碗句：指蘭陵美酒以玉碗盛裝，散發出琥珀般的金黃色澤。琥珀，樹脂化石，色澤透亮金黃。

名家析評

《唐詩解》：酒美如此，得醉即忘其為客矣。流放之餘，恬然自適。雖曰狂奴故態，要是逐臣美談。（卷25）

《詩法易簡錄》：首二句極言酒之美，第三句以「能醉客」三字緊承美酒，點醒「客中」。末句作曠達語，而作客之苦，愈覺沉痛。後二句緊從前二句生出，古人作詩，義理貫注，脈絡分明，無一閒字有如此。（卷14）

〈行路難〉三首其一

金樽清酒斗十千，玉盤珍羞直萬錢。停杯投箸不能食，拔劍四顧心茫然。欲渡黃河冰塞川，將登太行雪滿山[1]。閒來垂釣碧溪上，忽復乘舟夢日邊[2]。行路難！行路難！多歧路，今安在？長風破浪會有時[3]，直掛雲帆[4]濟滄海。

1 欲渡二句：想渡過黃河卻逢河面冰封，想登上太行山卻因大雪封山。引申為有心積極進取，卻遭遇重重困難。

2 閒來二句：垂釣碧溪，引用姜太公在渭水濱垂釣遇周文王的典故。忽夢日邊，傳說商湯賢相伊尹受聘之前，曾夢見乘船從日月旁經過。本詩應作於天寶三年（744），李白被玄宗賜金放還後，雖四處歷遊，心中仍期待有用世之日。

3 長風句：指理想終有實現之日。典故出自《宋書．宗慤傳》：「願乘長風破萬里浪」。

4 雲帆：形容高大的帆船，出沒天際。

名家析評

《唐宋詩醇》：冰寒雪滿，道路之難甚矣。而日邊有夢，破浪濟海，尚未決志於去也。後有二篇，則畏其難而決去矣。此蓋被放之初，述懷如此，真寫得「難」字意出。（卷2）

《唐詩新賞》：詩的一開頭，「金樽美酒」，「玉盤珍羞」，讓人感覺似乎是一個歡樂的宴會，但緊接著「停杯投箸」、「拔劍四顧」兩個細節，就顯示了感情波濤的強烈衝擊。中間四句，剛剛慨嘆「冰塞川」、「雪滿山」，又恍然神遊千載之上，彷彿看到了呂尚、伊尹由微賤而忽然得到君主重用。詩人心理上的失望與希望、抑鬱與追求，急遽變化交替。「行路難，行路難，多歧路，今安在？」四句節奏短促、跳躍，完全是急切不安狀態下的內心獨白，逼肖地傳達出進退失據而又要繼續探索的複雜心理。結尾二句，經過前面的反覆回旋以後，境界頓開，唱出了高昂樂觀的調子，相信自己的理想抱負總有實現的一天。（冊4）

〈對酒行〉

松子[1]棲金華[2]，安期[3]入蓬海[4]。此人古之仙，羽化[5]竟何在？浮生速流電，倏忽變光彩。天地無凋換，容顏有遷改。對酒不肯飲，含情欲誰待？

1 松子：仙人赤松子。

2 金華：金華山，為赤松子得道處。

3 安期：仙人安期生，秦始皇為其立安期祠。

4 蓬海：海外仙山蓬萊島。

5 羽化：仙人得道升天。

名家析評

《分類補注李太白詩》：此詩其太白知非之作乎？自少時見天臺司馬承禎，謂其有仙風道骨。繼見賀知章，亦自目其為謫仙人。後從道家者流，受圖籙，自負為三十六天帝外臣，有志於仙術，亦可知矣。今而老之將至，前說茫無寸驗。……古詩：「浩浩陰陽移，年命如朝露。人世忽如寄，壽無金石固。萬歲更相送，聖賢莫能度。服食求神仙，多為藥所誤。不如飲美酒，被服紈與素。」良有以歟！太白亦祖此意而作也。（卷6）

《李太白集注》：太白此詩，以浮生若電，對酒正當樂飲為詞，似擬（曹操）〈短歌行〉「對酒當歌」之一篇也。（卷6）

〈月下獨酌〉四首其一

花間一壺酒，獨酌無相親。舉杯邀明月，對影成三人。月既不解飲，影徒隨我身。暫伴月將影，行樂須及春。我歌月徘徊，我舞影凌亂。醒時同交歡，醉後各分散。永結無情遊，相期邈雲漢[1]。

1 邈雲漢：遙遠的銀河。邈，遙遠。

名家析評

《李詩選註》：此李白月下獨酌也。言在月下獨酌，與月相對成影，則己與月與影成三人矣。彼二人者，月與影也。本是無情之物，假合交歡，相隨相期，永久不相忘也。◎李白此詩，化無為有，如浮雲生於太虛之中，悠揚變態，倏忽東西，而文彩光輝，自然發越。人皆見之，可仰而不可及也。（卷12）

《唐宋詩醇》：千古奇趣，從眼前得之。爾時情景，雖復潦倒，終不勝其曠達。陶潛云：「揮杯勸孤影」，白意本此。（卷8）

《唐詩新賞》：題目是「月下獨酌」，詩人運用豐富的想像，表現出一種由獨而不獨，由不獨而獨，再由獨而不獨的複雜情感。表面看來，詩人真能自得其樂，可

是背面卻有無限的淒涼。（冊5）

〈月下獨酌〉四首其二

天若不愛酒，酒星不在天。地若不愛酒，地應無酒泉。天地既愛酒，愛酒不愧天。已聞清比聖，復道濁如賢[1]。賢聖既已飲，何必求神仙？三杯通大道，一斗合自然。但得酒中趣，勿為醒者傳。

1　已聞二句：曹操禁酒，時人諱言酒，遂以賢人代稱濁酒，以聖人代稱清酒。

名家析評

《李詩選註》：夫酒者，通大道，合自然，談聖賢而無愧於天地，如此，則酒之趣亦大矣。但得其趣，雖神仙不足為也，豈必為醒者之所傳乎？（卷12）

〈月下獨酌〉四首其三

三月咸陽城，千花晝如錦。誰能春獨愁？對此徑須飲。窮通與修短[1]，造化夙所稟。一樽齊死生，萬事固難審。醉後失天地，兀然[2]就孤枕。不知有吾身，此樂最為甚。

1　窮通修短：人的際遇有困窮與通達之分，壽命有長短之別。

2　兀然：昏然無知。

名家析評

《李詩選註》：咸陽都邑之中，暮春三月之時，而花開如錦，正可樂也。誰能於此而獨愁乎？定須飲酒以相歡悅，庶乎無負於良時。夫及時為樂者，不計身外之憂……但得醉中之趣，陶然而自得，則天下之樂，寧復有過於此者乎？（卷12）

《李白詩歌賞析集》：詩中說的基本上都是曠達樂觀的話。其實，他並不那麼樂觀，也不那麼曠達。「誰能春獨愁」一語，便流露出這種失意悲觀的情緒。……李白在這失意愁寂難以排遣的時候，發出醉言：「不知存吾身，此樂最為甚！」讀者同樣可以從這個「樂」字，感受到詩人內心是如何糾纏著一個「苦」字。以曠達寫牢騷，以歡樂寫愁苦，是此詩藝術表現的主要特色，也是此詩藝術上所獲得的成功之處。（頁67）

〈月下獨酌〉四首其四

窮愁千萬端，美酒三百杯。愁多酒雖少，酒傾愁不來。所以知酒聖，酒酣心自開。辭粟臥首陽[1]，屢空飢顏回。當代不樂飲，虛名安用哉？蟹螯即金液[2]，糟丘是蓬萊[3]。且須飲美酒，乘月醉高臺。

1 辭粟句：指商朝末年的伯夷、叔齊，不食周粟，隱居於首陽山，最終餓死。

2 蟹螯句：食用蟹螯搭配美酒。即，就食；金液，美酒。典故出自《晉書．畢卓傳》，畢卓自言右手持酒杯，左手持蟹螯，拍浮酒船中，便足了一生矣。

3 糟丘句：言酒鄉即是仙鄉。糟丘，酒糟堆積如山丘，引申為酒鄉；蓬萊，傳說中的仙島名。

名家析評

《李詩選註》：言破愁者莫如酒也，以酒之寡可以敵愁之眾，酒一傾而愁即退矣。……持螯飲酒，醉於高臺，以從仙人之遊可也，又何用於虛名乎？◎獨酌四詩，極其情趣，而文辭清麗，音節鏗鏘，出於天成。蓋自白胸中流出，故言之親切而有味也。脫然物表，起於萬古，但其論道言聖賢處，有所未至耳。（卷12）

《李白詩歌賞析集》：為了有所揚，故意有所抑，……李白在這首詩中就采用了這一手法。他對於不食周粟而餓死首陽山的伯夷和叔齊，未必持否定態度，但為了肯定及時飲酒行樂，在詩中故意貶抑了伯夷和叔齊。他對於窮居陋巷而不改其志的顏回，同樣不會持否定態度，也是為了肯定及時飲酒行樂，又在詩中故意貶抑了顏回。……詩中把飲酒行樂說成是人世生活中，最為實用、最有意思的事情。（頁68）

〈把酒問月〉

青天有月來幾時？我今停杯一問之。人攀明月不可得，月影卻與人相隨。皎如飛鏡臨丹闕[1]，綠煙滅盡[2]清輝發。但見宵從海上來，寧知曉向雲間沒。白兔搗藥[3]秋復春，嫦娥孤棲與誰鄰？今人不見古時月，今月曾經照古人。古人今人若流水，共看明月皆如此。唯願當歌對酒時，月光常照金樽裡。

1 丹闕：紅色的宮門，此指皇宮。

2 綠煙滅盡：霧散。

3 白兔搗藥：傳說月中有白兔搗仙藥。見西晉傅玄〈擬天問〉：「月中何有？白兔搗藥。」

名家析評

《李白詩歌賞析集》：在李白的湖海生涯裡，有兩個「朋友」伴隨始終。一個是助興為歌的美酒，一個是無心可猜的明月。……本篇承屈原〈天問〉的手法（夜光何德，死則又育），興以曹操〈短歌行〉的憂思，語言造型裡可見出張若虛〈春江花月夜〉的句式（江畔何人初見月，江月何年初照人），卻又分明自成新意，字字句句，惟太白方可道出。（頁369、371）

《李杜詩選》：全詩從停杯問月寫起，到月照金樽結束，在時間、空間上縱橫馳騁，反覆將月與人對比，穿插神話和月色描繪，熔提問、敘述、描繪、議論、抒情於一體，有曲折錯綜、抑揚頓挫之美。（李白詩選，頁194）

〈春日醉起言志〉

處世若大夢，胡為勞其生？所以終日醉，頹然臥前楹[1]。覺來眄[2]庭前，一鳥花間鳴。借問此何時？春風語流鶯。感之欲嘆息，對酒還自傾。浩歌待明月，曲盡已忘情。

1 前楹：廳前的柱子。

2 眄：音免，斜視。

名家析評

《李詩選註》：此詩，說者以為擬陶之作。陶詩自是沖淡平易，白此作，情思頗相似而詞藻過之。白之高視千古，於陶雖無所貶，然亦未嘗屑屑以學之也。陶之詩生，有定體如鑄物，然一模所就。白則變化不測，如善於寫真者，因人而付之。較其材力，陶又不如白之多矣。故朱子古選，雖學陶，而必謂白為聖也，其旨深哉！（卷12）

《唐詩選脉箋釋會通評林》引周敬曰：處世若夢，勞生無益，悟此理者誰耶？太白厭世而逃於酒，終日酣飲自適，可謂達生矣。（五古・盛唐五）

〈擬古〉十二首其三

長繩難繫日[1]，自古共悲辛。黃金高北斗[2]，不惜買陽春[3]。石火[4]無留光，還如世中人。即事已如夢，後來我誰身？提壺[5]莫辭貧，取酒會四鄰。仙人殊恍惚，未若醉中真。

1 長繩句：無法以長繩繫住太陽，引申為無法留住歲月。

2 黃金句：累積的黃金堪比天高，指累積眾多財富。北斗，天上的星宿。

3 陽春：美好的春日或歡樂的時光。

4 石火：敲擊石頭迸出短暫的火花，喻生命短暫。

5 提壺：買酒。

名家析評

《李詩選註》：言醉中之真，蓋真知，故言之親切而有味也。桓溫問孟嘉曰：「酒有何好，而卿嗜之？」嘉曰：「公未得其趣耳。」酒客知酒之真，猶食者知五穀之真，而嗜之不已也。聖賢之於道也亦然。推此，則凡一藝之精而好之篤者，皆此類也。（卷12）

《唐宋詩醇》：「後來我誰身」，鑄為奇句，巧不累理。◎白之諸作，體雖仿古，意乃自運，其才無所不有，故辭意出入魏晉而大致直媲西京，正不必拘拘句比字擬以求之。又其辭多有寄託，當以意會，更不必處處牽合，如舊註所云也。（卷8）

〈答王十二寒夜獨酌有懷〉

昨夜吳中雪，子猷[1]佳興發。萬里浮雲卷碧山，青天中道流孤月[2]。孤月滄浪[3]河漢清，北斗錯落長庚[4]明。懷余對酒夜霜白，玉牀金井冰崢嶸[5]。人生飄忽百年內，且須酣暢萬古情。君不能狸膏[6]金距[7]學鬥雞，坐令鼻息吹虹霓[8]。君不能學哥舒[9]，橫行青海夜帶刀，西屠石堡取紫袍[10]。吟詩作賦北窗裡，萬言不值一杯水。世人聞此皆掉頭，有如東風射馬耳。魚目亦笑我，謂與明月同[11]。驊騮[12]拳跼[13]不能食，蹇驢[14]得志鳴春風。折楊黃華合流俗[15]，晉君聽琴枉清角[16]。巴人誰肯和陽春，楚地由來賤奇璞。黃金散盡交不成，白首為儒身被輕。一談一笑失顏色，蒼蠅貝錦喧謗聲[17]。曾參豈是殺人者？讒言三及慈母驚[18]。與君論心握君手，榮辱於余亦何有？孔聖猶聞傷鳳麟[19]，董龍更是何雞狗[20]！一生傲岸苦不諧，恩疏媒勞[21]志多乖。嚴陵高揖漢天子，何必長劍拄頤[22]事玉階[23]。達亦不足貴，窮亦不足悲。韓信羞將絳灌比[24]，禰衡恥逐屠沽兒[25]。君不見李北海[26]，英風豪氣今何在？君不見裴尚書[27]，土墳三尺蒿棘居！少年早欲五湖[28]去，見此彌將鐘鼎疏[29]。

1 子猷：東晉書法家王羲之第五子王徽之，字子猷。《世說新語．任誕》記載，王子猷居山陰。某次半夜醒來，酌酒望雪，忽憶郯中戴安道，隨即乘興搭船探訪，天亮方至，卻又掉頭返回，人問其故，王曰：「吾本乘興而行，興盡而返，何必見戴？」此借王徽之雪夜乘興探訪戴安道，比擬王十二寒夜獨酌時對自己的思念。

2 流孤月：月亮在空中運行。

3 滄浪：原為水名，此與「河漢清」為上下互文，同為清澈、清涼之意。

4 長庚：即太白金星。古人稱黃昏出現於西方之星為長庚星。

5 玉牀句：玉牀金井，指井欄上有如玉如金的裝飾；牀，井欄。冰崢嶸，指月光映照在井水水面上，散發出晶亮的光芒。

6 狸膏：據傳用狐狸肉提煉的油脂，鬥雞時塗在雞頭上，敵方的雞聞到就會畏懼後退。

7 金距：套在雞爪上的金屬，使之更鋒利。

8 坐令句：唐玄宗好鬥雞，時以鬥雞供奉者，如王準、賈昌等人，皆顯赫可畏。鼻息吹虹霓，鼻息可直沖上天，形容人不可一世之狀。

9 哥舒：即哥舒翰，唐朝大將，突厥族哥舒部人，曾任隴右、河西節度使。

10 西屠句：哥舒翰曾率兵攻打位於西南的吐蕃石堡城。紫袍，唐朝三品以上大官所穿的服裝。

11 魚目二句：此以魚目混為明月，比喻朝中小人當道。明月，即明月珠，一種名貴的珍珠。

12 驊騮：駿馬，此喻賢才。

13 拳跼：局促卷曲，不得舒展的樣子。

14 蹇驢：跛足之驢，此喻無能之人。

15 折楊句：折楊、黃華皆為古代俗曲名，此指迎合俗人喜好。

16 晉君句：傳說〈清角〉曲僅有德之君能聽聞，無德者聽了會引起災禍。春秋時，晉平公曾強迫樂工師曠替他演奏〈清角〉，結果晉國大旱三年，平公也因此得病。枉，枉費；清角，曲調名。

17 一談二句：談笑之間稍有不慎，便會被進讒誹謗。蒼蠅，此以其嗡嗡飛舞聲喻進讒言者；貝錦，有貝殼花紋的織錦，此喻羅織成罪的讒言。

18 曾參二句：曾參，春秋時魯國人，孔門弟子。某日，有位與曾參同姓名者殺人，旁人以「曾參殺人」往告曾母，曾母起初不信，後又來兩人轉告同一事，曾母信以為真，踰牆逃走。後世遂以「曾參殺人」代指不實流言或指控所造成的殺傷力。

19 傷鳳麟：古人以麒麟和鳳凰為祥獸，太平時才會出現。孔子曾說：「鳳鳥不至，河不出圖，吾已矣夫！」（《論語．子罕》）而《春秋》魯哀公十四年春，也有「西狩獲麟」的記載，孔子傷王道之不興，感祥瑞之不應，故云：「吾道窮矣！」（《史記．孔子世家》）李白以孔子「傷鳳麟」的典故，感嘆自己生不逢時。

20 董龍句：東晉末年，北方前秦司空王墮疾惡如仇，鄙視為人佞幸諂媚的右僕射董榮，從未與之交談。有人勸王墮宜稍微應酬一下董榮，王墮駁斥道：「董龍（董榮小字）是何雞狗？而令國士與之言乎！」後世遂以「董龍雞狗」指斥佞幸小人或行為卑劣者。

21 媒勞：引薦的人徒費苦心。

22 長劍拄頤：長劍頂到面頰，形容佩劍很長，古時多以長劍代指達官顯宦。

23 事玉階：在皇宮的玉階下等候皇帝傳詔。

24 韓信句：《史記．淮陰侯列傳》載，韓信被降為淮陰侯後，常稱病不上朝，認為與絳侯周勃、潁陰侯灌嬰等武將並稱是種恥辱。

25 禰衡句：禰衡，三國時的辭賦家，為人恃才傲物。某次在許都（今河南許昌）新建成的慶典上，禰衡將陳群、王朗等朝中大臣視為「屠沽兒」，不屑與之往來。屠沽兒，殺豬賣酒之人，指市井賤民。

26 李北海：李邕，曾任北海太守。

27 裴尚書：裴敦復，唐玄宗時任刑部尚書。此指李邕、裴敦復皆為一時才俊，卻都被李林甫殺害，以致英風豪氣不存，三尺高的土墳上長滿野草。

28 五湖：太湖及其周圍的四個湖，合稱五湖。李白年少時即有「功成身退」之志，春秋時范蠡協助越王勾踐打敗吳王夫差後，從此乘扁舟泛遊五湖，成為李白詩中津津樂道的典範人物。

29 見此句：李白在本詩歷數有才者遭忌的不幸遭遇後，決定淡泊求取功名富貴的念頭。彌，更加；鐘鼎，富貴人家鳴鐘列鼎而食的排場。

名家析評

《分類補註李太白詩集》：此篇造語敘事，錯亂顛倒，絕無倫次。「董龍」一事，尤為可笑，決非太白之作，乃先儒所謂五季間學太白者所為耳，具眼者自能別之，今釐而置諸卷末。（卷19）

《李白詩選評》：元蕭士贇稱「此詩造語敘事，錯亂顛倒，絕無倫次」……（但）全詩起結收放，脈絡貫通，而一氣呵成，可見偽作之說謬甚。蕭氏之所以有此誤解，原因在於以盛唐王（維）、李（頎）、高、岑一路意脈明顯的七古例李白中後期七古。殊不知此期李白七古已大而化之，通變入神。……李白才高學博，多用典故，而用典是一種暗喻性的修辭手段，寓意需要細玩。在這種快節奏的閱讀過程中，人們往往只感到五色迷離，目不暇給，很難讀一次、二次就貫通其意，於是就產生了兩種相反的評價。（頁160-161）

《李白評傳》：（李白）離開長安而東下，學道之心更趨強烈，這裡有對現實政治的失望，從而有隱退而遠離政治的想法，但他又對自己的才能極端自負，不甘心就此埋沒，因此在很多詩中，表現出矛盾的心態。他對自己的受到讒毀而離開京

城，一直感到不平，這時更覺得唐明皇為群小包圍，導致政治上節節失誤，楊氏一門擾亂時政，尤使他深感憂心與憤懣。（頁119）

〈宣州謝朓樓餞別校書叔雲[1]〉

棄我去者昨日之日不可留，亂我心者今日之日多煩憂。長風萬里送秋雁，對此可以酣高樓。蓬萊文章建安骨[2]，中間小謝又清發[3]。俱懷逸興壯思飛，欲上青天攬明月。抽刀斷水水更流，舉杯銷愁愁更愁。人生在世不稱意，明朝散髮弄扁舟。

1 叔雲：本名李雲，時任秘書省校書郎。

2 蓬萊句：唐人以蓬萊閣稱秘書省，此代指在秘書省任職的李雲，李白稱其文章有建安風骨。

3 中間句：李白自比詩文如謝朓般清新發揚。中間，指由建安到唐代這段時間。

名家析評

《唐詩解》：此厭世多艱，思棲逸也。言往日不返，來日多憂，盍乘此秋色登樓以相酣暢乎？子校書蓬萊宮，所構之文有建安風骨；我若小謝，亦清發多奇。此皆飛勝超拔者也。然不得近君，是以愁不能忘，而以「抽刀斷水」起興，因言人生既不稱意，便當適志扁舟，何栖栖仕宦為也！（卷13）

《李白詩選評》：他又在愁思中運用一系列亮色調的意象，「長風萬里」、「高樓」，仙氣氤氳的蓬萊，「清新秀發」的「小謝」，乃至一洗無垢的清天明月。這就使愁思中流蕩有一清越之氣，這種氣質及表現氣質的手法，就是李白之所以為李白。（頁183）

〈哭宣城善釀紀叟〉

紀叟黃泉裡，還應釀老春[1]。夜臺[2]無李白，沽酒與何人？

1 老春：酒名。唐人釀酒多以「春」字命名，如滎陽土窟春、劍南燒春等，蓋以秋冬時釀製，春日新熟為佳。

2 夜臺：墳墓一閉，無復見明，故墳墓又名長夜臺，或簡稱夜臺。

名家析評

《李白詩選評》：前二句想像紀叟泉下猶釀，可見詩人對其人其酒之驚美與酷嗜。後二句不說紀叟逝去，我無處買酒，卻說夜臺無我，紀叟無處賣酒。不僅見傷痛已甚，更有以見李白個性——夜臺無李白，沽酒與何人——化哀傷語為狂傲語，於憑吊詩中見出「捨我其誰」之狂傲性格。（頁228）

《唐詩新賞》：（末）兩句詩的含意，似乎紀叟原是專為李白釀酒而活著，並且他釀的酒也只有李白賞識。這種想法顯然更是不合乎情理的癡呆想法，但更能表明詩人平時與紀叟感情的深厚。……沽酒與釀酒是李白與紀叟生前最平常的接觸，然而，這看似平常的小事，卻是最令人難忘，最易引起傷感。（冊5）

杜甫飲酒詩

〈樂遊園[1]歌〉 原注：晦日賀蘭楊長史筵醉中作

樂遊古園崒森爽[2]，煙綿碧草萋萋長。公子[3]華筵勢最高，秦川對酒平如掌[4]。長生木瓢[5]示真率，更調鞍馬狂歡賞。青春波浪芙蓉園，白日雷霆夾城仗[6]。閶闔晴開詄蕩蕩[7]，曲江翠幕排銀牓[8]。拂水低徊舞袖翻，緣雲清切歌聲上[9]。卻憶年年人醉時，只今未醉已先悲。數莖白髮那拋得？百罰深杯亦不辭。聖朝亦知賤士醜[10]，一物自荷皇天慈。此身飲罷無歸處，獨立蒼茫自詠詩。

1 樂遊園：在長安城南，為西漢宣帝興建的園林。因地勢高且視野寬闊，為長安遊賞勝地。

2 崒森爽：指樂遊園上樹木參天而不密集，視野爽豁。崒，音卒，山勢危高；森爽，森疏而爽豁。

3 公子：筵席主人，即詩題小注的楊長史。

4 秦川句：居高把酒俯視秦川一帶，視野猶如手掌平開，清晰可見。秦川，長安正南有秦嶺，嶺根水流為秦川。平如掌，據《長安志》載：「樂遊原居京城之最高，四望寬敞，京城之內，俯視如掌。」

5 長生木瓢：以長木生做成水瓢舀酒。長生木長於上林苑，為珍貴木種，以之為瓢，可見主人待客真誠之意。

6 青春二句：芙蓉池碧波蕩漾，玄宗儀隊由夾城走來，聲勢浩大。青春，猶青青，指河水碧綠；芙蓉園，位於曲江西南，園內有芙蓉池；雷霆，指宮廷儀隊聲勢浩大；夾城，築有高牆的通道。

7 閶闔句：晴天下的宮門顯得壯大可觀。閶闔，宮城正門；詄蕩蕩，廣大壯闊。

8 曲江句：曲江遊宴的帳幕，懸掛著各式彰顯身分的牌匾。翠幕，貴族遊宴時搭建的臨時帳幕；銀牓，帳幕上所懸掛的銀色牌匾。

9 拂水二句：舞袖拂過水面，歌聲直上雲霄，寫芙蓉園和曲江的歌舞場景。

10 聖朝句：杜甫自言當此聖朝，卻身處貧賤，深感醜陋。賤士，杜甫自稱。

名家析評

《原詩》：即如甫集中〈樂遊園〉七古一篇，時甫年才三十餘，當開、寶盛時，使今人為此，必鋪陳颺頌，藻麗雕繢，無所不極，身在少年場中，功名事業，來日未苦短也，何有乎身世之感？乃甫此詩，前半即景，無多排場，忽轉「年年人醉」一段，悲白髮，荷皇天，而終之以「獨立蒼茫」。此其胸襟之所寄託何如也！（卷1）

《讀杜心解》：因遊宴而發感慨也。「煙綿草長」，是正二月間之景。「勢最高」，據原上最高處也。「長生」二句，牽上搭下。「青春」六句一氣讀，雖紀遊，實感事也。是時諸楊專寵，宮禁蕩軼，輿馬填塞，幄幕雲布，讀此如目擊矣。「卻憶」以下云云，蓋自應詔退下後，雖居京師，而旅困無聊，情緒如此。公之自言曰：「我棄物也」，四十無位，正其時也。（卷2之1）

《杜詩偶評》：極歡宴時，不勝身世之感。臨川〈蘭亭序〉所云：「情隨事遷，感慨係之」也。（卷2）

〈醉時歌〉原注：贈廣文館博士鄭虔

諸公袞袞登臺省[1]，廣文先生[2]官獨冷。甲第紛紛厭粱肉，廣文先生飯不足。先生有道出[3]羲皇，先生有才過屈宋。德尊一代常坎坷，名垂萬古知何用？杜陵野客人更嗤，被褐短窄鬢如絲。日糴[4]太倉五升米，時赴鄭老同襟期[5]。得錢即相覓，沽酒不復疑。忘形到爾汝[6]，痛飲真吾師。清夜沉沉動春酌，燈前細雨簷花落。但覺高歌有鬼神，焉知餓死填溝壑？相如逸才親滌器[7]，子雲識字終投閣[8]。先生早賦歸去來，石田茅屋荒蒼苔[9]。儒術於我何有哉？孔丘盜跖俱塵埃。不須聞此意慘愴，生前相遇且銜杯。

1 臺省：行政機關清要之職。

2 廣文先生：廣文館博士屬國子監，為編書機構。

3 出：超過。

4 糴：音笛，買米。

5 同襟期：兩人有著連襟共被的好交情。

6 忘形句：飲酒到忘形時，不分你我。爾、汝，皆為「你」的代稱。

7 相如句：西漢時的司馬相如曾與卓文君在成都開酒肆賣酒，相如更身著犢鼻褌（短褲），滌器於市中。

8 子雲句：新莽時，揚雄著有《方言》研究西漢各地語音，因弟子劉棻造作符命，揚雄受牽連而被官吏圍捕，情急之下由校書的閣樓往下跳，差點摔死。識字，指揚雄為字書方面的專家。

9 石田句：石田荒蕪，茅屋腐朽，即陶潛〈歸去來辭〉「田園將蕪胡不歸」之意。

名家析評

《杜臆》：此篇總是不平之鳴，無可奈何之詞，非真謂垂名無用，非真薄儒術，非真齊孔、跖，亦非真以酒為樂也。杜詩「沉醉聊自遣，放歌破愁絕」，即此詩之解，而他詩可以旁通。自發苦情，故以〈醉時歌〉命題。（卷1）

《峴傭說詩》：虔從祿山而云「道出羲皇」，云「德尊一代」，標榜失實，學者當戒。然如「春夜沉沉」一段，神情俱到，最足摹擬也。（108則）

《唐詩新賞》：（「相如逸才」、「子雲識字」）此聯妙在以對句鎖住奔流之勢，而承上啟下，連環雙綰，過到下段使人不覺。此聯要與首段聯起來看，便會覺得「袞袞諸公」可恥。……由此便見得這篇贈詩不是一般的嘆老嗟卑，牢騷怨謗，而是傷時欽賢之作。激烈的鬱結而出之以蘊藉，尤為難能。（冊7）

〈陪李金吾[1]花下飲〉

勝地初相引，徐行得自娛。見輕吹鳥毳[2]，隨意數花鬚。細草偏稱[3]坐，香醪懶再沽[4]。醉歸應犯夜，可怕李金吾。

1 金吾：唐制，金吾將軍掌宮中及京城晝夜巡警之法。詩中的李金吾，即李嗣業。天寶十四年（755）春，李嗣業在京城家中休沐，杜甫得與之在花下飲酒。

2 毳：音翠，鳥細毛。

3 偏稱：正好適合。

4 香醪句：濃郁的美酒使人沉醉，懶得再去沽取。此應是杜甫在應酬場合戒慎小心，不欲多飲的推託之辭。香醪，美酒。

名家析評

《杜詩解》：初引之客，自應速速催赴，而乃慢慢起行，何也？著此二句，則其見輕可知矣。……今日為看花而來，則亦隨意數花鬚而已。花鬚極難數，而得細細數之，想見一時賓主絕無唱酬，岑寂無聊之苦。（卷1）

《杜律疏》：非相引何以得陪飲？相引是陪飲正面也。然而至於徐行自娛，則賓主漠然，了不相關可見。云「得自娛」，反言也；「見輕」字，點明相待之薄。「吹鳥毳」，比也，言李視寒士，但如風吹一毛耳。「隨意數花鬚」，亦落漠中無聊之況。（卷1）

〈獨酌成詩〉

燈花何太喜？酒綠正相親[1]。醉裡從為客[2]，詩成覺有神[3]。兵戈猶在眼，儒術豈謀身？苦被微官縛，低頭愧野人[4]。

1 燈花二句：古代油燈或蠟燭燃燒時，燈芯結成的花狀物，或突然爆發的火花。

本詩乃杜甫前往鄜州探視妻小，途中借宿旅店，遇酒獨酌，忽有燈花炸燃，似為其賀喜。

2 從為客：喝醉後自可從容客鄉，不以旅況冷清自苦。從，從容。

3 覺有神：自覺如有神助。

4 野人：無官職束縛的閒散之人。

名家析評

《杜律疏》：客況不堪醒，只可從醉裡為之，此就往事言。途中無聊，借吟詩以消遣，既成似有神助，此指現在言。……當此兵戈擾攘之際，無所用其儒術，曰「豈謀身」，言非可以圖富貴也。時公已授拾遺，故以微官自謙。「苦被縛」，俗云「官身不自由」是也。低頭者，俯仰於人，較野人之疏散，深愧不如矣。（卷1）

《杜詩鏡銓》引蔣弱六（蔣金式）曰：前半是初酌時，不覺一切放下。後半是酒後，又不覺萬感都集，心事如畫。（卷4）

〈曲江陪鄭八丈南史飲〉

雀啄江頭黃柳花，鵁鶄[1]鸂鶒[2]滿晴沙。自知白髮非春事，且盡芳樽戀物華。近侍即今難浪跡，此身那得更無家[3]？丈人才力猶強健，豈傍青門學種瓜[4]？

1 鵁鶄：音交菁，狀似鳧，腳高毛冠。

2 鸂鶒：音西斥，一種水鳥，形大於鴛鴦而色多紫，俗稱紫鴛鴦。

3 近侍二句：杜甫任職拾遺，成為在皇帝身旁工作的近侍，便難以浮沉浪跡；回念此身，生計困窘，又怎能棄家不顧？言下有進不得、退不能之意。

4 豈傍句：杜甫陪鄭八丈飲酒時，知其有意歸隱，遂勉其才力猶健，仍有建功立業之機，不應過早退休歸隱。青門，長安霸城城門遠看為青色，故曰青門。秦朝末年，東陵侯邵平隱居於長安霸城外，種瓜隱居。

名家析評

《杜詩說》：公居官不得行其志，故有拂衣之思，合觀〈曲江對酒〉，作意自可見。然朝事日非，蓋有難為言者，特託辭五、六，言作官不如作客，在官又如在客，真屬無味耳。酒間必談及時事，鄭亦志在拂衣，故七八姑為慰藉之言。（卷9）

《杜詩詳註》：官居近侍，既難浮沉浪跡，回念此身，更無家計可資。見尸位不可，去官不能，進退兩難也。鄭丈必有歸隱之語，故稱其才力猶強，不當學邵平之種瓜。（卷6）

〈曲江〉二首其一

一片花飛減卻春，風飄萬點正愁人。且看欲盡花經眼，莫厭傷多酒入唇。江上小堂巢翡翠，苑邊高塚臥麒麟[1]。細推物理須行樂，何用浮名絆此身？

1　江上二句：江邊廳堂已空無一人，任由翡翠鳥築巢棲息。苑邊高門大戶的墳塚廢棄不修，任由石麒麟偃臥。二句以空堂荒塚，言人事興衰變化無常，末二句遂以及時行樂作結。

名家析評

《杜詩提要》：此傷曲江也，而以春花起興，寫曲江，只空堂、荒冢兩事，若注意在及時行樂上，並無一字道及朝事。往往極大關目，全不出意，而以傍見側出取之。蓋天寶亂後，有非臣子所宜言者，故說得婉曲深至如此。（卷11）

《杜律啟蒙》：花飛一片，已減春光。萬點風飄，愁當何似！故應及時行樂，且看欲盡之花，莫厭傷多之酒也。況江上小堂，貴者所宴樂也。而翡翠為巢，苑邊高冢，貴者之塋墓也。而麒麟已臥，物理變遷，盛衰無定，又何用區區之浮名，而不把酒看花，及時行樂也哉！（七言卷之1）

〈曲江〉二首其二

朝回日日典春衣[1]，每日江頭盡醉歸。酒債尋常行處有[2]，人生七十古來稀。穿花蛺蝶深深見，點水蜻蜓款款飛。傳語風光共流轉[3]，暫時相賞莫相違。

1 朝回句：朝回，上朝回家；典春衣，典賣衣物得錢買醉。

2 酒債句：因喝酒而到處欠下酒債。行處，到處。

3 傳語句：寄語春光能多逗留一些時間。傳語，傳話；風光，春光；共流轉，一起盤桓、逗留。

名家析評

《杜臆》：余初不滿此詩，國方多事，身為諫官，豈行樂之時？後讀其「沉醉聊自遣，放歌破愁絕」二語，自狀最真而恍悟此二詩，乃以賦而兼比興，以憂憤而託之行樂者也。……雖有一官，而志不得展，直浮名耳，何必用以此絆身哉！不如典衣沽酒，日遊醉鄉，以送此有限之年而已。……二詩乃憂讒畏譏之作也。（卷之2）

《杜律啟蒙》：春衣當春而典，且朝回即典，又無日不典，以此取醉，可以給矣。然尋常行處，酒債仍多，何其好事杯酌，而不顧生理也！蓋以及時行樂，人壽難期之故耳。（七言卷之1）

〈曲江對酒〉

苑外江頭坐不歸，水精宮殿[1]轉霏微[2]。桃花細逐楊花落，黃鳥時兼白鳥飛。縱飲久拚人共棄[3]，懶朝真與世相違。吏情更覺滄洲遠[4]，老大徒傷未拂衣[5]。

1 水精宮殿：借言宮殿近水。

2 霏微：遙望迷離。

3 縱飲句：因意志消沉，縱情飲酒，早已不怕被人嫌棄。久拚，又作「久判」，早已甘願。

4 吏情句：因被薄官束縛，難以高隱。滄洲，水濱，古人常於水濱隱居，故以滄洲代指隱居。

5 老大句：年紀漸長，深感未能及時辭官而徒然悲傷。拂衣，掛冠求去之意。謝靈運詩云：「拂衣五湖裡」。

名家析評

《杜詩解》：縱飲，還是人共棄我；懶朝，直是我自違世。如此便應拂衣竟去，而猶徒悲老大，全未拂衣者，先生眷眷不忘朝廷，故作此纏綿淒惻之詞。（卷2）

《杜律啟蒙》引《丹鉛錄》：梅聖俞「南隴鳥過北隴叫，高田水入低田流」，黃山谷「野水自添田水滿，晴鳩卻喚雨鳩來」，李若水「近村得雨遠村同，上圳波流下圳通」，其句法皆自杜來。……然此種句法不可屢學，恐入惡道。（七言卷之1）

《唐詩新賞》：杜甫雖然仕途失意，畢生坎坷，但「致君堯舜上，再使風俗淳」的政治抱負始終如一，直至逝世的前一年，他還勉勵友人「致君堯舜付公等，早據要路思捐軀」（〈暮秋枉裴道州手札率爾遣興〉），希望以國事為己任。可見詩人之所以縱飲懶朝，是因為抱負難展，理想落空；他把自己的失望和憂憤托於花鳥清樽，正反映出詩人報國無門的苦痛。（冊6）

〈九日藍田崔氏莊〉

老去悲秋強自寬，興來今日盡君歡[1]。羞將短髮還吹帽，笑倩[2]旁人為正冠。藍水遠從千澗落，玉山[3]高並兩峰寒。明年此會知誰健？醉把茱萸仔細看。

1 興來句：此為杜甫於乾元元年（758）為華州司功時，重陽節與同僚至藍田崔氏莊聚會。由首句「強自寬」與次句「盡君歡」，可見杜甫雖因老去傷情，仍勉力融入聚會中，不願以一己之悲秋而掃他人之雅興。

2 倩：請。

3 玉山：即長安附近的藍田山。

名家析評

《杜詩解》：前解（按：前四句）要看「今日」字，後解（按：後四句）要看「明年」字。在今日必盡君歡，不敢以一人之不歡，敗諸少年之歡。在明年未知誰健，不得以諸少年之健，笑此老之必不健。語意倔強，自是先生本色。（卷2）

《杜詩偶評》：茱萸，酒名，言把酒而看藍水、玉山，不忍遽去也。若云看茱萸，有何意味？（卷4）

《杜詩提要》：篇中從不寬處寫到寬，又從寬處寫到不能寬，乃所謂「強自寬」也。低徊宛轉，極力描寫。首一句蓋蓄意在未發端之前，而措詞在吞吐之外，故自耐人涵詠。（卷11）

〈落日〉

落日在簾鉤[1]，溪邊春事幽。芳菲[2]緣岸圃，樵爨[3]倚灘舟。啅雀[4]爭枝墜，飛蟲滿院遊。濁醪[5]誰造汝？一酌散千愁。

1 簾鉤：簾卷所用的鉤子。

2 芳菲：香花芳草。

3 樵爨：打柴做飯之人。爨，音竄，以火燒煮食物。

4 啅雀：雀鳥喧鬧聒噪。

5 醪：音勞，混含渣滓的濁酒。

名家析評

《杜臆》：草堂中捲簾獨酌，忽見落日正照簾鉤，因用發興，遂有此作。……公老逢亂離，異鄉孤客，不如意事十常八九，至於銜杯對景，身世俱忘，百憂盡遺。吾謂此老胸中無宿物者此也。（卷4）

《唐詩成法》：即景起，中四幽事。樵舟倚老圃而爨，啅雀爭飛蟲而墜，流水對。究竟無酒不能解憂，「誰造汝」若深感然者。（卷4）

〈獨酌〉

步屧[1]深林晚，開樽獨酌遲。仰蜂粘落絮，行蟻上枯梨[2]。薄劣慚真隱[3]，幽偏得自怡。本無軒冕[4]意，不是傲當時。

1 屧：音洩，木鞋底，此指散步。

2 仰蜂二句：仰視見蜜蜂為落絮沾黏，動彈不得；往下見掉落的枯梨，有螞蟻爬行。

3 薄劣句：自慚己因薄劣而隱，愧對有德而真隱者。

4 軒冕：仕宦得志。

名家析評

《杜詩說》：後半言己自安薄劣，故無仕進之意，本不足稱真隱，其幽棲於此，亦聊以自怡而已，豈其希蹤高尚，以傲當時之士耶？……當時有傲物之譏，作此以自解，出語極覺安卑引分，其實非由本懷。（卷6）

《杜律疏》：惟獨酌遲，故物之細微，皆一一可供賞玩。既見蜂之仰，又見其粘落絮；既見蟻成行，又見其上枯梨，皆深林中景也。（卷2）

〈徐步〉

整履步青蕪，荒庭日欲晡[1]。芹泥[2]隨燕嘴，花蕊上蜂鬚[3]。把酒從衣濕，吟詩信杖扶[4]。敢論才見忌？實有醉如愚。

1 晡：下午。

2 芹泥：燕子銜草泥築巢。

3 花蕊句：蜜蜂回巢時，蜂鬚上沾滿了花粉。

4 把酒二句：把酒步行，以致酒傾衣濕；步行吟詩，步履不穩，猶如扶杖而行。從、信，皆有任憑、隨意之意。

名家析評

《杜詩詳注》引懶真子曰：獨酌，則無獻酬也；徐步，則非奔走也，以故蜂、蟻之類，細微之物，皆能見之。若與客對談，或急趨而過，則何暇致詳至是？（卷10）

《讀書堂杜詩集註解》：古人吟詩命題，皆有深意。如杜公〈獨酌〉詩云：「仰蜂粘落絮，行蟻上枯梨。」〈徐步〉詩云：「芹泥隨燕嘴，花蕊上蜂鬚。」正因閒暇，故物情微細，皆能見之。（卷7）

〈孟倉曹步趾領新酒醬二物滿器見遺老夫〉

楚岸通秋屐，胡牀面夕畦[1]。藉糟分汁滓[2]，甕醬落提攜[3]。飯糲添香味，朋來有醉泥[4]。理生那免俗？方法報山妻。

1 楚岸二句：孟倉曹秋日著屐由楚岸而來，我於傍晚時坐在胡牀上，面朝田畦而見之。

2 藉糟句：糟，指酒釀；汁滓，酒液與米滓。

3 甕醬句：即詩題孟倉曹「領新酒醬二物滿器見遺」之意。落，滿。

4 飯糲二句：醬可使飯菜增添香味，酒可讓來客爛醉如泥，二句寫酒醬的功用。

名家析評

《杜詩說》：製題即見手法，見二物係新成，兼又滿器，又自領而來，其深荷主人之意在言外矣。如此題，極無緊要，亦必見地見時，便當日賓主酬酢之景，一一在目。可見下筆便以千秋自期，傳神寫照，正在阿堵。（卷7）

《唐詩成法》：雄渾悲壯，是少陵本色，此另一種，故錄之。◎酒有典，醬無典，以虛對實，法妙。此等題，他人不能作，即作亦不能佳。不惟才有大小短長，亦未精於法耳。（卷4）

〈遭田父泥飲[1]兼美嚴中丞〉

步屧隨春風，村村自花柳。田翁逼社日[2]，邀我嘗春酒。酒酣誇新尹，畜眼未見有[3]。回頭指大男，渠[4]是弓弩手。名在飛騎籍，長番歲時久[5]。前日放營農[6]，辛苦救衰朽。差科[7]死則已，誓不舉家走。今年大作社，拾遺[8]能住否？叫婦開大瓶，盆中為吾取。感此氣揚揚，須知風化首[9]。語多雖雜亂，說尹[10]終在口。朝來偶然出，自卯將及酉[11]。久客惜人情，如何拒鄰叟？高聲索果栗，欲起時被肘[12]。指揮過無禮，未覺村野醜。月出遮我留，仍嗔問升斗。

1 泥飲：強飲、灌酒。

2 逼社日：逼，接近；社日，古時春、秋兩季，人民祭祀土地神的日子，稱為春社、秋社，本詩場景顯然為春社。

3 畜眼句：前所未見。畜眼，即蓄眼，天生雙眼。

4 渠：他，即詩中的大男（長子）。

5 長番句：長年在軍隊中服役，職務無法輪番更替，也就無法定時放假，不能在春耕、秋收時返家務農。

6 放營農：放歸務農。原本軍隊不許士卒放假返家，但嚴武竟然破例「放營農」，讓長子返家協助春耕，田父故而有「辛苦救衰朽」之語。

7 差科：一切傜役（差）賦稅（科）。

8 拾遺：因杜甫曾任職左拾遺，田父故以此稱之。

9 風化首：言愛民為風化之首。

10 尹：即詩題的嚴中丞嚴武，時任成都尹兼御史中丞。

11 自卯句：由卯（上午5-7時）至酉（下午5-7時），等同從早到晚之意。

12 欲起句：想起身離席，卻時常被拉著手肘不放，形容田父好客留飲。

名家析評

《杜詩闡》：本傳載公住浣花里，好與田畯野老相狎蕩，此詩既曰「邀我嘗春酒」，再曰「拾遺能住否」，又曰「盆中為吾取」、「欲起時被肘」，狎蕩之趣，大是可想。（卷13）

《杜詩偶評》：傳出豐厚村樸景象，而中丞之美自見。若專美中丞，便是後人酬應之作。（卷1）

《峴傭說詩》：〈遭田父泥飲美嚴中丞〉一首，前輩多賞之，然此詩實有村氣。真則可，村則不可。幾微之界，學者自辨。（54則）

〈登高〉

風急天高猿嘯哀，渚清沙白鳥飛迴。無邊落木蕭蕭[1]下，不盡長江滾滾來。萬里悲秋常作客，百年[2]多病獨登臺。艱難苦恨繁[3]霜鬢，潦倒新停濁酒杯。

1 蕭蕭：模擬草木飄落的聲音。

2 百年：猶言一生，此借指晚年。

3　繁：增多，此作動詞用。

名家析評

《詩藪》：杜「風急天高」一章五十六字，如海底珊瑚，瘦勁難名，沉深莫測，而精光萬丈，力量萬鈞。通章章法、句法、字法，前無昔人，後無來學。微有說者，是杜詩，非唐詩耳。然此詩自當為古今七言律第一，不必為唐人七言律第一也。（內編卷5）

《杜詩偶評》：八句皆對，起二句對舉之中仍復用韻，格奇而變。昔人謂兩聯俱可截去二字，試思「落木蕭蕭下，長江滾滾來」，成何語耶？（卷4）

《峴傭說詩》：〈登高〉一首，起二「風急天高猿嘯哀，渚清沙白鳥飛迴」，收二「艱難苦恨繁霜鬢，潦倒新停濁酒杯」，通首作對而不嫌其笨者，三四「無邊落木」二句，有疏宕之氣；五六「萬里悲秋」二句，有頓挫之神耳。（162則）

閒適詩單元

閒適詩
單元導讀

閒適詩單元選錄的詩作，旨在呈現李、杜悠閒適意的生活樣貌，可視為李、杜「自傳」詩的番外篇，讀者不妨據以窺見兩人休閒時的活動項目與情感狀態。

檢視李白的閒適詩題材，不外乎為夢境中的故鄉（如〈靜夜思〉的故鄉，〈宣城見杜鵑花〉的蜀地三巴，〈春夜洛城聞笛〉的故園）；回不去的遠方（如〈與史郎中欽聽黃鶴樓上吹笛〉、〈觀胡人吹笛〉所憶起的長安）；挽不回的青春（如〈覽鏡書懷〉自笑年老），或者是聽琴、聞笛、獨坐看山這一類的休閒活動，充滿了「文青」式的風雅氣息。

相形之下，杜甫的休閒活動，則是滿滿的人間煙火氣息與生活中的瑣碎日常。

杜甫早年於長安「朝扣富兒門，暮隨肥馬塵」，辛苦求仕，好不容易在肅宗朝謀得「左拾遺」一職，不到一年就因故被貶官。而後攜帶家眷由秦入蜀，在成都草堂安定下來後，才開始有了大量的閒適詠物之作。這些詩作，不再是長篇巨製的古詩，而是以篇幅短小的律詩、絕句，書寫日常生活中的小確幸或小歡欣。從〈卜居〉、〈南鄰〉、〈客至〉、〈賓至〉等詩中，可概見杜甫的居家環境，以及和鄰里、訪客的互動情形；在〈為農〉、〈早起〉、〈漫成〉詩作中，可以想像杜甫融入農村生活中的狀態；透過〈江畔獨步獨花〉與諸多漫興絕句，不難揣想杜甫閒適時的飲酒、賞花、讀書、作詩，或是在浣花草堂裡，暢想未來可能「東行萬里堪乘興」、「門泊東吳萬里船」，乘船重遊年少時「東下姑蘇臺」的景點。這些閒適之作，也許平凡日常，稱不上高情雅致，但在經歷「殘杯與冷炙，到處潛悲辛」（〈奉贈韋左丞相廿二韻〉）、「維時遭艱虞、朝野少暇日」（〈北征〉）的困苦艱辛後，能夠閒散的坦腹東亭、長吟野望；能因「眼前無俗物」，而有「多病也身輕」的喜悅；或者因春夜的一場「隨風潛入夜，潤物細無聲」的好雨而欣喜；甚至為盛開滿蹊的繁花而顛狂。杜甫的閒適詩，或許沒有李白浪漫「文青」模式的風雅氣息，卻有著樸實「阿伯」模式的喜樂知足。

李白閒適詩

〈靜夜思〉

牀前明月光[1]，疑是地上霜。舉頭望明月[2]，低頭思故鄉。

1 明月光：元人蕭士贇與清代王琦注本，皆作「看月光」。

2 望明月：蕭本與王本皆作「望山月」。

名家析評

《詩境淺說》：前二句取喻殊新。後二句在舉頭、低頭俄頃之間，頓生鄉思。良以故鄉之念，久蘊懷中，偶見床前明月，一觸即發，正見其鄉心之切。且舉頭、低頭，聯屬用之，更見俯仰有致。（續編一）

《李白詩選評》：本詩通過一個錯覺寫客子靜夜思鄉之情。靜夜見光，則知其不寐；見光疑霜，可見其出神；疑霜而終知其非霜，於是尋其來由而抬頭；抬頭則見窗外明月當空——隔千里兮共明月，終於見月傷情，低頭而黯然神傷⋯⋯。（頁241）

〈山中答俗人〉

問余何事棲碧山？笑而不答心自閒。桃花流水窅然[1]去，別有天地非人間。

1 窅然：窅，音咬，深遠。

名家析評

《唐詩摘鈔》：此絕句中拗體。三四只當「心自閑」三字注腳。究竟不曾答其所

以。棲山原非本懷，然難為俗人道，故立言如此。（卷4）

《李白詩選評》：「桃花」二句是承「心自閑」而來的，應當是此時詩人心境的自我象喻，而不宜作答語看。二句表面是寫眼前景色，其實落英隨流飄去，漸遠漸杳的自然景象，是詩人在安逸滿足境況下油然而生的隨緣任運心境的物化，而「別有天地非人間」，又不僅是說此山，更是說，我心「別有天地」，非世人所可知也。（頁57）

〈聽蜀僧濬[1]彈琴〉

蜀僧抱綠綺[2]，西下峨眉峰。為我一揮手，如聽萬壑松[3]。客心洗流水，餘響入霜鐘[4]。不覺碧山暮，秋雲暗幾重。

1 蜀僧濬：來自蜀地名為濬的僧人。

2 綠綺：古琴名。西晉傅玄〈琴賦序〉云：「司馬相如有琴曰綠綺。」

3 萬壑松：形容琴音如千山萬谷的松濤聲，古代遂有琴曲命名為〈風入松〉。壑，山谷。

4 客心二句：李白自言聽完琴曲後，心靈猶如被流水洗滌過，琴曲餘音繚繞，與遠處的鐘聲互相迴蕩。流水，用以形容琴曲美妙，如流水一般自然。詩句也暗用伯牙與鍾子期的典故：「伯牙善鼓琴，鍾子期善聽。伯牙鼓琴，志在登高山，鍾子期曰：『善哉！峨峨兮若泰山。』志在流水，曰：『善哉！洋洋兮若江河。』」後世遂以「高山流水」比喻知音難得。

名家析評

《詩境淺說》：起句，言蜀僧抱古琴自峨嵋而下，已有「入門下馬氣如虹」之概。緊接三、四句，如河出龍門，一瀉千里，以「松濤」喻琴聲之清越，以「萬壑松」喻琴聲之宏遠，句法動盪有勢。五句言琴之高妙，聞者如流水洗心，乃賦聽琴之

正面。六句以「霜鐘」喻琴，同此清迥，不以俗物為譬，乃賦聽琴之尾聲。收句聽琴心醉，不覺山暮雲深，如聞韶忘肉味矣。（甲編）

《李白詩四百首》：這首詩約作於李白從長安失意南返之後，因而伴隨著「行路難」的感嘆，對蜀僧所彈鄉音倍感親切，從而透露出一種歸隱之念。「志在高山」、「志在流水」、「秋雲暗幾重」，正是這種仕途失意心理的生動寫照。（頁654）

〈春夜洛城聞笛〉

誰家玉笛暗飛聲，散入春風滿洛城。此夜曲中聞折柳[1]，何人不起故園情？

1 折柳：笛曲名〈折楊柳〉的簡稱，內容多寫離別相思之情。唐人王之渙〈涼州詞〉：「羌笛何須怨〈楊柳〉？春風不度玉門關。」即為此笛曲。

名家析評

《李詩選注》：此白在洛城之時，聞笛而思鄉也。言誰吹笛聲滿洛城，笛有折柳之曲，乃送別之辭也。我之辭家亦已久矣，夜聞此曲，攪動鄉思。誰無故園之情乎？（卷13）

《唐詩摘鈔》：「滿」從「散」來，「散」從「飛」來，用字細甚。妙在「何人不起」四字，寫得萬方同感，百倍自傷。（卷4）

《李白詩歌賞析集》：全詩運用了虛與實相結合的寫作手法。「玉笛暗飛聲」是實寫；「滿洛城」是虛寫；「聞折柳」是實寫；「何人」則是虛寫了。從一戶人家暗中飛出的笛聲，隨著春風的吹拂，散入到整座洛陽城中。……由於詩人的感情太強烈了，就認為凡是客居異鄉的羈旅之人，必然也會聽到笛聲，也必然要勾起懷鄉之情。（頁31）

〈與史郎中欽聽黃鶴樓上吹笛〉

一為遷客去長沙[1]，西望長安不見家。黃鶴樓中吹玉笛，江城[2]五月落梅花[3]。

1 一為句：本詩為乾元二年（759）李白流放夜郎遇赦，東歸途經江夏，與郎中史欽聽笛所作。遷客，被貶官之人。長沙，以西漢賈誼被貶為長沙王太傅的典故，比擬己之流放夜郎境遇。

2 江城：指江夏，今湖北武漢市。

3 落梅花：笛曲名〈梅花落〉。

名家析評

《李詩選注》：白流夜郎過鄂州（按：湖北一帶），與史郎中會於州之黃鶴樓。五月本無梅花，以笛中所吹有落梅之曲，故云耳。詩人假借用事，化無為有，而無所拘泥也如此，此絕句之妙也。（卷12）

《李杜詩選》：詩人早年曾有〈春夜洛城聞笛〉詩，同是七言絕句，同為聞笛，但那是抒鄉愁客思之情，此則寫飄零淪落之感。構思筆法不同，那是順敘，先寫聞笛，然後寫引起的思鄉之情，著力在前二句，意境通暢。此則倒敘，先敘心情，然後寫聞笛，著力在後二句，意境含蓄。（李白詩選，頁156）

〈觀胡人吹笛〉

胡人吹玉笛，一半是秦聲[1]。十月吳山曉，梅花落敬亭[2]。愁聞出塞曲，淚滿逐臣纓[3]。卻望長安道，空懷戀主情。

1 秦聲：秦地（今陝西一帶）的樂曲。

2 梅花句：梅花，指笛曲名〈梅花落〉；敬亭，為安徽宣城的敬亭山。

3 逐臣纓：李白因聽曲感動而垂淚沾纓。逐臣，被貶之人，李白以之自稱；纓，帽帶。

名家析評

《分類補注李太白詩》：太白放逐之餘，眷戀宗國之意，隨寓而發。觀此詩末三句，概可見矣。（卷25）

《李詩選注》：夫以外國之人而為中國之樂，以北鄙之音作於江南之地。十月無梅花而笛中有〈落梅〉之曲也。曲吹出塞而聞者皆愁，蓋以虜難未消，京師陷沒，我雖逐臣而垂涕沾纓。回望長安，亂猶未已，胡人遍地而天子蒙塵。我亦徒懷戀主之情，竟不得一有所伸也。今聞胡人之笛，感傷之意，當何如乎？（卷13）

《詩藪》：杜之律，李之絕，皆天授神詣。然杜以律為絕，如「窗含西嶺千秋雪，門泊東吳萬里船」等句，本七言律壯語，而以為絕句，則斷錦裂繒類也。李以絕為律，如「十月吳山曉，梅花落敬亭」等句，本五言絕妙境，而以為律詩，則駢拇枝指類也。（內編．卷6）

〈獨坐敬亭山[1]〉

眾鳥高飛盡，孤雲獨去閒。相看兩不厭，只有敬亭山。

1 敬亭山：今安徽宣城縣北，山上有敬亭，為謝朓吟詠處。

名家析評

《唐詩摘鈔》：賢者自表其節，不肯為世推移也。◎鳥飛雲遠，言其獨坐也。末句「獨」字更醒。（卷2）

《詩法易簡錄》：首二句已繪出「獨坐」神理，三、四句偏不從獨處寫，偏曰「相

看兩不厭」，從不獨處寫出「獨」字，倍覺警妙異常。（卷13）

《李白詩選評》：中唐柳宗元〈江雪〉詩「千山鳥飛絕，萬徑人蹤滅。孤舟蓑笠翁，獨釣寒江雪」；宋辛棄疾〈賀新郎〉詞「我見青山多嫵媚，料青山見我應如是」，均得本詩影響，而柳孤峻，辛疏放，李飄逸，個性晰然可見。對讀可見詩家變化之妙。（頁186）

〈宣城見杜鵑花〉[1]

蜀國曾聞子規鳥[2]，宣城還見杜鵑花。一叫一迴腸一斷，三春三月憶三巴。

1 詩題：宣城，今安徽宣城市。本詩應是李白流放夜郎遇赦後，流寓宣城所作。

2 蜀國句：李白少年時曾在蜀中生活，讀書學劍，訪道求仙，視蜀地為故鄉。子規，又名杜鵑。傳說為古蜀王杜宇精魂所化，啼聲猶言「不如歸」。本詩可說是結合了李白的思鄉之情與蜀王化為杜鵑的典故。

名家析評

《李太白集注》：太白本蜀地綿州人。綿州在唐時亦謂之巴西郡，因在異鄉見杜鵑花開，想蜀地此時杜鵑應已鳴矣，不覺有感而動故國之思。……或以此詩為杜牧所作子規詩，非也。（卷25）

按：杜牧為京兆萬年人，故鄉既非蜀地，且生平未曾至蜀，可知詩非杜牧所作。

《唐宋詩醇》：如謠如諺，卻是絕句本色。效之則癡矣。（卷8）

《李杜詩選》：此詩是絕句，卻整篇對仗。尤其是後二句，「一」與「三」三次重複，按理在近體詩中是禁忌的，但詩人卻寫得神韻天然，反使人覺得回味無窮。（李白詩選，頁203）

〈覽鏡書懷〉

得道無古今，失道還衰老。自笑鏡中人，白髮如霜草。捫心空嘆息，問影何枯槁。桃李竟何言[1]？終成南山皓[2]。

1 桃李句：「桃李」典故出自《史記・李將軍列傳》之「桃李不言，下自成蹊」，原指桃、李這類有花可賞，有果可實的樹下，自然會被人們踩出一條小徑，猶言人才一定會被賞愛。本詩以「竟何言」反言自己雖有才能，終究被埋沒，年老無成。

2 南山皓：李白言覽鏡後，自覺如隱居終南山的四皓般，鬚髮皆白。四皓，據《高士傳》所載，秦始皇時，有四位高士見秦政暴虐，偕隱於終南山。因四人鬚髮皆白，故有「四皓」之稱。

名家析評

《李詩選注》：此白雖自嘆，而實自負也。白之豪放，雖老不衰，於此可見。（卷13）

《李白詩歌賞析集》：「空」、「何」二字，寫盡了詩人內心深處的極端痛苦。「自笑」、「捫心」、「嘆息」、「問影」幾個連續動作，則把詩人覽鏡時的心理活動、外貌特徵和神態舉止，活脫脫地展現在讀者的眼前，儼然是作者晚年的一幅形神兼備的自畫像。（頁304）

杜甫閒適詩

〈卜居〉

浣花溪水水西頭，主人[1]為卜林塘幽。已知出郭[2]少塵事，更有澄江[3]銷客愁。無數蜻蜓齊上下，一雙鸂鶒[4]對沉浮。東行萬里堪乘興，須向山陰上小舟[5]。

1 主人：黃鶴注本謂「主人」為劍南節度使裴冕，仇兆鰲《杜詩詳註》認為，草堂若是裴冕為杜甫所建，杜甫通常會在詩題標示姓名，既然詩題無裴冕，主張「主人」就是草堂屋主杜甫。

2 出郭：出城郭，身處郊外。

3 澄江：澄澈的江水，此指浣花溪。

4 鸂鶒：音西斥，一種水鳥，形大於鴛鴦而色多紫，俗稱紫鴛鴦。

5 東行二句：杜甫一直希望能重遊江東，此詩設想浣花溪可直通東吳，未來或許可以乘興搭船，順江而至。

名家析評

《讀杜心解》：此草堂未就時作。上明「卜居」之意，下都從江上生情。公雖入蜀，而東遊乃其素志，故結聯特緣江寄興。蓋當卜築伊始，而露棲止未定之情也。（卷4之1）

《杜詩詳註》：引顏廷榘曰：出郭遠俗，澄江散懷，此幽居自得之趣。蜻蜓上下，鸂鶒沉浮，此幽居物情之適。◎公〈壯遊〉詩云「鑑湖五月涼」，蓋深羨山陰（按：浙江紹興一帶）風景之美。今見浣溪幽勝，彷彿似之，故思乘興東遊，此快意語，非愁嘆語。（卷9）

〈為農〉

錦里[1]煙塵[2]外，江村八九家。圓荷浮小葉，細麥落輕花。卜宅從茲老，為農去國賒[3]。遠慚勾漏令，不得問丹砂[4]。

1 錦里：即錦官城。常璩《華陽國志．蜀志》：「錦工織錦，濯其中則鮮明，他江則不好，故命曰錦里也。」後以錦里代稱成都。

2 煙塵：古代多用以代指戰火。煙塵外，指遠離戰火。

3 賒：遙遠。

4 遠慚二句：杜甫表明自己如今已為老農，無法如葛洪般遠離世俗，鍊丹求仙。勾漏令，指東晉葛洪。據《晉書．葛洪傳》載，葛洪年老欲鍊丹以求長壽，聞交趾出丹砂，遂自求勾漏令一職。勾漏，山名，在今廣西北流縣東北，其巖穴勾曲穿漏，故而得名；問丹砂，指鍊丹求仙。

名家析評

《杜律疏》：五言詩，第三字要響。「浮」字、「落」字是響字。所謂響者，致力處也，尤妙在「圓」字、「細」字，點綴輕秀。（卷2）

《杜律啟蒙》：既無兵戈之患，又有景物之饒，從茲卜宅，可以老矣。去國更遠，能無悵乎？且學仙之志不遂，亦未免有情也。（卷3）

〈早起〉

春來常早起，幽事頗相關。帖石防隤岸[1]，開林出遠山[2]。一丘藏曲折，緩步有躋攀[3]。童僮來城市，瓶中得酒還[4]。

1 帖石句：預防堤岸被江水沖刷崩塌，遂貼上石塊加固。隤，音頹，崩塌。

2 開林句：開林伐木，打造利於遠行的山路。

3 躋攀：攀登。

4 童僮二句：言下山時偶遇童僕來城市沽酒，得以攜酒而還。

名家析評

《杜詩詳註》引方虛谷（方回）曰：杜此等詩，乃晚唐之祖。千鍛百鍊，似此者極多。尾句別換意，亦晚唐所必然者。

《杜律啟蒙》：一丘雖小，然其中亦藏曲折，躁心人以為無可躋攀耳。惟緩步而徐領其趣，其可躋攀者正無盡也，此真善遊者之言也。吾嘗取此以為讀書之法，即注公詩，仍用此法也。（五言卷之4）

〈客至〉原注：喜崔明府相過

舍[1]南舍北皆春水，但見群鷗日日來。花徑不曾緣客掃，蓬門[2]今始為君[3]開。盤飧市遠無兼味[4]，樽酒家貧只舊醅[5]。肯與鄰翁相對飲，隔籬呼取盡餘杯。

1 舍：浣花草堂。

2 蓬門：柴門，常用以代指貧苦人家。

3 君：即題下自注所說的崔明府。杜甫母親姓崔，崔明府應為杜甫舅氏；明府，唐人對縣令的稱呼。

4 盤飧句：因遠離市集，盤中菜餚稀少，沒有多種美味。兼味，兼具各種美味的佳餚。

5 舊醅：去年喝剩的舊酒。古人好飲新酒，杜甫卻因家貧，僅餘去年喝剩的酒。

名家析評

《杜詩說》：前半見空谷足音之喜，後半見貧家真率之趣。隔籬之鄰翁，酒伴可呼，是亦鷗鳥之類，而賓主兩各忘機，亦可見矣。（卷8）

《唐詩新賞》：杜甫〈賓至〉、〈有客〉、〈過客相尋〉等詩中，都寫到待客吃飯，但表情達意各不相同。在〈賓至〉中，作者對來客敬而遠之，寫到吃飯，只用「百年粗糲腐儒餐」一筆帶過；在〈有客〉和〈過客相尋〉中說，「自鋤稀菜甲，小摘為情親」、「掛壁移筐果，呼兒問煮魚」，表現出待客親切、禮貌，但又不夠隆重、熱烈，都只用一兩句詩交代，而且沒有提到飲酒。反轉來再看〈客至〉中的待客描寫，卻不惜以半首的篇幅，具體展現了酒菜款待的場面，還出人料想地突出了邀鄰助興的細節，寫得那樣情（精）彩細膩，語態傳神，表現了誠摯、真率的友情。（冊7）

〈賓至〉

幽棲地僻經過[1]少，老病人扶再拜難。豈有文章驚海內？漫勞車馬駐江干[2]。竟日[3]淹留[4]佳客坐，百年粗糲[5]腐儒[6]餐。不嫌野外[7]無供給[8]，乘興還來看藥欄[9]。

1 經過：指來訪的人。

2 江干：江邊，江岸。

3 竟日：終日，整天。

4 淹留：停留，長時間逗留。

5 粗糲：粗劣的食物。糲，音粒，粗糧。

6 腐儒：迂腐的書生，此為杜甫謙稱。

7 野外：郊外，人煙稀少處，此指成都郊外草堂。

8 無供給：指家貧而無美食款待。

9 看藥欄：杜甫因長年肺病，住宅附近種有備用藥材，此詩以「看藥欄」邀請客人改日再訪。

名家析評

《杜詩說》：初謝其見過，可知素昧生平；後屬其再來，足徵賓主款洽，而主人真率相對，客意轉更留連，全在「竟日淹留」四字，乃傾蓋如故之根因也。（卷9）

《詩境淺說》：此詩當是高軒枉顧。首句即言老病村民，恕其再拜。三四句雖係謙詞，實以文章耆宿，隱然自負。五六句謂竟日清談，而腐儒相餉者，仍無兼味，不因佳客而盛其供張。末句意謂布衣老大，固可長揖公卿，但杯盤草草，恐侮賓慢賢，故望其野外重來，以盡地主之誼。合〈客至〉、〈賓至〉兩詩觀之，少陵交友，於無諂無驕之義，兩得之矣。（頁54）

〈南鄰[1]〉

錦里先生烏角巾[2]，園收芋栗不全貧。慣看賓客兒童喜，得食階除[3]鳥雀馴。秋水才深四五尺，野航恰受兩三人。白沙翠竹江村暮，相對柴門月色新。

1　南鄰：指杜甫草堂南鄰朱山人。
2　烏角巾：黑色四方有角的頭巾。
3　階除：指臺階和門前庭院。

名家析評

《杜詩說》：前半敘事，語簡而意深，後半寫景，語妙而意淺。前將山人之語之行，之逸韻高情，一一寫出，卻只是四句。後不過寫一「別」字，卻亦是四句，淺深繁簡之間，便是一篇極有章法古文也。（卷8）

《杜律啟蒙》：此公訪南鄰朱山人，因與同舟訪江，至晚，朱送公至草堂而作也。一二，敘山人平素。三四，公至其家，見其兒童、鳥雀，皆有太古之風。以下則

同遊、相送之事。不作煞尾，迤迤邐邐敘將去，事畢而詩亦止，大是遊行自在。（七言卷之1）

〈春夜喜雨〉

好雨知時節，當春乃[1]發生。隨風潛入夜，潤物細無聲。野徑雲俱黑，江船火獨明[2]。曉看紅溼[3]處，花重錦官城[4]。

1 乃：就。

2 江船句：遠處江面上看不到船隻，只看到船上的點點燈火。

3 紅溼：雨水浸潤的紅花。

4 花重句：錦官城繁花盛開，因飽含雨水而顯得沉重。重，繁重；錦官城，成都舊名。

名家析評

《杜詩說》：及時而雨，其喜固宜，然非「知時節」三字，則寫喜意亦不透，此其出手警敏絕人處。（卷4）

《杜律疏》：花含濕則重，曉起而看錦官城之花，無有不重者，正以其紅處含濕而為好雨言潤耳。「曉」字與「夜」字對照，「花」字從「春」字生來，觀花而萬物可知，此所以來公之喜也歟！（卷3）

〈江亭〉

坦腹[1]江亭臥，長吟野望時。水流心不競，雲在意俱遲[2]。寂寂春將晚，欣欣物自私[3]。故林[4]歸未得，排悶強裁詩[5]。

1 坦腹：坦露胸腹，無拘無束。

2 水流二句：野水爭流而自己內心自靜，不欲與之俱競；閒雲徐度，心情也隨之緩緩飄動。

3 物自私：物各遂其本性而生。

4 故林：故園，指洛陽老家。

5 排悶句：只好勉強以作詩來排遣內心煩悶。

名家析評

《杜詩說》：此詩中四語，人不能作，即使能作，亦決不肯以此敗興語收場。惟杜公關心民物，憂樂無方，真境相對，真情相觸，蓋有不知其然而然者。豈如他人，快樂是一副腸肚，作一種說話；愁悶是一副腸肚，又作一種說話耶？總之，他人無所不假，杜公無所不真耳。（卷4）

《詩境淺說》：此與摩詰之「行到水窮處，坐看雲起時」相似。王詩得純任自然之樂，杜詩悟物我兩忘之境，皆一片化機。（頁37）

〈江上值水如海勢聊短述〉

為人性僻[1]耽[2]佳句，語不驚人死不休[3]。老去詩篇渾漫興[4]，春來花鳥莫深愁[5]。新添水檻[6]供垂釣，故著[7]浮槎[8]替入舟。焉得思如陶謝手？令渠[9]述作與同遊。

1 性僻：生性癖好。

2 耽：耽溺。

3 死不休：至死不肯罷休。

4 渾漫興：完全是興之所至。渾，完全。

5 春來句：杜甫自言隨性作詩，花鳥不必擔心杜甫會因作詩太投入而驚擾到它們。

6 水檻，近水的柵欄，以防路人不慎落水。檻，音見，柵欄。

7 著：放置。

8 槎：槎，音茶。木筏、竹筏。

9 渠：他們，指陶潛、謝靈運。

名家析評

《杜詩解》：每嘆先生作詩，妙於制題，此題有此詩，則奇而尤奇者也。詩八句中從不欲一字顧題，乃一口讀去，若非此題，必不能並此詩者。題是「江上值水如海勢」七字而止，下又綴以「聊短述」三字。……上半截蓋目中所值之水是江，意中所會之勢如海，詩只是「聊短述」三字，言江言海，窮劫不盡，聊短述而江海之義已盡。（卷2）

《讀書堂杜詩集註解》：公至晚年，性僻耽佳，語必驚人，種種文人習氣，俱用不著，直是禪家懸崖撒手、心空及第時，非陶、謝，誰足以當之？靖節詩，沖和閒澹，世所共知，至靈運之池塘春草，玄暉之澄江靜練，皆絕去雕繪，與陶伯仲，宜公以陶、謝並舉也。（卷8）

《杜律啟蒙》：素耽佳句，語必驚人。然亦少時則然耳，至老去則渾皆漫與，無復雕刻萬物之巧，故花鳥不必深愁也。五六正是短述，因見文章一道，貴在自然，不必雕肝鏤腎，務作驚人。向來意見不除，猶有童之心耳。安得和平中正如陶、謝者，令渠述作而與之同遊乎？（七言卷之1）

〈江畔獨步尋花七絕句〉其一

江上被花惱不徹[1]，無處告訴只顛狂[2]。走覓南鄰愛酒伴[3]，經旬出飲獨空牀。

1 不徹：不盡，不完。

2 顛狂：舉止狂亂貌。

3 酒伴：詩作原注：斛斯融，吾酒徒。

名家析評

《杜詩說》：諸絕中多入方言，益知其仿竹枝之體。「獨空牀」三字，寫出逼真。滿擬拉伴尋花，誰知偏背出飲，大有恨之之意。（卷10）

《杜詩鏡銓》：止一酒伴，又尋不著，明所以獨步尋花之故。（卷8）

〈江畔獨步尋花七絕句〉其六

黃四娘家花滿蹊[1]，千朵萬朵壓枝低。留連戲蝶時時舞，自在嬌鶯恰恰[2]啼。

1 蹊：蹊徑，小路。

2 恰恰：擬聲詞，鶯啼聲。

名家析評

《峴傭說詩》：「黃四娘家花滿蹊，千朵萬朵壓枝低。流連戲蝶時時舞，自在嬌鶯恰恰啼。」詩並不佳，而音節夷宕可愛。東坡「陌上花開蝴蝶飛」，即此派也。（209則）

《唐詩新賞》：（「留連戲蝶時時舞，自在嬌鶯恰恰啼」）這兩句除卻「舞」、「鶯」二字，均為舌齒音，這一連串舌齒音的運用造成一種喁喁自語的語感，維妙維肖地狀出看花人為美景陶醉、驚喜不已的感受。……此外，這兩句按習慣文法應作：戲蝶留連時時舞，嬌鶯自在恰恰啼。把「留連」、「自在」提到句首，既是出於音韻上的需要，同時又在語意上強調了它們，使含義更易為人體味出來，句法也顯得新穎多變。（冊7）

〈江畔獨步尋花七絕句〉其七

不是看花即索死，只恐花盡老相催。繁枝容易紛紛落，嫩蕊商量細細[1]開。

1 細細：緩緩。

名家析評

《杜詩說》:「索死」猶俗云「連性命俱不顧」也。此句亦用俗語，後人反改而文之，全乖本色矣。（卷10）

《杜詩說》:「細細開」猶言盡數開也。二句洗發「只恐花盡」四字。

〈絕句漫興〉

眼見客愁愁不醒，無賴[1]春色到江亭。即遣花開深造次[2]，便教鶯語太丁寧[3]。

1 無賴：原為狡詐之意，此引申為撩撥人心。
2 深造次：指花開得太多，讓人應接不暇。造次，鹵莽。
3 太丁寧：鶯鳥的啼叫過於頻繁。

名家析評

《杜詩解》:（春）一到無事不到，花即遣之開，鶯便教之語，炫目聒耳，紛紛惱人，誠為造次之極，丁寧之甚，可厭也，可恨也。看他將春便當作一人相似，滑稽極矣。（卷2）

《杜詩說》：杜公絕句不入正聲，似於此體不甚留意，特聞蜀中竹枝之音，聊爾戲效之耳。讀者只就本調作解，不必律以正法，始稱知言。（卷10）

〈絕句漫興九首〉其四

二月已破[1]三月來，漸老逢春能幾回？莫思身外無窮事，且盡生前有限杯。

1 已破：過完了。破，原為破除之意，此處應是杜甫引用蜀地俗語。

名家析評

《杜詩說》：後二語在公亦強自寬耳，果如所言，則達矣。（卷10）

《杜詩詳註》：此章言春不暫留，有及時行樂之意。（卷9）

〈絕句漫興九首〉其六

懶慢無堪[1]不出村，呼兒自在掩柴門。蒼苔濁酒林中靜，碧水春風野外昏。

1 無堪：無甚吸引人的事物。

名家析評

《杜詩解》：此首以前是春，此首以後是夏，恰置此首於春夏之交，明四序有推遷，一心無動靜，此謂君子居易俟命，無入不得。素春行春，素夏行夏，更無他求也。（卷2）

《杜詩詳註》：此是酌酒留春，有物外逍遙之意。無堪，無可人意者。林中靜，聊以自適。野外昏，聽其自擾。（卷9）

〈絕句二首〉其一

遲日[1]江山麗，春風花草香。泥融飛燕子[2]，沙暖睡鴛鴦。

1　遲日：春日。《詩經．豳風．七月》：「春日遲遲。」

2　泥融句：春暖泥融，燕子銜泥而飛，忙於築巢。

名家析評

《杜臆》：《鶴林（玉露）》云：「遲日江山」一首，或謂與兒童屬對何異？余曰：「上二句見兩間（按：指天地之間）莫非生意，下二句見萬物莫不適性。豈不足以感發吾心之真樂乎！」（卷6）

《杜詩詳註》：此詩皆對語，似律詩中幅，何以見起承轉闔？曰：江山麗而花草生香，從氣化說向物情，此即一起一承也。下從花草說到飛禽，便是轉折處，而鴛燕卻與江山相應，此又是收闔法也。（卷13）

〈絕句六首〉其二

藹藹[1]花蕊亂，飛飛蜂蝶多。幽棲身懶動，客至欲如何？

1　藹藹：茂盛貌。

名家析評

《杜臆》：花蕊既亂，蜂蝶自多，花招之也。幽棲之人，身亦懶動，而客亦紛紛而至，將何求於我乎？三年奔走，閱盡世情，蓋有息交絕遊之意矣。（卷6）

《杜詩詳註》：幽居自適之情。花蕊蜂蝶，乘春而動。閒中玩物，故客至懶迎也。（卷13）

〈絕句四首〉其三

兩個黃鸝[1]鳴翠柳，一行白鷺上青天。窗含西嶺[2]千秋雪，門泊東吳[3]萬里船。

1 黃鸝：俗稱黃鶯。

2 西嶺：指雪嶺，因在成都西，故稱。

3 東吳：江蘇、浙江兩省東部地區，原指三國時的吳國，因地處江東，故名東吳。

名家析評

《杜臆》：草堂多樹，境亦超曠，故鳥鳴鷺飛，與物俱適。窗對西山，古雪相映，對之不厭，此與拄笏看爽氣者同趣。門泊吳船，即公詩「平生江海心，夙昔具扁舟」是也。（卷4）

《杜詩闡》：低而見翠柳中黃鸝對語，高而見青天上白鷺齊飛，近而見西嶺之雪常在窗前，遠而思東吳之船還泊門外。（卷12）

〈漫成〉二首其一

野日荒荒白[1]，春流泯泯清[2]。渚蒲[3]隨地有，村徑逐門成[4]。只作披衣慣，常從漉酒生[5]。眼邊無俗物，多病也身輕。

1 荒荒白：不是很白。荒荒，指黯淡無際。

2 泯泯清：不是很清徹。泯泯，水似清不清。

3 渚蒲：水中沙洲生長的蒲草。

4 村徑句：各家門前逐漸走出一條條的小路。

5 常從句：杜甫欲仿效陶潛取頭巾過濾酒渣，醉於酒鄉。《宋書．陶潛傳》：「貴賤造之者，有酒輒設，潛若先醉，便語客：『我醉欲眠，卿可去。』其真率如此。」郡將候潛，值其酒熟，取頭上葛巾漉酒，畢，還復著之。」漉酒，濾酒。

名家析評

《杜詩說》：俗物，指世法相拘輩也。披衣慣，不拘禮法之事；漉酒生，不拘禮法之人。翁有美酒，眼無俗物，天下之樂，孰有過於此哉？（卷6）

《杜律疏》：俗物，濁物也，面貌可憎，語言無謂，最足惹厭。眼邊無此，即多病之身亦覺輕快也。多病有何輕快？甚言俗物情形，令人難受耳。（卷3）

〈漫成〉二首其二

江皋[1]已仲春，花下復清晨。仰面貪看鳥，回頭錯應人。讀書難字過[2]，對酒滿壺頻。近識峨嵋老[3]，知余懶是真。

1 皋：音高，水畔。

2 讀書句：讀書遇到難解的字，便姑且略過。

3 峨嵋老：杜甫原注：東山隱者。

名家析評

《唐詩評選》：杜詩情事朴率者，唯此自有風味。過是則有「鵝鴨宜長數」、「計拙無衣食」、「老翁難早出」一流語，先已自墮塵土，非但學之者拙，似之者死也。杜又有一種門面攤子句，往往取驚俗目，如「水流心不競，雲在意俱遲」，裝名理為腔殼。如「致君堯舜上，再使風俗淳」，擺忠孝為局面。皆此老人品、心術、學問、器量大敗闕處，或加以不虞之譽，則紫之奪朱，其來久矣。（卷3）

《唐詩成法》：三四寫無心疏懶，正得妙處。朱晦翁極賞之。詩果佳，宋調亦何妨？不佳，雖唐調亦可笑也。◎「難」字即五柳「不求甚解」意。「滿壺頻」即五

柳「杯盡壺自傾」意。「仰面」二句，即中散「目送飛鴻」意。（卷4）

《峴傭說詩》：小巧是詩人所戒，如「仰蜂黏落絮，行蟻上枯梨」，「紅入桃花嫩，青歸柳葉新」。俳優是詩人所戒，如「家家養烏鬼，頓頓食黃魚」。粗俗是詩人所戒，如「仰面貪看鳥，回頭錯認人」之類。雖出自少陵，不可學也。（19則）

〈暮歸〉

霜黃碧梧白鶴棲，城上擊柝[1]復烏啼。客子入門月皎皎，誰家擣練風淒淒？南渡桂水闕舟楫，北歸秦川多鼓鞞[2]。年過半百不稱意，明日看雲還杖藜[3]。

1　擊柝：敲梆子巡夜，亦比喻戰事、戰亂。柝，音拓，打更的梆子。

2　鼓鞞：戰鼓，指戰事。鞞，音皮，軍隊用的小鼓。

3　杖藜：拄著手杖行走。藜，野生植物，其莖堅韌可為杖。

名家析評

《杜詩說》：丈夫在世，東西南北，惟其所之，始為稱意。今朝出於斯，暮歸於斯。南渡不可，北歸不能，年過半百，鬱鬱居此，其為失意，可勝道哉？起一「復」字，結一「還」字，見今日如是，明日又復如是，皆無可奈何之詞。（卷9）

《杜律啟蒙》：時而仰首，但見月色之皎皎；時而側耳，惟聞砧響之淒淒。清涼之景，無聊之況，十四字摹寫殆盡，此為追魂攝魄。……杜集拗律，當以此為第一。（七言卷之3）

《杜詩鏡銓》引申凫盟（涵光）曰：首句黃、碧、白三字，看他安插頓放之妙。

李白閨情詩單元

李白閨情詩
單元導讀

宋代王安石曾批評李白為詩：「十首九說婦人與酒」[1]；當代學者哈金在《通天之路：李白》一書中，也指出李白與唐代詩人的最大差異在於「李白寫了大量女性口吻的詩歌」，也正是「這些詩歌把他和他同時代的詩人區分開來」[2]。但在實際統計李白詩作全集後發現，詩集中與女性相關的詩歌，不過一百四十多首，約僅佔詩集總數的14%左右，與王安石所說的「十首九說」比例相去甚遠。李白族叔李陽冰在〈唐李翰林草堂集序〉中，也以「太白不讀非聖之書，恥為鄭衛之作，故其言多似天仙之詞。」（王琦《李太白集注》卷31）來為李白澄清、洗白。令人不解的是：既然李白詩集中涉及女性的比例並不高，李白也「恥為鄭衛之作」，不屑於書寫淫靡情色內容，何以「婦人與酒」的標籤，會牢牢貼在李白身上，卻與杜甫絕緣呢？

首先，在杜甫詩集中，罕有閨怨主題的詩作。少數如〈月夜〉或〈一百五日夜對月〉，乃杜甫深情懷念妻子所作。另有未標明書寫對象的〈佳人〉（見本單元附錄），詩中被喜新厭舊的夫婿拋棄，發出「但見新人笑，哪聞舊人哭」悲鳴的婦人，歷來詩評家多認為是杜甫戰亂流離時的親歷親聞，而非虛構想像。其他提及女性的詩作，如〈觀公孫大娘弟子舞劍器行〉、〈新婚別〉、〈哀江頭〉、〈負薪行〉等詩，也都不以抒發婦女的閨怨愁思為旨。當代杜詩研究學者洪業曾有感而發：

1 南宋．胡仔曾引述王安石評論李白之言：「白詩近俗，人易 故也。白識見污下，十首九說婦人與酒，然其才豪俊，亦可取也。」見胡仔：《苕溪漁隱叢話》（北京：中華書局，1985年），卷6，頁36-37。

2 美．哈金著，湯秋妍譯：《通天之路：李白》（新北：聯經，2020年），頁65。

> 據說詩人的生活通常由三個w組成：酒（wine），女（women）和文字（words），其他詩人可能如此，但杜甫不是。杜甫的三個W是：憂慮（worry），酒（wine）和文字（words）。……儘管他對美有著深切的欣賞，也包括美麗的女子，但來沒有證據表明他和女性的（互動）超過了社會所規定的界限。儘管杜甫多次在詩中感情深摯地提到他的妻子，但他從未為她寫過一首情詩。（《杜甫：中國最偉大的詩人》，頁178-179）。

以「致君堯舜上」、「竊比稷與契」自許的杜甫，平日不是「默思失業徒，因念遠戍卒」就是「窮年憂黎元，嘆息腸內熱」，具備這種聖賢型思路的人，顯然是不適合從事「代寫情詩收潤筆費」工作的。

反觀李白。俗話說：「辣椒會辣，一顆就夠」，讓人印象深刻的特色也往往如此。在李白詩集中，不僅有〈寄遠〉詩之「朝共琅玕之綺食，暮宿鴛鴦之錦衾」、「何由一相見，滅燭解羅衣」這類男女歡愛的內容，也從未刻意刪除「酒後一夜情」之類的詩作，如〈對酒〉詩之「玳瑁筵中懷裡醉，芙蓉帳底奈君何」，以及〈楊叛兒〉詩之「君醉留妾家」。這些詩作，即使刻意穿鑿附會，也很難指出其中有何比興寄託的內涵。加以李白頗為欣羨東晉名相謝安「攜妓出遊」的排場與作風，是以詩集中屢屢提及（詩例請參見李白懷古詩）。在李白看來，攜妓出遊不僅不是敗德之舉，還是件值得「長嘯絕人群」、「傲然出風塵」的高調之舉，也難怪後人會把「婦人與酒」的標籤，牢牢的貼在李白身上了。

相形之下，由杜甫對流連酒席妓樂者的規勸：「請公臨深莫相違，回船罷酒上馬歸。人生歡會豈有極？無使霜露沾人衣。」（〈陪王侍御同登東山最高頂宴姚通泉，晚攜酒泛江〉）與「使君自有婦，莫學野鴛鴦」（〈數陪李梓州泛江有女樂在諸舫，戲為艷曲〉二首之一），想必一本正經、克守「夫」德的杜甫，即使平日深慕景仰李白，但對於李白的「酒後風流」與「攜妓出遊」，恐怕也會深表不以為然的吧！

歸納李白詩集中的閨情詩，可大約分為「**贈言體**」與「**閨怨體**」兩種。前者又可細分為李白寫詩贈送妻子，或是模仿妻子口吻寫詩給自己的「贈內」詩（以上兩項移至李白親情詩單元），以及為婦女代筆寫情詩的「代贈」詩。其中「代贈」之作，因詩中所使用的典故與意象多有重複，藝術性不高，是以這類詩作歷來罕為人關注，甚至連蕭士贇、王琦的評注本，也都是有選無評、存而不論。本單元後半段，遂僅選錄數首李白「代贈」詩作，並未附有「名家析評」，讀者或可從中歸納出李白這類詩作的思考模式與寫作套路。

李白閨情詩中評價較高、也較引人關注的，是那些可以上溯至屈原〈離騷〉「眾女嫉余之蛾眉兮，謠諑謂余以善淫」結合了「蛾眉」與「比興書寫傳統」的詩作。詩作表面寫的是女子空有美貌卻遭人嫉妒或備受冷落，實則抒發士人懷才不遇或去官貶謫的哀傷。或者透過歌詠美女的容貌舉止，來比喻君子的美好的德行節操。這類的詩作如〈長相思〉之「美人如花隔雲端」，寫美人難遇猶如明君難見；而〈妾薄命〉、〈長門怨〉、〈怨情〉、〈長信宮〉、〈邯鄲才人嫁為廝養卒婦〉等，詩中婦人「寵極愛還歇」的命運，何嘗不是李白擔任供奉翰林時，因不見容於玄宗寵愛的貴妃與外戚內侍，未滿三年即被「賜金放還」的真實寫照？印證李白〈玉壺吟〉：「君王雖愛蛾眉好，無奈宮中妒殺人」，即以「蛾眉遭妒」來概括自己仕途短暫的緣由。

此外，基於〈宮中行樂詞〉與〈清平調〉三首，是李白記錄玄宗後宮行樂與歌詠貴妃美貌而作，詩作手法高妙，不落俗套。既有別於李白閨情詩所好用的「金屋藏嬌」、「秋扇見捐」等典故，也是理解李白短暫入仕的背景資料。由於在這兩組連章詩作中，李白都有將貴妃比擬為趙飛燕的詩句，元人蕭士贇與清人賀貽孫，都主張詩句有譏刺楊貴妃為亡國禍水之意，王琦則認為此說過於穿鑿，何況李白寫此詩時，楊貴妃入宮近十年，玄宗早已離不開貴妃，李白又何必多費唇舌，自討沒趣？單純由贊頌貴妃美貌的角度說解即可，不必故作附會曲解。以上兩種說法各有所本，何種說法更為合理？讀者何妨深入推敲研究，或許能有不同的觀點與見解。

李白閨情詩

〈宮中行樂詞〉八首其一

小小生金屋[1]，盈盈在紫微[2]。山花插寶髻，石竹繡羅衣。每出深宮裡，常隨步輦[3]歸。只愁歌舞散，化作彩雲飛。

1 小小句：司花宮女自小在深宮長大。小小，少小；金屋，用漢武帝「金屋藏嬌」的典故，代指深宮。

2 盈盈句：盈盈，儀態輕巧美好；紫微，宮殿名，專指天子宮殿。

3 步輦：皇帝和皇后所乘用的代步工具。

名家析評

《本事詩》：（玄宗）嘗因宮人行樂，謂高力士曰：「對此良辰美景，豈可獨以聲伎為娛？倘時得逸才詞人吟詠之，可以誇耀於後。」遂命召白。時寧王邀白飲酒，已醉。既至，拜舞頹然。上知其薄聲律，謂非所長，命為〈宮中行樂〉五言律詩十首。白頓首曰：「寧王賜臣酒，今已醉。倘陛下賜臣無畏。始可盡臣薄技。」上曰：「可。」即遣二內臣掖扶之，命研墨濡筆以授之，又令二人張朱絲欄於其前。白取筆抒思，略不停綴，十篇立就，更無加點。筆跡遒利，鳳跱龍拏。律度對屬，無不精絕。（高逸第三）

《唐詩新賞》：全詩只寫此宮女之嬌憨，只寫其天真無邪，對其輕歌曼舞卻不著一字。只在最後以「愁」表示作者眷念之感，以「彩雲」之絢麗飄逸傳人物之神。李白詩中數用「彩雲」字樣，只此詩為最感人，對後世影響也大。北宋晏幾道〈臨江仙〉：「當時明月在，曾照彩雲歸。」即化用此詩結句。（冊4）

〈清平調〉三首其一

雲想衣裳花想容，春風拂檻[1]露華[2]濃。若非群玉山[3]頭見，會[4]向瑤臺[5]月下逢。

1 檻：音見，欄杆。

2 露華：露珠。

3 群玉山：仙山名，西王母住處。

4 會：應該。

5 瑤臺：仙子群居處。

〈清平調〉三首其二

一枝紅艷露凝香，雲雨巫山枉斷腸[1]。借問漢宮誰得似？可憐[2]飛燕[3]倚新妝。

1 雲雨句：指巫山神女與貴妃相比，也只能是枉斷肝腸，以喻貴妃美貌。巫山，原喻男女歡會，典故出自宋玉〈高唐賦〉中，楚襄王夢與巫山神女歡會之事。

2 可憐：楚楚可憐，嬌美可愛。

3 飛燕：漢成帝皇后趙飛燕。詩句言貴妃之美，惟漢宮趙飛燕倚其新妝，或可比擬一二。

〈清平調〉三首其三

名花[1]傾國[2]兩相歡，長得君王帶笑看。解釋[3]春風無限恨，沉香亭[4]北倚欄干。

1 名花：此指牡丹。

2 傾國：容貌絕美的女子，此指楊貴妃。

3 解釋：解除、釋放。

4 沉香亭：宮中亭名，位於長安城興慶宮內龍池東北方。

名家析評

《唐詩選勝直解》：〈清平調〉三首章法最妙。第一首賦妃子之色，二首賦名花之麗，三首合名花、妃子夾寫之，情境已盡於此，使人再續不得。所以為妙。（七言絕句）

《李太白集注》:（引蕭士贇言）〈清平調詞〉、〈宮中行樂詞〉，其中數首全得〈國風〉諷諫之體。……（李白）以飛燕比貴妃，妃與飛燕事跡相類，欲使明皇以古為鑒，知飛燕之為漢禍水，而不惑溺於貴妃也。……琦按：蕭氏此說甚鑿，使解詩者必執此見於胸中而句度字權之，則古今之詩，無一而非譏時誹政之作，而忠厚和平之旨蓋於是失矣。尤而效之，幾何不為讒邪之嚆矢哉！（卷5）

《詩筏》：太白〈清平〉三絕與〈宮中行樂詞〉，鍾、譚譏其淺薄。然大醉之後，援筆成篇，如此婉麗，豈非才人？而世傳唐天子命李龜年持金花箋，授白為〈清平調〉詞，梨園子弟撫絲竹，李龜年歌之，天子親調玉笛以倚曲，每曲遍將換，則遲其聲以媚之。詩中所指，皆極言太真之美而已。如此，則太白此詩與〈玉樹後庭花〉何異？即深厚且不足傳，又何論淺薄哉！不知太白此詩最有膽氣，如「可憐飛燕倚新妝」，又〈行樂詞〉「飛燕在昭陽」二語，大肆譏誚，誰人敢道？當時天子愛其清麗，而不能覺得。高力士恨脫靴殿上之恥，讒而逐之，遂露英雄本色。然則此詩當以「飛燕」二語及高力士脫靴一事而傳。使作詩者皆得如此事、如此語以傳，雖極淺極薄，吾猶以千金享之，況未必淺薄耶？（不分卷）

〈長相思〉二首其一

長相思，在長安，絡緯[1]秋啼金井闌。微霜淒淒簟[2]色寒，孤燈不明思欲絕。卷帷望月空長嘆。美人如花隔雲端[3]。上有青冥之高天，下有淥水[4]之波瀾。天長路遠魂飛苦，夢魂不到關山難[5]。長相思，摧心肝！

1 絡緯：昆蟲，即莎雞，聲如紡線，故名。俗稱紡織娘、絡絲娘。

2 簟：音墊，竹席。

3 美人句：言所思之人遠在天際。古詩〈蘭若生春陽〉：「美人在雲端，天路隔無期。」

4 淥水：清澈之水。淥，音陸，清澈。

5 關山難：關山難越。

名家析評

《唐詩解》：此太白被放之後，心不忘君而作。不敢明指天子，故以京都言之。意謂所思在此，而當秋蟲鳴號，微霜淒厲之夕，孤燈耿耿，愁可知矣。於是望月長嗟而想美人之所在，杳然若雲表而不可至也。以此天路遼遠，即夢魂猶難彷彿，安能期其會面乎？是以相思益深，五內為之摧裂也。（卷12）

《李白詩選評》：李白詩往往以白色晶亮的意象相疊加，形成清澄的詩境。這詩也如此。金秋、金井、秋霜、竹席、孤燈、明月、青天、淥水，組成了全詩「清」的基調。（頁59）

〈長相思〉二首其二

日色欲盡花含煙，月明如素[1]愁不眠。趙瑟[2]初停鳳凰柱，蜀琴[3]欲奏鴛鴦弦。此曲有意無人傳，願隨春風寄燕然[4]。憶君迢迢隔青天。昔時橫波[5]目，今作流淚泉。不信妾腸斷，歸來看取明鏡前。

1 素：潔白的絲絹。

2 趙瑟：弦樂器，相傳古代趙國人善彈瑟。

3 蜀琴：絃樂器，古人常以蜀琴比喻佳琴。

4 燕然：山名，此泛指塞北。

5 橫波：眼波流轉，顧盼生輝。

名家析評

《唐詩歸》鍾惺云：太白妙心妙舌，水月之前，只作「日色欲盡花含煙」、「水引寒煙沒江樹」、「綠煙滅盡清輝發」之句，稍減「金鏡」、「玉盤」等字，何如？（卷16）

《李白詩選評》：上一首但言所思之婦的所在地，這一首只說被思之丈夫在何方，遙相呼應。由此可知二詩夫思婦、婦思夫本為一體。析為二年作，顯然不當。又被思者既在「燕然」，則所謂寄君臣者隔離之感說，也可不攻自破。還請注意，「昔時橫波目，今作流淚泉」兩句，寫情入微而輕艷，最是閨房調笑語。若以為感諷之作，則必如崔顥獻艷詩於李邕而遭叱逐。李白入長安年已三十，投獻經驗累累，又有崔顥前車之鑒，絕不會如此不智。（頁61-62）

〈妾薄命〉

漢帝寵阿嬌，貯之黃金屋[1]。咳唾落九天，隨風生珠玉[2]。寵極愛還歇，妒深情卻疏。長門一步地，不肯暫回車[3]。雨落不上天，水覆難再收。君情與妾意，各自東西流。昔日芙蓉花，今成斷根草。以色事他人，能得幾時好？

1 漢帝二句：漢武帝因寵愛阿嬌，讓她住在華美的宮殿中。
2 咳唾二句：比喻人若得勢，即使口中噴出的唾沫，也如珠玉般美好珍貴。
3 長門二句：武帝車駕經過長門宮，即使僅有一步之遙，也不肯下車探看。長門，即長門宮，為漢武帝皇后阿嬌失寵後所居。

名家析評

《分類補註李太白詩》：太白之詩，其旨出於《國風》，往往寄興深遠。欲言時事，

則借古喻今。此詩雖言漢武之事，而意則實在於明皇（之）王后也。（卷4）

按：玄宗原配王皇后，與漢武之帝皇后陳阿嬌，皆因無子且涉及符厭之事，終被廢棄。

《唐宋詩醇》：因題見意，與〈白頭吟〉同，不必妄傅時事也。「雨落不上天」以下，一意折旋，可以發人深省。（卷3）

〈長門怨〉二首其一

天迴北斗[1]掛西樓，金屋[2]無人螢火流。月光欲到長門殿，別作深宮一段愁。

1　天迴北斗：北斗七星。

2　金屋：華麗的宮殿，出自漢武帝「金屋藏嬌」之典故。

名家析評

《唐詩摘鈔》：含意甚深，故曰「詩可以怨」，何必定云「枉把黃金買詞賦，相如自是薄情人」，始為此題本色語耶！金屋無人，已自含愁，又下「欲到」、「別作」四字一轉，更覺咀味不盡。（卷4）

《唐詩解》：上聯因時而敘景，下聯即景而生愁。樓獨稱西者，秋則斗柄西指也。月本無心，哀怨之極，覺其有心耳。（卷25）

〈長門怨〉二首其二

桂殿[1]長愁不記春[2]，黃金四壁起秋塵。夜懸明鏡[3]青天上，獨照長門宮裡人。

1　桂殿：后妃所住深宮。

2　不記春：不記得年月，亦即不知過了多久。

3 明鏡：指月亮。

名家析評

《唐詩解》：前篇因秋而起秋思，此篇則無時非秋矣。「獨」字甚佳，見月之有意相苦。（卷25）

〈怨情〉

新人如花雖可寵，故人似玉猶來重。花性飄揚不自持，玉心皎潔終不移。故人昔新今尚故，還見新人有故時[1]。請看陳后黃金屋，寂寂珠簾生網絲。

1 故人二句：被拋棄的「故人」，昔日也是備受寵愛的「新人」。即使如今心意依舊，但男人的寵愛早已衰歇。

〈長信宮〉

月皎昭陽殿[1]，霜清長信宮[2]。天行乘玉輦[3]，飛燕與君同。更有歡娛處，承恩樂未窮。誰憐團扇妾，獨坐怨秋風[4]。

1 昭陽殿：本為漢武帝所築，漢成帝時，因趙飛燕姊妹住於此殿，後世遂以之代指皇后或受寵嬪妃所住的宮殿。

2 長信宮：漢代的宮殿名，為太后居處。趙飛燕姊妹入宮後，成為漢成帝新寵，班婕妤與其他嬪妃均遭冷落，班婕妤遂自請服侍太后，移居長信宮。

3 玉輦：天子所乘坐的車駕。

4 誰憐二句：有誰會憐惜失寵之人，在秋風中獨坐的哀怨。團扇妾，典故出自班婕妤之〈怨歌行〉：「新裂齊紈素，鮮潔如霜雪。裁為合歡扇，團團似明月。出入君懷袖，動搖微風發。常恐秋節至，涼飆奪炎熱。棄捐篋笥中，恩情中道絕。」後世遂以「秋扇見捐」代指失去寵愛。

名家析評

《唐詩解》：此為班姬失寵而羨飛燕之詞。月皎昭陽，彼之佳景也；霜清長信，己之落寞也。天子乘輦，昔欲與我共載矣，今乃與飛燕同之。且歡娛非一，承恩侍寢，其樂無限，誰憐我團扇之妾獨坐而怨此秋風乎？蓋太白召見金鑾之時，帝親為之調羹，後為妃子所譖，寵遇日衰，故託此以自嘆。（卷33）

〈玉階怨〉

玉階生白露，夜久侵羅襪。卻下[1]水晶簾，玲瓏[2]望秋月。

1 卻下：放下、落下。

2 玲瓏：明徹、空明的影子。

名家析評

《唐宋詩醇》引蔣杲曰：玉階露生。待之久也；水晶簾下，望之息也。怨而不怨，惟玩月以抒其情焉。此為深於怨者，可以怨矣。（卷4）

《李白詩選評》：由玉階、白露、羅襪、水晶簾、秋月，這些白而晶瑩的物象相疊加，收束於「玲瓏」一詞，又使這怨思浮漾於一種清麗而朦朧的氛圍之中，從而給人一種恍惚若夢思，幽美朦朧的感覺。（頁234）

〈怨情〉

美人捲珠簾，深坐顰[1]蛾眉。但見淚痕濕，不知心恨誰。

1 顰：皺眉。

按：本詩與〈玉階怨〉雖同寫閨怨，但〈怨情〉著一「恨」字，怨意顯然。相形之下，〈玉階怨〉乃真所謂「不著一字，盡得風流」。

〈邯鄲才人嫁為廝養卒[1]婦〉

妾本崇臺[2]女，揚蛾入丹闕[3]。自倚顏如花，寧知有凋歇？一辭玉階下，去若朝雲沒。每憶邯鄲城，深宮夢秋月。君王不可見，惆悵至明發[4]。

1 廝養卒：供使役的小卒。

2 崇臺：戰國時的趙國王宮，呼應詩題的趙國都城「邯鄲」。

3 揚蛾句：女人初入宮時，因自矜美貌而揚起蛾眉。蛾，蛾眉，指美女細長的眉毛；丹闕，古代皇宮因多以紅色裝飾，故稱。

4 明發：天明。

名家析評

《分類補註李太白詩》：此詩太白既黜之作也。特藉此發興，敍其睽遇之始末耳。然其辭意，眷顧宗國，繫心君王，亦得〈騷〉之遺意歟！（卷5）

《李詩選註》：以色衰而見棄，一辭玉階，倏如雲散，蹤跡不可以復留矣。君雖棄我，我寧忽忘其君乎？每憶邯鄲之城，遇秋月而興思，夢寐之間，常在宮內，情雖眷眷君王，終不可而見矣。於是惆悵嘆息以至天明，然亦徒自懷思，復何益哉？白以自喻被讒見黜，猶有望君之意，不敢遽爾而相忘也。（卷3）

《詩比興箋》：淪謫之感，貴在忠厚。（卷3）

〈春思〉

燕草[1]如碧絲，秦桑[2]低綠枝。當君懷歸日，是妾斷腸時。春風不相識，何事入羅幃[3]？

1 燕草：燕，今河北北部一帶，燕地為詩中征夫戍守的北方邊地。

2　秦桑：秦，陝西長安一帶，為詩中思婦住處。

3　羅幃：絲織的簾帳。

名家析評

《唐詩快》：同一入羅幃也，明月則無心可猜，而春風則不識何事。一信一疑，各有其妙。（卷4．移人集）

按：「明月無心」，出自李白〈獨漉篇〉之「羅幃舒捲，似有人開。明月直入，無心可猜。」

《唐詩解》：此為戍婦之辭。蓋夫在燕而己在秦，故言燕草碧則思歸，秦桑低則妾腸斷矣，並感時物之變而興懷也。因言我所欲見者，惟此懷歸之征客。今春風素不相識，何故入我羅幃耶？其貞靜純一，不為外物所搖如此。（卷4）

附記

以下為李白代人贈遠，或自代內贈詩，因典故與意象多有重複，歷來罕有評註者，是以不列「名家析評」，錄之以供讀者理解李白閨情詩常用典故與寫作模式。

〈閨情〉

流水去絕國[1]，浮雲辭故關。水或戀前浦，雲猶歸舊山。恨君流沙[2]去，棄妾漁陽[3]間。玉箸夜垂流，雙雙落朱顏。黃鳥坐相悲，綠楊誰更攀。織錦心草草[4]，挑燈淚斑斑。窺鏡不自識，況乃狂夫還。

1　絕國：絕域、塞外。

2　流沙：今甘肅省張掖一帶。

3　漁陽：幽州，今北京一帶。

4　草草：心不在焉，潦草了事。

〈代贈遠〉

妾本洛陽人，狂夫幽燕[1]客。渴飲易水波，由來多感激。胡馬西北馳，香鬃[2]搖綠絲。鳴鞭從此去，逐虜蕩邊陲。昔去有好言，不言久離別。燕支[3]多美女，走馬輕風雪。見此不記人，恩情雲雨[4]絕。啼流玉箸[5]盡，坐恨金閨切。織錦作短書，腸隨回文結[6]。相思欲有寄，恐君不見察。焚之揚其灰，手跡自此滅。

1 幽燕：今河北北部和遼寧一代。唐以前屬幽州，戰國時屬燕國，故名。

2 鬃：馬頸部的長毛。

3 燕支：泛指北地，邊地。

4 雲雨：喻男女歡情。

5 玉箸：箸，筷子，代指兩行淚水。

6 織錦、回文：典故出自《晉書．烈女傳》：「竇滔妻蘇氏，始平人也。名蕙，字蘭若。善屬文。滔，苻堅時為秦州刺史，被徙流沙，蘇氏思之，織錦為回文璇璣圖詩以贈滔。宛轉循環以讀之，詞甚淒惋。凡八百四十字。」

〈寒女吟〉

昔君布衣時，與妾同辛苦。一拜五官郎[1]，便索邯鄲女。妾欲辭君去，君心便相許。妾讀蘼蕪書[2]，悲歌淚如雨。憶昔嫁君時，曾無[3]一夜樂。不是妾無堪，君家婦難作。起來強歌舞，縱好君嫌惡。下堂辭君去，去後悔遮莫[4]。

1 五官郎：漢代官職，後用以代稱宮廷侍衛官。

2 蘼蕪書：典故出自漢樂府〈上山採蘼蕪〉：「上山採蘼蕪，下山逢故夫。長跪問故夫，新人復何如？新人雖言好，未若故人姝。顏色類相似，手爪不相如。……」本詩棄婦因感同身受，讀〈上山採蘼蕪〉詩遂「悲歌淚如雨」。

3 曾無：實在沒有。

4 遮莫：俚語，莫要、不必，猶言「你就別後悔」。

〈怨歌行〉原注：長安見內人出嫁，友人令余代為之〈怨歌行〉

十五入漢宮[1]，花顏笑春紅。君王選玉色[2]，侍寢金屏中。薦枕[3]嬌夕月，卷衣[4]戀春風。寧知趙飛燕[5]，奪寵恨無窮。沉憂[6]能傷人，綠鬢成霜蓬[7]。一朝不得意，世事徒為空。鷫鸘[8]換美酒，舞衣罷雕龍[9]。寒苦不忍言，為君奏絲桐。腸斷絃亦絕，悲心夜忡忡[10]。

1 漢宮：此處以漢喻唐，指才人獲選入宮。

2 玉色：美色，指美女。

3 薦枕：侍寢。出自宋玉〈高唐賦〉之「愿薦枕席」。

4 卷衣：亦侍寢之意。

5 趙飛燕：此喻宮中專寵之人。《漢書．班婕妤傳》：「趙飛燕姊弟從自微賤興。踰越禮制，寖盛於前。班婕妤及許皇后皆失寵，稀復進見。」

6 沉憂：沉重的憂傷。

7 綠鬢句：滿頭青絲變成如霜白髮。

8 鷫鸘：音肅霜，鳥名，形似雁，羽可為衣避寒。

9 雕龍：舞衣上刺繡的龍紋。二句以美人典當鷫鸘裘換美酒喝，舞衣上的雕飾也因罷舞而不復得見，寫美人失寵後的落寞。

10 忡忡：憂慮不安的樣子。

〈寄遠〉十二首其三

本作一行書，殷勤道相憶。一行復一行，滿紙情何極？瑤臺[1]有黃鶴，為報青樓人[2]。朱顏凋落盡，白髮一何新。自知未應還，離居經三春。桃李今若為[3]？當窗發光彩。莫使香風飄，留與紅芳待。

1 瑤臺：仙人的居處，在崑崙山。

2 青樓人：青樓，豪門高戶，因李白首任妻子許氏為相門之後，故以「青樓人」

代稱之。

3 若為：如何。

〈寄遠〉十二首其八

憶昨東園桃李紅碧枝，與君此時初別離。金瓶落井[1]無消息，令人行嘆復坐思。坐思行嘆成楚越[2]，春風玉顏畏銷歇[3]。碧窗紛紛下落花，青樓寂寂空明月。兩不見，但相思，空留錦字表心素，至今緘愁不忍窺。

1 金瓶落井：水瓶落入井中，猶言石沉大海，毫無消息。

2 楚越：楚，今湖北；越，今江浙之地。時李白在江南，首任妻子許氏在湖北，故以「成楚越」代指分隔兩地。

3 春風句：春風玉顏，指青春容貌。銷歇，逐漸消失。

〈寄遠〉十二首其十二[1]

美人在時花滿堂，美人去後餘空牀。牀中繡被卷不寢[2]，至今三載猶聞香。香亦竟不滅，人亦竟不來。相思黃葉落，白露點青苔。

1 本詩有題名為〈長相思〉者，如《唐宋詩醇》即是；另有題名為〈寄遠〉十二首之十二，如王琦《李太白集注》。今從王琦注本。

2 卷不寢：捲起繡被不睡覺。

〈自代內贈〉[1]

寶刀截流水，無有斷絕時。妾意逐君行，纏綿亦如之。別來門前草，秋巷春轉碧。掃盡更還生，萋萋滿行跡。鳴鳳始相得，雄驚雌各飛。遊雲[2]落何山？一往不見歸。估客[3]發大樓[4]，知君在秋浦。梁苑[5]空錦衾，陽臺夢行雨[6]。妾家三作相[7]，失勢去西秦[8]。猶有舊歌管，悽清聞四鄰。曲度入紫雲[9]，啼無眼中人。

妾似井底桃，開花向誰笑？君如天上月，不肯一回照。窺鏡不自識，別多憔悴深。安得秦吉了[10]，為人道寸心。

1 詩題：乃李白想像第二任夫人宗氏，因思念夫婿而寫詩寄給李白。亦即李白模仿夫人的口吻，寫信寄給自己。

2 遊雲：飄浮的雲彩，代指行蹤不定的丈夫。

3 估客：商人。因商人遊歷四方，可代為捎信。

4 發大樓：由大樓山出發。大樓，指安徽貴池縣的大樓山。

5 梁苑：指高門大院。

6 陽臺句：指宗氏與李白分隔兩地，只能在夢中與其相會。陽臺、行雨，出自宋玉〈高唐賦〉中楚襄王與神女歡會的典故。

7 三作相：李白的第二任夫人為宗楚客之孫女，宗楚客在武則天與唐中宗時，曾三度拜相。

8 西秦：指長安。

9 紫雲：彩雲。

10 秦吉了：鳥名，善於學人說話。

附錄：杜甫閨情詩

〈佳人〉

絕代有佳人，幽居在空谷。自云良家子，零落依草木[1]。關中昔喪亂，兄弟遭殺戮。官高何足論？不得收骨肉。世情惡衰歇，萬事隨轉燭[2]。夫婿輕薄兒，新人美如玉。合昏[3]尚知時，鴛鴦不獨宿。但見新人笑，那聞舊人哭？在山泉水清，出山泉水濁。侍婢賣珠[4]回，牽蘿[5]補茅屋。摘花不插髮，採柏動[6]盈掬。天寒翠袖薄，日暮倚修竹。

1 依草木：住在山中，與草木為鄰。

2 轉燭：燭火隨風轉動，喻世事變化無常。

3 合昏：夜合花，葉子朝開夜合。

4 賣珠：因生活窮困而變賣珠寶。

5 牽蘿：拾取樹藤類的枝條。

6 動：往往。

名家析評

《唐詩解》：泉水在山則清，以比新人見寵而得意；出山則濁者，以比己見棄而失度也。……夫少陵冒險以奔行在，千里從君，可謂忠矣。然肅宗慢不加禮，一論房琯而遂廢斥，於華州流離艱苦，采橡栗以食，此與倚修竹者何異耶？吁！讀此而知唐室待臣之薄也。（卷6）

《杜詩說》：偶然有此人，有此事，適切放逐之臣，故作此詩，全是託事起興，故題但云「佳人」而已。後人無其事而擬作，與有其事而題，必明道其事，皆不足與言古樂府者也。（卷1）

《杜詩詳註》：天寶亂後，當是實有是人，故形容曲盡其情。舊謂託棄婦以比逐臣，傷新進猖狂，老成凋謝而作，恐懸空撰意，不能淋漓愷至如此。（卷7）

杜甫詠物詩單元

杜甫詠物詩
單元導讀

關於詠物詩，清乾隆年間學者錢泳《履園談詩》有「詠物詩最難工」[1]的說法。因為內容太貼近歌詠對象，讓人一猜即中，不免淪為猜謎（例如「一線一線又一線，落入池塘都不見」——雨）；若離題太遠，則又令人捕風捉影，摸不著頭緒（例如「凍合玉樓寒起粟，光搖銀海眩生花」——雪）。是以詠物詩要寫得好，「須在不即不離之間」，既要能切合歌詠事物的特色，又要能寄寓作者的情志。清末朱庭珍《筱園詩話》也有「詠物詩最難見長」的見解，認為「處處描寫物色，便是晚唐小家門徑。」但相對的，「處處用意，又入論宗，仍是南宋人習氣。」[2]唯有形神兼備，切情入理，才能將詠物詩寫得既傳神又動人。

細數唐人詠物詩作，以初唐的李嶠的《李嶠雜詠》為數最多。常見其拈一字為題，如風、雨、柳、月、松、雁、露等，並運用五律的對仗格式，加以刻畫形容。但筆下詩作往往有景無情，不過是借用典故恃才炫學，缺乏令人感動的成分。由以下題名為〈桃〉的五律為例：

獨有成蹊處，紅桃發井傍。含風如笑臉，裛露似啼妝。

隱士顏應改，仙人路漸長。還欣上林苑，千歲奉君王。

詩中首句運用「桃李不言，下自成蹊」的典故，並以桃花比擬美女的笑臉與啼

1 清．錢泳《履園談詩》謂詠物詩最難工，理由是：「太切題則黏皮帶骨，不切題則捕風捉影，須在不即不離之間。」收入丁福保輯：《清詩話》下冊（上海：上海古籍出版社，1978年），頁889。

2 清．朱庭珍：《筱園詩話》，收入郭紹虞輯：《清詩話續編》冊3，卷4，頁2404。

妝，即使是世外的隱士或仙人，也會為之動容或放慢速度欣賞。末聯提議將桃花移植到上林苑，讓帝王欣悅歡愉作結。全詩平平寫來，無甚深意。網路上甚至流傳一首李嶠所寫的詠〈風〉五絕：「凋落三秋葉，能開二月花，過江千尺浪，入竹萬竿斜。」詩作雖未見錄於《李嶠雜詠》，也並非李嶠偏好的五言律體，應是後人掛名李嶠之作。然而，李嶠之所以會「被掛名」，難道不正是其偏好詠物，詩作徒有外形而無神采所致？

相形之下，杜甫詠物詩所以令後人稱道不已，晚明鍾惺甚至譽之為「詠物至此，仙佛、聖賢、帝王、豪傑具此難著手。」[3]堪稱是天上地下，無可匹敵。箇中緣故，清初黃生《杜詩說》認為是杜甫詠物能兼具「體物之精，命意之遠」的要旨，「說物理物情，即從人事世法勘入，故覺篇篇寓意，含蓄無限。」[4]清人仇兆鰲《杜詩詳註》也主張杜甫詠物詩所以與眾不同處，在於詩作「皆託物寓言，情與景會，身分便自不同矣。」[5]

檢視杜甫詩集中的詠物詩的數量，因分類標準不同，數據也自有別。有僅檢視詩題之動、植物或天文星象，而得出135首[6]的數量；也有擴大檢視詩作內容，連〈臨邑舍弟書至苦雨黃河泛溢隄防之患簿領所憂因寄此詩用寬其意〉、〈觀打魚歌〉、〈又觀打魚歌〉這類題非詠物但詩中有物的作品也一併納入，使得杜甫的詠物詩數量擴大到兩百餘首[7]。儘管杜甫的詠物詩數量，依判別標準不同而有落差，

3 明·鍾惺、譚元春合編：《唐詩歸》，《續修四庫全書》1590冊（上海：上海古籍出版社，2002年），卷21，頁23B。

4 清·黃生著，諸偉奇主編《黃生全集》第2冊（合肥，安徽大學出版社，2009年），卷5〈猿〉詩後評，頁188-189。

5 清·仇兆鰲：《杜詩詳註》冊4（北京：中華書局，1999年），卷17〈白小〉詩後評，頁1537。

6 如莊詠晴：《杜甫詠物詩研究——承與開拓談起》（臺北：世新大學碩士論文，2021年07月），文末所附〈杜甫詠物詩表〉，所列的詩作有135首。

7 如丁慶勇：《物微意不淺，感動一沉吟——詠物詩研究》（武漢：華中師範大學碩士論文，2008年05月），文末所附〈杜甫詠物詩詳情一覽表〉，所列詩作計204首；梁舒欽：《杜甫詠物詩研究》（遼寧：渤海大學碩士論文，2021年04月），文末列表統計則有200首。

但就百餘首的詠物詩規模而言，整體上還是相當可觀，足以成為學位論文的研究專題。

論及杜甫詠物詩所偏好歌詠的題材，可由晚明鍾惺、譚元春合編《唐詩歸》的選評要點概見其要。書中共選錄15+1首[8]的杜甫詠物詩，分別是：苦竹、蒹葭、房兵曹胡馬、病馬、鸂鶒、孤雁、促織、螢火、歸燕、猿、白小、麂、鸚鵡、雞、歸雁、蕃劍。其中除了〈房兵曹胡馬〉是杜甫早年作品，勉人建功於千里之外，充滿積極奮發的精神，其餘題材，或者是被人忽略的小物，如促織、螢火、白小；或者是外形殘缺不全，不討人喜愛的苦竹、病馬；或者是杜甫藉以自省應世之道的蒹葭、鸂鶒、猿、麂、雞等；另有杜甫託物興感的孤雁與歸雁等詩。值得注意的是，不同的歌詠對象，杜甫也都有相應的表現手法：

> 有讚羨者，有悲憫者，有痛惜者，有懷思者，有慰藉者，有嗔怪者，有嘲笑者，有賞玩者，有勸誡者，有指點者，有計議者，有用我語詰問者，有代彼語對答者。(《唐詩歸》卷22〈歸雁〉鍾惺後評)

> 有似如來度眾生者，有似慈吏憫疲民者，有似真人念舊友者。萬物在其胸中，群動森於筆下，至此則不敢以淺衷輕言詩矣。(《唐詩歸》卷22〈苦竹〉譚元春前評)

相形之下，李白的詠物詩，不論是數量或表現手法上，都難以望杜甫之項背。以元人蕭士贇《分類補注李太白詩》之「詠物」類而論，李白詠物詩僅21首，遠遠不及杜甫百首以上的規模。詩中的寓意，除了凌雲直上的南軒松、芬榮夭促的槿花、葉垂芳根的南山桂，與李白流放夜郎時見守根家園的葵葉，期盼自己也能「還歸守故園」的〈流夜郎題葵葉〉，較有深刻寓意外，其餘如五絕〈紫藤樹〉、〈觀放白鷹〉二首、〈白鷺鷥〉，七絕〈白胡桃〉、〈巫山錦嶂〉，都是僅見物色，

8 鍾惺與譚元春在《唐詩歸》卷22〈苦竹〉前評與〈歸雁〉後評中，都提到「十五首」的數字，但在15首之後，另有〈蕃劍〉一首，納入計算的話，合計共選了16首詠物詩。

難得其情。是以詠物詩單元，僅選錄杜甫詩作，以見其詠物之妙。至於李白的詠物詩，則以附錄方式，供讀者比較、參考。猶如杜甫不擅長的閨情題材，也在李白閨情詩後附錄〈佳人〉一首，以為對比，供讀者參考。

杜甫詠物詩

〈房兵曹胡馬〉

胡馬大宛[1]名，鋒稜瘦骨成[2]。竹批雙耳峻[3]，風入四蹄輕。所向無空闊[4]，真堪託死生[5]。驍騰[6]有如此，萬里可橫行。

1 大宛：漢代西域國名，此國盛產良馬，在今中亞一帶。

2 鋒稜句：骨瘦而有鋒利稜角。

3 竹批句：馬耳聳直，如斜削竹片般尖銳。

4 所向句：馬前進時，所向無阻，雖空闊之處，亦能飛躍。

5 真堪句：能夠以性命相託。《江表傳》：「孫權征合肥，乘駿馬上津橋，橋見徹，丈餘無板，權躍馬超之，得免。」《蜀志》：「劉先主（劉備）的盧一躍三丈，過檀溪，免劉表之追。」《晉書》：「劉牢之馬躍五丈，脫慕容垂之逼。」以上都是駿馬救人於危難之例。

6 驍騰：勇健飛騰。

名家析評

《杜詩說》：前半形馬之物，後半極馬之才，「有如此」三字，挽得有力。八句期房立功萬里之外，結處必見主人，此唐賢一定之法。（卷4）

《詩境淺說》：詩有純用虛寫而精湛卓立，由其義深而詞達，故力透紙背也。此少陵詠胡馬詩，上句（所向無空闊）言所向千群辟易，有日行萬里之概，無空闊可以限之。下句（真堪託死生）言與人一心，生死不負。善詠名馬，亦可為名將寫照也。（頁35）

〈畫鷹〉

素練風霜起，蒼鷹畫作殊。㩳身思狡兔，側目似愁胡。絛鏇[1]光堪摘[2]，軒楹勢可呼[3]。何當[4]擊凡鳥[5]，毛血灑平蕪[6]。

1 絛鏇：音滔炫，繫鳥所用的繩與鐶。

2 光堪摘：光芒似可摘下，指畫作立體逼真。

3 軒楹句：畫中的鷹懸於軒楹之內，與真鷹無別。彷彿人一呼叫，鷹就會從圖上飛出捕獵。

4 何當：何時。

5 凡鳥：尋常的鳥。

6 平蕪：草原。

名家析評

《杜詩解》：「擊凡鳥」，妙！不擊惡鳥而擊凡鳥，甚矣！凡鳥之為禍，有百倍於惡鳥也。有家國者，可不日誦斯言乎？「毛血」五字，擊得恁快暢。蓋親睹凡鳥壞事，理合如此。（卷1）

《杜詩話》：首云「素練風霜起」，鷹之猛鷙，畫之神采俱現，與〈畫馬〉詩「縞素漠漠開風沙」意同。公詩格每因畫及真，故末聯想到「擊凡鳥」作結。（卷3）

《詩法易簡錄》：「風霜起」三字，直寫出秋高欲擊之神，已貫至結二句矣。素練本無風霜，而忽若風霜起於素練者，以所畫之鷹殊也。如此用筆，方有突兀凌空之勢，若一倒轉，便平衍無力。（卷9）

〈高都護驄馬行〉

安西都護[1]胡青驄[2]，聲價欻然[3]來向東。此馬臨陣久無敵，與人一心成大功。功成惠養隨所致，飄飄遠自流沙至。雄姿未受伏櫪恩，猛氣猶思戰場利。腕促蹄高如踣鐵，交河幾蹴曾冰裂[4]。五花散作雲滿身[5]，萬里方看汗流血。長安壯兒不敢騎，走過掣電傾城知。青絲絡頭為君老，何由卻出橫門道[6]。

1 安西都護：唐代管轄天山以南西域地區的軍政機構，機構長官稱為都護。詩題的高都護為唐代名將高仙芝。

2 胡青驄：生長在西域的驄馬，日行千里，故時稱胡青驄。

3 歘然：忽然。歘，音忽。

4 腕促二句：比喻馬蹄堅硬有力，踏地如鐵，使得交河層積的冰面破裂。

5 五花句：唐人常修剪馬鬃為花瓣圖樣作為裝飾，或三花，或五花。此指馬身上的五花鬃瓣，在跑動時如滿身雲彩飄散。

6 出橫門道：自長安橫門渡渭水而西，是前往西域的道路，故而「出橫門道」，常代指驅馳沙場。

名家析評

《杜詩詳註》引張綖曰：凡詩人題詠，必胸次高超，下筆方能卓絕。此詩「雄姿未受伏櫪恩，猛氣猶思戰場利」、「青絲絡頭為君老，何由卻出橫門道」，如此狀物，不唯格韻特高，亦見少陵人品。若曹唐〈病馬〉詩：「一朝千里心猶在，曾敢潛忘秣飼恩」，乃乞語也。（卷2）

《杜詩提要》：以往日之戰場，今日之在廄，錯敘成篇。以安西、流沙、交河、長安、橫門為線，一東一西，遙遙相照，而中間正寫側寫，筆筆精悍，詠馬如人，空前跌後之作也。（卷5）

《杜詩偶評》：通體極形神勇，末思馳驅戰場，隱然為老將寫照。猶言老驥伏櫪，志在千里也。（卷2）

〈瘦馬行〉

東郊瘦馬使我傷，骨骼硉兀[1]如堵牆。絆之[2]欲動轉欹側[3]，此豈有意仍騰驤？細看六印[4]帶官字，眾道三軍遺路旁。皮乾剝落雜泥滓，毛暗蕭條連雪霜。去歲奔波逐餘寇，驊騮不慣不得將[5]。士卒多騎內廄馬[6]，惆悵恐是病乘黃[7]。當時歷塊[8]誤一蹶[9]，委棄非汝能周防[10]。見人慘淡若哀訴，失主錯莫[11]無晶光。天寒遠放雁為伴，日暮不收烏啄瘡。誰家且養願終惠，更試明年春草長。

1 硉兀：沙石突兀不平，形容馬瘦骨磷峋。硉，音碌，沙石轉動。

2 絆之：馬繮絆足。

3 欹側：歪斜。欹，音欺，傾斜。

4 六印：官馬身上的六種印記，標示馬之年辰、種類。

5 驊騮句：若非慣戰的驊騮便不得參與戰爭，可見詩中的瘦馬原是慣戰的良馬。

6 士卒句：因戰爭耗損大，使得皇宮內廄的良馬，也成為士卒戰場上的坐騎。

7 乘黃：良馬名。傳說黃帝乘著龍翼馬身的神獸登仙，後世遂將此神獸命名為「乘黃」，成為良馬名稱之一。

8 歷塊：經歷連成一塊，形容速度很快。

9 蹶：失足跌倒。

10 周防：準備周全，小心提防。

11 錯莫：落寞。

名家析評

《杜詩提要》：古來忠臣見逐，心事不能自明，往往如是，其寄慨者深矣。「失主」二字更寫得沉痛。◎雁為伴，無知己也；烏啄瘡，傷凌侮也。英雄失路，楚楚可憐，寫到天寒遠放，日暮不收，已是委棄盡頭，末句復寬一筆，以作望詞，環迴婉轉，總不欲淹沒其材，蓋深冀明年更試，則此馬亦終騰驤耳。正與第四句相應作波。（卷5）

《杜詩詳註》：公疏救房琯，至於一跌不起，故曰「歷塊誤一蹶」、「非汝能周防」。落職以後，從此不復見君，故曰「見人若哀訴」、「失主無晶光」。身經廢棄，欲展後效而不可得，故曰「誰家願終惠」、「更試春草長」，寓意顯然。（卷6）

〈除架〉

束薪已零落，瓠葉轉蕭疏。幸結白花了，寧辭青蔓除[1]。秋蟲聲不去，暮雀意何如？寒事今牢落[2]，人生亦有初[3]。

1 寧辭句：瓜蔓怎能不被清除？

2 牢落：即寥落、衰敗。

3 人生句：謂瓜架始盛終衰，人生亦然。

名家析評

《唐詩成法》：此因除架而感人生也。瓠葉蕭疏，理應除矣，然白花未結子，則除有遺恨。幸已了矣，除亦莫辭，彼秋蟲暮雀，去留任之而已。方今時當牢落無事，不有結局，人生亦初欲立功當世，而一事無成，年已晚暮，遺恨何言！（卷4）

《杜律啟蒙》：寒事牢落，雖欲不除而不能矣。物固有之，人亦宜然。人生亦有初，苟無其終，奚以有初？此固理勢之必然。身受其除，與旁觀其除者，俱不必悵悵也。此是四時之運，功成者退的恆理。也便是兔死狗烹、鳥盡弓藏的變態。小中見大，無蘊不包，此謂言中有物。不似王、孟諸家，只可領取一點神味耳。（五言卷之3）

〈苦竹〉

青冥亦自守[1]，軟弱強扶持[2]。味苦夏蟲避，叢卑春鳥疑[3]。軒墀[4]曾不重[5]，剪伐欲無辭。幸近幽人屋，霜根結在茲。

1 青冥句：此句寫竹之有品。青冥，言竹色蒼綠。

2 軟弱句：竹之無援，有堅忍寧耐意。

3 味苦二句：蟲避而不食，鳥疑而不棲，言與勢利之人格格不入。

4 軒墀：指高門富戶。軒，大車。墀，音遲，臺階。

5 曾不重：不曾重視。

名家析評

《杜臆》：此詩已決去之意，又代苦竹而言。我雖在幽冥之中，勉強扶持，猶砥歲寒之節，但節苦，則人不能親；地卑，則人不相託，雖在墀軒，敢辭剪伐？唯有超然遠去，與幽人為侶，全吾晚節。……詩於去就之際，何等斟酌！曰「剪伐無辭」，何等謙厚！（卷3）

《唐詩歸》：自此至〈歸雁〉十五首，皆詠物詩最靈最奧，有神有味，令人不苦此體，以此死板無趣之事也。◎十五首中，有似如來度眾生者，有似慈吏憫疲民者，有似真人念舊友者，萬物在其胸中，群動森於筆下，至此，則不敢以淺衷輕言詩矣。（卷21）

〈螢火〉

幸因腐草出[1]，敢近太陽飛[2]？未足臨書卷[3]，時能點客衣[4]。隨風隔幔小，帶雨傍林微[5]。十月清霜重，飄零何處歸[6]。

1 幸因句：古人多以為螢火蟲是腐草變化而成，《月令》：「腐草化為螢。」本句暗指螢火蟲出身卑賤。

2 敢近句：言螢火蟲天性至陰，不敢在白天出現。敢，豈敢。

3 臨書卷：指螢光微弱，不能照明書卷。

4 時能句：有時會依附在過客的衣服上。點，附著。

5 隨風二句：螢火蟲隔著帷幔晃動細小身影，帶著雨氣在樹林閃著微光。二句見其潛形匿跡。

6 十月二句：十月清霜凝重，螢火蟲即將銷亡，置身無地。

名家析評

《杜臆》：公因不得於君，借螢為喻。出自腐草，幸有微光，寧敢飛近太陽？只知自反，不敢怨君，何等忠厚！然而流離奔走，漂零無歸，固太陽所不及照也，良可悲矣。（卷3）

《杜詩鏡銓》：此詩黃鶴謂指李輔國輩。今按腐草譬刑餘之人，太陽乃人君之象，比義顯然。隔幔傍林，言其潛形匿跡，末謂不久自當澌滅也。（卷6）

〈病馬〉

乘爾亦已久，天寒關塞深。塵中老盡力，歲晚病傷心[1]。毛骨豈殊眾？馴良猶至今[2]。物微意不淺[3]，感動一沉吟[4]。

1 塵中二句：久歷風塵，尚且盡其力；歲晚天寒之際，況復得病，令人為之傷心。典故見《說苑》：「田子方出，見老馬於野。問御者曰：『此何馬也？』對曰：『故公家畜也。罷而不用，故出放之田。』子方曰：『少盡其力，而老棄其身，仁者之所不為也。』命束帛贖之。」

2 毛骨二句：病馬如今雖已無力可盡，但昔日馴良之德仍可稱誦。

3 物微句：病馬雖微賤卻仍依戀故主。

4 感動句：人對此病馬亦不勝感動、沉吟。

名家析評

《杜詩詳註》：塵中句，承「乘久」；歲晚句，承「天寒」。毛骨不殊，物亦微矣，馴良猶在，意不淺也。感動沉吟，結下截而並結通章。◎引申涵光曰：杜公每遇廢棄之物，便說得性情相關，如〈病馬〉、〈除架〉是也。（卷8）

《峴傭說詩》：少陵馬詩，首首不同，各有寄託，各出議論，各見精采。合讀之，分觀之，可悟作詩變化之法。（111則）

〈蕃劍〉

至此自僻遠，又非珠玉裝[1]。如何有奇怪？每夜吐光芒[2]。虎氣必騰踔，龍身寧久藏[3]？風塵苦未息，持汝奉明王。

1 至此二句：蕃劍處於僻遠之處，劍匣又無裝飾。
2 如何二句：此人問劍語：「何以能在夜晚發出劍氣，直上雲霄？」
3 虎氣二句：此劍答語：「因為自身如龍騰虎擲般，難掩光芒。」引申為身懷異能者，終必騰踔翻身，不會長久埋沒。踔，音卓，跳躍。

名家析評

《杜臆》：此詩為以貌取人者發。「虎氣」、「龍身」句，正以「光芒」卜之，二語奇壯，言有抱負者終當自見也。（卷3）

《杜律疏》：論其氣而曰「必騰上（踔）」，論其身而曰「寧久藏」，正以吐光芒之劍，既有奇怪，斷不自甘於淪沒，且係有用之器，亦斷不至於淪沒也。（卷2）

《詩法易簡錄》：既詠此劍，必有寄託於此劍者，若泛泛稱賞，又何必費此筆墨？

試看其第七句忽然颺開，從大處落墨云「風塵苦未息」，點明所值之時，正此劍可以見用之日。然後結之曰「持汝奉明王」，於是一片忠君憂國之心，昭然若揭，而通體俱振，遂覺加倍精神矣。此種格力，變化從心，不拘故常，故應推少陵獨步。（卷14）

〈江頭五詠〉其一・丁香

丁香體柔弱，亂結枝猶墊[1]。細葉帶浮毛，疏花披素艷[2]。深栽小齋後，庶使幽人占。晚墮蘭麝[3]中，休懷粉身念[4]。

1　墊：墜下。

2　素艷：素淨而美麗。

3　蘭麝：蘭花與麝香，皆為名貴且味道濃郁的香料，此代指複雜的名利場。

4　粉身句：意同「粉身休懷念」。粉身，指丁香被磨成香粉。

名家析評

《杜詩詳註》引盧元昌曰：此喻柔弱者當知自守。丁香體弱而枝墜，其花葉植於小齋，止堪與幽人作緣。若使墮入蘭麝，將粉身而不保矣。身名隳於晚節，大概如此。（卷10）

《杜詩鏡銓》引張上若（張縉）曰：此公自喻見棄遠方，安分隱退，不復更懷末路之榮以賈禍也。（卷9）

〈江頭五詠〉其五・花鴨

花鴨無泥滓[1]，階前每緩行。羽毛知獨立，黑白太分明[2]。不覺群心妒，休牽眾眼驚。稻粱霑汝在，作意莫先鳴[3]。

1 泥滓：污泥。滓，音子，殘渣。

2 羽毛二句：因花鴨身上有黑白二色，在群鴨中顯得特立獨行。

3 稻粱二句：為杜甫勸花鴨之語，言鴨既已霑足稻粱，便無須刻意先鳴，免得招惹群鴨忌恨。此或為杜甫以花鴨的「獨立」、「先鳴」，致使「群心妒」、「眾眼驚」，自我告誡在官場上要低調行事。

名家析評

《讀杜心解》：江頭之五物（丁香、麗春、梔子、花鴨、鸂鶒），即是草堂之一老。時而自防，時而自惜，時而自悔，時而自寬，時而自警，非觀我、觀世，備嘗交惕者，不能為此言。先儒每於困頓流離中，鍊出身心學問，此詩庶有合焉。（卷3之3）

《杜詩鏡銓》引顧修遠（顧宸）曰：五詠，據是日江頭所見而言：丁香，持末路也；麗春，守堅操也；梔子，遂幽性也；鸂鶒，安留滯也；花鴨，戒多言也。雖詠物，實自詠也。（卷9）

〈題桃樹[1]〉

小徑升堂舊不斜，五株桃樹亦從遮[2]。高秋總饋貧人實，來歲還舒滿眼花[3]。簾戶每宜通乳燕，兒童莫信打慈鴉[4]。寡妻群盜非今日[5]，天下車書正一家[6]。

1 題桃樹：此非於桃樹題詩，而是品題桃樹。廣德元年（763），杜甫因避劍南兵馬使徐知道之亂，而暫居梓州（今四川三台）。隔年春末重歸成都草堂，有感桃樹花期已過，來年花開可待，並引發其對天下局勢的聯想。

2 小徑二句：昔日的升堂小徑原本平坦，此次回來後，發現桃樹因無人修剪而枝繁葉茂，遮蔽了路面。從遮，聽任樹枝遮蔽。

3 高秋二句：桃樹秋日所結的果實可讓人食用，隔年春天又會開滿讓人賞心悅目的花朵。總饋，年年贈送。

4 簾戶二句：捲起門簾方便雛燕自由飛翔，也希望兒童別隨手傷害樹上的慈鴉。乳燕，雛燕；信打，隨意打傷；慈鴉，因烏鴉會在母鴉年老時銜蟲反哺，是以有「慈鴉」之號。

5 寡妻句：因戰爭導致寡婦遍地、群盜橫行的亂象已成過去。非今日，指已非今日之事。

6 天下句：如今正逐漸走向「車同軌、書同文」的統一局面。車書一家，秦始皇統一天下後，規定全國使用共通的車軌寬度與書寫文字。此時安史之亂初定，嚴武擔任劍南節度使，鎮守蜀地，杜甫任其幕僚，深覺天下統一，太平可望，詩末故有此期盼語。

名家析評

《杜詩說》：一結忽從題外而去，意謂己之所關心者，乃在民窮寇亂，車書未一耳。……本題桃樹，乃因實及花，因人及物，復因一室及一方，因一方及天下。……觀其思深意遠，憂樂無方，寓民胞物與之懷，於吟花弄鳥之際，其才力雖不可強而能，其性情固可感而發。不得其性情而膚求之字句，宜杜詩之難讀也。（卷9）

《杜詩鏡銓》：此詩於小中見大，直具民胞物與之懷，可作張子（張載）〈西銘〉讀，然卻無理學氣。此老杜一生大本領，尋常詩人，未許問津。（卷11）

〈孤雁〉

孤雁不飲啄，飛鳴聲念群。誰憐一片影[1]，相失萬重雲。望盡似猶見，哀多如更聞[2]。野鴉無意緒[3]，鳴噪亦紛紛。

1 一片影：指孤雁形單影隻。

2 望盡二句：望盡天涯，似乎見到同伴身影；聲聲哀叫，恍若聽見同伴召喚。

3 意緒：心意、情緒。詩末以野鴉無意緒的鳴噪，與孤雁念群尋伴的叫喚，形成鮮明對比。

名家析評

《杜詩詳註》引王彥輔曰：公值喪亂，羈旅南土，而見於詩者，常在鄉井，故託意於孤雁。章末，譏不知我而譊譊者。（卷17）

《筱園詩話》：（少陵）〈畫鷹〉、〈宛馬〉之篇，〈孤雁〉、〈螢火〉之什，〈蕃劍〉、〈搗衣〉之作，皆小題詠物詩也，而不廢議論，不廢體貼，形容仍超超玄著，刻畫亦落落大方，神理俱足，情韻遙深，視晚唐、南宋詩人體物，迨如草根蟲吟耳。是以知具大手筆，並小詩亦妙絕時人，學者可知所取法矣。（卷4）

〈白小[1]〉

白小群分命，天然二寸魚。細微沾水族，風俗當園蔬[2]。入肆銀花亂[3]，傾筐雪片虛[4]。生成[5]猶拾卵，盡取義何如？

1 白小：又稱麵條魚或銀針魚，色白而體形細小，杜甫故名之「白小」。

2 風俗句：指夔州當地風俗，居喪不食酒肉鹽酪，而以魚為蔬，謂之魚菜。

3 入肆句：市場販售白小，如白銀般令人眼花撩亂。肆，市場。

4 雪片虛：好像易融的雪片。因雪片易融故言「虛」。

5 生成：自然生成。

名家析評

《杜臆》：起來二句，仁心藹然，真有萬物一體之思。物雖細微，同為水族，乃俗當園蔬，用之賤矣。亂肆傾筐，取之多也。……此群分之命，亦屬造物生成，今

猶拾卵而盡取之，是何義耶？（卷8）

《杜詩詳註》：唐人詠物詩，唯李巨山（李嶠）集中最多，拈一字為題，用五律寫意，其對仗亦頗工緻，但有景無情，全少生動之色。閱此八首（按：指〈鸚鵡〉、〈孤雁〉、〈鷗〉、〈猿〉、〈麂〉、〈雞〉、〈黃魚〉、〈白小〉），皆託物寓言，情與景會，身分便自不同矣。（卷17）

〈朱鳳[1]行〉

君不見瀟湘[2]之山衡山[3]高，山巔朱鳳聲嗷嗷[4]。側身長顧求其群，翅垂口噤[5]心甚勞。下愍[6]百鳥在羅網，黃雀最小猶難逃。願分竹實及螻蟻，盡使鴟梟[7]相怒號。

1　朱鳳：紅色的鳳凰。鳳乃傳說中的神鳥，常用以比喻有聖德之人。
2　瀟湘：瀟水和湘江的並稱，多借指今湖南地區。
3　衡山：五嶽之一，衡山為南嶽。
4　嗷嗷：哀鳴聲，哀號聲。
5　口噤：口緊閉而不作聲。
6　愍：同「憫」，憐憫。
7　鴟梟：亦作「鴟鴞」，惡鳥名，俗稱貓頭鷹，常用以比喻奸邪惡人。

名家析評

《讀書堂杜詩集註解》：此公目擊姦邪讒害眾正，下及小民而欲求助君子以救之，即逢群小之怒，亦所不計，不必謂指討臧玠一事，反失之淺。（卷20）

《杜詩詳註》引師氏（師尹）曰：鳳喻君子。公困於荊衡，不得其志，欲引同志以進，澤及下民，恐為小人所疾也。朱鳳求曹，呼引同志也。翅垂口噤，欲言不敢

也。百鳥羅網，民困誅求也。黃雀難逃，無一得所也。顧分螻蟻，愛物之意無窮。鴟梟怒號，欲去小人之為害者。（卷23）

〈燕子來舟中作〉

湖南為客動經春[1]，燕子銜泥兩度新[2]。舊入故園嘗識主，如今社日遠看人。
可憐處處巢居室，何異飄飄託此身？暫語船檣還起去，穿花貼水益沾巾。

1 動經春：一下子就過了一年。句中的湖南，為杜甫晚年泊舟的潭州一帶。

2 兩度新：杜甫於大曆四年（769）春到潭州。大曆五年遇臧玠之亂，原欲避入衡州前往郴州，因故無法成行，遂又返回潭州。寫此詩時，已是第二次見到燕子銜泥築巢了。

名家析評

《唐詩評選》：乃湖南作，無半點王昌齡、李頎氣習矣！學杜者不當問津於此耶？（卷4）

《杜詩鏡銓》引盧德水（盧世㴶）曰：只五十六字，比類連物，茫茫有身世無窮之感，但覺滿紙是淚，公詩能動人若此。（卷20）

《唐詩新賞》：「為客經春」是一篇的主骨。中間四句看似句句詠燕，是句句關切著自己的茫茫身世。最後一聯，前十一字，也是字字貼燕，後三字「益沾巾」突然轉為寫己。體物緣情，渾然一體，使人分不清究竟是人憐燕，還是燕憐人，悽楚悲愴，感人肺腑。（冊7）

附錄：李白詠物詩

〈南軒松〉

南軒有孤松，柯葉自綿冪[1]。清風無閑時，瀟灑終日夕。陰生古苔綠，色染秋煙碧。何當凌雲霄，直上數千尺！

1　綿冪：密而相覆，指孤松枝葉茂密。

〈詠槿〉

園花笑芳年，池草艷春色。猶不如槿花，嬋娟玉階側。芬榮何夭促，零落在瞬息。豈若瓊樹枝[1]，終歲長翕赩[2]。

1　瓊樹枝：仙樹，樹之美稱，雪覆之樹。
2　翕赩：音夕夕，繁茂盛放。

〈詠桂〉

世人種桃李，皆在金張門[1]。攀折爭捷徑，及此春風暄。一朝天霜下，榮耀難久存。安知南山桂，綠葉垂芳根。清陰亦可托，何惜樹君園？

1　金張門：西漢時，金日磾與張安世併為顯宦，且子孫相繼榮顯，「金張門」遂成為權貴世家的代稱。

〈白鷺鷥〉

白鷺下秋水，孤飛如墜霜。心閒且未去，獨立沙洲傍。

〈紫藤樹〉

紫藤掛雲木，花蔓宜陽春[1]。密葉隱歌鳥，香風留美人。

1 陽春：溫暖的春天。

〈白胡桃〉

紅羅袖裡分明見，白玉盤中看卻無。疑是老僧休念誦[1]，腕前推下[2]水精珠[3]。

1 休念誦：念誦休，念經誦唱完畢。

2 推下：退下。

3 水精珠：用水晶製成的念珠。水精，即水晶。

引用書目

引用書目

（依書名首字筆畫排序）

｜四畫｜

《升庵詩話》，楊慎，上海：上海古籍出版社，1987年。

《分類補注李太白詩》廿五卷，蕭士贇注，《中國基本古籍庫》，合肥：黃山書社，2009年。

《王文簡古詩平仄論》，翁方綱著，丁福保輯《清詩話》上冊，上海：上海古籍出版社，1978年。

｜五畫｜

《石園詩話》，余成教著，郭紹虞輯《清詩話續編》冊3，臺北：藝文，1985年。

《石洲詩話》，翁方綱著，郭紹虞輯《清詩話續編》冊2，臺北：藝文，1985年。

｜六畫｜

《竹林答問》，陳僅著，郭紹虞輯《清詩話續編》冊3，臺北：藝文，1985年。

《百代之中——中唐的詩歌史意義》，蔣寅，北京：北京大學出版社，2013年。

｜七畫・李白詩｜

《李太白集注》，王琦注本，《文淵閣四庫全書》1067冊，臺北：臺灣商務，1983年。

《李白詩歌賞析集》，裴斐主編，成都：巴蜀書社，1988年。

《李白詩四百首》，張才良主編，合肥：安徽文藝出版社，1994年。

《李杜詩選》，郁賢皓、封野，臺北：三民書局，2001年。

《李白詩選評》，趙昌平，上海：上海古籍出版社，2002年。

《李白評傳》，周勛初，南京：南京大學出版社，2005年。

《李詩選註》，朱諫，《中國基本古籍庫》，合肥：黃山書社，2009年。

《李杜之變與唐代文化轉型》，葛景春，鄭州：大象出版社，2009年。

｜七畫・杜甫詩｜

《杜詩闡》，盧元昌，臺北：大通，1974年。

《杜詩提要》，吳瞻泰，臺北：大通，1974年。

《杜詩偶評》，沈德潛，京都：中文出版社，1977年。

《杜臆》，王嗣奭，上海：上海古籍出版社，1983年。

《杜詩捃》，唐元竑，《文淵閣四庫全書》1070冊，臺北：臺灣商務，1983年。

《杜甫評傳》，莫礪鋒，南京：南京大學出版社，1993年。

《杜律疏》，紀容舒，《四庫全書存目》集部第8冊，臺南：莊嚴文化，1997年。

《杜詩鏡銓》，楊倫，上海：上海古籍出版社，1998年。

《杜詩詳註》，仇兆鰲，北京：中華書局，1999年。

《杜詩解》，金聖嘆著，陳德芳校點，成都：四川文藝出版社，1999年。

《杜律啟蒙》，邊連寶著，韓成武點校，濟南：齊魯書社，2005年。

《杜詩話》，劉鳳誥，《存悔齋集》，《續修四庫全書》1486冊，上海：上海古籍出版社，2002年。

《杜詩說》，黃生著，諸偉奇主編《黃生全集》第2冊，合肥：安徽大學出版社，2009年。

《杜甫：中國最偉大的詩人》，洪業，上海：上海古籍出版社，2011年。

《杜甫詩鑒賞辭典》，不著作者，上海：上海辭書出版社，2013年。

｜九畫｜

《後村詩話》，劉克莊，北京：中華書局，1983年。

《苕溪漁隱叢話》，胡仔，北京：中華書局，1985年。

|十畫|

《唐詩選勝直解》，吳烶，康熙廿六年（1687）刻本，哈佛大學燕京圖書館善本書庫電子館藏。

《唐詩快》，黃周星，康熙卅二年（1693）刻本，上海圖書館古籍庫館藏。

《唐詩歸》，鍾惺、譚元春合編，《續修四庫全書》1590冊，上海：上海古籍出版社，2002年。

《原詩》，葉燮著，丁福保輯《清詩話》下冊，上海：上海古籍出版社，1978年。

《唐詩選評釋》，李攀龍選，森大來評釋，臺北：河洛圖書，1974年。

《唐詩別裁集》，沈德潛，香港：中華書局，1977年。

《唐音癸籤》，胡震亨，上海：上海古籍出版社，1981年。

《唐宋詩醇》，乾隆御定，《文淵閣四庫全書》1448冊，臺北：臺灣商務，1983年。

《唐詩新賞4．李白》，張淑瓊主編，臺北：地球，1992年。

《唐詩新賞5．李白》，張淑瓊主編，臺北：地球，1992年。

《唐詩新賞6．杜甫》，張淑瓊主編，臺北：地球，1992年。

《唐詩新賞7．杜甫》，張淑瓊主編，臺北：地球，1992年。

《唐詩評選》，王夫之著，王學太點校，北京：文化藝術出版社，1997年。

《唐宋詩舉要》，高步瀛，上海：上海古籍出版社，1999年。

《唐詩解》，唐汝詢著，王振漢點校，保定：河北大學出版社，2001年。

《唐詩選脈箋釋會通評林》，周珽，《四庫全書存目叢書補編》第25-26冊，濟南：齊魯書社，2001。

《唐詩摘鈔》，黃生著，諸偉奇主編《黃生全集》第3冊，合肥：安徽大學出版社，2009年。

《峴傭說詩》，施補華著，丁福保輯《清詩話》下冊，上海：上海古籍出版社，1978年。

《通天之路：李白》，哈金著，湯秋妍譯，新北：聯經，2020年。

｜十一畫｜

《晚唐詩之搖籃——張籍．姚合．賈島論》，松原朗著，張渭濤譯，西安：西北大學出版社，2018年。

｜十三畫｜

《詩法家數》，楊載著，何文煥輯《歷代詩話》，北京：中華書局，1982年。

《詩藪》，胡應麟，上海：上海古籍出版社，1979年。

《詩比興箋》，陳沆，臺北：鼎文，1979年。

《詩辯坻》，毛先舒著，郭紹虞輯《清詩話續編》冊1，臺北：藝文，1985年。

《詩筏》，賀貽孫著，郭紹虞輯《清詩話續編》冊1，臺北：藝文，1985年。

《載酒園詩話．又編》，賀裳著，郭紹虞輯《清詩話續編》冊1，臺北：藝文，1985年。

《筱園詩話》，朱庭珍著，郭紹虞輯《清詩話續編》冊3，臺北：藝文，1985年。

《詩源辯體》，許學夷，北京：人民文學出版社，1987年。

《詩酒風流話太白：李白詩歌探勝》，王國瓔，臺北：聯經，2010年。

《詩境淺說》，俞陛雲，香港：中和出版公司，2018年。

《詩法易簡錄》，李鍈著，張寅彭編《清詩話全編》（乾隆期）冊7，上海：上海古籍出版社，2020年。

｜十四畫｜

《養一齋李杜詩話》，潘德輿著，郭紹虞輯《清詩話續編》冊3，臺北：藝文，1985年。

《說詩晬語》，沈德潛，上海：上海古籍出版社，2002年。

｜十五畫｜

《履園談詩》，錢泳著，丁福保輯《清詩話》下冊，上海：上海古籍出版社，1978年。

《蔡寬夫詩話》，蔡啟著，郭紹虞輯《宋詩話輯佚》下冊，北京：中華書局，1980年。

《劍谿說詩》，喬億著，郭紹虞輯《清詩話續編》冊2，臺北：藝文，1985年。

《戲仿元遺山論詩絕句三十二首》，王士禛著，周益忠撰述《論詩絕句》，臺北：金楓，1987年。

｜十六畫｜

《甌北詩話》，趙翼著，郭紹虞輯《清詩話續編》冊2，臺北：藝文，1985年。

｜十八畫｜

《翻牆讀唐詩》，六神磊磊，臺北：新經典圖文傳播，2019年。

｜十九畫｜

《瀛奎律髓》，方回，《文淵閣四庫全書》1448冊，臺北：臺灣商務，1983年。

《羅忼烈雜著集》，羅忼烈，上海：上海古籍出版社，2010年。

｜廿二畫｜

《讀書堂杜詩集註解》，張溍，臺北：大通，1974年。

《讀杜心解》，浦起龍，北京：中華書局，2000年。

本書經成大出版社出版委員會審查通過

虛摹與實際——李杜詩選讀

選　　編 | 陳美朱

發 行 人　蘇芳慶
發 行 所　財團法人成大研究發展基金會
出 版 者　成大出版社
總 編 輯　游素玲
執行編輯　吳儀君
地　　址　70101台南市東區大學路1號
電　　話　886-6-2082330
傳　　真　886-6-2089303
網　　址　http://ccmc.web2.ncku.edu.tw

排　　版　菩薩蠻數位文化有限公司
印　　製　方振添印刷有限公司
初版一刷　2023年5月
定　　價　500元
I S B N　978-986-5635-81-7

政府出版品展售處
・國家書店松江門市
10485台北市松江路209號1樓
886-2-25180207
・五南文化廣場台中總店
40354台中市西區台灣大道二段85號
886-4-22260330

國家圖書館出版品預行編目（CIP）資料

虛摹與實際——李杜詩選讀／陳美朱選編. -- 初版. -- 臺南市：成大出版社出版：財團法人成大研究發展基金會發行, 2023.05
面；　公分
ISBN　978-986-5635-81-7（平裝）
1.CST:（唐）李白 2.CST:（唐）杜甫 3.CST: 唐詩 4.CST: 詩評

851.4415　　112007481